喜豆 煜煜燈

§ 혼요 §

2013년 9월 10일 초판 1쇄 인쇄
2013년 9월 13일 초판 1쇄 발행

지은이 § 세계수
발행인 § 곽중열
기획&편집디자인 § 신연제, 이윤아
발행처 § (주)조은세상

등록 § 2002-23호(1998년 01월 20일)
주소 § 경기도 고양시 일산동구 장항동 558번지 6호
Tel § 편집부(02)587-2977
영업부(031)906-0890
e-mail romance@comics21c.co.kr
값 9,000원

*본서의 내용을 무단 복제하는 것은 저작권법에 의해 금지되어 있습니다.

Copyright©.세계수 2013. Printed in Seoul, Korea

*파본이나 잘못된 책은 바꾸어 드립니다.

ISBN 979-11-5512-203-7

CIP제어번호 : CIP2013017691
이 도서의 국립중앙도서관 출판시도서목록(CIP)은 e-CIP홈페이지(http://www.nl.go.kr/ecip)와
국가자료공동목록시스템(http://www.nl.go.kr/kolisnet)에서 이용하실 수 있습니다.

세계수 장편소설

GOOD WORLD ROMANCE NOVEL

혼요 焜燿

(주)조은세상

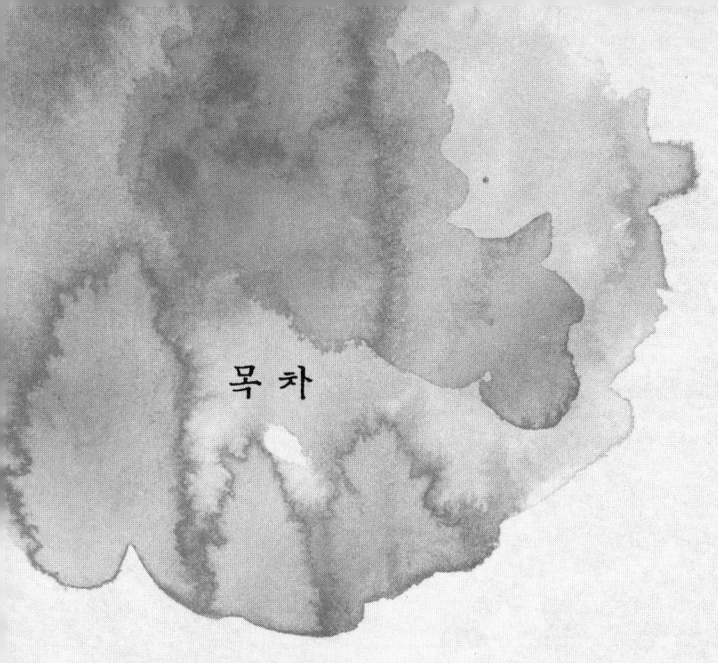

목차

프롤로그 ‖ 7

1장 ‖ 14 2장 ‖ 26 3장 ‖ 39

4장 ‖ 52 5장 ‖ 70 6장 ‖ 88 7장 ‖ 103

8장 ‖ 123 9장 ‖ 140 10장 ‖ 156

11장 ‖ 171 12장 ‖ 191 13장 ‖ 209 14장 ‖ 224

15장 ‖ 243 16장 ‖ 259 17장 ‖ 276

18장 ‖ 296 19장 ‖ 317 20장 ‖ 335 21장 ‖ 356

에필로그 ‖ 368

프롤로그

화촉동방치고는 참으로 고요했고 서늘했다. 을씨년스러울 정도로 큰 규모에 비해 온기라고는 없는 동채, 그곳이 왕세자와 그의 비와 함께 기거할 곳이었다.

묵직한 밤을 그대로 끌어안은 창 사이로 밤벌레 소리가 들렸다. 이따금씩 파고드는 그 미미한 소음이 아니라면 깨질 것 같지 않은 적막만이 방 안에 가득했다.

초야를 맞은 소년과 소녀는 어두침침한 공간 안에서 아무런 말이 없었다. 긴장이나 수줍음보다도 어색함이 그들 사이를 먼저 파고든 것처럼 보였다. 아니, 정확히는 어린 계집 쪽에서만 느끼는 감정이라 하겠다. 검은 그림자를 늘어뜨리고 앉은 세자는 그저 아름답고 차가운 우인(偶人)에 불과하다 할 것이니.

"저……."

갑갑한 침묵을 깬 것 역시 계집아이였다. 열다섯이라는 나이는 차치하고서라도 몸집이 또래보다도 한참이나 작고 마른 아이가 가만가만 입을 열어 어둠을 들어 올렸다. 볕에 그을린 거친 피부와 본격적으로 찬바람이 불기도 전에 갈라져 터진 손등이 호사로운 붉은 길복과 요란한 머리 장식과 전혀 어울리지 않았다. 그러나 머루알처럼 새까만 눈동자만은 퍽 맑고 고왔다.

"고단하지 않으셔요?"

마주 앉은 신랑이라고 많은 나이는 아니었다. 올해로 열일곱, 거뭇하게 올라온 수염자리도 보이지 않는 아직 어리고 예쁘장한 모습이었다.

"……."

낯선 소리가 연거푸 들리자 감정도 말도 담지 않는 무감한 눈동자가 소녀에게로 잠시 옮겨갔다. 끝이 날카로운 눈매가 아니라도 깊고 서늘한 은색 눈동자가 자못 싸늘했다.

"허락해주신다면 이 무거운 옷을 이제 좀 벗을까 합니다. 이래서는 눈치껏 졸기도 어려워서요."

돌아오는 답은 한 자락도 없었지만 그런 반응을 이미 예상한 것처럼 계집아이는 상큼한 목소리로 말을 이어갔다.

연이어 생긋 웃기까지 한 여아는 다시 한 번 허락을 구하듯 건너편을 바라보았다. 그러나 정면으로 마주친 시선에 흠칫 어깨를 떨고 말았다. 그것은 설렘보다는 아득한 어둠을 마주한 당연함이라 하겠다.

은월의 색이 그러할까. 요기마저 흐르는 아름다운 소년의 눈동자는 유리처럼 투명하고 호수처럼 깊었으되 그 무엇도 담겨 있지 않았다.

은가호. 은룡국의 세자이며 수호령의 계승자인 소년의 눈빛은 마냥 텅 비어버린 것 같았다.

십여 년 전의 비극에서 살아남은 때부터였다고 했던가.

생명만은 부지하였으나 말과 감정을 잊어야 할 만큼 가혹한 고통을 겪은 그는 작금 이름뿐인 세자였다. 곧은 마음으로 힘을 모아 가호에게 제 자리를 찾아주려던 충신들이 하나, 둘 목숨을 잃고 이제 노골적으로 야심을 드러내는 숙부와 오로지 완벽한 수호령에만 관심을 두는 은룡회만이 남겨졌다. 그리고 그들 누구도 세상과 단절된 왕세자에게는 일말의 온기도 가지지 않고 있었다.

"물론 이 역시 예법에는 어긋나는 것이오나, 저하께서도 노곤하실 터이니……."

서녀庶女 신분으로 태어나 시종과 다름없이 살던 자신의 처지와 견주어도 나을 것이 없는 세자에게 느끼는 아련한 동질감, 그에서 온 다분히 충동적인 행동이었다. 소녀는 그대로 몸을 숙여 세자의 혼례복부터 조심스럽게 벗겨드리고자 했다.

초야의 참의미를 행하기에는 아직 어리고 순수한 나이, 계집아이의 행동 하나하나는 따스한 호의에서 비롯된 것이었다. 그러나 소녀가 은실로 수놓인 세자의 겉옷을 살며시 잡자 그의 어깨에서 갑자기 푸른 기운이 치솟아 올랐다. 그것은 칼날처럼 날카롭고 섬뜩한 기운을 내뿜고 있었다.

"아……."

저도 모르는 사이 외마디 소리를 내지른 것은 매서운 살기 때문이 아니라 생각보다도 가까운 거리에 있는 세자의 얼굴 때문이었다.

"송구합니다. 제가 그만……."

후다닥 뒤로 물러선 소녀는 그제야 금방이라도 목을 칠 듯 날을 세운 푸른 기운을 감지했다. 철벽처럼 세자를 둘러싼 새파란 영기가 말로만 듣던 수호령인 모양이다.

접근하는 모든 것을 적으로 간주하여 무차별적으로 공격한다는 막강하고 두려운 힘, 분명 혼례식을 치르기 전 시종들로부터 엄중히 주의를 받았더랬다. 함부로 세자 곁으로 다가가지 마시라고, 혹시라도 그 힘이 움직이는 것을 보게 되면 죽은 듯 가만히 계시라고.

소녀는 그네들의 말처럼 잠시 그대로 멈추었다. 하지만 천천히 고개를 들어 소년을 바라보았을 때 경고를 까맣게 잊고 말았다.

가슴 안에 비가 내린다는 게 이런 기분일까. 텅 빈 눈동자와 성난 것처럼 요동치는 푸른 살기의 이질감은 계집아이에게 공포보다는 안타까움을 불러 일으켰다. 전혀 다른 세상의 존재처럼 보이는 소년의 아름다움보다 먼저 눈에 박히는 고독. 그것이 아프고 아려서 소녀는 부러 아까와는 비교도 되지 않을 정도로 환하게 웃어 보였다.

"소녀가 이렇습니다. 머리보다는 몸이 먼저 움직여 곤란한 때가 종종 있지요. 그러다 다치기도 곧잘 하는데 말입니다."

부드럽게 휘어진 눈꼬리로 고개를 조아린 아이가 조곤조곤 말을 이었다.

"저하께 다가가려면 그보다 더 큰 각오를 해야겠지요?"

아마, 지금까지와는 비교도 되지 않을 결심을 해야 할 것이다. 어쩌면 사람들의 쑥덕임처럼 목숨을 내어놓아야 할 수도 있겠지.

"그래도 어찌 모른 척할 수 있겠습니까. 제게는 이제 저하가 가족인 것을요."

'가족'이란 말은 항시 가슴에 멍울을 맺히게 한다. 어린 나이답지 않게 씁쓸한 미소를 지으며 소녀는 다시 세자에게 손을 뻗었다.

"앗!"

손끝이 베여 피가 뚝뚝 흘렀다. 그럴수록 계집아이의 까만 눈동자는 또렷해지고 입술은 꼭 다물렸다.

소녀가 멈추지 않을 것임을 알자 푸른 영기는 더 이상 위협에만 그치지 않았다. 그 살벌한 기운은 소녀의 붉은 혼례복을 가차 없이 베어 냈다. 매끄럽던 비단옷이 금세 너덜너덜해졌다. 어깨 아래로 길게 드리워진 구슬 장식도 힘없이 잘려나갔다.

이내 왼쪽 뺨에 길게 선이 그어졌다. 곱게 올려 땋은 머리카락이 무자비하게 바닥에 내동댕이쳐졌다. 소녀의 작은 손 마디마디, 마른 손등에도 핏방울이 맺혔다. 사지를 끊고 쥐어짜려는 듯 영기는 가느다란 목덜미 앞까지 날카롭게 솟아올랐다.

고통에 미간을 찌푸린 소녀가 다시 입을 열었다.

"이만하면 제가 참을성도 많고 고집도 세다는 것을 확인하시지 않았습니까?"

아픔을 참느라 입술이 이지러져 있었지만 소녀는 분명 희미하게 웃었다.

톡톡.

상처에서 흐른 붉은 핏방울이 나무 바닥 위로 떨어져 스미자 칼날 같던 영기가 순간 미미하게 흔들렸다. 령의 힘은 새파란 불꽃처럼 여전히 사납게 너울거렸지만 더는 소녀를 공격하지 않았다.

밤벌레의 울음소리가 뜨문뜨문 이어지고 주홍색 등잔불이 파도처럼 너울거리고 있었다. 숨결까지 닿을 만큼 거리를 좁힌 소녀가 그제야 작게 숨을 토해냈다.

"후. 피부터 좀 닦아내야겠습니다. 이대로는 저하에 고스란히 묻지 않겠습니까. 게다가 꽤나 아프단 말씀입니다."

아이답지 않게 침착하던 것이 언제냐 싶게 말끝에는 불만이 살짝 얹혀 있었다.

소녀는 옥구슬로 장식한 소반을 덮었던 꽃보자기를 상처자리에 묶다 말고 무감한 은색 눈에 시선을 맞추었다. 등불에 함초롬히 젖은 소녀의 얼굴에 문득 연한 미소가 감돌았다.

"참, 알고 계십니까? 소녀의 이름이 무엇인지요."

"이령."

붉은 입술을 비집고 나온 음성이 겨울바람처럼 시렸다. 깊이 박힌 가시를 미처 뽑지 못한 것처럼 그렇게 고통스럽게 아픈 빛이 은월의 눈동자를 스쳐갔다.

"령아."

열다섯의 자그마한 계집아이치고는 참으로 당돌하고 씩씩하였다.

그 아이, 이령…… 고운 빛, 내 하나뿐인 비.

이토록 가슴 아픈 이름이 될 줄 알았다면 차라리 영영 모르는 게 나았을까. 사내는 제 손의 반밖에 차지 않는 작은 신을 하염없이 바라보았다. 그의 오른쪽 어깨에서 날개처럼 뻗어 나온 푸른 영기가 파르르 떨리고 있었다.

그때, 문에 드리워진 비단 유자를 뚫고 내관의 목소리가 들려왔다.

"전하, 조당에 납실 시각이옵니다."

"차비하라."

짧게 답한 사내는 조금 전의 애잔함이 거짓이었던 것처럼 이내 서늘하게 굳은 표정으로 걸음을 옮겼다. 피처럼 붉은 곤포를 휘날리며 걷는 사내, 범접할 수 없이 강하고 미혹될 수밖에 없는 아름다움을 지닌 은륜의 왕, 가호 그의 걸음마다 머리를 조아린 신하들의 행렬이 줄을 잇고 있었다.

1장

  은륜과 금륜, 두 나라는 태양과 달이 교차하는 공간에 위치해 있었다. 그들은 무시지시_{無姓之時}부터 세상의 어둠과 빛의 균형을 위한 존재였다.

  륜족은 겉으로 보기에는 평범한 인간과 다를 바 없었지만, 심장에 어둠과 빛의 조각을 품고 있었다. 그 편린은 숨을 쉬고 살아가는 사이 마치 여과지처럼 넘치는 어둠과 빛을 걸러 낮과 밤을 만들어 냈다.

  그런 륜과 인간은 단절된 동시에 연결되어 있었다. 인간이 만들어낸 빛과 어둠이 륜을 움직였고 륜이 만들어낸 낮과 밤이 인간에게로 흘러갔다. 그러나 서로의 존재는 그저 신화에서나 볼 닮고도 다른 존재일 뿐 결코 교차하지 않았다.

  륜족에게 태어날 때부터 심장에 박힌 어둠과 빛의 조각은 피나 뼈처럼 자연스러운 것이었으나 때때로 그것이 독으로 작용하는 경우가 있었다. 정화되지 않은 짙은 욕망이 조각에 균열을 일으켜 종국에는 몸과 마음의 균형을 무너뜨린다. 그 상태로 어둠과 빛을 거르지 않고 흡수하여 스스로를 오염시키고 마침내는 힘만을 갈구하는 괴수가 되고 만다.

사람의 마음을 버리고 지독한 탐욕만이 남은 괴수를 막을 수 있는 것은 단 하나, 수호령. 순수한 어둠과 빛의 결정체였다.

그리고 은가호. 그가 바로 수호령의 계승자이자 현 은륜의 왕이다.

푸른 기마저 감도는 은발이 눈부셨다. 꽉 다물린 붉은 입술만큼이나 틈을 보이지 않는 은색의 눈동자는 더없이 차가웠다. 생명 없는 그림처럼 아름다운 사내는 옥좌에 앉아 턱을 괴고 있었다.

"근래에 발견되는 것들은 모다 그 힘이 막강하여……."

이번 일을 책임진 장수가 떨어지지 않는 입을 억지로 떼었다. 제 아무리 강심장이라 해도 왕의 시선 앞에 놓이는 것만으로도 안절부절 어쩔 줄 몰랐다.

더듬더듬 이어지는 보고를 들으며 가호의 희고 긴 손가락이 가볍게 움직였다. 더불어 영기가 스멀스멀 피어올랐다.

꿀꺽.

저도 모르게 마른침을 삼킨 장수가 덜덜 떨리는 손을 부여잡고 허리를 숙였다. 푸른 기운은 이제 뱀의 혀처럼 그의 발끝을 감아 날름거리고 있었다.

"송구합니다. 미천한 소신이 잠시 한눈을 파는 사이에 그만…… 허나 꼭 붙잡아……."

장수는 누군가 제 편이 되어주기를 바라며 늘어선 대신들을 바라보았다. 그러나 그들 모다 시선을 회피했다. 그들의 왕은 눈이 멀 정도로 아름다웠으나 또한 소름끼치게 잔인했다. 일을 그르친 것으로 모자라 몹쓸 태만을 저지른 장수를 섣불리 편들었다가는 아까운 제 목숨까지 잃을 터였다.

"결국 또다시 놓쳤단 말이로군. 한데 장군, 수십에 달하는 백성의 목숨을 괴수에게 속수무책으로 내어주고 근처 기방에서 술에 취해 사태가 진정되기를 기다렸다지? 듣기로는 비단 이번에만 그리한 것은 아닌 듯하고."

"전, 전하…… 그것은 그러니까, 미처 급박한 사정을 인지하지 못해 잠시 휴식하려던 것이 그만…… 죽을죄를 지었습니다. 용서해주십시오. 다시는…… 제발 한 번만 더 기회를…… 부디 자비를 베풀…… 으아아아악!"

여전히 무심한 은색 눈동자가 울부짖는 사내를 응시했다. 뒤이어 긴 손가락이 공중을 가볍게 배회하고 비명도 울음도 파랗게 사라졌다.

"주, 주의령은 이미 내렸습니다. 달아난 방향은 정영으로 수색조가……."

섬뜩한 푸른 불꽃 속에서 장수가 남긴 것이라고는 매캐한 한 줌의 연기뿐이었다. 그를 대신할 책임자가 하얗게 질린 얼굴로 부복하여 고했다.

"직접 가겠다."

가호가 사내의 말을 무참할 만큼 싹둑 잘랐다. 어차피 폭주하는 괴수를 온전히 처리하는 것은 자신의 몫이었다. 멍청한 장수로 인해 이미 목숨을 잃은 백성이 스물도 넘었다. 더는 붙잡아 대령하기를 기다릴 수 없었다. 근래 그것들의 힘과 포악함이 드물게 거세진 것도 직접 확인해야 할 부분이었다.

"아니 될 말씀입니다. 정영의 돌산은 은륜에서도 가장 산세가 험준하고 위험한 곳입니다. 어찌 그런 곳을 전하께서 친히 납신단 말입니까."

말은 그리하면서도 대신들의 얼굴에는 안도감이 흘렀다. 가호가 직접 움직인다면 뒷일을 염려할 필요가 없었다. 정영이 제아무리 위험천만하고 괴수가 전에 없이 흉포하다고 해도 은륜의 왕에 비할 바는 못 될 것이었다.

"하오나 정히 성심이 그러하시다면……."

이내 말을 바꾼 대신들이 공손히 머리를 조아려 보였다.

가호는 그들에게 빼딱하게 고개를 끄덕여 보이고 그대로 조당을 나섰다. 눈조차 마주할 수 없이 잔혹하나 바라보지 않을 수 없이 기려한 은륜의 왕, 그의 어깨 위에서 햇살조차 빛을 조용히 꺾어 내렸다.

달포만인가. 지난번 은륜회 일로 궁을 찾았던 것이 마지막이었으니 딱 그만큼일 것이다. 무심하게 흐르던 사내의 시선은 은실을 박아 넣은 촛대 앞에서 잠시 미소를 머금었다.

"이걸 보면 또 며칠 밤을 지새우려 들겠군."

그는 누군가를 떠올리는 것처럼 세심한 손길로 촛대를 살폈다.

현모수, 백면서생으로 보일 만큼 희고 말간 피부에 여인으로 착각할 만큼 마른 체구였으나, 선왕을 최후까지 보필한 충성스런 장수 현웅과 꼭 닮은 묵직한 눈빛을 가지고 있는 사내였다.

그러나 모수는 부친과 달리 칼을 잡지 않았다. 대신 깊은 학식과 빼어난 통찰력으로 스물이라는 젊은 나이에 대학자의 반열에 올랐다. 게다가 섭정을 하던 폭군을 몰아내고 지금의 왕을 옥좌에 올리는데 큰 공을 세운 인물이기도 했다.

하지만 끝내 공신록에 기재되는 것을 거절한 채, 평범한 학자로서의 삶을 살고자 했다. 대사헌의 끈질긴 부탁으로 얼마 전에야 대관 직을 수락했으나, 그마저도 은륜에서 가장 외떨어진 정영 지방을 담당하는 일이었다. 닷새, 혹은 열흘에 한 번 입궐하는 일이 아니면 그는 정영에서 꼼짝도 하지 않았다.

사람들은 그 지나친 겸손을 의아하게 여겼다. 원한다면 문형을 관장하는 주문의 자리까지도 꿰찰 수 있을 사내가 아닌가.

그에 모수는 애초에 세운 공이 없으니, 왕으로부터 무언가를 받을 자격이 없다 답했다. 부산한 도성과는 생래적으로 맞지 않아서라는 답도 곁들였다. 산세가 깊고 험하여 인적조차 뜸한 고향 정영에 콕 틀어박힌 연유로도 꽤 그럴싸한 설명이었다.

그 말들에 진실이 깃들지 않은 것은 아니다. 다만……. 모수는 김이 모락모락 피어오르는 차를 앞에 두고 잠시 상념에 빠졌다.

"전하께서 들라 하십니다."

그를 현실로 되돌린 것은 차분한 시종의 목소리였다. 모수는 부드럽게 고개를 끄덕여 보이며 자리에서 일어섰다. 순간 잔에 그득한 찻물이 살며시 요동치며 손끝을 적셨다.

모수의 표정이 딱딱하게 굳었다. 썩 유쾌하지 않은 이 기시감은 여독이 풀리지 않은 탓이리라.

금방이라도 흘러내릴 듯 차랑거리던 눈물. 그에 젖어들던 손은 이제 잊어도 좋으련만. 동그란 물결 속에 비친 자신을 힐끔 응시한 모수의 입가에 묘한 망설임이 머물렀다. 잠시 후, 흔들림 따위 용납하지 않겠다는 듯 단숨에 찻물을 비워낸 그가 방을 나섰다.

화려하고도 정교한 문양의 금은단청이나 옥화玉華로 만든 위엄 서린 용의 조각이 아니어도 군왕의 집무실에 흐르는 분위기는 무언가 압도적인 구석이 있었다. 그 주인 된 사내가 그러하듯.

"대관臺官 현모수, 전하를 뵙습니다."

모수는 단정한 자세로 왕 앞에 섰다. 은륜회 일로 다녀간 것이 나흘 전이었다. 그때나 지금, 아니 눈앞의 사내는 언제 보아도 아름답고 언제나처럼 날카로웠다. 모수는 피처럼 붉은 비단 수방석에 기댄 가호를 향해 반듯하게 몸을 접었다. 그러자 푸른 기운이 위협하듯 모수에게로 솟구쳤다. 가호가 짤막하게 고개를 끄덕이며 그것을 저지했다.

"금禁."

계승자의 명에 영기는 빠른 속도로 흩어져 사라졌다. 가호는 푸른 기운이 빨려 들어간 각인을 무심하게 보다 시선을 돌려 물었다.

"조당에서의 일은 알고 있겠지?"

"오는 길에 간략하게 전해 들었습니다."

수호령의 계승자인 그들의 왕은 누구도 대적할 수 없이 강했고 무자비했으며 빈틈이 없었다.

아니, 없어졌다는 게 맞겠지.

잠시 속말을 뇌까리던 모수는 짐짓 웃는 것처럼 보이는 서늘한 은월의 눈동자를 응시했다. 그러면서 그 역시 부드러운, 허나 경계심 가득한 미소를 지어 보였다.

그것을 지켜보던 가호의 입술 끝이 매혹적으로 말려 올라갔다. 피로 범벅된 채 적들의 내장을 움켜쥐고 선 자신을 보고도 모수는 눈 하나 깜짝하지 않는 자였다. 나른하게 눈을 돌린 가호는 툭하고 뒷말을 내뱉었다.

"허면 과인이 직접 정영에 갈 것이라는 것도 알겠군."

"그것은……."

정영이라니, 왕이 그 험하고 외떨어진 곳까지 올 일은 결코 없으리라 여겼던 것이 자만이었다. 모수는 저도 모르게 떠오른 당혹감을 감추며 차분히 고했다.

"어찌하여 전하께서 먼 걸음 하시려 하십니까. 명하시면 그쪽 지리에 밝은 제가 수색대와 동행하겠나이다. 그러니 도성에 남아 국사를……."

여느 사람들이라면 그의 태도에서 어떤 의문점도 찾을 수 없을 것이었다. 그러나 가호의 예리한 시선은 모수의 얼굴에 짧게 머물렀던 감정을 놓치지 않았다.

무엇일까?

강건하기로는 둘째가라면 서러운 저 사내를 당황시킨 것은. 그리고 불현듯 심장 언저리를 맴도는 알 수 없는 이 울렁거림은.

확인해서 나쁠 건 없겠지.

아니, 확인해야겠다.

마음을 결정한 가호는 자리에서 일어나 서가에 꽂힌 서책을 뽑아들고 성의 없이 넘겼다. 그리고는 할 말이 남은 듯 입을 달싹이는 모수를 향해 덤덤히 제안했다.

"그리 돕고자 한다면 동행해도 좋네. 현 대관의 안도安堵가 정영이니."

"……기꺼이 뫼시겠습니다."

물 흐르듯 자연스러운 대답을 내어놓은 모수였으나 어느새 손끝이 바르르 떨리고 있었다.

달빛만이 가득한 밤, 정각에 오른 가호는 홀로 앉아 술잔을 기울였다. 붉은 입술을 적시고 단숨에 목구멍을 타고 내려간 맑은 액체는 쓰고도 달았다. 곧 알싸한 향취가 코끝을 맴돌았다.

정영 방향으로 도망친 괴수나 낮에 본 모수의 석연찮은 태도. 그런 것들이 그의 마음을 오래 붙잡아 두지는 못했다. 그럼에도 가호는 머릿속으로 일부러 분주하게 소소한 일들까지 되돌려보곤 했다.

틈을 보였다가는 어김없이 또 그 아이를 떠올리게 될 테니까.

겹겹이 감춘 본심을 엿보기라도 한 듯, 달만 덩그러니 내려앉았던 빈 잔 위로 작은 꽃잎 하나가 팔랑팔랑 날아들었다. 결국 또 결심은 가벼이 무너져 가슴이 속절없이 아려왔다.

"하아."

낮은 신음이 입술을 비집고 나왔다.

[보셔요. 얼마나 예쁜지 모릅니다.]

연못과 다붓한 거리에서 꽃망울을 터트린 산당화도 곱지만 질 때면 꼭 비처럼 흩날리는 은륜화가 더 안타깝고도 곱다 하였다.

"령아."

쏟아지는 붉은 꽃비 속에서 빛처럼 웃던 계집아이의 모습이 잡힐 듯 선명히 떠올랐다. 가호는 빈 잔 대신 제 왼쪽 가슴을 힘껏 움켜쥐었다.

"정말 곱지요?"

몇 번을 물어도 돌아오는 답은 없었다. 그럼에도 여전히 이령은 물이 맑다, 바람이 따스하다, 꽃잎이 참으로 어여쁘다는 둥 계속해서 가호에게 말을 걸었다.

"세자저하도 이리 가까이로 와서 좀 보셔요."

그러고는 또 멀찌감치 무표정하게 선 가호에게 열심히 손짓을 했다. 붙박인 것처럼 선 가호를 종국에는 제 팔에 꿰어 연못가로 끌고 갔다.

"보셔요. 얼마나 예쁜지 모릅니다."

생글거리는 이령의 뺨에 볼우물이 패였다. 가호는 저도 모르는 사이 미간을 살며시 좁혔다.

이령은 그런 반응조차 기꺼운지 또 맑게도 웃었다.

"후우. 빈궁마마님께옵서는 저토록 무겁하시건만 지켜보는 마음은 어찌 이런지."

"그러게 말이오."

멀찌감치 떨어져 세자와 그 빈을 지켜보는 시종들이 낮게 한숨을 내쉬었다. 그들에게는 온전치 못한 수호령을 가진 가호는 언제 폭주할지 몰라 두렵기만 한 존재였다. 목숨을 내놓고 가까이 다가가야 할 이유 따위 찾을 수 없었다.

어둠석에 잠식되는 괴수를 막기 위해 존재하는 방패와 같은 수호령, 그 막강한 힘은 때때로 계승자를 사지로 내몰았다. 순수한 어둠의 힘을 제대로 운용하지 못하면 정신 혹은 신체가 처절하게 파괴되어버리고 만다. 선왕이 그러했듯……

그런 까닭에 첫 밤이 지나고 피로 범벅이 된 세자빈을 보고 다들 기함을 했었다. 머리카락이 뭉텅 잘려나가 겨우 목덜미에나 닿을 정도밖에 남지 않았고, 온몸 곳곳에는 영기에 입은 상처가 그득했다. 기어이 수호령과 정면으로 마주하신 모양이었다.

그래도 목숨을 부지한 것이 천만다행이라 해야 할 것이다. 절반의 힘을 잃어버린 수호령은 극도로 예민해져 피아의 구분 없이 세자에게 다가오는 것들을 공격하기 일쑤였다. 그 공격이라는 것을 받고 살아난 자는 일찍이 없었고 말이다.

그러나 세자빈은 기적적으로 살아난 후에도 도통 몸을 사릴 생각이 없어 보였다. 이후에도 이령은 여전히 가호에게 가까이 다가가고자 애썼다. 그 행동에서 어떤 야욕이나 사심을 찾기에는 세자의 처지가 참으로 한숨밖에 나올 것이 없었다. 허니 어린 세자빈이 어떤 득을 얻고자 그러하심은 아닐 것이다.

동정이구나.

동채의 시종들이 저들끼리 내린 결론은 그러했다. 어리고 순수한 마음에 잠시 연민을 품으신 것이라고. 나서서 말리지 않아도 얼마 안 가 스스로 내려놓고 말 그런 얄팍한 마음이라고.

그러나 예상은 보기 좋게 빗나갔다. 깡마르고 자그마한 세자빈은 결코 울거나 포기하는 법이 없었다. 시뻘건 피가 콸콸 쏟아지게 깊이 베인 적도 있었고, 걸음을 옮기지 못할 정도로 상처가 심했던 때도 있었다. 얼마 전 폭주 때는 정말로 돌아가실 뻔도 하였었다.

시종들은 그때를 떠올리며 절로 흐르는 식은땀을 닦아냈다.

그래도 그 폭주 후로는 세자빈에게 더 이상 새 상처가 늘지 않는다는 게 그간 죽음을 불사한 고생에 대한 성과라면 성과라 할 것이다. 영문은 알 수 없지만 근자의 폭주 후 수호령은 이령을 공격하는 것을 그만두었다. 아무리 치고 베어도 고집스럽게 다가오는 작은 계집아이를 그저 무시하기로 한 것이리라.

여직 시종들의 놀란 가슴을 쓸어내리게 하는 한 달 전의 폭주. 그것은 지금 생각해도 정말 놀랍고 기묘한 사건이었다. 그 일로 동채 사람들이 세자빈을 보는 마음가짐 역시 확 바뀌어버리고 말았으니. 시종들은 이제 시키지 않아도 그전보다는 한결 가까워진 거리에서 어린 내외를 따랐다.

그들의 눈에 비친 세자와 세자빈의 모습은 금일도 다를 바가 없었다. 세자는 무심한 표정으로 앞서 걸으시고, 세자빈은 무언가를 열심히 이야기하며 그 곁을 지키셨다.

"어라, 이건……."

연못가에 핀 꽃 이름을 알려주던 이령이 제 말을 깨끗하게 무시하는 가호의 등 뒤에서 작게 탄성을 질렀다.

"……."

앞만을 향하던 날카로운 은월색 눈동자가 문득 미세하게 움직였다.

"꽃비가 내리는 것 같습니다."

흩날리는 은륜화의 붉은 꽃잎 속에 선 이령이 나지막하게 속삭였다.

"한데 너무 고와서 조금은…… 슬플 지경이에요."

내뱉은 말과 달리 이령은 가호를 향해 다시금 활짝 웃어 보였다. 이내 고개를 돌려버린 가호의 미간이 드러나지 않게 구겨졌다.

파랗게 맑은 하늘, 희고 보드라운 구름떼, 빗방울처럼 날리는 붉은 꽃잎 그리고 그 속에 선 작은 계집아이.

점점이 아롱지는 빛에 무언가 움직였다. 오랜 시간 어두컴컴하기만 하던 내부의 공간이 짧게 요동쳤다. 그러나 가호의 시선이 느릿하게 다시 정면을 응시했다. 무감하게, 그저 끝없는 공허만을 담은 것처럼 그렇게.

곧이어 그는 아까와 같은 표정으로 걸었고 어린 빈은 꽃비를 맞으며 종종걸음으로 뒤따랐다.

2장

　이령은 단정하게 두 손을 모으고 앉아 머리 손질이 끝나기를 기다렸다. 얼레빗질이 끝나고 상아로 만든 빗이 몇 번 움직이자 부스스하던 검은 머리카락에 윤이 돌았다. 첫날 뭉텅 잘려나가 겨우 목덜미에나 닿는 길이만 남은지라 마무리까지는 얼마 걸리지 않았다.
　정성스럽게 머리 손질을 마친 궁아가 한 걸음 물러나자 이령이 의젓하게 일렀다.
　"수고했네. 다들 이만 가서 쉬도록 하게."
　곧 궁아들이 공손히 밤 인사를 올리고 물러갔다. 얇은 꽃비단으로 만든 나위 위에 두툼한 유자까지 드리워졌다.
　"우리 마마님 말이야. 볼수록 대단하시지 않니?"
　"그러게. 세자저하를 대하시는 태도만 봐도 보통 분은 아니시지."
　세자와 그 빈의 처소인 동채 금경전을 벗어나며 궁아들이 저들끼리 소곤거렸다.

힘이 될 만한 집안의 금력이나 명성도 없는 서녀 출신이 세자빈이라니, 정상적인 륜의 왕실이었다면 간택단자를 내는 것조차 불가능한 일이었으리라. 그런고로 열다섯의 세자빈을 처음에는 다들 은근히 깔보는 분위기였다. 출신과 더불어 깨끗하기는 하나 물이 빠지고 솔기가 닳아버린 낡은 복색도 그러했고 잔일에 거칠어진 손도 그네들 입방아에 단골로 오르내렸다.
  저러니 아무도 원하지 않는 세자의 반려 자리에 떠밀려왔겠지.
  목숨밖에 바칠 것 없는 처지에 별수가 있었을라고.
  쑥덕임의 결론은 늘 무례한 업신여김이 섞인 것이었다.
  그것이 아주 틀린 소리는 아니었다. 이령이 힘 있고 명성 있는 가문의 귀애받는 여식이었다면 허수아비 세자의 배필이 되었을 리 만무했다. 세자빈이라고 해도 무에 하나 얻는 것도 없는 자리일뿐더러 자칫 목숨마저 위태로운 자리가 아닌가.
  자식에 대한 애정을 들지 않더라도 여러모로 그저 어리석은 자리일 뿐이라 할 것이었다. 그 자체로 섭정을 하는 가호의 숙부, 율에게 반기를 드는 것과 같은 일이니 누군들 제 자식이 세자빈으로 간택되기를 바라겠는가.
  은륜회가 차후 계승자의 필요를 내세우니 마지못해 세자의 혼인에는 찬성하였으나, 그 파장으로 가호가 든든한 배경을 갖게 되는 것을 용납할 율이 아니었다. 그런 섭정자의 입김으로 최종 간택된 세자빈이 선왕 때 잠시 관직에 올랐다가 낙향한 학자의 서녀, 이령이었다. 어차피 무위인 자리에 어울리는 무용지물이란 고약한 뒷말이 따라붙는.

처음 도성에 왔을 적 이령은 지금보다도 더 마르고 작았었다. 초야 후에는 머리카락마저 보기 흉하게 잘려 언뜻 보면 더벅머리 사내아이 같기도 했다. 새까맣고 커다란 눈동자가 그나마 봐줄 만하였을 뿐이다. 당연히 동채 시종들의 시선에도 조롱이 가득하였다.

그런 이령을 향한 시종들의 태도가 변하기 시작한 것은 한 달 전의 '폭주' 때부터였다.

폭주는 수호령이 온전하지 못함에서 오는 균열이었다. 힘의 일부를 잃은 수호령은 계승자와 스스로를 지키기 위해 때때로 지극히 예민하고 포악해진다. 이 경우라도 계승자의 신체와 의식이 수호령을 제대로 다스리면 폭주 상태는 차단 가능했다. 그러나 감정과 말을 닫은 지금의 가호에게는 그것을 전혀 기대할 수 없었다.

따라서 세자의 폭주는 말 그대로 제어불능이었다. 그저 계승자 가호의 체력이 한계에 이르러 쓰러지기만을 기다릴 수밖에 없었다.

폭주가 일어나면 수호령은 피아를 구분하지 않고 일정 반경 내의 생명체를 말살시켰다. 빛을 머금은 모든 것을 깨트려버린다. 때문에 세자의 폭주가 시작되면 동채의 모든 날것들은 미친 듯 도망을 치는 수밖에 없었다. 폭주의 힘을 차단해주는 결계석 너머로 숨어서 광폭하게 날뛰는 푸른 영기가 사라지기만을 기다려야 했다.

모두가 두려워하는 폭주는 혼례식이 있고 얼마 지나지 않아 또다시 일어났다. 가호가 계승자가 된 이후, 스무 번째의 폭주였다.

이번에도 수호령을 자극시켜 폭주를 유도한 것은 율이었다. 그는 혼인축하 명목으로 표창이 감춰진 보갑을 보내왔다. 동그란 모양의 칠보 보갑은 뚜껑을 건드리면 사방에서 날카로운 표창이 튀어나오게 만들어져 있었지만, 외양만은 지극히 정교하고 아름다운 보통의 것이었다.

모든 것에 무심한 가호가 진귀한 보갑에 별반 흥미를 나타낸 것은 아니었다. 침소 소제를 하던 궁아가 호기심에 보갑을 건드린 것이 화근이었다.

날카로운 금속성과 함께 날이 선 표창이 궁아의 손가락을 잘랐다. 뒤이어 그녀의 목이 깨끗하게 잘려 뒹굴었다. 보갑 속에서는 끝없이 새파랗게 번뜩이는 표창이 쏟아져 나오기 시작했다. 그것은 스산한 소리를 내며 나무 기둥과 벽, 백자목으로 만든 궤와 침상 곳곳에 날카롭게 박혔다.

잔인하고 끔찍한 광경이었지만 가호는 그대로 창밖을 바라볼 뿐이었다. 그러다 궁아의 목에서 쏟아진 붉은 피가 뱀처럼 길게 꼬리를 끌어 가호의 발끝을 적셨다. 뜨끈하고 비릿한 액체는 비단신을 타고 연한 빛깔의 바짓단을 물들여갔다. 다음 순간, 첨예한 표창 하나가 그대로 가호의 무릎을 아슬아슬하게 스치며 날아갔다.

이윽고 무표정한 채로 세자가 고개를 돌렸고 그 눈동자에 서서히 푸른빛이 감돌기 시작했다. 어깨 위 각인에서도 서늘한 빛이 뿜어져 나왔다.

파팟.

바람을 찢으며 날아간 표창 하나가 이내 흔적도 없이 사라졌다. 완전히 파랗게 빛나는 눈동자는 끝없이 깊고 공허했다. 가호가 날아오는 표창 하나를 그대로 움켜쥐어 바스라뜨렸다.

그의 한쪽 어깨에서 파도처럼 너울지는 영기는 주변의 모든 것을 삼키기 시작했다. 나뒹구는 궁아의 시신이 가장 먼저 이글거리는 심벽의 불꽃에 먹혔다. 시신의 살점이 갈리고 뼈가 녹아 없어졌다. 채 마르지 못한 핏방울만이 후두둑 튀어 올랐다.

"허억! 사람…… 살, 살려……."

함께 소제를 하던 다른 궁아가 미친 듯 소리치며 달려 나갔다. 하얗게 질린 얼굴에는 이미 죽음의 공포가 깃들어 있었다.

"으아아악!"

그 불길한 그림자가 그녀마저 단숨에 삼켜버렸다. 궁아는 문을 채 넘기도 전에 허리가 뒤틀리며 비명을 질렀다. 잔악한 푸른 영기가 정확히 그녀의 몸을 둘로 가르며 빠르게 솟구쳤다.

"도, 도망쳐! 폭주가…… 폭주가 시작됐다!"

사색이 된 나머지 궁아들이 다급히 외치며 침소 밖으로 뛰어나갔다. 끔찍한 경고를 들은 시종들과 병사들도 뒤도 돌아보지 않고 동채를 등졌다. 급히 뛰다 바닥을 구르고 넘어져 비명을 지르고 좁은 입구에서 주먹다짐을 하고 두려움에 울음을 터뜨리고, 아비규환이 따로 없었다.

오직 가호만이 그 안에서 고요하게 침묵했다.

거대한 청얼음 같은 영기는 이미 벽을 무너뜨리고 뜰의 절반을 날려버렸다. 흙바닥은 무참한 흔적과 함께 왈칵 파헤쳐져 뒤집혔다. 화초와 나무는 형체도 없이 사라지고 연못의 물은 피처럼 쏟아져 마른 바닥을 드러냈다. 정각의 지붕은 종잇장처럼 구겨져 뒹굴었다.

"제발……."

미처 도망가지 못한 시종들은 휘청거리는 기둥 뒤에 숨어 오들오들 떨고 있었다. 경겁한 이들의 표정에는 절망만이 가득했다.

죽는다.

저 무자비하고 포악한 벽색 광기가 곧 눈을 파내고 심장을 도려낼 것이다.

그네들은 저 멀리 가루처럼 부서지는 툿나무를 애처롭게 응시하며 빌고 또 빌었다. 부디 저 잔악한 존재가 비켜가기를. 누구라도 저 끔찍한 것으로부터 자신들을 구해주기를.

그러나 바람은 허망하게 깨졌다. 화살처럼 쏟아지는 영기는 그들이 붙든 나무마저 불태워 버렸다. 곧 질리도록 파란 불꽃과 정면으로 마주하는 상황이 오고야 말았다.

"흐으윽."

궁아 하나가 울음을 터뜨렸다. 흐느낌은 모두에게로 전염됐다. 도망치고자 해도 살기에 휘감긴 다리는 요지부동이었다. 애원하려 해도 입술마저 얼어붙고 말았다.

"멈추세요! 부디 멈추어 주세요!"

그때였다. 자그마한 소녀가 한데 뒤엉켜 울고 있는 그들 앞을 막아섰다. 그것은 상상할 수 없이 용감, 아니 어쩌면 너무도 어리석은 짓거리였다.

"세자빈마마!"

그네들을 위해 나선 것은 다름 아닌 세자빈이었다. 그들이 그토록 깔보고 업신여기던, 아무런 힘도 권력도 없는 자그마한 계집아이가 두 팔을 활짝 펴고 푸른 영기와 맞서고 있었다.

"마마……."

"어서 밖으로 나가게! 어서!"

"하오나 저희끼리만 갈 수는……."

"상전의 명을 거스를 참인가. 어서들 가게. 내 곧 저하를 뫼시고 뒤를 따를 터이니."

"흐으윽. 마마……."

"어서 가래도!"

어린 소녀에게서 믿기지 않을 만큼 의젓하고 엄한 호통이 쏟아졌다.

"흑흑."

고개를 숙인 시종들은 몸을 가늘게 떨며 흐느꼈다. 송구스러움과 감복한 마음이 뒤엉켜 절로 뜨거운 눈물이 흘렀다.

그들이 모두 동채 밖으로 나갈 때까지 이령은 그대로 가호 앞을 틀어막고 있었다. 그 사이에도 영기는 발작적으로 퍼져 나갔다. 살촉처럼 사방을 겨냥하고 칼처럼 보이는 모든 것을 베었다.

하나로 채 묶이도 힘든 짧은 머리카락이 사나운 바람에 힘없이 휘날렸다. 이령은 모두가 안전한 곳으로 몸을 피하고 나서야 헝클어진 머리를 쓸어 올렸다. 그러면서 제 몸을 꿰뚫고 지나가는 푸른 영기를 침착하게 바라보았다.

외원外苑에서 이 사단에 대해 전해 들었다. 난리가 난 곳과는 제법 멀리 떨어진 위치였지만 사람들이 내지르는 비명과 파열음이 끝없이 들려왔다. 무서웠다. 도망치지 못한 시종들의 이야기를 듣고도 그저 안전한 곳으로 몸을 피해야겠다는 본능이 먼저 몸을 휘감았다. 한데 지붕을 뚫고 솟아오르는 푸른 영기에 문득 정신이 혼미해질 정도로 심한 오한이 찾아들었다. 다음 순간 홀린 것처럼 가야 한다는 생각만이 머릿속을 가득 채웠고 두 다리는 저절로 침소로 향했다.

그리하여 결국 집요하게 자신을 끌어당긴 것이 무엇인지 알아볼 겨를도 없이, 폭주하는 세자와 죽음을 목전에 둔 시종들을 맞닥뜨리고 말았다.

처음에는 어떻게든 그녀들을 데리고 함께 도망칠 생각이었다. 목숨은 누구에게나 귀한 것이니 말이다. 한데 모든 것을 파괴하고 살육하는 심벽의 영기 속에서 너무도 철저하게 혼자인 은월의 눈동자를 보았다. 그 지독하게 무감한 색이 다가오지 말라고, 어서 도망치라고 비명을 질러대는 것처럼 보인 것은 멍청한 착각일지 모른다.

그럼에도 혼자 둘 수 없었다. 그 폭발하는 살기 속에서 가호만 남겨두고 도망칠 수 없었다. 그것은 동정과는 다른 어떤 동질감이었다. 온몸에 구멍이 난 것처럼 아프고 쓰라려 울음조차 터지지 않는 그런…….

할 수 있다면 여기서 가호를, 마음과 말을 닫아버린 상처투성이의 세자를 함께 데려가고 싶었다. 그때 제게 손 내밀어준 그 사람처럼 한 번 더 살아 보라고, 이제는 행복해져도 괜찮다고 속삭여주고 싶었다.

"저하! 저하, 정신 좀 차려보셔요!"

소리쳐 가호를 불렀다. 나락 같은 어둠 속의 그를 자꾸만 부르고 또 불렀다.

그 부름을 막아서듯 날카로운 벽색 영기가 이령의 이마를 긋고 어깨를 엇베었다. 붉은 핏방울이 눈물처럼 흘러내렸다. 뼈가 드러난 어깨 때문에 손에 힘이라고는 들어가지 않았다.

피가 꽃처럼 날렸다. 이령은 사납게 치솟는 영기 속에 감춰진 은월의 눈동자를 찾아냈다. 그 눈동자를 힘껏 붙든 채 한 번 더 크게 소리쳤다.

"거기 계시잖아요. 고집 세고 미련한 세자빈이라 저하만 두고 가지 않을 것을 아시잖아요. 그러니…… 이제 저를 좀 보셔요."

똑바로 시선을 부딪친 이령은 아련히 웃기까지 했다.

찬섬하던 청색 너울이 미세하게 흔들렸다. 하지만 광폭한 영기는 여린 틈을 감추려는 듯 더욱 휘몰아쳐 올랐다. 동그랗게 뭉친 힘의 덩어리들이 그물처럼 이령을 덮쳤다. 곧 둔탁한 통증과 함께 숨이 가빠졌다. 무릎이 꺾이며 몸이 앞으로 푹 고꾸라졌다.

이령은 두 팔로 몸을 지탱한 채 거친 숨과 함께 피를 토해냈다. 온몸이 극심한 통증으로 부르르 떨렸다.

"콜록콜록."

정말 이대로는 죽겠다. 어쩌자고 이 무지막지한 피바람 속을 자진하여 뛰어들었을꼬. 후회도 잠시 피식 웃음이 났다. 겁을 내지 않겠다고 약조한 후로 정말 무겁해진 게 확실하다. 이렇게나 아프고 고통스러운데 그 와중에도 가호의 눈동자에 맺힌 푸른 영의 빛이 어딘가 낯이 익다는 생각을 하는 걸 보면.

천천히 몸이 굳고 눈앞이 가물가물해졌다. 아무래도 피를 너무 많이 흘린 모양이다. 이령은 정신을 잃지 않으려 안간힘을 썼다. 하지만 무너지는 몸을 더는 가누지 못하고 털썩 드러눕고 말았다.

"하아, 이 몹쓸 오지랖……."

마지막 일격을 위해 영기가 찰날처럼 뾰족하게 모여들었다. 섬뜩하게 빛나는 기운들이 응집되자 하얀 아지랑이가 피어올랐다. 그쯤에서 시야마저 뿌옇게 변했다.

"그래도…… 혼자 계시게 두지 않아 다행……."

말이 툭 하고 끊겼다. 두 눈을 꼭 감고 창백해진 얼굴로 쓰러진 이령, 그 위로 푸른빛이 굶주린 맹수처럼 달려들었다.

찰날처럼 서리찬 영기가 이령의 가느다란 목덜미에 닿으려는 찰나, 문득 빛의 중심이 폭발하듯 부서지며 동채에 흩뿌려졌다. 그 빛 한가운데서 가호의 눈동자가 천천히 제 색을 찾고 있었다.

정영으로 가는 길은 단조로웠다. 가호는 빠른 속도로 달리는 말 위에서 나른하게 눈동자를 굴렸다. 이따금씩 스쳐가는 산짐승들이 아니라면 끝없이 펼쳐진 들과 산, 하늘에 맞닿은 길은 수십 폭의 풍경화라 해도 믿을 만큼 정적이고 고요했다.

"모수."

관명을 붙이지 않은 부름은 사적인 이야기를 나누겠다는 뜻이었다. 모수는 앞서 달리는 가호의 곁으로 조용히 말을 몰았다. 막 륜의 골짜기를 지나는 중이었다.

"부르셨습니까."

"잠시 둘러보겠다."

"그리하시지요."

가호는 '어디'라고 말하지 않았으나 모수는 더 묻지 않고 말고삐를 골짜기 쪽으로 틀었다. 병사들마저 물린 두 사내는 험준한 골짜기를 타고 내달렸다.

빛이 나부끼는 듯 눈부시게 흩날리는 은발, 빙후(氷厚)를 짐작할 수 없는 은월의 눈동자, 은륜화처럼 새빨간 입술, 모수는 기려하기 그지없는 왕의 모습을 응시했다.

무자비하고 잔인하며 두려울 정도로 강인한 왕은 아름다워서 더 섬뜩하다. 역당 우두머리 율의 생살을 찢어 심장을 맨손으로 도려내고 그 내장을 짓이겨 마지막 피 한 방울, 뼈 한 점까지 으스러뜨리고 불태우던 그날의 가호마저 그러했다.

이령을 잃은 가호, 그의 격렬한 원한과 분노는 상상을 초월하였다. 그대로 은륜이, 아니 세상이 마쇄될 것을 염려해야 할 만큼 가호의 슬픔은 처절했다.

그런 왕이 자신을 용서할 리가 없다.

모수는 피로 물든 호수 앞에서 사납게 울부짖던 은발의 사내를 떠올리며 몸을 흠칫 떨었다. 이제 와 제가 저지른 짓이 후회스럽거나 두려운 것은 아니었다. 다만, 겁이 나는 것은…….

"은륜화를 심어줄까 했다."

모수의 상념을 자른 것은 가호의 무덤덤한 음성이었다.

말에서 내린 두 사람은 계곡으로 이어지는 호수 앞에 멈춘 채였다. 말 등에서 훌쩍 뛰어내린 가호는 익숙한 걸음으로 앞장섰다. 무성한 풀숲이었지만 사람이 다닌 흔적이 또렷했다.

"좋아하시는 꽃이었지요. 성심이 그러하시다면 이제라도 준비할까요?"

그 길을 누가 내었는지는 묻지 않아도 알 수 있었다. 모수는 원래의 평온을 찾으며 되받아 여쭈었다. 염려할 것은 없다. 그는 결코 알지 못할 것이다. 그러니 불안해하지 않아도 된다. 그래…….

모수는 마른 듯 탄탄한 가호의 뒷모습을 잠시 바라보다 곧 주변으로 시선을 돌렸다.

깊은 산 중턱에 자리한 호수는 그에 이르는 길과 마찬가지로 사람의 손을 탄 잔적이 곳곳에 남아 있었다. 높게 자란 갈대가 한 곳으로 누워 길을 품고 있었고 울창하게 자란 나무 중간 중간에는 관갑피貫甲皮 과녁이 걸려 있었다.

왕과 달리 자신은 그 일이 있고서 처음 와보는 것이었다. 모수는 새삼스럽게 비탈진 돌길과 깊고 푸른 물빛을 살폈다. 피에 흠뻑 젖어 파르르 떨리던 검은 눈동자가 아직 이리도 선명하건만, 벌써 그로부터 네 번째의 봄이 지나가는 중이다.

그 사이, 가호는 자연스럽게 바위틈에서 술병을 꺼내 기울이고 있었다.

"되었다."

입가에 흐른 술을 손등으로 닦아낸 가호는 새맑은 수면 위에 툭 하고 돌멩이 하나를 차 넣었다. 동그랗게 퍼지는 파란을 지켜보던 그가 술병을 모수에게 던지며 말을 이었다.

"그 꽃의 화사花詞가 거슬리거든."

"화사라면 꽃에 붙이는 의미 말씀이군요. 은륜화의 꽃말이라면 아마 평생……."

"잊을 수 없는 마음."

간략하게 대꾸한 가호는 손을 까딱여 술병을 도로 건네라 일렀다.
"하아."
모수는 저도 모르게 타는 속을 달래려 잡고 있던 술병을 급히 기울였다. 한숨 비슷한 신음이 나올 만큼 독한 술이었다. 하지만 단숨에 들이켜고 또 들이켰다. 그가 다시 가호에게 술병을 건넸을 때는 이미 반 이상이 비워져 있었다.

3장

 이령은 짤막한 머리카락을 귀 뒤로 쓸어 넘기며 풀색 능라를 겹겹이 드리운 창 앞에 섰다.
 저녁 내내 서책에 푹 빠져 있던 탓에 세자가 침소에 없는 것도 조금 전에야 알았다. 이령은 고개를 쭉 뽑아 앞뜰 구석구석에 시선을 던졌다.
 원래도 고요한 동채는 어둠과 함께 더욱더 침묵의 공간이 되곤 했다. 몇 개의 울금색 등이 비추는 금경전 내부는 쓸쓸할 정도였다. 밤이 깊으면 금경전에는 세자 내외만이 남겨졌다. 밤이란 무릇 어둠의 힘이 강해지는 때이니, 수호령의 힘이 폭주할 위험도 컸다. 해서 동채의 시종들은 특별한 일이 없으면 금경전에서 떨어진 숙소에 머물게 되어 있었다.
 "어디 계시나?"
 어차피 동채 안에 계실 터, 이령은 이미 한참이나 멀어진 궁아들을 부르는 대신 혼자서 찾기로 마음을 굳혔다. 나부끼는 달빛을 벗 삼아 걷는 걸음이 가벼웠다.

처음 궁에 들어왔을 때보다 키가 한 뼘은 더 자란 것 같았다. 늘어진 나뭇가지 끝에 살포시 이마가 닿는 것을 보며 이령은 기분 좋게 웃었다.

한 달여 전의 폭주로 엉망이 되었던 침소와 앞뜰이 이제 완전히 복구된 상태였다. 부상이 심했던 몸 역시 이제는 옅게 흔적 한둘만 남아 있었다.

시종들이 지극 정성으로 돌봐준 때문인지 회복 속도는 놀랄 정도로 빨랐다. 폭주 후로 눈에 띄게 태도가 달라진 그네들이 다음에는 저들 또한 성심으로 마마님을 지켜드릴 것이라 하였을 때는 조금 쑥스럽기도 하고 기쁘기도 하여 그저 옅게 미소하였다.

희미하게 남은 상흔만 아니라면 그때의 일은 꼭 꿈처럼 아득하기만 하였다. 하여 끝내 버티지 못하고 쓰러졌을 때 공연한 오지랖에 목숨을 잃는구나 하다가도 문득문득 저마저 없으면 이제 세자저하는 또 오롯이 혼자이겠구나 싶어 안타까웠더랬다는 말, 그 말은 끝내 하지 않기로 했다. 어쩐지 조금 비밀스럽고 또 아껴두고픈 생각이 들었던 것이다.

그때를 떠올리던 이령은 제 머리통을 콕 쥐어박았다.

"이구."

죽음을 목전에 두고도 남 걱정이나 하였으니 참으로 무사태평한 자신이 아닌가.

그래도 어쩔 수 없으리. 손을 펼쳐 바람을 잡는 이령의 입가에 여린 미소가 번졌다. 세상 누구 하나 손잡아 줄 이 없는 외톨이의 처지를 누구보다 잘 알기에, 다시 그런 상황과 맞닥뜨리게 된다 해도 제 선택은 역시나 그리 어리석을 것임을 이미 확신하고 있었다.

이령은 아직 편치 않은 어깨를 통통 두드리며 밤하늘을 올려다보았다. 달이 새까만 천공에 느슨하게 걸려 있었다. 서늘하고 아름다운 빛이 누군가의 눈동자를 닮았다.

"은가호."

이름도 퍽 곱다. 이령은 계집보다도 여여쁘고 매끈한 가호의 얼굴을 떠올리며 또다시 입술에 호선을 그렸다. 그러고는 소박하게 바람을 읊조렸다.

"다음에 거기 계신 저하를 만날 적에는 서로가 무탈하면 좋겠습니다."

세자의 폭주와 마주했던 기억은 군데군데 끊어져 있었다. 지독하게 메마른 은월의 눈동자가 핏빛 장막 속으로 잠겨 들며 정말 죽는구나 싶었던 것은 명확히 기억나는데, 그 뒤는 꿈인지 현실인지 영 구분이 되지 않았다. 그래도 정신을 잃고 쓰러져 그 섬뜩한 영기에 먹히는구나 싶었던 마지막 순간, 세자가 힘을 스스로 억누르는 것을 본 건 분명 착각이 아니었다.

이령은 그것을 가호와 나눈 첫인사라 새겼다. 이릉이릉한 영기를 제압하던 은빛 눈동자와의 제대로 된 처음 맞이다.

한참 만에 상념에서 깨어 다시 걸음을 옮겼다. 연못 주변에 난 끝이 뾰족한 잎사귀가 복숭아뼈를 간질였다. 내려다보니 녹빛에 숨은 밤벌레가 가냘프게 울고 있었다.

후두둑.

불어온 바람이 얼마 남지 않은 붉은 꽃잎을 연못 위에 흩뿌렸다. 반짝이는 수면 위로 떨어지는 꽃잎이 동그랗게 물 자국을 남겼다. 감탄스러운 시선으로 그 광경을 바라보던 이령은 고개를 갸웃거리며 멀찌감치 보이는 인영을 확인했다.

뜰에는 온통 달빛이 널렸건만, 어찌 빛 한 점 들지 않는 구석에 앉아 가만히 연못만 쳐다보고 계실까. 이령은 휘늘어진 사류가지를 걷고 불어오는 꽃바람 속을 지나 천천히 가호에게 다가갔다.

아지랑이처럼 세자의 주변에 일렁이던 푸른 영기가 이내 사그라졌다. 이령은 다붓한 거리에서 단정하게 자리 잡았다.

"뜰이 이다지도 넓은데 꽃이며 나무를 좀 더 심어볼까요? 침소에서도 꽃비를 볼 수 있으면 참으로 좋을 것이에요."

이령은 한참이나 같이 있었던 것마냥 자연스럽게 말을 건넸다. 상대의 대꾸 한 마디 없이도 대화는 물 흐르듯 이어졌다.

"이왕이면 저하와 소녀가 직접 가꾸면 어떠하겠습니까? 명일부터 당장 시작하는 것이 좋겠지요? 지금부터 부지런히 움직이면 내년 이맘때는 눈과 마음이 한층 즐거울 겁니다."

말을 마치고 손등에 내려앉은 꽃잎을 후 불어 날렸다. 팔랑팔랑 춤을 추며 떨어진 꽃잎이 가호의 은당혜 위에 누웠다.

두 사람의 시선이 약속이라도 한 것처럼 함께 흘렀다. 이령은 생긋 웃으며 손을 뻗어 꽃잎을 가리켰다.

"음⋯⋯ 외람된 말씀이지만 저하께는 붉은색 꽃이 어울리니 그도 빠트리지 않고 심어야겠지요."

칭찬이지만 놀리려는 의도도 조금은 숨어 있었다. 모른 척 웃으며 다시 꽃잎을 집으려던 이령이 동작을 멈추었다.
 "이런, 뒤울이 다 벗겨졌습니다. 녹밥이 터진 모양이에요."
 가죽신의 뒤쪽이 솔기가 터져 허물어졌다. 그 상태로 얼마나 걸었던지, 버선에는 흙과 먼지가 잔뜩 묻어 있었다.
 "후."
 신을 살피던 이령이 미간에 힘을 주며 짧게 호흡을 골랐다. 신에 얹은 손을 무신경하게 탁 털어내는 가호 때문이었다. 성가신 풀벌레라도 쫓는 모양새였다.
 그렇게 나온다면야.
 이령은 잔뜩 기합을 넣어 가호의 갖신을 잡아당겼다. 어떻게든 벗겨서 제대로 손을 봐줄 작정이었다.
 "잠시 벗어서……."
 탁.
 이번에도 가호의 길고 아름다운 손가락이 이령의 손을 털어냈다.
 "정말!"
 저도 모르게 언성을 높인 이령은 고개를 수그리고 마음을 가라앉혔다. 가호의 행동에 깃든 단단한 경고가 들리는 듯했다.
 말을 잃고 마음마저 닫았으니, 그만 좀 내버려두라는 건가. 그래도 지금 꼴이 부끄럽고 살피겠다는 계집아이가 귀찮다고는 여기시는 모양이지.
 삐딱하게만 이어지던 생각이 문득 파안으로 변했다.
 "풋…… 후후."

이내 맑은 웃음소리가 바람을 얻어 타고 연못 주변을 포르르 날았다. 이령은 한참이나 소리 내어 웃다가 눈만 들어 가호를 응시했다. 반달 모양의 눈에 별꽃 같은 웃음기가 여전했다.

이령은 부러 한 번 더 갖신을 잡았다.

탁. 이번에도 가호가 멀뚱히 이령을 쳐다보며 손을 쳐냈다.

"후후, 이건 그러니까…… 우후후후, 저하께서도 고집이라는 걸 부리시는 거잖아요."

웃음이 났다. 가호가 처음으로 내보인 희미한 감정이 마냥 신기하고 기뻤다.

볼우물까지 짓는 이령과 달리 가호의 표정은 여전히 짙은 어둠처럼 무덤덤했다. 그의 눈동자가 흘끔 이령을 보는가 싶더니 다시 연못을 응시했다. 파란 수면에 붉은 꽃잎 하나가 조각배처럼 떠다니고 있었다.

잠시 후, 가호는 소리 없이 몸을 일으켜 세웠다. 그러자 이령이 가호의 가죽신을 덥석 잡아당겼다.

"가시려고요? 허면 신부터 좀……."

탁.

"후후, 소녀가 단정하게 고쳐 놓을 테니 잠시만 보여주셔요."

탁.

"겨우 신 한쪽인 것을요?"

탁.

몇 번이나 더 신발을 잡아채는 이령과 그럴 때마다 가차 없이 작은 손을 떨쳐내는 가호. 가벼운 실랑이를 벌이는 두 사람의 등 뒤로 밤이 깊어져갔다.

◎

 커다란 새 한 마리가 푸드덕 날아올랐다. 고서에나 나올 법한 진한 보라색 깃털도 그러했지만 부채처럼 펼쳐진 오색의 꼬리가 참으로 요란했다. 어둠석 부스러기를 먹고 사는 괴조였다. 녀석이 보인다는 건 괴수가 멀지 않은 곳에 있다는 소리다. 가호는 새가 떨어트린 깃털을 영기로 가차 없이 불태웠다.
 이제 갈림목, 험하고 외진 산을 통과하면 날카로운 돌산과 양지바른 자드락으로 향하는 길이 나뉘어 있다. 거기서부터를 모두 정영으로 부르고 있지만 기실 사람이 사는 곳은 산기슭의 비탈진 땅, 자드락 쪽만이었다.
 은륜의 부락에는 아무리 시골이라도 훈련된 정예 병사들이 보초를 서고 있었다. 허니 뇌가 바스러진 괴수가 아니라면 우선은 병사들을 피해 돌산에 숨는 게 당연했다. 게다가 괴수가 마을을 한 차례도 습격하지 않은 것을 보면 녀석의 부상이 아직 회복되지 않은 모양이었다.
 시시한 사냥이 되겠군.
 가호는 냉랭한 표정으로 턱을 쓸어내렸다.
 "밤에는 소나기가 내릴 성싶은데, 그전에 마무리를 짓는 게 좋지 않겠습니까?"
 모수가 먹구름이 몰려오는 먼 하늘을 바라보며 고했다. 소낙비

전에 왕이 일을 마치고 환행한다면 더는 공연한 염려를 할 필요가 없었다.

그러나 가호는 뻐딱하게 고개를 가로저었다.

"현 대관의 집에서 잠시 비를 피하고 새벽에 움직이도록 하지."

"전하를 뫼시기에는 너무도 좁고 누추한 곳입니다. 차라리 마을 객정客亭을 비워……."

"앞장서."

거스를 수 없는 단호한 음성에 모수는 두 눈을 질끈 감았다 뜨며 말고삐를 곱챘다.

너른 들판 위로 석양에 물든 바람이 휘감겼다. 이질감이 들 만큼 평화롭고 조용한 곳이었다. 어둡게 침몰하여 잔인하게 미쳐가는 자신과 달리……. 가호는 청색 영을 일으켜 몸에 젖어드는 노을빛을 가렸다. 한쪽 어깨에서 날개처럼 돋아난 영기가 겨울바람처럼 매서웠다.

모수는 골똘히 생각에 잠긴 채로 묵묵히 가호 곁을 지키고 있었다. 침착하고 단정한 외양은 평소와 같았으나 좀처럼 흘리지 않던 땀이 이마에 맺혔다.

"현 대관, 댁에 정인이라도 숨겨 놓으신 겝니까?"

병사들을 채근하여 대열을 정비한 젊은 장수가 다가와 말을 붙였다. 호탕하고 정의로운데다 붙임성도 좋아 모수와도 제법 가까이 지내는 이였다.

"제게 그런 재주가 있겠습니까."

"하하, 전에 없이 초조한 눈빛으로 식은땀을 흘리시기에 농을 좀 쳐본 것이외다. 몸이 불편하신 모양인데, 저 녹색 각건을 한 녀석에게 증상을 말하면 약을 챙겨줄 거요. 자시고 밤에 깊이 푹 한숨 주무시구료."

그 말에 모수는 가만히 고개만 끄덕였다. 하지만 시선은 저 멀리 섬엄나무에 가 머물렀다. 가지 끝에 대롱대롱 달린 잎사귀를 스치고 가면 곧 집이 나타날 것이다. 아무리 늦장을 부려도 왕의 걸음을 끝까지 막을 수는 없을 테지. 땀방울이 떨어지는 소리가 천둥처럼 그의 귓가를 울리고 있었다. 부디 가호가 아무것도 발견하지 못하기를…….

얼마 후, 돌담 밖까지 살뜰하게 비질하던 종복이 앞서 오는 모수를 발견하고 꾸벅 고개를 숙였다. 그러다 눈을 커다랗게 열며 바닥에 납작 엎드렸다.

"주인어른, 당겨 오십…… 히에에엑."

새파랗게 파도치는 푸른 영기가 없어도 단숨에 알 수 있었다. 은륜의 왕은 누구도 범접할 수 없는 잔악하고 세찬 기운을 내뿜는 사내였다. 단번에 주변을 얼릴 것 같은 싸늘한 은월의 눈동자는 감히 쳐다볼 수도 없이 아름다웠다.

곧 다른 가솔들도 차례로 달려와 절을 올렸다. 그들 하나하나를 살피던 모수가 드러나지 않게 안도하며 먼저 말에서 내렸다. 그는 가장 나이 많은 종복에게 필요한 것들을 지시하고 가호를 안채로 안내했다.

"드시지요."

단청을 하지 않고 나무색 그대로를 살려 만든 집은 화려하지 않지만 단아하고 정갈했다. 군더더기 없고 깨끗한, 모수라는 사내에게 딱 어울리는 곳이었다.

윤이 날 정도로 잘 닦여진 문을 지나 안채로 이어지는 뜰로 들어섰을 때였다. 가호가 문득 걸음을 늦추었다.

"어찌 그러십니까?"

"……."

가호는 단려한 목소리로 묻는 모수를 물끄러미 보았다. 새빨간 입술이 일그러지는가 싶더니 이내 각인이 희뿌옇게 빛났다.

"발發."

그가 입술을 열자, 동시에 작은 동솔 하나가 뿌리째 뽑혀져 나뒹굴었다.

"닮은 것은 필요 없다, 진짜가 아니면."

기어이 나무를 태워 가루로 만든 후에야 가호는 뜰을 벗어났다.

"참으로 지독하십니다."

한 줌의 재가 된 동솔을 보며 모수가 씁쓸하게 중얼거렸다.

잘 보이지도 않는 구석에 있던 나무였다. 은사로 만든 줄로 기둥을 장식한 작은 소나무는 이령이 '호'란 이름을 붙여 애지중지 돌보던 동채의 나무와 비슷한 모양새였다.

그를 따라 입궐한 적이 있는 시비가 궁에서 '호'를 눈여겨보더니만 돌아와 흉내를 냈었다. 그걸 보고 쓸데없는 짓을 했다고 나무라고 그대로 까맣게 잊고 있었다. 그렇게 저는 수백 번을 드나들면서도 미처 눈여겨보지 않은 것을 가호는 첫눈에 발견해 기어이 없애버린 것이다.

 닮은 것 하나 다른 이의 손에 두지 않겠다는 잔인한 독점욕이었다.

 하지만 어차피 그런 왕도 '호'를 가꾸는 이령을 더는 볼 수 없을 것이다. 그래…….

모수는 안타까운 시선을 거두고 다시 걸음을 재촉했다.

 침소 앞에 은륜화를 심자는 것은 허언이 아니었다. 이령은 금가루처럼 날리는 태양빛 아래서 몇 시진 동안 부지런히 움직여 꽃밭을 만들었더랬다.

 "그러니 손이 그 모양이지."

 가호는 앙상하게 마르고 갈라져 있던 계집아이의 손을 떠올리며 작게 핀잔을 던졌다.

 엉망이 된 머리카락이 한 줌으로 묶일 만큼 자랄 때까지도 이령의 손은 늘 험한 꼴이었다. 하루가 다르게 자라는 키와 살이 올라 뽀얘지는 피부, 선이 또렷해지며 꽃처럼 피는 얼굴과 달리 손은 빈가의 시비처럼 거칠었다.

 처음에는 마구잡이로 공격해대는 수호령 때문에 상처가 가시지 않아서였고, 후에는 그 망할 꽃밭 때문이었다.

 "망할."

 그래, 그 망할 꽃밭.

 그곳을 가로지르며 우수수 떨어지는 햇빛 아래 볼우물을 패며 웃던 이령. 그 작은 계집아이 때문에 심장에 또 무슨 병이 생긴

줄만 알았던 때도 있었다.

　청얼음처럼 날카로운 가호의 눈동자가 가만히 감겼다. 몇 겹으로 감추어도 그리움이란 고약한 녀석은 소용돌이처럼 밀려와 그를 흔들어댔다.

　"호라니."

　반짝거리는 은사를 잔뜩 휘감아놓고 이제부터 이 동솔의 이름은 '호', 세자저하와는 하등 상관없는 '호'라고 지껄였을 때, 웃어주는 게 아니었다.

　그뿐인가. 덩달아 바로 곁에 '령'이란 이름을 가진 소나무를 심고 말았다. 거기에 이령이 좋아하는 작은 구슬을 본떠 달아주기까지 했다.

　네 그리 갈 것을 모르고…….

　펄떡이는 심장을 날것 채로 뜯어내 그대로 불태우는 듯 지독한 아픔, 가호는 그대로 가슴팍을 힘껏 움켜쥐었다.

　"령아…… 아느냐? 호도 령도 더는 자라질 않는다."

　혼잣말이 아득하게 먼 하늘로 향했다.

　"네가 말도 안 되는 주문을 걸어놓질 않았느냐."

　이령은 두 그루의 소나무에게 저보다는 키가 더디 자라야 한다고, 반드시 그래야 한다고 엄포를 놓았었다.

　그렇게 말했던 너는 얼마나 자랐을까.

　지금 곁에 있다면 얼마나 더 고운 여인이 되었을까.

　"고작 내 어깨에나 오던 너였는데……."

　입꼬리를 당겨보았으나 미소는 절절한 그리움만을 떨구고 갔다.

차오르는 마음을 씹어 삼키던 가호는 원래의 싸늘한 눈동자로 돌아갔다. 어느새 모수가 서실 문을 활짝 열고 그를 기다리고 있었다.

4장

 이령은 숙였던 허리를 펴며 쏟아지는 해를 한 움큼 들이마셨다. 청량한 햇살 내음은 콧노래가 절로 날 만큼 상쾌했다.
 볕도 잘 들고 토양도 훌륭하건만, 금경전 안뜰은 풀 한 포기 없이 황량하기만 했다. 그런 세자의 침소 바로 앞에 꽃밭을 만들자 했을 때, 처음에는 다들 고개를 설레설레 흔들었었다. 폭주 때마다 가장 먼저 엉망이 되는 곳이니 무리도 아니었다.
 해서 다스리는 자는 무릇 땅과 작물을 귀히 여기는 좋은 본보기를 보여야 한다는 농서의 구절을 따오고, 꽃과 나무는 심신의 평화에도 좋다는 의서까지 들먹이며 그들을 설득하였다. 그러나 기실, 금경전 앞뜰을 매일같이 거니는 세자의 눈에 조금 더 아름다운 풍경이 보이기를 바라는 제 작은 마음이 그 출발이었다.
 어쨌거나 꽃밭은 순조롭게 만들어지는 중이고, 내년이면 여기에 곱디고운 꽃떨기나무 향기가 더해질 것이다.

향기를 쫓아 꿀벌들이 둘레춤을 추겠지. 여린 꽃잎을 찻잔에 띄워도 좋겠다. 가호의 입술만큼 붉고 아름다운 그 빛깔은 하얀 사기잔에 그림처럼 어울릴 것이다. 그때는 마주 앉아 웃으며 담소를 나눌 수 있기를.

　천천히 몸을 돌린 이령은 가호를 불렀다. 몇 날 동안 수백 번 반복하여서 하는 법을 일러주고 그보다 더 많이 행동으로 보여준 결과, 가호는 마지못해 건성건성 땅을 다지는 시늉 정도는 해주었다.

　"저하, 잠시 쉬었다 할까요?"

　서늘한 은월의 눈동자가 잠시 움직였다가 제자리로 돌아갔다. 이령은 감정 한 조각 묻어나지 않는 세자의 얼굴에 재차 시선을 맞추었다.

　"쉬엄쉬엄 해야 지치지 않지요. 냉차를 좀 내어달라 해야겠습니다."

　다가와 소매를 살며시 잡아끌며 이령이 생긋 웃었다. 순간 메말라 건조하기만 한 가호의 심장에 빛이 또 툭하고 떨어져 번졌다.

　"이왕 쉬기로 하였으니 아무래도 정각으로 가는 게 좋겠지요? 그럼, 거기서 이야기 나누며 차를 기다리지요."

　"……."

　가호는 혼자 묻고 진지하게 답을 기다렸다가 재차 동의를 구하는 이령을 물끄러미 보았다. 물기를 흡수한 종이처럼 빛이 몸속으로 스며들고 있었다.

　한 번, 두 번.

　이 자그마한 계집아이를 인식하고서부터였다. 눈부신 것이 제 안으로 툭툭 떨어져 들어왔다. 고목처럼 바싹 마르고 나락같이 깊은 참 참한 내부로 방울방울 소리도 없이, 그렇게.

"잠시만. 어찌 이런 걸 묻히고 다니셔요. 누가 보면 저하에서 가장 열심인 줄 알겠습니다. 후후."

그때, 정각에 먼저 오른 이령이 아직 계단 끝자락을 밟고 선 가호 쪽으로 허리를 숙였다. 조심스럽게 손을 뻗은 이령은 가호의 뺨에 묻은 흙을 닦아주었다.

웃음을 머금은 이령의 까만 눈동자가 보석처럼 반짝였다. 평소 옥섬돌 서넛은 차이가 나는 신장인지라 꼭 같은 눈높이가 된 것은 금번이 처음이었다. 가호는 저도 모르게 멀어지려는 따스한 손을 힘껏 움켜쥐었다.

"아야……. 그리 역정 내실 참이면 도로 묻혀 드릴 것이어요."

예상하지 못한 힘에 놀라 작게 비명을 질렀으나 이령은 곧 웃는 낯으로 핀잔을 주었다.

"……"

짧은 머리카락이 바람에 흩날리며 이령의 희고 가느다란 목덜미가 드러났다. 이 계집아이의 모든 것은 위태로울 만큼 부드럽고 가냘팠다. 제가 붙든 얇은 팔목도 마찬가지였다.

가호는 천천히 손에서 힘을 빼고 대신에 미간을 좁혔다. 낯설고 이해할 수 없는 균열 따위는 이제 그만 사라져버리는 게 나았다.

어둑해진 가호의 낯빛을 살핀 이령이 다시 입을 열었다.

"철모르고 태평하게 꽃타령이나 한다 싶으셔서 그러십니까? 그저 저하에서도 아시면 좋지 않을까 싶었습니다. 싹이 돋고 잎을 틔워 꽃을 여는 생명의 귀함을요."

생의 의지가 꺾인 다섯 살짜리 계집아이를 일으켜준 그 힘을 세자에게도 전해주고 싶었다.

"제게 그것을 일러주신 분이 그러셨지요. 아무렇게나 버려도 좋을 하찮은 생명 같은 건 없다고. 그분께서 그리 여겨주시고 또한 깨닫게 해주셔서 제가 살았으니 참말 고마운 은인이시지요. 아, 차가 왔나 봅니다."

궁아들의 노란 치맛자락이 멀리서 보이자 이령은 가호를 자리에 앉게 하고 저도 맞은편으로 가 앉았다. 궁아가 다반을 내려놓자 은은한 차향이 이내 정각에 감돌았다. 이령은 아까 남은 말을 잇는 대신 찻잔 하나를 가호에게 건넸다.

무거운 사연이 아직 더 있을 법하였으나 이령은 그쯤에서 입을 다물기로 한 것 같았다. 자그마한 얼굴은 언제나처럼 평화롭고 담담하게 맑았다. 심지어 물구슬이 맺힌 찻잔을 두 손으로 잡고 가호를 향해 연하게 웃어 보이기까지 했다.

오히려 미묘하게 이지러진 것은 가호의 눈빛이었다. 균열은 멈추기는커녕 점점 더 깊숙하게 번져가고 있었다.

❀

소낙비가 까맣게 퍼붓기 시작했다. 반쯤 열린 창으로 비긋는 소리가 들렸다. 그것을 들으며 두 사내는 한동안 각자의 생각에 젖어 있었다.

"다음 입궁은 사흘 정도 늦추어도 되겠습니까? 송하에 다녀오려 합니다만."

먼저 침묵을 깬 것은 모수였다. 가호는 그제야 잔에 담긴 술을 단숨에 털어 넣고 물었다.

"기일인가?"

분명 이맘때가 이령이 말한 은인의 기일일 것이다. 훗날 그 은인이 바로 모수의 모친이며 이미 세상을 뜬 후라는 것을 알았을 때, 이령은 한참이나 말없이 하늘만 올려다보았더랬다.

눈물이 자박하게 고인 눈으로 난간 너머 하늘을 바라보는 이령은 전에 없이 쓸쓸해 보였다. 그러나 그 애처로운 아이는 끝내 울지 못하고 천천히 웃었다. 화마에 휩싸여 꺼져가는 생명을 거두어 보살펴준 그 여인이 진짜 어머니라면 얼마나 좋았을까, 이따금 그런 발칙한 생각을 했었노라 고백하며 처연하게도 웃었다.

그 모습에 제 무디고 메마른 가슴 한구석이 일순 저릿해지던 것을 또렷하게 기억하고 있다.

가호는 빈 잔을 가만히 거머쥐었다. 울 것 같은 눈으로 웃던 자그마한 얼굴이 떠오르자 그 애처로움이 제게로 옮겨져 오는 듯했다.

"그렇습니다."

단정히 답한 모수도 몸을 돌려 잔을 비웠다. 일국의 왕께서 제 어미의 기일을 아직도 잊지 않고 계시니 황송해야 마땅할 것이나 마음 한구석 새까만 아픔이 되살아나는 것을 어찌할 수 없다.

참으로 곱고 따스한 어머니였다. 집 안에서 일하는 식솔들까지 두루 살피시는 너그러운 분이었다. 철마다 하나밖에 없는 아들의 옷을 손수 지어주시는 살뜰한 여인이었다.

선왕이 악귀로 변해 모든 것을 파괴했던 그 무렵, 어머니는 외가가 있는 송하에서 잔망스러운 딸 하나 점지해 달라는 기도를 올리는 중이셨다. 그 시절의 송하는 지금의 정영 못지않게 작고 조용한 마을이었다. 도성에서 일어난 비극이 전해질 때까지 무려 열흘이 걸릴 정도로 멀고 외떨어진 곳이었다. 그가 모시러 갈 때까지 어머니는 아무것도 모른 채로 그곳에서 다섯 살배기 어린 계집아이를 돌보아주고 계셨다.

도성에 남아 먼저 끔찍한 현실을 마주한 것도, 그것을 마냥 자애롭고 여린 어머니께 전해야 하는 것도 오롯이 모수의 몫이었다.

아비가 남긴 혈육이 그 하나였기에 왕실에서 나온 이들은 모수를 피비린내로 가득한 대나무 숲으로 데려갔다. 사라진 왕과 왕비, 장수와 병사들 그리고 세자를 찾는데 꼬박 사흘이 걸렸다고 했다. 넋이 나간 채로 파란 너울 속에 우두커니 앉은 세자만이 그 아비규환 속에서 살아남은 유일한 존재라는 이야기도 들었다.

그래도 도통 실감이 나지 않았었다. 무슨 일이 있었고 또 어떻게 될 것인지 짐작하기 어려웠다. 닷새가 넘는 시간이 걸려 겨우 수습했다는 아비의 시신, 아니 그 조각들을 마주하고서야 구토와 함께 격분이 몰려나왔다.

강직하고 어진 충의였다. 은륜 왕실의 장수임을 자랑스러워하는 우직한 아버지였다. 분명 미쳐 날뛰는 선왕과 수호령에게 반항 한 번 하시지 못하였을 것이다. 목줄기를 잡아 뜯는 괴물이라도 칼 한 번 겨누시지 않았을 것이다.

그토록 곧고 충직한 아버지께 무슨 잘못이 있어 이토록 처참한 몰골이 되어야 한다는 말인가. 그들에게 바친 진심 어린 충심의 대가는 너무도 잔인했다.

모수는 처참하게 파헤쳐지고 문드러진 주검이 아비임을 확인하며 수호령을, 선왕을 그리고 살아남은 세자를 저주하고 또 저주했다.

그렇게 마음이 깨지고 멍든 채로 어머니께 갔다. 이 비참한 소식을 전하지 않을 수 없는 현실을 원망하며 송하에 당도했다.

거기서 그 아이를 처음 만났다. 이령이라 부르셨다. 투기에 미친 정실이 산채로 불태워 죽인 첩의 자식, 차라리 이름 모를 핏줄이면 데려다 수양딸로 삼고 싶을 만큼 어여쁘고 또 딱한 처지의 아이. 어머니는 돌아가시는 날까지 외가에 맡겨두고 온 작은 계집아이를 염려하셨다.

하지만 어머니의 바람과 달리 그 아이를 제 손으로 그 지옥 같은 집에 도로 데려다 놓고 말았다.

끔찍한 비극의 희생자가 된 아버지, 충격을 이기지 못하고 끝내 돌아가신 어머니, 두 분의 묘 앞에서 어린 소년은 세상을 수없이 절망하고 원망하였다. 믿고 따르던 모든 것을 거스르고 싶은 충동만이 가슴에 남아 너무 아프고 버거운 시절이었다.

졸지에 가주가 되어 남겨진 일들을 처리하였을 때도 텅 빈 껍데

기처럼 마음이 흉흉하고 황량하기만 했다. 해서 유품을 정리하러 다시금 송하에 들른 저를 보고 순하게 웃던 아이의 앞날 같은 건 걱정하고 싶지 않았다. 돌보던 시비로부터 그 집에서 심하게 매질을 당하는 것 같다는 말을 들었지만, 대감이라는 아비가 계집아이를 찾고 다닌다는 소식을 듣자마자 돌려보낼 결심을 굳혔다. 그 시절의 그는 선왕과 수호령에 대한 분노와 적개심으로 가득 차 무엇에도 너그러울 수 없었다.

아이는 제 집 대문 앞에서 한참을 머뭇거렸다. 차마 흐르지 못하는 눈물을 그렁그렁 달고서 코를 훌쩍였다. 좁은 어깨가 한없이 떨리고 있었다. 그럼에도 모수는 망설임 없이 손을 놓았다. 가라고 턱짓으로 대문을 가리키고는 그대로 돌아섰다.

그때, 아이가 달려와 그의 손에 나비매듭 하나를 건네주었다.

[마님께 전해 드리려고 했는데 손이 느려서…… 저, 그리고…….]

큰 매듭 아래, 작은 매듭이 하나 더 있는 특이한 나비매듭이었다.

그것을 빼앗듯 잡아채고 할 말이 남은 것처럼 입술을 달싹이는 아이를 남겨두고 돌아섰다.

그렇게 송하를 떠나 유달리 까맣고 맑은 눈을 가진 계집아이를 잊고 살았다. 아니, 잊었다고 착각하였다. 수호령의 계승자인 세자를 마주치기 전까지는…….

"한데 은륜회 수장의 행적이 묘연하다고?"

이번에 축축한 기억의 꼬리를 자른 것은 가호였다. 모수는 왕과 제 잔을 채우고 다시 입을 열었다.

"와병을 이유로 종종 행선지를 알리지 않고 사라진다고 합니다. 공교롭게도 그 시기가 괴수들이 출몰하는 때와 일부 겹치고 있어, 간자間者를 보내 상세한 사정을 알아보는 중입니다."

"정영까지 숨어들 정도의 괴수가 마을은 습격하지 않는 이유도 알아보도록 하라."

어둠석에 지배당하게 되면 끝없는 갈증에 시달리게 된다. 더 강력한 힘을 원하는 괴수들은 사람들을 습격해 그들 안의 어둠석을 파헤쳐 제 것으로 삼았다. 덩치를 불린 어둠석은 보다 강력한 힘을 주었으나 더욱더 심각한 갈증을 유발한다. 그런데 정영 지방까지 달아난 괴수는 마을에는 얼씬도 하지 않고 있었다.

"그것은…… 도성에서 입은 부상을 치유하는데 힘을 쏟느라 공격까지 할 여력이 없기 때문일 겁니다."

짧은 망설임은 그 연유를 능히 짐작하고 있기에 비롯된 것이었다. 허나 직실하게 고할 마음 따위는 없다. 말을 마친 모수는 비 내리는 창으로 고요히 시선을 던졌다.

쏴아아.

쏟아지는 빗줄기 너머로 꺼질 듯 아른거리는 달빛이 참으로 처연했다.

[고마웠습니다.]

울지 못해 웃던 계집아이가 제게 하려던 마지막 말. 그것을 세자빈에게서 다시 듣게 된 날의 달빛도 저리 미련하게 고왔더랬다.

원망 한 점 없이 고마웠노라 말하는 이령은 훌쩍 자라 있었다.

유달리 까맣고 맑은 눈동자가 반달로 접히며 깊고 따스한 미소를 머금는 순간, 어쩌면 그때가 시작이었는지도 모르겠다.

은선을 박아 넣은 향로를 물끄러미 바라보는 모수의 입가에 설핏 애달픈 감정이 스쳤다.

⁕

요 며칠째 오매불망 싹이 트기를 기다리던 이령이 불안한 기색으로 정각 앞을 서성였다.

"어쩌나. 이를 어째······."

원망 어린 눈으로 어둑어둑한 하늘을 올려다보았지만 비를 막을 수는 없는 노릇이다. 마른 땅을 적셔주는 비는 고마운 축복이지만, 아직 뿌리를 제대로 내리지 못한 씨앗들이 자칫 떠내려갈 수도 있는 일이었다. 꽃밭 앞에 쭈그리고 앉은 이령은 물길을 한 번 더 점검하며 하늘과 땅을 번갈아보았다.

멀찌감치 떨어져 이령이 하는 양을 보고 있던 가호가 문득 칼날처럼 날카롭게 눈을 번뜩였다. 수호령도 동조하듯 새파랗게 요동치기 시작했다. 낯선 사내가 시야에 들어온 것이다.

"금일부터 문 영각을 대신하여 임시로 동채의 서고를 관리하게 되었습니다. 현모수라 합니다."

단려한 이목구비의 사내가 그 앞에서 차분히 예를 갖추었다. 그러나 인사가 채 끝나기도 전에 푸른 기운이 위협적으로 날을 세워 덤벼들려 했다.

"저하!"

금방이라도 피바람이 불 것 같은 둘 사이를 막아선 것은 자그마한 체구의 소녀였다.

살벌한 기운을 뿜어내는 영기를 보고도 당황하지 않은 모수였으나, 무방비의 그것도 저보다 한참이나 작은 계집아이가 나타나자 경악하며 눈을 크게 떴다.

"무슨……."

더욱 놀라운 것은 그다음이었다. 모수는 소녀의 등장과 동시에 사그라지는 짙푸른 영기를 목격했다.

방금 전의 살기가 거짓인 듯 얌전히 그리고 빠르게 흩어지는 영기, 소녀는 그제야 안심한 듯 크게 숨을 내쉬었다. 세자는 여전히 감정이라고는 없는 냉랭한 얼굴로 서 있었지만 아까의 날카로움은 눈에 띄게 가라앉아 있었다.

"처음이니 놀라셨을 겁니다. 하지만 저하께서 부러 그런 것이 아니니 마음에 담지는 마셔요."

"송구합니다. 소신, 어찌 감히 그런 마음을 가지겠습니까. 모다 저의 불찰이옵니다."

치맛자락에 수놓인 문양을 보니 눈앞의 소녀가 세자빈인 모양이다. 모수는 준비한 것처럼 반듯하게 답하였다.

이령이 모수를 향해 의젓하게 고개를 끄덕여 보이고 한 걸음 물러나 가호의 곁으로 갔다.

"문 영각이 기침병으로 고생한다는 이야기는 들었지만, 자리를 비울 정도로 심한지는 몰랐어요. 저하께서는 아셨습니까?"

묵묵부답의 세자와 나누는 대화가 익숙해 보이는 것은 제 착각일까. 모수는 곧 비를 뿌릴 것 같은 밤하늘을 배경으로 선 세자와 그 빈을 흘끔 바라보았다.

시선을 느낀 한 쌍의 은월이 서늘하게 번뜩였다. 이번에는 이령도 고개를 돌려 모수를 보았다. 잠시 그의 얼굴을 응시하던 까만 눈동자가 크게 부풀었다.

"혹…… 송하에…… 유화 마님…… 나비매듭…… 그렇지요? 이런…… 어쩐지 낯이 익다 했습니다."

"아."

짧은 탄식이 새어나왔다.

송하와 어머니, 그리고 나비매듭이라면……. 눈물이 그렁그렁한 얼굴로 제 손을 잡고 걷던 깡마르고 작은 다섯 살 아이가 저절로 떠올랐다.

모수는 그때서야 세자빈의 얼굴을 제대로 눈에 담았다. 참으로 동그랗고 새까만 눈동자가 유리알처럼 맑았다. 그것은 때때로 꿈속에서 마주친 계집아이의 것과 꼭 같았다.

"이렇게 다시 볼 날이 올 거라고는 생각지 못하였어요. 꼭 해야 할 말이 있었는데…… 이리 만나게 되는군요."

"송하에서 소신이……."

원래 살던 집으로 돌아가 결코 행복하지는 못했을 것이다. 투기에 미쳐 첩실을 불태워 죽인 여인이 그 자식인들 곱게 보아 주었을까. 그런 사정을 알면서도 그 집에 데려다 놓았으니 저를 퍽도 원망하였을 게다. 원한에 사무쳐 복수할 날만을 기다렸을지도 모른다.

뒤늦게 용서를 구하려 해도, 제게도 피치 못할 사정이 있었노라 변명하려고 해도 입이 쉬이 떨어지지 않았다. 모수는 구름에 가려 겨우 뿌옇게만 빛나는 달을 가만히 쫓았다.

그때였다.

"고마웠습니다."

반달로 접은 눈 안에 미소가 가득했다. 진심을 담은 그 투명한 눈동자에는 원망 한 점 없었다. 이령은 꽃보다 해사하게 웃고 있었다.

"그 말씀을 꼭 드리고 싶었어요. 은인께도 그 아드님께도······. 어리고 무지하여 소식 전할 곳을 미처 알아두지 못한 잘못으로 그간 애를 태웠습니다. 한데 이제라도 전할 수 있으니 참으로 다행입니다."

"아······."

무어라 대답을 올려야 하는 것일까. 부끄럽고 죄스러우나 한편으로 다행스럽고도 기쁜 마음이 드는 것은 구름에 숨은 달이 유난히 밝은 탓인가. 모수는 잠시 눈이 부신 것처럼 눈을 깜박였다. 그 잔상이 영원토록 지워지지 않을 것 같은, 흐릿해도 기막히게 아름다운 달밤이었다.

모수가 돌아가고 이령은 다시 한 번 꽃밭을 살피러 갔다. 저를 보살펴주신 은인은 이미 세상에 계시지 않다는 이야기에 울적해진 마음을 애써 추스르는 중이었다. 그래도 그분의 핏줄에게나마 고마움을 전할 수 있으니 다행이라 할 것이다.

며칠 전 가호에게 은인과의 이야기를 꺼냈던 건 모수를 만나게 될 것을 예감한 때문일까. 돌아가셨음을 듣고 그때는 미처 끝내지 못했던 은인과의 이야기를 가호에게 고백하였다. 그분이 있어 제가 살았고 세자저하께도 온기를 나눠드릴 수 있게 되었음을 진심으로 감사하며 슬픔은 가슴 한구석에 꽃씨처럼 심었다. 비록 가진 것 없고 위태로운 처지지만 돌아가신 은인의 아드님께 보답할 길을 찾자 결심도 하였다.

이령은 그 모든 것을 담아 하늘 어딘가를 향해 꾸벅 고개를 숙였다. 그러다 막대기로 땅을 마구 짓이기는 가호를 발견하고 화들짝 놀랐다. 한참 전부터 그리하시고 계셨던 모양이었다.

"그리 파헤쳐 놓으시면 어쩝니까?"

이령의 만류에도 가호는 그만두기는커녕 더욱 땅을 엉망으로 만들어 댔다. 마치 마음에 차지 않는 일이 있기라도 한 것처럼.

"휴, 제가 잘못한 것이 있으면 속 시원히 말씀을 해주실 일이지, 애꿎은 풀싹한테 왜…… 앗! 보셔요, 벌써 소낙비가 시작되지 않았습니까. 아직 저쪽은 물길도 다시 살펴주지 못하였는데……."

속상함을 담아 입술을 삐죽이는데 머리 위로 물방울이 톡 떨어졌다. 이령은 재빨리 투덜거리던 것을 멈추고 가호의 소매를 붙들었다.

"싹은 그렇다 쳐도, 여기 계시다가는 다 젖고 말 터이니 정각으로 가서 비를 피하셔요. 궁아들이 금세 우장을 가지고 올 것입니다."

가호는 이령의 속눈썹에 살짝 걸린 빗방울과 제 옷깃을 잡은 자그마한 손을 번갈아 보았다. 그러더니 정각과는 정반대의 방향으로 걸어가기 시작했다.

"어?"

세자가 향하는 방향을 확인한 이령이 미간을 살며시 찌푸리며 쪼르르 뒤를 따랐다.

"저리로 가셔야 해요."

굵직한 빗줄기가 어느새 가호의 어깨를 흠뻑 적셔놓았다. 이령은 다급하게 그의 옷소매를 잡았다. 하지만 이번에도 가호는 가볍게 그 손길을 뿌리치고 또 빗속으로 성큼 걸어 들어갔다.

"정말."

고뿔이라도 걸리시면 어쩌려고. 이령은 또 쪼르르 가호를 쫓아갔다.

정면을 향해 있던 은월의 눈동자가 느른하게 움직여 제 뒤를 따라오는 이령을 확인했다. 이제야 까닭모를 갑갑증이 잦아들고 있었다. 아까부터, 정확히는 모수라는 사내와 이 계집아이가 아는 체를 했을 때부터 속이 편치 않았다. 그리고 이령이 녀석을 향해 웃었을 때는 가슴이 쓰릴 정도로 속이 잔뜩 뒤틀렸더랬다.

빛이 일으킨 균열은 이제 멋대로 새까만 내부를 휘젓고 있었다.

"정각으로 같이 좀 가셔요. 네?"

이번에는 두 팔을 뻗어 가호를 막아선 이령이 다부지게 말을 내뱉으며 턱으로 정각을 가리켰다. 굳은 의지를 담은 까만 눈동자가 빗물에 함초롬히 젖어 있었다.

"……."

스스로도 의식하지 못하는 사이, 가호의 입술 끝이 희미하게 움직였다.

"흐음, 자꾸 그러시면 소녀 혼자 돌아갈 것입니다."

잘못 본 것이겠지?

이령은 순식간에 사라진 세자의 미소를 제 착각이라 여겼다. 그러면서 가호를 또 쪼르르 따라가 엄포를 놓았다.

"마지막으로 드리는 말씀이라니까요."

그때 잠시 시선을 돌려 꽃밭이 괜찮은지 살피지 않았다면 이령은 이번에야말로 볼 수 있었을 것이다. 세자의 붉은 입술을 스친 아름다운 호선을.

❀

새벽 동이 트기 전까지 아직 삼각이 넘게 남아 있었다. 사냥을 앞두고 있으니 짧게나마 잠을 청하는 것이 좋을 것이다. 모수나 병사들이 그러하는 것처럼.

그러나 가호는 까닭 없이 예민해진 수호령의 힘을 핑계 삼아 홀로 밤을 지새우고 있었다. 창가에 비스듬히 기대어 앉은 그의 곁에는 술병만 덩그러니 남아 있었다.

깊은 산 중에 나는 열매와 꽃으로 담은 것이라더니 술맛이 꽤 훌륭했다. 술병은 점점 가벼워져 가는데 머릿속은 갈수록 묵직해졌다.

"시끄럽군."

가호는 술병을 입술에 가져다 댄 채 나무라듯 중얼거렸다. 새삼 흙 위에 박히는 시원한 빗줄기 소리를 탓하면 무엇 할까. 빗줄기마다 떨어져 내리는 그리움은 어제와 조금도 다르지 않거늘.

"이대로 비를 맞는 것도 좋겠지."

취기라고는 없는 은월의 눈동자가 가만히 닫혔다 열렸다. 가호는 창틀을 가볍게 뛰어넘어 비 내리는 뜰로 갔다. 파랗게 일어나 빗방울을 막는 영기를 거두어버리고 퍼붓는 빗속으로 그대로 걸어갔다.

이제는 빗속을 아무리 헤매도 따라오는 자그마한 계집아이가 없다. 염려하며 붙드는 따스한 손길도 사라졌다.

가시처럼 따가운 상실감을 잠시나마 잊으려, 자박하게 고인 어둠을 따라 무작정 걸었다. 그러면서도 저도 모르게 중간 중간 걸음을 늦추어 또 이령을 찾곤 했다.

"하아."

겨우 멈춰 서 젖은 머리카락을 쓸어 올리며 짙은 한숨 한 토막을 내뱉었을 때, 그의 눈에 아담한 별채가 들어왔다. 불빛이 새어 나오는 동그란 창이 몇 보 앞에 있었다.

다른 객이 있던가?

줄지어 인사를 올리던 모수의 가솔들 가운데 손님이라 부를 만한 이는 없었다. 설령 있었다 한들 관심 밖이었을 테지만.

다시 몸을 돌려 몇 걸음이나 갔을까. 문득 심장 한구석이 묵직하게 저려왔다. 알 수 없는 초조함이 그를 무겁게 잡아끌었다.

꿀꺽.

마른침이 목구멍을 타고 내려가자 위장이 묘하게 뒤틀리며 둔탁한 통증을 자아냈다. 천천히, 빗방울을 세어볼 만큼 느린 속도로 유자가 드리워진 창을 향해 돌아섰다. 까닭 없는 조급증이 여전히 그를 부채질했지만 가호는 부러 더욱 더디게 움직였다.
 이제 막 싹을 틔워내는 어린 꽃떨기나무와 가늘어진 빗방울만이 그와 창 사이를 막고 있었다.

5장

 이제 비는 아지랑이처럼 가늘어졌다. 얼마 후면 빗방울은 멈추고 환한 아침 해가 떠오를 것이다. 새벽부터 집결한 장수와 병사들은 거추장스러운 우장옷을 아예 벗어두고 나선 참이었다. 그들의 얼굴에는 저마다 팽팽한 긴장감이 흐르고 있었다. 어둠 석에 먹힌 괴수를 사냥하러 가는 것만도 큰일인데, 대열의 선봉에 선 왕의 분위기가 심상치 않아 크게 숨소리도 내지 못하는 것이었다.
 "여독 때문이려나."
 "이 미련한 사람을 보았나. 율과 그 역당을 척결하실 때 사흘을 꼬박 지새우고도 전하께서 어디 작은 틈이라도 보이시던가."
 그야 그렇지. 동료 장수의 면박에 먼저 말을 꺼냈던 장수가 단번에 수긍했다.
 새빨간 피를 흠뻑 뒤집어쓰고 한쪽 어깨에 날개처럼 돋아난 파란 영기를 휘날리시던 모습은 지금 생각해도 섬뜩하게 기려하였다. 충혈된 은월의 눈동자는 차갑게 불탔고 지치지도 않고 칼을 휘둘러 심장을 파내고 머리통을 박살 내던 손길에는 자비가 없었다. 율을 처참하리만치 산산조각 내는 마지막 순간까지도 가호는 결코 쉬려 하지 않았다. 그 모습을 떠올리자 절로 몸이 부르르 떨렸다. 다른 장수 쪽도 눈을 질끈 감고 도리질을 쳤다.

"아무튼, 각별히 행동거지에 신경 쓰라고들 해. 사냥 당하는 건 괴수만이여지 우리까지 엮이면 큰일이라고."

"여부가 있나. 한데 밤새 잠자리가 불편하셨나?"

장수는 동료의 잔소리에 연신 고개를 끄덕이면서도 풀리지 않는 의문이 갑갑한 듯 또 고개를 갸웃거렸다.

"미령하십니까?"

모수 역시 칠흑 같은 무복 차림의 왕에게 그리 여쭈었다.

"별채까지 비를 맞고 갔거든."

끝이 길고 매서운 가호의 눈꼬리가 웃는 것처럼 휘어졌다. 하지만 미소는커녕 싸늘한 냉기가 그대로 흘러나왔다.

"그렇지 않아도 그 일로 여종을 나무랐습니다. 돌아가시는 길에도 쏟아지는 비를 그대로 맞으셨다고요. 아무리 전하를 뵙고 경황이 없다고는 하나 우장옷 하나 챙겨드리지 않았다니, 참으로 송구할 따름입니다. 아랫것을 제대로 가르치지 못한 신 또한 마땅히……."

"겨우 고뿔 따위로 요양까지 보낸 걸 보면 먼 외가붙이라도 꽤나 아끼는 모양이지."

가호가 모수의 말을 자르며 뜬금없는 물음을 던졌다. 별채에서 맞닥뜨린 것은 모수의 촌외 누이를 모시는 계집종이었다. 새하얗게 질린 얼굴로 망극합니다만 반복하던 여종은 제 주인의 옷가지를 가지러 온 참이라 하였다.

모수가 염려하는 것과 달리 여종이 까맣게 잊은 우장옷 따위는 아무 상관이 없었다. 어차피 비를 맞을 작정을 하고 움직인 것이었다. 다만······.

가호는 예의 바르게 머리를 조아리는 모수를 흘끔 쳐다보았다. 그의 단정한 태도는 역시나 무엇 하나 흠잡을 데가 없었다. 그럼에도 모수가 뭔가를 숨기고 있다는 생각을 떨치기 어려웠다.

"그 역시 제 불찰입니다. 별채에 기거하는 누이도 마땅히 전하께 예를 갖추어 인사를 올렸어야 하는 것인데······ 워낙에 심한 고뿔이라 도리어 전하께 해가 될까 그리한 것이옵니다. 사냥 준비에 바빠 그러한 사정을 미리 고하지 못한 점, 부디 너그러이 살펴주십시오."

모수의 대답에 막힘은 없었다. 어쩐지 그것이 더 마땅찮았다. 가호는 말없이 고삐를 곱채었다.

그 계집종의 말도 꼭 이와 같았다. 다른 객이 있음을 고하지 못한 연유도 납득할 만한 것이다. 병사들이 먹을 식수와 육포 따위를 마련하는 일도 꽤나 번거로우니 말이다.

이상할 것은 아무것도 없었다. 다른 계집에게 관심이나 호기심 따위가 생길 리 만무하니, 모수의 별채에 머무는 인물이 누구든 사실 알 바도 아니었다.

머릿속은 이미 명확히 정리되었는데, 말발굽 소리와 함께 자꾸만 무언가 또 꿈틀거리고 있다. 허나 지금은 눈앞에 보이는 것에 집중해야 했다.

"괴수를 사냥함에 주의를 게을리하지 마라."

수백의 창처럼 솟아오른 돌산 입구, 푸른 영기를 어깨에 휘감아 올리며 가호는 애써 상념을 털어냈다. 왕의 명이 떨어지기 무섭게 사냥에 나선 이들이 돌산으로 빠르게 진입하기 시작했다.

[어마마마! 흐흑…… 우시직, 좌시직…… 제발 대답을 해주세요. 공 문학…… 현 장군, 제발…….]

사냥터는 이미 지옥이었다.

자욱한 연기와 강처럼 흐르는 선혈, 심장을 쥐어뜯긴 채 널브러진 시신들, 멀지 않은 곳에서 들려오는 처절한 비명소리.

[아아아악!]

가호는 이미 싸늘하게 식은 어미의 시신을 붙들고 미친 듯 절규했다. 몸의 절반이 타버린 어머니는 죽어서도 아들을 보호하려 그 손을 풀지 않고 있었다.

[왜…… 왜……!]

목구멍에서 뜨거운 피를 토해낸 일곱 살 사내아이는 부들부들 떨리는 몸을 억지로 일으켰다.

제게 활 다루는 법을 알려준 우시직의 이마에서 창을 뽑았다. 적에게 칼을 쓸 때는 망설이지 말 것이되 나랏일을 하실 때는 수백 번 고민하시라던 좌시직의 심장에서 끝이 깨어진 칼도 빼내었다.

양손에 피에 젖은 검을 들고 새까맣게 흩날리는 어둠석의 잔해들 속을 하염없이 걸었다. 물이 고인 은월의 눈동자는 걸음마다 싸늘해져갔다. 비통과 분노에 찬 비명을 내지르던 입술은 매 순간 짓이겨져 핏물이 흘렀다.

일곱 살의 가호는 마침내 방금 죽인 병사의 심장에서 꺼낸 어둠석을 우적우적 씹어 먹는 그것 앞에 섰다. 심장이 멈추면 급격히 약해지는 어둠석의 힘을 조금이라도 더 얻기 위해 그것은 아예 갈라진 가슴팍으로 얼굴을 디밀며 게걸스러운 소리를 내고 있었다.

[아바마마…… 아바마마…… 아바…… 아니, 아니야. 아니야! 아니야!]

알고 있으면서, 이미 아바마마가 끔찍한 괴수가 된 것을 잘 알고 있으면서도 여전히 믿고 싶지 않았다. 그가 더욱 막강한 수호령의 힘을 갈구하다 정화되지 못할 만큼의 어둠에 뒤덮인 것을 쉽사리 받아들일 수 없었다.

[어째서…… 왜! 왜 모두를…… 믿고 따르던 이들을…… 어마마마를…… 왜! 대답해! 왜!]

충격과 공포에 저도 모르게 한 걸음 뒤로 물러나던 가호는 걸음마다 부딪치는 시신을 보며 울부짖었다. 그러다 미친 듯 괴수에게 달려들며 그것의 살갗에 창과 검을 꽂았다.

[어째서! 어째서! 왜 이런 꼴로…….]

괴수는 너무도 간단히 제게 덤비는 아이를 바닥에 내동댕이쳤다.

곧 새파랗게 번뜩이는 안광이 가호의 심장에 닿았다. 그것의 입가에 흉측한 미소가 걸리고 갈고리처럼 긴 손에서 탁해진 영기가 뾰족하게 솟아났다.

[제발…….]

계승자의 각인이 뜨거워지고 있었다. 이제 더는 손쓸 수 없이 오염된 신체를 떠나기 시작한 수호령은 가호의 몸속으로 거침없이 흘러들었다.

[으아아아! 제발! 제발, 그만…….]

악귀가 된 아비와 의지와 상관없이 파고드는 수호령, 그 앞에서 가호는 고통스럽게 비명을 울렸다. 어둠석의 기운을 정화시키기 위해 극도로 거세어진 수호령의 힘은 일곱 살의 가호가 감당하기에 너무 버거웠다. 영기가 혈관을 타고 흐르며 뼈 마디마디를 녹이고 태우는 것 같았다.

아무리 애원해도 이 지독한 숙명을 벗어날 수는 없으리. 그렇다면…….

가호는 내장이 뒤엉켜 흐르지 못한 핏물로 가득한 병사의 가슴을 짚고 일어섰다. 손에는 뱀처럼 몸을 휘감은 영기 하나를 아무렇게나 그러잡은 채였다.

[아바마마를 잠재우고…….]

아직 절반밖에 차지 않은 힘을 끝까지 끌어올렸다.

[꾸에엑.]

제게서 빠져나가는 수호령을 잡으려고 발작하듯 튀어 오르던 괴수가 잘려나간 발목을 붙들며 주저앉았다.

가호는 그것을 향해 무자비하게 영기를 쏘아댔다. 칼처럼, 활처럼, 창처럼 푸른 기운이 괴물의 몸을 잔인하게 도륙했다. 놈의 가슴 밖으로까지 불거져 나온 비대한 어둠석이 요란한 소리를 내며 부서지기 시작했다.

[소자 또한······.]

그 앞에서 가호는 마지막 일격을 준비했다. 미처 흡수되지 못한 수호령의 힘이 주변을 다급하게 날았다. 불꽃처럼 일렁이는 영기를 한 손에 끌어모으고, 다른 손에는 부모로부터 세자 책봉식 때 선물 받은 은동곳을 들었다.

콰콰콰쾅.

다음 순간 큰 굉음과 함께 사냥터 전체가 폭발하듯 들썩였다.

[사라지겠습니다.]

푸른 영기가 괴수, 아니 아바마마의 심장을 산산조각 냈다. 가루로 흩어지는 아비의 심장 조각을 바라보는 가호의 눈에서 눈물이 주르륵 쏟아져 내렸다.

[불효를······.]

제 손으로 아버지를 죽였다. 그를 괴물로 만들어버린 수호령의 힘을 빌려.

[용서하세요.]

수호령의 계승자가 되는 운명을 타고 이 나라 은륭의 세자로 태어났기에 그 힘을 거부할 방도는 없다. 하지만 이대로는 저 역시 선왕과 같은 괴물이 되고 말 것이다. 원망과 악, 분노와 비통한 절규만이 남은 스스로를 파괴하지 않고 견딜 방도를 찾을 자신이 없었다.

어느새 가호의 심장에는 은동곳이 깊이 박혀 있었다. 맑간 은빛 동곳을 적신 피가 고꾸라지는 세자와 함께 후두둑 바닥으로 쏟아졌다.
 곧이어 명멸하던 파란빛의 절반이 엄청난 속도로 사냥터 밖으로 튕겨져 나갔다.

 어둠 속에서 억지로 눈을 부릅떴다. 되풀이되는 악몽에도 가호는 비명 한 마디 없었다. 목을 축일 물을 찾는데 그보다 먼저 제 가슴에 놓인 작은 손이 먼저 눈에 들어왔다.
 이령은 마치 악몽을 꾸는 그를 다독이듯 손을 올린 채 곤히 잠들어 있었다. 가호는 소리도 없는 한숨을 내쉬었다. 계집아이가 식은땀까지 닦아준 모양이다. 이령의 다른 손에는 말라버린 머릿수건이 쥐어져 있었다.
 다음 순간 은월의 눈동자가 고요히 침전했다. 이령이 그의 머리맡에 둔 조그마한 토기마저 본 것이다. 벽사(辟邪)였다. 사슴과 비슷하게 생긴 신화 속 동물은 뒤숭숭한 꿈자리를 막아준다는 풍설이 있었다.
 가호는 벽사의 허리를 감은 은색 실을 살며시 당겼다. 크고 작은 두 개의 나비매듭이 손끝에 걸렸다.
 또르르.
 어김없이 빛 한 점이 적막한 내부로 굴러들었다.
 가호는 자신도 모르게 말려 올라가는 입술을 더듬어 보았다. 흘러든 빛이 균열마다 박혀, 암울한 공간에 꽃처럼 빛이 피어났다.

이른 아침부터 서고에 들러 고서 몇 권을 챙겨들었다. 묵은 책 냄새로 가득한 넓고 오랜 서고는 고요했다. 홀로 큼직한 서안 앞에 단정히 앉아 책장을 넘기는 모수의 모습은 순백의 자기처럼 고고하였다.

하지만 좀처럼 서책에 집중하지 못하고 천장에 닿을 듯 높은 떡갈나무 서장 쪽을 바라보는 시간이 많았다. 그런 행동이 멋쩍고 당황스러웠는지 모수의 뺨에 보기 드문 홍조가 피어올랐다.

참으로 점잖지 못한 행동이다. 누군가를 허락 없이 훔쳐보는 것만도 그러한 것을, 하물며 상대는 세자빈이었다.

여태 손톱에 박힌 가시처럼 그리 부끄럽고 미안한 마음을 가지고 있었던 때문이라고 변명해보지만, 그의 시선은 끈질기게도 이령을 따랐다.

"하아."

모수는 시선의 결박을 풀기 위해 몇 번이나 서책의 글씨를 노려보고 또 노려보았다. 허나 아주 낮고 무거운 한숨만이 새어 나왔다. 결국 또다시 서장 사이로 보이는 새까맣게 윤이 나는 짧은 머리카락을 쫓고야 말았다.

잠시 후 시야에 아무것도 들어오지 않자 모수는 기어이 자리에서 일어났다. 나무의 널결을 손바닥으로 쓸며 움직이는 그의 걸음은 자못 신중했다. 곧 그의 눈에 자그마한 세자빈의 모습이 들이찼다.

뜰을 향해 난 작은 창에 비스듬히 기댄 이령은 책에 몰두하여 인기척도 느끼지 못하고 있었다. 서책에 집중한 이령은 간혹 옅게 웃기도 하고 미간을 찌푸리기는 해도 고개 한 번을 들지 않았다. 갸름하고 작은 얼굴에 드리워진 해 그림자가 문득 아쉬웠다.

모수는 반대편 서장에 가만히 등을 대고 서서 훌쩍 자란 계집아이를 쳐다보았다.

"이어지는 책은 동채 서고에는 없습니다."

말을 건 것은 다분히 충동적이었다. 하지만 몇 장 남지 않은 서책을 보고 괜스레 마음이 조급해져 입을 열고 말았다.

"아, 현 관원이시군요. 그렇지 않아도 다음 이야기가 몹시 궁금하던 차인데, 알았다면 책이 들어올 때까지 좀 아껴서 읽을 걸 그랬지요."

이령이 그를 알아보고 옅게 웃었다. 모수는 예법에 맞게 인사를 올리며 조금 더 다가섰다.

"좀처럼 손을 타는 서책이 아니라 그렇습니다."

"그렇군요. 아, 한데 제가 혹 방해가 된 것입니까? 책장을 넘기는 소리가 컸던 모양이에요."

"아닙니다. 그저…… 흠흠."

모수는 헛기침으로 말꼬리를 흐렸다.

"그게 아니라도 어릴 적 일로 인사한 것이 도리어 현 관원에게는 부담스러운 일일 수 있겠다 싶던 차였습니다. 저와 일면식이 있다는 것이 관직에 계신 분께는 여러모로 좋지 않지요. 후후. 나머지는 금경전으로 돌아가 읽어야겠습니다. 그럼, 이만……."

모수에게 보답할 방도를 궁리했으나, 제 처지에서 할 수 있는 것이 많지 않았다. 금력이야 애초에 가지고 있지 않았고 정치적인 힘은 설령 생긴다고 해도 사사로이 휘두를 마음이 없었다. 하여 골똘히 생각하니 모수와의 인연을 밝히지 않는 것이 제가 할 수 있는 가장 큰 보답일 수 있겠다 싶었다. 언제든 내쳐질 수 있는 세자빈과의 연은 알려지지 않을수록 좋을 테니.

모수의 짧은 침묵을 그에 대한 답이라 여겼으나 조금도 서운하지가 않았다. 이령은 의젓하게 고개를 끄덕이며 읽고 있던 서책을 정리했다.

"그 책, 원하시면 소인이 구해다 드리겠습니다."

모수의 담백하고 예의 바른 말투 안에 망설임은 없었다. 그러나 이령은 한 걸음 물러나 그를 향해 맑게 웃어 보였다.

"말씀은 고마우나 시간이 다소 걸려도 어서원에 청해 놓고 기다리면 됩니다. 현 관원께서는 마음 쓰지 마셔요."

완곡히 거절하고 서고를 나서는 이령의 어깨 위로 밝은 햇살이 쏟아져 내렸다. 모수는 한참이나 그대로 서서 멀어지는 세자빈을 바라보았다.

오후가 되자 바람이 선선해졌다. 서고에 틀어박힌 모수는 점심도 거르고 여전히 서책을 뒤적이고 있었다.

아침 한나절, 이령이 다녀간 후로는 아무도 서고를 찾지 않았다. 동채의 서고는 어서원과 달리 방치되다시피 했다. 때문에 새로 들여오는 책은 드물어도 오랜 고서들은 처분되지 않고 남아 있는 경우가 있었다.

모수가 임시로 이곳 영각을 대신하겠다고 자처한 것도 그 때문이었다. 비명에 간 아비와 뒤따르듯 세상을 등진 어머니의 묘 앞에서 다짐했었다. 세상 부러울 것 없이 따스하고 단란한 집안을 풍비박산 낸 수호령을 제 손으로 파멸시키고 말 것이라고. 그리고 그 방도를 찾기 위해 학자가 되어 수호령에 대한 모든 것을 수집하고 있었다.

"후."

먼지 가득한 구석에서 책의가 다 벗겨진 서책을 찾아든 모수의 입에서 또 한숨이 흘러나왔다. 이령이 가고 줄곧 이 상태였다. 마음은 갑갑증에 미칠 지경인데 냉철한 이성은 그를 서고에 묶어 두고 있었다.

수호령을 사멸시키는 방법을 찾을 때까지 눈에 띄는 행동은 하지 않을 계획이었다. 그 사악한 것의 명줄을 확실하게 끊을 수 있을 때까지 세상이 어떻게 돌아가든, 왕좌에 누가 앉아 있든 조용히 상황을 지켜보고만 있을 참이었다.

때문에 일부러 거리를 두고자 하는 이령의 태도를 부정하지 않았다. 혹여나 제 관직 자리에 누가 될까 염려하는 그 마음이 더없이 망극하고 안타까워도 마지막에는 가시는 걸음을 붙잡지 못했다. 섭정자 율에게 아부를 하고픈 마음 따위는 조금도 없지만 그의 눈 밖에 날 행동을 할 이유도 없다고 이미 셈을 마쳤던 것이다.

하지만 의지만으로는 요동을 멈추지 않는 고약한 것이 마음이었다. 모질었던 지난날의 자신에게 진심으로 고맙다고 웃어주던 이령, 그 해사한 미소까지 완벽히 떨쳐낼 수가 없었다.

모수는 결국 낡아빠진 서책을 들고 뜰로 나섰다. 이령이 걷던 햇살 자국을 따라 금경전 앞의 꽃밭까지 멈추지 않고 걸었다. 후회할 짓일랑 그만두라는 머리의 경고를 모른 척 털어내자 바람이 마냥 상쾌했다.

그의 예상대로 세자빈은 그곳에 있었다. 겨우 거드는 흉내만 내는 세자께 무어라 잔소리를 해가며 새순을 돌보고 계셨다.

"허락하시면 돕겠습니다."

모수는 허리를 숙여 흙밭에 떨어진 호미를 주워들었다. 그가 다가가자 가호에게서 청벽의 영기가 날카롭게 돋아났다.

"현 관원, 어찌…… 저하, 힘을 거두셔요. 위험해질 일이 없음을 아시잖아요."

이령이 놀란 표정으로 모수를 보다 파랗게 일어나는 수호령을 저지하기 위해 가호 쪽으로 몸을 돌렸다.

"제 안위에 관한 염려라면 더는 하지 않으셔도 됩니다. 여기에 난 잡초를 뽑으면 되는 것이지요?"

모수는 은월의 눈동자를 덤덤히 마주 보며 물었다. 세자의 표정은 무감했으나 그 눈에는 섬뜩한 적의가 담겨 있었다.

이령을 가운데 두고 주고받는 두 사내의 눈빛이 칼처럼 매서웠다.

피차일반이란 건가.

모수는 드러나지 않게 조소했다. 모르기는 해도 저쪽에서도 그를 탐탁지 않아 하는 모양이다.

자신이 수호령과 그 계승자에게 품은 적개심을 세자가 눈치 챘다고 해도 나쁠 건 없었다. 애초에 세자와 가까워지거나 그 신뢰를 얻을 마음 따위 있을 리 만무하니까. 서두르지 않고 차분히 준비해온 복수의 계획이 새삼 달라진 것도 아니다.

　바라는 건, 하나 수호령 따위 이 세상에서 소멸시키는 것뿐이다. 세자가 어떤 고통 속에서 말과 마음을 잃었는지 하는 사정은 관심도 없었다. 가호가 빌어먹을 수호령의 힘을 소유하고 있는 이상, 다른 건 중요치 않았다.

　하지만 한 가지, 이령이 변수였다.

　그에 대한 것은 스스로도 갈피를 잡기 힘들었다. 서책을 수백, 수천 권 뒤져도 명확한 답을 구하기 어려울 것이다. 다만 지금으로서는······.

　"이렇게 되면······ 부탁 좀 드려야겠군요. 저하께서도 곧 익숙해지실 겁니다."

　난감해 하던 이령이 결국 졌다는 듯 활짝 웃어주었다. 모수는 그런 이령을 향해 대꾸하듯 고개를 조아렸다.

　지금은 저 미소, 티끌 한 점 묻지 않은 맑고 따스한 웃음에 머무는 시선을 어찌할 수 없을 뿐인 거다. 머리가 아닌 마음이 따라가고 마는 시선이라서.

　다른 이에게는 결코 들리지 않을 답을 내어놓자, 이제 모수도 희미하게 웃을 수 있었다.

　사냥이 시작될 돌산 위로 괴조가 크게 맴돌고 있었다. 왕의 오른쪽에 선 모수는 엄중히 주변을 살폈다.

오른쪽이라. 모수가 문득 자조적인 웃음과 함께 속말을 뇌까렸다.

그래, 참으로 우스운 일이 아닐 수 없다. 소멸시켜버리겠다고 다짐했던 수호령과 그 계승자를 지키기 위해 망설임 없이 검을 들고 빈틈없이 주위를 경계하는 모습이라니.

은가호, 이 잔인하고 광포한 사내를 향한 신의와 단심에 거짓은 없었다. 제가 저지른 일을 알게 되면 그는 결코 믿으려 하지 않겠지만.

"전하."

모수는 담백하게 가호를 불렀다. 그러자 얼음처럼 차가운 눈동자에 설핏 미소가 맴돌았다.

"무서우면 내 뒤로 숨어도 좋다, 현 대관."

"송하에 다녀오면 오랜만에 검술 대련을 해보시지 않겠냐고 청하려던 것입니다. 그때 가서 진정 뒤로 숨을 이가 누군지 밝히도록 하지요."

"좋다. 일단은 사냥에 집중하지."

농도 참 단정하고 반듯하여 재미없는 사내다. 비록 속을 훤히 알 수는 없지만 신뢰할 수 있는 이, 그가 모수였다. 가호는 피식 웃으며 다시 어두컴컴한 돌산 입구로 시선을 돌렸다.

괴수 사냥은 지나치게 간단히 끝났다. 괴수는 이미 어둠석의 대부분을 잃고 겨우 숨만 붙어 있었다. 그나마도 수시로 달려드는 괴조에게 속수무책 당해 가호와 수색대가 쫓지 않았어도 곧 죽을 판이었다.

"발發."

가호는 벌벌 떠는 흉측한 몰골의 괴수를 향해 일말의 주저 없이 힘을 발동시켰다. 어깨의 각인이 푸르게 빛나며 손끝에 칼처럼 영기가 맺혔다.

"꾸에에엑."

심벽색 영기에 꿰뚫린 괴수는 요란한 비명을 지르며 고꾸라졌다. 놈의 등에서 어둠석 부스러기가 벌레처럼 기어 나오기 시작했다. 그것이 증발하면 곧 끝날 목숨이지만 자비를 베풀 마음은 없었다. 가호는 다시 한 번 더 날카로운 영기로 놈의 목을 치고 등을 갈랐다.

영기를 거두어들인 그가 성가신 듯 손을 흔들자 장수와 병사들이 괴수의 부스러기 한 줌까지도 토막 내어 불태웠다.

다른 이가 나설 기회도 없이 끝난 사냥이 많다는 건, 그만큼 가호가 스스로에게 위험을 집중시킨다는 말이었다. 모수는 무어라 한 말씀 여쭈어야겠다고 생각하며 가호를 따랐다. 그가 고삐를 서너 번 곱채고 막 이야기를 시작하려는데 가호가 툭 하고 먼저 말을 내뱉었다.

"이따금씩은 저것들이 부럽기도 해."

"전하와 달리 죽음을 비켜가지 못하는 존재들이라서입니까?"

"말은 바로 해야 하는 거다, 모수. 내가 아니라 이 반쪽짜리 수호령이 죽음에서 비켜선 것이지."

"전하……."

모수의 단정한 입매가 흐릿하게 일그러졌다. 자책감은 떨군 시선

안에 그대로 묻어야 했다.

　괴수의 시체를 처리한 장수와 병사들이 다가오자, 가호는 곧 아무렇지 않은 표정으로 명을 내렸다.

　"여기서 곧장 환궁할 것이니 모두들 출발 채비를 하여라. 현 대관은 송하에서 돌아오는 즉시 입궐하라."

　"존명."

　지극히 냉랭하고 딱딱한 왕의 음성에는 방금 전의 씁쓸함을 찾기 힘들었다. 모수는 다른 이들과 함께 읍하여 명을 받들었다.

　"모수, 대련 준비는 착실히 하도록 해. 남은 무기와 짐은 인편으로 보내면 될 것이니 그리 알고. 참, 전일 마셨던 곡주 몇 병도 넣도록."

　모수에게만 따로 몇 마디 말을 덧붙인 가호가 말고삐를 당겼다. 그것을 신호로 병사들이 일제히 돌산을 빠져나갔다.

　몇 명의 사병과 뒤에 남은 모수는 새하얗게 가파른 돌산을 지나쳐가는 은발의 왕을 물끄러미 바라보았다.

　"송구합니다."

　허나 후회는 하지 않겠습니다.

　나직하게 울려 퍼지는 그 한 마디와 함께 모수도 말에 올라 고삐를 잡았다.

　손님을 치르느라 집이 어수선했다. 집에 당도한 모수는 목욕물을 받으라 이르고 살림을 책임지는 종복을 불렀다.

　"조만간 왕실 짐꾼들이 오면 식사 대접을 잘해서 보내야 할 것이

네. 대개는 꾸려져 있을 것이나 각 방을 돌며 혹여 빠트린 것이 없나 점검하고. 담아놓은 곡주 중에 향이 좋고 맛이 뛰어난 것으로 골라 준비토록 하게."

"분부대로 합지요."

"그럼, 수고해주게나."

"저, 대감마님……."

모수가 이르는 대로 받아 적은 종복이 슬쩍 여쭈었다. 저녁때가 다 되어 가니 미리 부엌에 언질을 주어야 했다.

"금일 저녁은 어찌하실 것인지."

"별채로 들이게. 은이와 함께 먹을 것이네."

"예."

종복이 시원스럽게 답하고 물러갔다. 모수는 창으로 가 흰색 유자를 걷어 올렸다. 멀리 아직 불을 밝히지 않은 별채가 보였다.

목욕을 마칠 때쯤이면, 이은도 돌아올 것이다. 반달로 접히는 고운 눈에 미소를 달고, 예쁜 볼우물을 지으며 그렇게.

어느새 모수의 입가에 따스한 미소가 고였다.

6장

 느슨하게 하나로 땋아 내린 머리카락이 칠흑처럼 검었다. 새하얀 피부와 선명히 대비되는 검은 눈동자는 티끌 한 점 없이 맑고 깨끗하였다. 부드럽게 휘어지는 눈매와 반듯한 콧날, 꽃잎처럼 붉은 입술, 살며시 패는 볼우물이 참으로 고왔다.
 화려한 치장 없이도 누구나 돌아볼 만큼 아리따운 처자, 그녀의 이름은 이은이라 했다.
 "아씨, 정녕 아름다운 분이셨다니까요. 그림처럼 휘날리는 은발이며 그 매서운 눈동자는 참말……."
 곁을 따르는 시비가 전일 밤 마주친 왕에 대한 감상을 늘어놓자, 이은은 소리 없이 생긋 웃었다. 열 번도 넘게 되풀이하며 감탄하는 것을 보니 정말 엄청난 미남자인 모양이다. 이은은 한참이나 이어지는 찬사에 적당히 대꾸해주며 장난스럽게 물었다.
 "그래, 나도 궁금해지는구나. 한데 그분의 성정이 꽤나 무섭다

들었는데?"

"그야 뭐……."

신이 나서 떠들어대던 시비가 입술을 딱 붙이고 말았다. 아무리 완곡히 표현해보려 해도 은륜의 왕은 도시 부드럽고 선한 인물과는 거리가 멀었던 것이다.

"후후."

"아씨! 지금은 그리 웃으셔도 아씨께서도 그분을 만나 뵈면 틀림없이 제 말에 고개를 끄덕이실 것입니다요."

"허면 지금 고개를 끄덕이는 것으로 치자꾸나. 나야 앞으로도 전하를 직접 뵐 일이 없으니 네 말을 믿어야지."

놀림에 토라진 시비를 다정히 어르며 이은은 문득 돌산을 건너다보았다. 날카로운 비늘처럼 솟은 어두컴컴한 골짜기가 바람에 울리고 있었다.

이은泥銀, 은이 녹은 물을 가리키는 말이다.

그런 이름을 지어주다니 자신도 꽤나 삐딱하지 않은가. 은색 달이 흘리는 눈물, 이령 그 아이가 가호에게 그와 같은 의미임을 누구보다 잘 알면서.

모수는 식어가는 찻잔을 손으로 매만지며 쓸쓸하게 웃었다. 알면서도 내심 기대하였다. 세월이 가면 왕께서도 그 아이를 차츰 잊게 되리라고. 영원을 맹세한 어린 마음도 언젠가 희미해지고 말 것이라고.

하지만 시간의 물살에 아무리 휩쓸려도 은륜의 왕은 여전히 절실하게, 너무도 애달프게 그 아이만을 심장에 담고 살았다. 아니, 겨우 버텨내고 계셨다.

그런 가호가 만에 하나 진실을 알게 되면 저는 무사치 못할 것이다. 온몸이 갈가리 찢기고 잘려 나갈 갈 것이 자명하다.

그것은 조금도 두렵지 않았다. 다만…….

모수의 입가에 일순 잔잔히 미소가 번졌다. 주홍빛 석양과 함께 별채로 들어서는 이은을 본 것이다.

"늦었구나."

"오라버니."

보기 좋게 휘어진 눈동자는 영롱한 보석처럼 빛났다. 청아한 음성에 담긴 웃음기는 꽃보다 향기로웠다.

"또 은실박이 일을 배웠다고?"

"갑자기 별채 지붕을 손봐야 한다며 의원 댁에서 며칠 신세 지라 이르신 덕분이지요. 그 이웃에 입사장이 살고 있는 것은 이미 아셨잖아요. 참, 이만하면 오라버니 서실에 두어도 괜찮을까요?"

해사하게 웃어 보인 이은은 꼬박 이틀을 매달려 완성한 촛대를 그에게 내밀었다.

모수는 청동 촛대와 이은의 자그마한 얼굴을 번갈아 보았다. 아무리 정교한 솜씨로 만든 것이라도 이은, 저 아이만큼 고울까. 제게 보여주는 저 미소만큼 귀할까.

한없이 치솟는 제 욕심을 피하지도 못하고 마주 보았다. 지금의 자신은 저 미소를 영영 잃게 되는 일이 두려운 것이다. 이은, 이 고운 아이를 다시 볼 수 없을까 봐 불안하고 초조한 것이다. 네 번의

해가 바뀌면서 그 마음은 점점 더 강해져 스스로를 몹시도 괴롭혔다. 밝히지 못한 진실이 모다 이은만을 위한 것은 아님을 잘 알기에 때때로 부끄럽고 아팠다.

복잡해진 모수의 낯빛을 살핀 이은이 조심스레 그를 불렀다.

"모수 오라버니?"

"어쩔 수 없구나. 지난번 향로처럼 어차피 벌써 서실의 촛대도 사라지고 없을 터."

"후후, 어찌 아셨어요. 진즉에 오화당과 맞바꿀 채비를 마쳤답니다."

농을 받아친 이은은 그제야 안심하며 자리에 앉았다.

"……."

탐스럽게 붉은 입술 언저리에 살며시 내려앉은 미소가 다디달아서 모수는 자신도 모르는 사이 촛대를 힘껏 움켜쥐었다. 소리가 되지 못한 수많은 말이 목구멍을 찔러댔지만 그는 끝까지 침묵을 지켰다.

"듣자니 제가 없는 사이 전하께서 이곳에 머무르셨다지요? 계집 하나가 인사를 빠트렸다고 크게 노여워하시지는 않겠지만 혹, 그것으로 오라버니께서 꾸중을 들으시는 건 아니신지 모르겠습니다."

"그럴 리가…… 있겠느냐. 갑작스러운 일인데다 워낙에 시끄러운 것을 싫어하시는 분이니 그편이…… 여러모로 잘한 일이지."

"다행입니다. 그건 그렇고 송하에는 언제 가셔요?"

"내일 아침에."

"허면 다녀오셔서는 꼭 매파를 만나보셔야 해요. 인주 지방관의 여식이라는데, 주선하신 의원께서도 놓치기 아까운 처자라 하셨다니까요."

이은은 모수의 그늘진 눈을 보지 못하고 상이 놓일 탁자를 정리했다. 쌓여 있는 두꺼운 서책 중에 읽고 싶었던 것은 따로 챙겨두기도 하고, 마른행주로 이미 먼지 한 점 없는 탁자를 깨끗하게 닦고 들꽃이 담긴 화병을 보기 좋게 옮겼다.

"되었다."

이은의 부지런한 손길을 멈추게 하면서 동시에 매파 이야기를 거절하고자 한 말이었다. 모수는 드물게 고개까지 내저어 보였다.

어찌하겠는가. 이것은 제 손으로 엮어 놓은 가시덤불이었다. 피를 토해가며 진심을 감추어야 한다고 해도 스스로의 결정이었다. 모수는 말끝에 자조적인 미소를 덧붙였다.

피투성이가 되어 사경을 헤매던 이은이 아무것도 기억하지 못한 채, 누구냐 물었을 때 주저하였다. 내 너의 무엇이라 할까? 그 순간 욕심에 순순히 따랐다면 좋았을 것이다.

하지만 또렷하게 맑은 눈을 마주한 그는 결국 '오라버니'라는 말로 이은을 안심시켰다.

그러니 어긋나고 감추고, 닿을 수 없는 이 마음 모다 혼자의 몫이다. 모수는 희고 조그마한 이은의 얼굴을 물끄러미 응시했다.

"후후, 설마하니 또 기억 잃은 겨레붙이 누이가 안타까워 아직은 혼사를 치르지 못하겠다고 하실 참이어요? 비단결같이 고운 오라버니 마음은 잘 알고 있으니 부디 이참에 꼭 한 번 그 아씨를 만나보셔요. 의원 댁에서 한 번 마주친 일이 있사온데 얼마나 곱던지……"

"그래, 그렇다면 네 너를 보아 특별히 더욱더 정중하게 거절하마."

모수는 다시금 낯빛을 단정히 하며 상념을 떨쳐냈다.

"정말 또 그리하시면……."

이은이 뭐라고 걱정을 하는 사이, 시비가 정갈하게 차린 상을 들여왔고 두 사람은 곧 다정히 마주 앉아 수저를 들었다.

혼자 하는 식사에 익숙해질 법도 하건만, 모래알을 씹는 듯한 기분은 변하지 않는다. 가호는 마지못해 밥을 한 숟갈 씹어 삼키고 또 억지로 솟국을 넘겼다.

[골고루 드셔야 한다니까요.]

어적이며 나복채 따위를 그의 숟갈 위에 올려주며 제법 엄하게 타이르던 이령. 그 고운 모습과 어여쁜 음성이 그리움에 해진 가슴을 먹먹하게 울렸다.

쓰고도 단 기억을 머금고 가호의 입술 끝이 희미하게 말려 올라갔다.

"그래야지, 그래야 하겠지."

그러나 텅 빈 맞은편 자리를 보며 얼마 안 가 수저를 내리고 말았다.

아무 빛깔도 맛도 나지 않는 물로 입을 헹구고 일어나는데, 이미 머릿속은 또 이령으로 가득했다.

기어이 자리를 박차고 일어난 가호는 창 앞에 섰다. 제멋대로 열린 꽃망울이 한창이었다. 그처럼 제 마음도 이령을 향해 허락 없이 열려버리고 말았었다.

모수가 나타난 후였을 것이다. 이령을 제외한 타인에게 감정이라는 것을 가진 것은. 투기심은 치졸하고 유치한 것이었지만 자각에는 탁월한 효과를 가지는 것이기도 했다.

가호는 팔짱을 낀 채로 비스듬히 창가에 몸을 기댔다. 그때의 자신은 아직 수호령을 제대로 다스릴 줄 몰랐다. 발현하는 법도 몰랐고 멈추어 가두는 것도 미숙하였다. 해서 주변의 상황에 의해서만 그 힘이 사용된다고 믿었다.

그런데 모수를 보기만 하면 그 안의 수호령이 살기 어린 힘을 피워냈다. 이령 주변에 있는 모수를 보면 무작정 화가 치밀었다. 그리고 계승자인 그의 감정은 고스란히 영기에 반영되어 모수를 위협했다.

그럴 때마다 안 된다고 소리치며 옷깃을, 또 손을 힘껏 부여잡던 자그마한 계집아이. 이령은 언제 폭주할지 모르는 위험한 상황임을 잘 알면서 단 한 번을 도망치지 않고 항상 그의 가장 가까운 곳에 있어주었다.

미련하기는.

그 요령 없고 한결같던 세자빈이 절실하게 그리워 가호는 입술을 꾹 깨물었다. 이령의 온기가 머물렀던 손을 더욱 힘껏 움켜쥐었다.

수시로 모수를 치려 드는 푸른 기운 때문에 이령은 한동안 그의 팔에 매달려 있다시피 했었다. 저를 붙들어주는 보드라운 체온이 좋아서 때때로 부러 심술을 부리는 것임은 전혀 모른 채로 말이다.

남겨진 기억의 온도는 너무도 감미로워 가호는 오늘도 은륜화 앞에서 이령을 그리고 또 그렸다.

콰쾅.

분명 서고에서 난 소리였다. 이령은 녹빛으로 가득한 뜰을 지나쳐 서고로 되돌아갔다.

"저하!"

아니나 다를까. 가호가 무작위로 영기를 쏘아대며 살벌하게 모수를 노려보고 있었다.

이령은 주저하지 않고 달려가 그의 손을 불잡았다.

"어찌 매번 그러셔요. 이제 서로 얼굴도 익히셨지 않습니까."

동채의 서고에는 없다던 서책을 구해다 준 모수에게 감사 인사를 전하고 나오는 길이었다. 어서 가서 읽을 마음에 그만 가호가 걸음이 엇갈려 들어가는 것을 보지 못하였다. 분명 자신이 서고에 들어갈 적에만 해도 세자는 창 밖에서 나른한 오후 풍경을 바라보고 있었다.

"마마, 소신은 괜찮으니 안전한 곳으로 피하시지요."

계승자인 세자가 저를 탐탁지 않아 한다고 해서 아쉬울 것은 없었다. 게다가 한 달여의 시간 동안, 모수는 적어도 세자빈 앞에서는 죽을 일이 없으리라 확신하게 되었다. 그것은 흥미롭고도 거슬리는 발견이었다.

모수는 단정한 표정 그대로 이령을 제 쪽으로 불러 세웠다. 모르는 사람이 보자면 위험에 처한 것은 이령이고 그가 구하려 든다고 보였을 것이다. 기실, 새파란 영기의 중심에 서 있는 것은 이령이었다.

모수가 이령에게 하는 양을 지켜보던 가호의 표정이 섬뜩하게 차가웠다. 심벽색 띠를 두른 것처럼 은월의 눈동자에 휘감긴 영기가 무언가를 경고하고 있었다.

"설마……."

이령이 이상한 낌새를 알아채는 순간, 옆으로 유유히 빠져나간 영기가 칼처럼 치솟아 모수의 눈을 찌르려 했다. 마치, 이령을 보는 그 시선이 견딜 수 없다는 듯.

모수가 재빨리 팔을 들어 영기를 막았다. 파란 유리가 깨어지는 것처럼 날카롭게 갈라진 영기에 살갗이 찢어지며 피가 흘러내렸다.

"현 관원!"

빨간 핏물이 팔을 타고 흐르고 있었다. 이령은 소스라치게 놀라 황급히 모수의 상처를 살폈다. 다행히 뼈는 상하지 않았으나 깊이 베인 듯 출혈이 심했다.

이령은 제 치맛단을 뜯어 상처부터 싸맸다. 그리고는 뒤돌아 여전히 파란 너울을 일으키는 가호에게 소리쳤다.

"그만, 그만 하셔요! 마음에 차지 않는다고 이리 사람을 상하게 하시다니요. 저하께 깃든 힘을 이렇게 사용하시면 저자의 무뢰배와 다를 것이 무엇입니까."

제법 크고 냉랭한 목소리로 세자를 나무란 이령은 걱정스러운 얼굴로 모수를 쳐다보았다.

"당장 의원을 불러야겠어요. 아무래도 덧나기 쉬운 자리라……."

그때였다. 이령의 꾸지람에 풀이 죽은 듯 바닥으로 떨어진 푸른 영기가 동그랗게 원을 그리며 가호의 주변을 빠르게 회전하기 시작했다. 곧이어 그 청색 기운이 가호의 어깨와 다리, 등과 옆구리를 마구 할퀴었다.

"저하!"

모수의 팔을 묶고 지혈을 하던 이령이 손을 놓고 곧장 가호에게 달려들었다. 가시덤불처럼, 채찍처럼 매섭게 휘날리는 푸른 동그라미 안으로 돌진해 그대로 가호를 끌어안았다.

"어찌…… 멈추세요. 제발 멈추셔요. 제발……."

"……."

마치 그 온기를 기다리고 있었던 것처럼 가호의 입가에 섣핏 미소가 스쳤다. 모수가 그런 가호를 물끄러미 쳐다보자 은월의 눈동자는 아까보다 더 짙은 살기를 담아냈다.

이령이 다치지 않게끔 교묘히 흩어져 돌아가던 영의 원이 서서히 잦아들었다. 그제야 고개를 든 이령은 핏방울이 맺힌 가호의 뺨과 입술, 너덜너덜해진 옷자락과 군데군데 사납게 휘감긴 상처를 보고 울상을 지었다.

"이를 어째. 의원에게 가야겠습니다. 아파도 조금만 참으셔요."

다급하고 초조한 마음을 나타내듯 이령은 입술을 몇 번이나 질겅이며, 가호의 손을 꼭 붙들고 서고를 나섰다. 남겨진 모수의 존재는 까맣게 잊고 의원에게로 향하는 발걸음에 속도를 더했다.

모수는 그대로 서서 두 사람을 바라보았다.

의원을 불러주는 것과 한달음에 함께 달려가는 것, 그 차이를 옹졸하게 나누고 싶지는 않았으나 문득 가슴에 찬바람이 듦을 어찌할 수 없었다.

차라리 피하지 말고 눈을 내어줄 것을 그랬나. 참으로 어리석고 못난 생각마저 일어났다.

"그래도 적어도 한 가지는 얻은 셈인가."

모수는 스스로를 달래듯 혼잣말을 중얼거렸다.

그래, 이로써 한 가지는 확실하게 알 수 있게 됐다. 세자는, 그 저주스러운 수호령의 힘을 가진 계승자는 더 이상 감정 없는 우인이 아니다. 이제 가호는 깨어나고 있었다. 뜨겁고도 위험할 만큼 지독한 독점욕을 드러내는 그는 선명하게 살아있었다.

"번거롭게 됐군."

여러 가지 의미가 함축적으로 담긴 말이었다. 모수는 제 팔에 감긴 피에 젖은 이령의 치맛자락을 움켜쥔 채, 뚜벅뚜벅 서고를 걸어 나갔다.

부러 그랬다. 다른 사내에게로 향한 시선이, 염려가 진저리치게 싫어서 일부러 스스로에게 상처를 냈다. 울 것 같은 표정으로 제 손을 잡고 의원에게 향하는 이령, 그 모습을 보는 가호의 눈에 옅은 흡족감이 고였다.

그러나 다음 순간 그의 눈동자가 사납게 요동쳤다. 이령이 뱉은 말 때문이었다.

"저하께서는 소녀가 미우신 게 분명합니다. 매일같이 곁을 따르며 성가시게 구는 계집의 어디가 어여쁘겠습니까. 그래도…… 그래도 어쩌자고 상처를…….."

이령은 막아서는 제게 노한 나머지 가호가 힘을 역행시켜 그를 상처 냈다고 믿고 있었다. 다가와 거슬리게 하지 말라는 서슬 퍼런 경고 같기도 했다. 그리 생각하니 그간의 진심과 노력이 모다 부정되는 것만 같아 괜스레 서럽고 또 슬퍼졌다.

가호가 그대로 걸음을 멈추었다. 고요한 바람 한 줄기에 은발이 부드럽게 휘날렸다. 겨우 피어오른 잎사귀들이 그 옆에서 파르르 몸을 떨고 있었다.

"예, 소녀 지금 체통 없이 엉엉 울고 있습니다. 저하께서 결국 울게 만드시지 않았습니까. 다른 이에게 우는 모습을 보이지 않겠다고 결심했는데, 그랬는데……. 지금은 엉엉 울어버릴 것이어요. 속말로 상스러운 욕도 실컷 할 것입니다."

앞만 보고 걷던 이령은 저를 당겨 세우는 힘에 끌려 겨우 고개를 돌렸다. 그렁그렁하게 고인 눈물을 떨구지 않으려 애를 썼지만, 기어이 투명한 물줄기가 뺨을 적시고 말았다.

어둡고 참참한 곳에 홀로 계시는 세자이니 그 앞에서 저마저 슬프고 울적해하면 아니 된다고 여겼다. 감정도 말도 잃은 그를 대신해 더 많이 웃어주려 했었다. 그러면서 아주 조금씩이라도 가까워지는 거리에 기뻤다. 바보처럼, 이따금은 설레기도 했다. 하지만 지금은······.

울음을 참느라 가호가 손을 뻗어 오는 것을 보지 못하였다. 그의 차갑고 긴 손끝이 뺨에 닿았을 때야 비로소 이령의 까만 눈동자가 세자를 담으며 흔들렸다.

"왜······."

여쭈는 음성에 낯선 두근거림이 담겼다. 시리게 차가운 한 쌍의 은월 안에 고요히 피어나는 따스함을 본 때문일지도 몰랐다. 아니면 눈물을 닦아내는 예상치 못한 손길 때문일지도.

"······."

말을 잃은 것이 이토록 답답한 것은 처음이었다. 가슴에 돋아나는 말은 너무도 많은데 전할 수 있는 것이 없었다. 가호는 이령의 눈물이 묻은 제 손을 움켜쥐었다. 그러다 어쩔 줄 몰라 하는 이령의 좁은 어깨를 서투르게 품으로 당겼다.

"아."

어깨를 잡은 힘은 아플 정도로 강했다. 이령은 짧게 신음을 내며 그대로 가호에게 안겼다. 아직은 다소 마른 체구였으나 사내가 되어가는 세자의 가슴팍은 넓고 탄탄했다.

몸을 세우려 가슴을 더듬던 이령은 화들짝 놀라 손을 뗐다. 동그래진 눈에 더해 뺨마저 붉어졌다. 요란하게 뛰는 심장소리가 새삼 부끄러웠다. 빠져나갈 틈도 없이 안겨버린 탓에 맞닿은 세자의 심장에서 나는 소리도 저 못지않음을 곧 알게 되었다.

그런 이령을 품에 꼭 안은 채, 가호는 가만히 등을 다독거렸다. 하지 못한 말을 대신하듯 부드럽고 따스하게 다독임은 한참이나 이어졌다.

그 다정한 손길에 이령의 눈에서 다시금 맑은 눈물이 샘솟았다.

귀가 아닌 가슴에 파고드는 말이라니 참으로 이상타. 그럼에도 너무도 선명하게 가호가 하는 말이 들려왔다.

[울지 마라.]

"생각해보지요."

예법에서는 한참이나 멀고 먼 대답이지만 이령은 그리 말하며 고개를 들어 눈을 맞추었다. 그리고 아름답고 서늘한 은월 안에 빼곡한 제 모습을 향해 생긋 웃어주었다.

※

"울지 마라. 이젠 내가 닦아줄 수도 없지 않으냐."

이슬 맺힌 풀잎 하나를 툭하고 친 가호는 손끝에 묻어나는 습기를 떨구며 나직하게 속삭였다.

감정을 되돌리고 말을 다시 찾게 되어 가장 기뻤던 일이 무엇이냐 한다면, 주저 없이 이령에게 제 마음을 들려줄 수 있게 된 것이라 할 터이다.

감정을 되돌리고 말을 다시 찾게 되어 가장 슬펐던 일이 무엇이냐 한다면, 이령을 잃고 타는 듯한 아픔, 그 미칠 것 같은 상실의 고통을 모다 느껴버린 것이라 대답할 것이다.

선명한 통증과 함께 차오르는 그리움을 잊으려 술을 청하였다.

모수가 정영에서 보내준 것이 당도해 있었다. 가호는 격식에 맞추어 비단보에 곱게 싼 그것을 아무렇게나 들고 정각 앞 연못으로 향했다.

불어오는 바람에 잔잔히 흔들리는 물결, 그 속에 만질 수 없이 멀기만 한 달.

가호는 고적하게 웃으며 술병을 묶은 매듭을 풀려 했다. 얇고 흰 백릉과 푸른 벽라를 겹쳐 싼 술병의 입구에 감긴 매듭은 나비모양이었다.

크고 작은 두 마리의 나비, 연이어진 은빛 매듭이 긴 손가락에 꽉 붙들렸다.

부들부들 떨리던 손이 점차 거세게 병을 옥죄어 이내 사기로 만든 술병을 터뜨려버렸다. 파편이 스친 자리마다 피가 맺혀 흘렀지만 파랗게 일렁이기 시작한 영기 속의 사내는 꼼짝도 하지 않았다.

결코 잊을 수 없는 나비매듭을 확인한 가호의 눈동자에 격렬한 감정이 휘몰아치고 있었다.

7장

"도와주련?"

"정말입니까, 아씨. 큰소리치며 나서기는 했는데 사실 앞이 캄캄하던 차였습니다. 헤헤."

시비가 죽 늘여놓은 술병과 한 무더기나 되는 조각비단 사이에서 크게 안도의 한숨을 내쉬었다. 채 꾸려가지 않은 무기며 갑옷, 자질구레한 군사 물품을 가져갈 짐꾼이 예상보다 하루 일찍 당도한 참이었다. 덕분에 송하로 내려간 모수로부터 일을 부탁받은 종복 우두머리는 별채의 시비에게까지 손을 빌려 달라 청하였다. 그녀가 부탁받은 일은 술병을 꾸리는 것이었다.

"왕실로 보낼 모양이구나."

"예, 그날 전하께서 드시고 입에 맞으셨는지 대감마님께 따로 청하셨다 들었습니다. 겉에 두를 비단이며 담을 상자는 챙겼지만 하나씩 꾸리지는 못해서 짐꾼들이 떠나는 시각에 맞추어 준비해야 한답니다."

시비의 설명에 이은은 고개를 끄덕이며 작은 비단 조각을 들고 자리에 앉았다.

"매듭에 쓸 은사를 넉넉히 가지고 와줘. 둘이서 하면 점심 전에는 마칠 수 있을 거야."

"예, 제가 금세 가지고 올게요."

모수가 알면 경을 칠 일이다. 가주는 별채에 머무는 이은의 존재가 밖에 알려지는 것을 탐탁지 않아 했다. 네 해 전에 크게 다쳐 데리고 올 적부터 집안의 식솔이며 가까이 지내는 정영 사람들을 제외한 외부인에게는 경계를 늦추지 않는 모습이었다.

그에 대해 다들 가족은 물론 지난 기억까지 모다 잃은 이은의 처지가 애처롭고 안타까워 그러신다고만 여겼다. 돌아가신 마님께 워낙 효심 깊으셨던 대감이니 멀어도 외가붙이인 아씨를 보는 마음이 오죽하겠냐고.

하지만 지금 대감마님은 아니 계시고 아씨가 돕는다고 별다른 티가 나는 일도 아니었다. 게다가 일만 잘해주면 저번부터 눈독 들인 노리개를 주겠노라는 감노의 약조는 뿌리치기 힘든 것이었다. 시비는 신이 나서 밖으로 나갔다.

시비가 은실을 가지고 돌아왔을 때, 이은은 두 겹의 비단을 겹쳐 과하지도 부족하지도 않은 모양새로 병을 곱게 싸놓았다. 마무리로 은실로 병의 입구에 길게 늘어지는 매듭까지 달자 꽤나 그럴싸하였다.

[……와는 상관없는……여요.]

버릇처럼, 습관처럼 크고 작은 두 개의 나비매듭을 짓던 이은의 손길이 문득 멈추었다. 머릿속을 울리며 지나가는 것은 분명 지난날의 한때일 것이다.

무슨 기억일까.

작은 애기 소나무 앞에서 계집아이와 사내아이가 무어라 이야기를 나누고 있었다. 설핏 소년의 웃음소리가 들리는 것도 같았다. 이어지는 장면에서는 나란히 선 두 그루의 동솔이 보였다. 짙고 뿌연 안개로 뒤덮인 그 기억이 어쩐지 애달팠다.

이은은 연기처럼 이내 흩어져 버리는 잔상을 더 이상 떠올리지 않으려 고개를 가볍게 저었다.

고향에 역병이 돌아 일가가 모다 죽고 겨우 살아남았던 자신도 식량을 구하러 나서다 낭떠러지에서 떨어져 빈사 상태에 빠졌었다 했다. 그것을 정영에 사는 먼 친척 모수가 모른 척하지 않고 거두어주었고.

그의 집에서 한참 만에 의식을 찾았을 때 기억나는 것이라고는 아무것도 없었다. 이름, 역병에 죽었다는 식구들, 고향, 살아온 시간들, 그 무엇 하나 떠오르지 않았다.

모수는 그런 자신에게 이은이라는 이름을 가르쳐주며 억지로 기억을 찾으려 들지 말라 하였다. 의원 역시 도리어 치명적인 고통을 유발할 수 있다고 거들었다. 죽음을 넘어서야 되돌릴 수 있을 기억의 저편이라면 들여다보지 않는 게 낫다고.

물론 그 모든 말을 거스르고 몇 번인가 희미한 잔상에 매달려 과거를 되짚은 일이 있었다. 하지만 그때마다 죽음을 맞닥뜨린 듯 극심한 통증이 찾아왔고 버티다가 기어이 혼절을 하곤 했다. 모수의 말처럼 새까맣기만 한 영상에는 아무것도 보이지 않았고 기억할 수 없었다.

혼절에서 깨어나면 모수가 슬프고도 근심 어린 눈으로 바라보고 있었다. 그때마다 그에게 참말 미안하였다. 아프기만 한 알 수 없는 과거의 시간도 점차 두려워졌다. 어쩌면 영영 잊어버리는 게 나을지도 모른다는 생각도 들었다.

그렇게 마음먹은 탓일까. 지금까지도 이따금씩 알아볼 수 없는 희미한 영상이 보이는 것을 제외하고는 기억은 전혀 되돌아오지 않았다.

그럼에도 무언가 중요한 것을 망각하고 있을지도 모른다는 염려는 여전했다. 아니, 어쩌면 그것이야말로 죽음에 비견될 고통의 원인일지도 모르지만······.

"괜찮아."

"그럼요. 너무너무 곱습니다. 필경 전하께서도 마음에 차 하실 겁니다."

혼잣말처럼 내뱉은 말에 시비가 손뼉까지 치며 거들었다.

흐릿한 기억 속 소나무 허리에 드리워진 은사 매듭이 지금과 같은 것이라고는 꿈에도 생각지 못한 채, 이은은 다시금 분주히 손을 움직였다.

이틀. 정영에 짐꾼이 다녀가고 딱 그만큼의 시간이 흘렀다. 아직 모수는 부재중이었고 한가로운 풍경은 변함이 없었다. 이은은 청동으로 만든 보갑을 앞에 두고 단정히 손을 모았다.

　감탕을 만드는 일과 사용할 은실은 이미 준비해 두었다. 입사될 보갑 바탕을 정으로 쪼아 표면을 정돈해 두고 은선이 고르게 박힐 수 있게 갈기질을 했다. 이어 동그랗게 무리를 지은 은륜화 무늬를 옮기고 정성스럽게 은실을 박아 넣기 시작했다. 송곳정으로 찍은 무늬를 따라 은실을 박으면 울적해 보이던 청동 표면에 화사한 생기가 돈다. 광쇠로 은선을 문질러 광을 내었을 때는 이미 늦은 오후가 되었다.

"아씨, 무리하시면 아니 됩니다."

　볕 좋은 창 앞에서 내내 꾸벅꾸벅 졸던 시비가 잠기 묻은 음성으로 당부했다. 그러고는 아무것도 들리지 않는 듯 여전히 청동 보갑에 집중하는 이은에게 차 한 잔 내어줄 요량으로 자리에서 일어났다.

　시비가 다반을 가지러 나간 사이, 이은은 자그마한 보갑을 흐뭇한 미소로 바라보았다.

"예쁘다."

　아직 부족한 제 솜씨를 이르는 말도 아니었고 그리 귀할 것 없는 보갑을 칭한 것도 아니었다. 이은의 시선은 반짝반짝 윤이 나는 은실에 가 있었다.

　기억을 송두리째 잃었지만 여전히 은색이 좋았다. '여전히'라고 말하는 건 그것을 바라볼 때의 제 마음 때문이었다. 그 깊고 서늘한 빛에 문득 가슴이 아리고 또한 설레었다. 까닭 없이 눈물이 핑 돌 만큼 무언가가 그립기도 했다.

"그게 무엇이든 이 빛깔만큼 고운 것이었나 보다."

이은은 부러 생긋 웃으며 주변을 정리했다. 부지런히 손길을 움직이자 복잡하던 마음도 차분해져갔다. 막 남은 은실을 곱게 뭉쳐 함에 담으려는 순간이었다.

콰콰쾅.

별채 밖에서 요란한 파열음이 들려왔다. 사람들이 내지르는 시끄러운 비명도 함께 날아들었다.

이은이 걱정스런 얼굴로 바깥을 내다보려는데 뿌연 연기와 함께 뜰로 난 창과 벽면이 힘없이 허물어졌다.

"무슨……."

처음으로 눈에 들어온 것은 섬뜩한 푸른 너울이었다. 몇 번 눈을 깜박이자 심벽의 영기를 거두어들이는 키가 큰 사내의 모습이 흐릿하게 보였다. 사내는 서두는 기색이 역력한 채 빠른 속도로 다가오고 있었다.

이은은 누구냐고 묻는 대신 아직 손에 남아 있던 은사를 힘껏 쥐었다.

왜 이리 심장이 흐느끼는 것만 같을까.

아마도 숨 막히게 아름다운 사내를 보고 단번에 그가 시비가 감탄해 마지않던 은륜의 왕이라는 것을 알아챘기 때문이리라. 그게 아니라면 시릴 만큼 연심한 은월의 눈동자에 꼼짝없이 시선이 묶인 것일지도 모른다.

"너……."

마침내 두 사람이 서로를 마주 보고 섰을 때 은륜의 왕, 가호의 입술이 가느다랗게 떨리고 있었다.

＊

　세자에게 감정이 고이고 있다는 사실은 차츰 주변에도 알려졌다. 비록 말까지 되찾지는 못했으나 그 변화만으로도 엄청난 파장을 예고하는 것이었다.
　핍박을 피해 숨어 있던 충신들에 출세할 기회만 엿보던 약삭빠른 이들까지 더불어 은밀히 뭉치기 시작했고, 은륜회도 중립을 표방하며 세자를 면밀히 주시했다.
　그러나 가장 긴장한 것은 역시 섭정을 하는 숙부, 율이었다. 비록 여전히 반쪽밖에 없고 제대로 다스릴 수조차 없는 힘을 가졌으나 가호는 엄연히 수호령의 정식 계승자이며 세자였다. 감정을 내보이기 시작했다는 것만으로 섭정을 하는 제 자리를 뺏기지는 않을 테지만, 점점 불안해지는 것은 당연한 일이었다.
　불안정한 힘과 폭주의 위험, 섭정자에 대한 경계로 아직 드러내어 동채를 찾는 이는 없었지만, 율은 외면당하던 세자에 몰리는 시선을 일찌감치 차단하고 싶어 했다.
　"세자빈입니다."
　"그 작은 계집이 세자를 자꾸 자극하는 모양입니다."
　그가 보낸 간자들은 세자의 변화된 원인으로 하나같이 세자빈을 지목하였다. 이령을 제거하면 세자가 예전으로 돌아가버릴 것이라는 간사한 말도 덧붙였다.

"허면 눈앞에서 치워야지. 흔적도 없이, 깨끗하게."

뒤를 봐줄 배경도 없는 계집의 목숨 하나에 가책을 느낄 율이 아니었다. 언제든 내칠 작정으로 직접 고른 힘없는 계집이 아니던가. 그는 바로 세자빈을 죽여 없애라 명하였고 간자들은 은밀히 계획을 진행시켰다.

독살은 자칫 흔적이 남을 수 있으니 사고를 가장하여 이령을 제거키로 말을 맞추었다. 어린 세자빈이 낡은 서고에 자주 들른다는 것은 그들에게는 희소식이 아닐 수 없었다.

"언제 무너져도 이상할 게 없는 곳이지요."

"그렇습니다. 썩은 기둥이 주저앉아 그 안에 누구라도 파묻힐 만하지요."

실행을 하루 앞둔 밤, 율의 기분을 맞추며 간신들이 비릿한 웃음을 머금었다.

낭창한 솜버들이 어여뻤다. 맑은 햇살에 함초롬히 젖은 금담金潭은 눈이 부실 지경이었다. 물꽃밭을 수놓은 분홍 연꽃도 마냥 고왔다. 이른 아침부터 서고로 향하던 이령은 연못 앞에 걸음을 멈추고 미소 지었다.

"해님도 따스하고 바람도 부드러우니 금일은 좋은 일이 있을 모양이야."

하긴 금일이 아니라도 요사이는 좋은 일들이 가득하였다. 모수와 읽은 서책의 내용을 논하는 재미지고 보람찬 일과가 생긴 것이 그러하고, 그럴 때마다 불퉁한 얼굴로 앉아 서책을 뒤적이는 세자가 더는 영기를 마구 쏟아대지 않는 것도 좋은 일이라 하겠다.

하지만 무엇보다 좋은 일은 무표정하고 차갑기만 하던 가호의 얼굴에서 희미하게 감정을 엿볼 수 있게 된 것이리라.

이령은 문득 제 뺨에 손바닥을 가져다 대었다. 슬그머니 뺨이 달아오르고 심장이 뛰었다. 누군가와 가까워져 그에 깃든 마음 조각을 볼 수 있음이 이토록 설레는 일이었을까.

붉어진 얼굴이 새삼 부끄러워 고개를 가로저었다. 곧 세월의 흔적이 여실히 드러나는 서고가 이령의 눈앞에 나타났다. 다녀올 곳이 있다며 잠시 자리를 비운 모수이니 금일 오전의 서고에는 혼자만이 있을 터였다.

낡은 문을 열고 천장까지 닿은 서각을 지나서 서고 깊숙이 들어서는 이령. 그녀의 자그마한 얼굴 위로 길고 짙은 해 그림자가 드리워졌다.

며칠 밤을 지새워 매달려야 했던 두꺼운 서책의 책장이 바람에 흩날려 펄럭거리고 있었다.

그 때문이었을까. 깊게 든 잠에서 저절로 깨어났다.

가호는 자리에서 일어나 습관처럼 옆자리의 이령을 찾았다. 그러다 단정하게 정리된 침금을 보며 묘한 표정이 되었다. 제 어깨에도 오지 않는 작은 계집아이는 겨우 이부자리 하나로도 빛을 불러일으킨다. 가호는 침금 곁, 꽃잎처럼 고운 빛깔의 보자기를 덮어둔 탕약 그릇으로 시선을 옮겼다.

[피로에 좋은 탕약을 들이라 했으니 조반 후에 드셔요. 꼭입니다.]

며칠 전부터 이령이 거듭 당부하던 것이 떠오르자 입꼬리가 스르르 말려 올라갔다. 그리 일러놓고 막상 저는 서책을 읽느라 아침도 거르고 서고에 박혀 있을 테지. 그 모습이 절로 그려지자, 글에 열중하여 발그레해진 두 볼이 보고 싶었다.

보러 나설까. 아니다. 그전에 조반은 들었는지 탕약은 어찌했는지 염려할 것이니 당부한 것부터 지켜야겠다. 가호는 못다 본 서책을 넘기며 아침상을 기다렸다.

콰콰콰콰쾅.

낡은 서고 전체가 주저앉으며 내는 굉음이 동채를 울린 것은 그로부터 얼마 지나지 않아서였다.

"서고가…… 서고가……."

"이를 어찌합니까. 우리 세자빈마마께서 저 안에……."

발을 동동 구르며 붕괴된 서고 앞에 선 사람들의 입에서 일제히 울음과 탄식이 터져 나왔다. 마음은 다급한데 막상 어디서부터 손을 대야 할지 막막하기만 했던 것이다. 연목이나 다른 용도로 쓴 나무들이 워낙에 무겁고 부피가 큰 것들이라 동채 사람들 전부가 매달려도 쉽게 옮길 수 없을 터였다. 시야를 가리는 자욱한 흙먼지도 문제였다. 이제 잔해 어딘가에서는 불까지 치솟고 있었다.

그 순간 기적처럼 뿌연 연기를 뚫고 인영 하나가 나타났다.

"헉!"

가장 먼저 그 존재를 알아본 이가 비명 같은 탄성을 내지르며 주저앉았다. 상상하지 못한 뜻밖의 인물이 거기 있었던 것이다. 은륜의 세자가 빈을 안고 서고의 잔해를 헤쳐 나오는 중이었다.

뒤이어 그 모습을 목격한 이들도 충격을 받기는 매한가지였다. 서둘러 정신을 차린 이들이 세자를 도와 길을 텄다. 마침내 가호가 맑은 공기를 들이마시며 숨을 골랐다.

그러나 누구도 섣불리 그의 품에 안긴 세자빈의 상태를 살필 수가 없었다. 차가운 은월을 휘감은 섬뜩한 푸른 빛, 짙게 너울거리는 거센 심벽의 기운이 두려워 한 발짝도 움직이지 못했다.

"어의를 불러라."

무거운 침묵을 깬 것은 놀랍게도 세자였다.

"저…… 저하……지, 지금 말씀을……."

덜덜 떨며 경악하는 사람들을 매섭게 쏘아본 가호가 나직하게 말했다.

"뭣들 하고 섰느냐! 당장 어의를 부르라 했다. 지체하면 누구도 살려두지 않겠다."

그 음성이 지독하게 아름답고도 살벌하여 시종들은 넋이 나간 듯 고개를 끄덕이며 빠르게 흩어졌다.

"령아……."

모두가 사라진 자리, 이령을 부르는 가호의 음성은 다시없이 안타깝고 애절하였다.

어여쁜 당부를 지키려 조반에 이어 탕약마저 비우고 서고로 향했다. 널찍한 서고 안에서 이령의 모습이 저 멀리 조그맣게 보였을 때, 무슨 보물을 발견한 것처럼 들뜬 기분이 우스웠더랬다.

그래서 유달리 삐걱거리는 나무 기둥을 신경 쓰지 못했다. 쩍쩍 갈라지는 천장초를 보고서야 사태를 파악했다. 서고가, 오랜 시간 방치되다시피 한 낡은 서고가 무너지고 있었다.

'피해!'

달려가며 아무리 외쳐도 소리가 입 밖으로 나오지 않았다. 수십 개의 서각을 사이에 둔 멀고 먼 거리, 이령은 아무것도 모르고 책에만 몰두하고 있었다.

'피해! 피하란 말이다!'

아무리 빠르게 달려도 이령의 왼쪽에서 쓰러져 내리는 기둥을 막을 수는 없을 것 같았다. 가슴이 타들어가고 심장이 요동쳤다.

어떻게든 힘을 발현해 막아야 했다. 하지만 수호령의 힘을 자유롭게 다루는 법을 알지 못했다. 솟구치는 감정, 들이닥친 위험에 저절로 반응하는 힘이었기에 제 의지로 일으키거나 멈추는 법은 아직 몰랐다.

'제발!'

이령의 주의를 끌기 위해 서각 하나를 쓰러트리려 했다. 그러나 있는 힘껏 어깨를 부딪쳐도 묵직한 그것은 흔들리기만 할 뿐 쓰러지지 않았다. 이제 이령이 무거운 돌과 나무 기둥에 깔리기 일보직전이었다.

나오지 않는 소리를 질러대던 목에서 피가 역류했다. 새빨간 피를 토해내며 가호는 간절하게 손을 뻗었다. 심장처럼 붉은 핏덩이마저 게워낸 가호의 눈은 이령에게 고정된 채였다.

잃을 수 없다.

저 아이를 잃고 싶지 않아. 그러니 제발······.

"이령!"

마침내 그 지절한 바람이 소리로 터져 나왔다. 동시에 손끝에서 푸른 영기가 크게 뻗어나갔다.

"저하?"

절박하게 부르는 음성이 가호임을 확인한 이령이 믿을 수 없다는 듯 자리에서 일어섰다. 그때서야 휘청거리는 기둥과 와르르 무너지는 천장을 발견한 이령은 황급히 몸을 숙여 피했다. 묵직한 단층기둥이 아슬아슬하게 이령을 비껴 떨어졌다. 얼마나 육중한 무게인지 서고 바닥이 반으로 갈라지며 움푹 파여 버렸다.

"윽."

무사히 몸을 피한 것처럼 보였던 이령이 외마디 비명을 내지르며 주저앉았다. 쓰러지는 기둥은 피했지만 가호가 날려 보낸 날카로운 영기에 어깨를 관통당해 버린 것이다.

"령아!"

수호령의 힘을 제대로 다룰 수 없으니 방향을 바꾸거나 멈추지 못할밖에.

제가 발현한 영기에 상처를 입고 쓰러진 이령을 본 가호의 눈에 파란 불꽃이 이글거렸다. 채 다스리지 못한 감정에 수호령의 힘이 또다시 매섭게 요동쳤다.

"내가······ 이 힘이 너를······."

저로 인해 이령이 다친 것을 용서할 수 없었다. 요탕하는 영기를 바라보는 가호의 표정이 파란 얼음처럼 냉암하였다.

그 사이에도 파도 같은 영의 기운들이 무작정 서고를 휩쓸기 시작했다. 가호는 제어할 수 없는 심벽의 영기를 뚫고 쓰러지는 이령을 받아 안았다. 그 기운에 제 옷자락이 찢어지고 손등이 베여도 오로지 이령을 꽉 끌어안아 보호하는 것에만 몰두했다.

영기에 이어 반으로 갈라져 떨어진 단여에 힘껏 부딪치고만 이령. 그 자그만 몸이 가호의 품에서 축 늘어졌다. 첨예한 나무 모서리에 긁힌 이마에서 핏방울도 흐르고 있었다.

그런 이령을 바라보며 지독하게 무감했던 가호의 얼굴에 속속 감정이 드러났다.

"이령, 나로 인해 네가……."

"……셔요."

복잡한 후회와 죄책감에 뒤범벅된 은월을 향해 이령이 무어라 입술을 달싹였다. 하지만 무너지는 서고의 소음과 날뛰는 수호령이 내는 파열음 때문에 이령의 목소리는 이내 연기 속으로 사라져 버렸다.

끝내 혼절한 이령을 안고 미친 듯 밖으로 달려 나가는 가호, 그 다문 입술 사이로 마르지 않은 피가 뚝뚝 떨어져 내리고 있었다.

그렇게 그날 세자는 잃었던 말을 되찾았으나, 반만 남은 수호령의 힘은 어떤 이유에선지 봉쇄되고 말았다.

❊

바람보다 빠르게 정영으로 달리는 말. 그 고삐를 잡은 가호의 손이 희미하게 떨렸다.

[그리 염려치 마셔요.]

서고가 완전히 허물어지고서야 정신을 차린 이령은 다시 한 번 그리 말해주었다. 작은 계집아이는 통증 때문에 연신 입술을 깨물면서도 눈이 마주치면 생긋 웃어주곤 했다.

[저하의 음성은 어떨까 가끔 상상해보았더랬지요. 그 역시도 아름답지 않을까 싶다가도 괜스레 심통이 나서 목소리만은 껄끄럽고 탁할지도 모른다 생각한 일도 있고요.]

미소 짓는 이령을 보고도 도통 마주 웃을 수가 없었다. 말하는 법을 처음 배우는 것처럼 낯설고 무어라 대꾸해야 할지 몰라 자꾸 망설여졌다.

[들려주셔요. 그리 아껴두시지 말고 이제 좀 들려주셔요.]

진한 자책감에 흔들리는 은월의 눈동자를 꼭 붙들고 이령이 맑게 속삭였다. 피가 스민 자리옷이 꽃처럼 보인다며 농도 쳤다.

[오랜 서고이니 무너질 수도 있는 일이고, 저하께서 구해주셔서 목숨 또한 무사하니 소녀는 그저 좋은 것을요. 덕분에 세자저하의 음성을 듣게 되었으니까요. 그러니 그런 표정 짓지 마시고 말씀 좀 해보셔요.]

반달로 감기는 눈매가 고와서였을 것이다. 가만히 이령의 헝클어진 머리카락을 넘겨주었을 때 가슴 깊이 애틋함이 파고들었기 때문이었다. 한참 만에 붉은 입술을 비집고 나온 가호의 음성은 조금 떨리고 있었다.

[령아.]

[예.]

[이령아.]

[예, 저하.]

[내 곁을 떠나서는 아니 돼.]

[……예.]

들릴 듯 말 듯 답하는 그 아이를 품에 안고 서투르게 등을 다독였을 때, 한 사내로서 가슴에 차오르던 뜨거운 불꽃과 지독한 욕심을 기억한다.

과거의 기억이 심장에 아련히 맴돌고, 이제 모수의 집은 눈앞에 나타났다.

"그때, 분명 그렇게 약조하지 않았느냐."

가호는 쓰게 혼잣말을 내뱉으며 더욱 힘껏 말고삐를 당겼다.

"전, 전하. 어인 일로?"

문지기가 황망한 얼굴로 비켜섰다. 달려드는 말의 속도가 무섭도록 빨랐고 그 위에 탄 왕의 표정 역시 오줌을 지릴 만큼 살벌하였던 것이다.

가호는 대답 대신 영기를 발현해 두꺼운 문짝을 그대로 박살내고 뜰까지 한달음에 말을 달렸다. 경악하며 몰려드는 모수의 식솔들은 눈에 들어오지 않았다.

"그 아이는 어디에 있느냐!"

정영까지 달려오는 매 순간 초조했다. 자신이 향하는 곳이 모수의 본가라는 것도 중요치 않았다. 오로지 이령, 그 아이가 정영에 있을지도 모른다는 것만이 가호를 움직이게 했다.

허나 또한 모르지 않았다. 특이한 나비매듭이지만 그것을 어찌 이령만의 것이라 할까. 비슷한 매듭 하나만으로 그 아이가 살아있다고 믿고 싶은 우매함, 그조차도 기실 간절한 바람에서 비롯된 제 욕심임을 잘 알고 있었다.

하여 그만 이성이 아는 답을 수긍하고 달려온 길을 되돌아가고자 하였으나 도무지 이 멍청한 희망을 놓지 못하는 자신을 발견했다. 아니라도, 기적처럼 이령이 살아 이 매듭을 제게 보낸 것이 아니라 해도 눈으로 직접 확인하지 않고는 도무지 돌아설 수 없었다. 한 줌이 채 되지 않는 가망성에도 숨이 턱턱 막힐 만큼 가슴이 요동치는 것을 외면할 수 없었다.

기어이 그 매듭을 지은 이를 밝혀내고 나면 희망은 절망으로 바뀔 것인데, 새까맣게 내려붙은 그리움에 심장은 또 바스러질 텐데……. 그래도 끝내 미련한 연심을 놓지 못하고 불렀다.

"이령! 그 아이가 여기 있는 것이냐고 물었다."

불안이 실린 가호의 물음은 포효에 가까웠다. 겁에 질린 종복들은 영문을 모른다는 얼굴로 고개를 가로저었다.

"뉘, 뉘를 말씀하시는 것인지……."

"궁으로 보낸 술병에 단 나비매듭, 그것을 만든 이가 누구냐! 고하지 않으면 모조리 쓸어버리겠다!"

사방으로 갈퀴를 휘날리며 울부짖는 말보다, 정영 전부를 덮칠 듯 새파랗게 일렁이는 영기보다도, 섬뜩하게 차가운 은월의 눈동자가 더욱 두려웠다.

답이 없자 가호는 무자비하게 영기를 끌어올렸다. 뜰의 나무들이 순식간에 태워지고 뽑혔다. 작은 연못의 물이 하늘로 솟구치고

땅이 속을 갈라내듯 뒤집혔다. 모여선 식솔들의 팔과 다리에도 푸른 영기가 사납게 휘감기며 피가 흐르기 시작했다. 그네들의 입에서 저절로 비명이 새어 나왔다.

"으아아! 살, 살려주십시오."

"흐흑. 별채에……."

마침내 무리 가운데서 흐느낌 섞인 작은 목소리가 흘러나왔다. 가호는 뒤도 돌아보지 않고 그대로 별채로 돌진했다.

비가 오던 밤, 그 알 수 없는 초조함은 바로 이것이었나.

답지 않게 별채에 머무는 객의 존재를 확인했던 것도 어떤 예감이었을까.

거기, 어쩌면 통절히 그리워한 내 어린 빈이 있을지 모른다는…….

한 줌도 되지 않는 희망은 조급함만 부채질했다. 미쳐가는 그리움에 가슴이 벌써부터 시뻘겋게 타올랐다.

허나 희망만큼 절망의 불꽃도 까맣게 피어났다. 어찌 이령이 여기 있을까. 그 아이는 죽었고 저는 홀로 남겨져 버리지 않았는가. 아마도 너무 사무쳐 미쳐가는 것이리라.

격렬하게 부딪쳐 타오르는 생각들로 가호의 입술 끝에 허무한 조소가 맺혔다 사라졌다. 지난번 동솔처럼 감히 누가 이령을 흉내 내어 한 짓거리라면 없애버리면 그만이다. 그로써 이 미친 짓거리로 달뜬 심장도 단숨에 차갑게 식을 것이다.

가호는 활처럼 끝이 사나워진 영기를 쏘아 창을 깨트렸다. 칼처럼 날카로운 심벽의 기운으로 벽을 갈라 무너트렸다.

요란한 소리와 함께 매캐한 연기가 뿌옇게 일었다. 말에서 뛰어내린 가호가 무서운 속도로 허물어진 벽을 뛰어넘어 안으로 들어갔다.

희미한 연기를 뚫고 너울지는 푸른 영기를 지나쳐갔을 때, 웅크리고 있던 인영이 몸을 바로 세워 그를 마주 보았다.

"너……."

순간 심장이 멈추는 듯했다.

이령, 이곳에 이령이 있다.

그립고 그리워 가슴을 겨울처럼 시리게 했던 그 아이가 눈앞에 있었다.

짧았던 머리카락은 허리까지 드리워지고 키도 한 뼘 이상 자랐지만 분명, 단 하나뿐인 그의 빈이 맞았다. 윤이 나는 검은 눈동자는 여전히 크고 맑았고 향기롭던 분홍 입술도 그대로였다.

이령, 그 자그마하던 계집아이가 눈부시게 아름다운 여인이 되어 그 앞에 서 있었다.

하지만 어찌……. 그래, 이건 꿈이 분명하다. 결국 또 빛은 사라지고 눅진한 어둠과 자신만 남는 꿈.

이제 정말 미쳐 버린 모양이다. 이성이 불타고 남은 찌꺼기가 이토록 잔인한 환상을 보여주는 것이 틀림없었다.

가호는 힘껏 주먹을 움켜쥐었다. 꿈이라면, 결국 너는 사라지고 가혹한 그리움만 떨구고 갈 이따위 꿈이라면, 차라리 내 손으로 부숴버리는 게 좋겠지.

"발發."

다시 어깨의 각인이 빛났다. 영의 힘이 방을 푸르게 채웠다. 그러나 그 이상은 할 수 없었다. 바람결에 묻어오는 싱그러운 향기한 점조차 차마 흩어 놓을 수가 없었다.

   그래, 꿈이라면 영원히 깨지 않으면 되는 것을.

   가호는 견딜 수 없는 통증으로 우는 심장을 힘껏 거머쥐었다.

   "괜찮으십니까?"

   하지만 귓가에 울리는 음성은 꿈이라기에 진저리치게 선명했다. 생기를 머금은 까만 눈동자는 허상이라기엔 너무도 맑게 반짝거리고 있었다.

   "령아…… 정녕 너인 것이냐?"

   가호의 손끝이 파란 영기를 머금은 채로 살며시 떨리고 있었다.

8장

 서책을 구하러 포구에 다녀오니 동채에는 한바탕 소란이 벌어져 있었다. 모수는 폐허가 된 서고 자리에서 며칠 전 일어난 사건에 대해 전해 들었다.
 "낡기는 했어도 다시 구할 수 없을 좋은 책이 많았는데……."
 "어서원에서 보지 못한 것들도 종종 있었지요."
 아쉬워하는 관리에게 적당히 맞장구를 쳐주며 모수는 미리 챙겨둔 서책의 목록을 떠올려보았다. 귀한 자료가 많은 동채의 서고가 무너진 것은 안타까운 일이지만, 거기서 얻을 수 있는 자료는 모다 확보한 상태였다.
 "뭐, 워낙 정신이 없어 현 관원을 보고서야 나도 서책 생각이 난 참이오만."
 "그리 놀라실만한 다른 일이라도?"
 "모르셨소? 다른 사상자는 없지만 서고가 무너지며 세자빈마마께서 상처를 입고 마셨으니……. 물론 보다 더 놀라운 것은 세자저하께옵서 말씀을, 아니 세상에 말씀을 하시게 됐단 말이오."

"……!"

여태 고요하던 모수의 눈동자가 짧게 흔들렸다. 부상이라니. 이령에게 주려고 어렵사리 구한 책, 그것의 단단한 모서리가 자꾸만 손등을 찔러댔다. 모수는 말이 되어 나오려는 걱정을 애써 참았다.

세자, 가호가 감정에 이어 말을 찾았다는 것도 충격이었다. 뒤이어 뭔가 묘한 불안감이 엄습했다. 낡은 서고가 무너지고 세자빈이 다쳤다. 세자가 오랫동안 잃었던 말을 되찾았으니 그 소문은 점점 퍼져나가게 될 것이고, 어떤 식으로든 모든 것이 변화를 맞이하게 될 것이다. 거기에는 이령도 빠질 수 없을 터였다. 모수는 초조함에 답답해진 심정을 낮은 한숨으로 대신했다.

그날 종일 침소 부근을 서성였지만 이령이나 세자를 만나지는 못했다. 다음 날이 되어서야 모수는 폐허가 된 서고 앞에서 이령을 마주칠 수 있었다. 그를 마주한 세자빈은 종일 누워 있던 탓에 답답하여 몰래 산책을 나온 길이라며 옅게 미소했다.

"다치셨다 들었습니다."

"크지 않은 상처일 뿐이에요."

"다행……입니다."

아직 피가 마르지 않은 상처를 하고도 이령이 여느 때처럼 곱게 웃자, 모수는 시선을 단정히 내렸다. 눈이 마주치면 제 옳지 못한 두근거림이 들킬 것만 같았다.

"그렇지만 동채는 이제부터 소란스러워지겠지요. 세자저하께서 말과 감정을 되찾았으니 정통성을 내세워 저하를 보위에 올리려는 이들이 목소리를 높이고 은륜회도 행동을 시작할 겁니다. 섭정자도 더욱 경계를 할 테고요."

부드러운 음성이었으나 이령은 사태를 누구보다 날카롭게 파악하고 있었다. 모수는 고개를 들어 새맑은 이령의 눈을 바라보았다.

녹담緑潭에 고여 반짝거리는 햇살이 까만 눈동자를 그대로 적시고 있었다. 그와 딱히 구별이 되지 않을 만큼 깊고 고운 연못에 부러 시선을 돌린 모수는, 이령을 따라 빛이 깔린 길을 조용히 걸었다.

"세자빈마마께서는 무엇을 염려하십니까?"

자그마한 얼굴에 설핏 그림자가 졌다.

"나로 인해 저하께서 곤경에 처하실까 두렵습니다."

"……."

무어라 답할 길 없어, 모수는 또 한참이나 연못물을 바라보았다. 노닐던 물고기가 튀어 내는 햇살 조각이 어쩐지 심장에 따끔하게 박히는 것만 같은 오후였다.

이령의 걱정은 틀리지 않았다. 얼마 후 적막하던 동채는 불현듯 소란스러워졌다. 율의 눈 밖에 나서 관직에 오르지 못했던 이들이 하나, 둘 은밀히 동채를 찾았고, 수호령의 힘이 나타나지 않는다는 것을 안 은륜회에서도 진상을 밝혀야 한다며 수시로 드나들기 시작했다. 율은 이제 아예 전면전을 준비하며 대놓고 사병을 모으고 제 편인 대신들에게 충성을 맹세케 했다.

가호는 그 와중에 홀로 다양한 서책들을 독파하고 검술을 단련하고 있었다. 밀명을 기다리는 충신들을 추려내는 일도 빠르지 않았다. 그러나 서고 붕괴 후 갑자기 사라진 수호령의 힘에 대해서는 크게 개의치 않는 듯했다. 마찬가지로 동채를 찾는 기회주의자들에 대해서도 별반 관심을 두지 않았다.

분주해진 세자에 더불어 모수 역시 골치가 아파졌다. 사멸시킬 수호령이 그 안에 도사리고 있음을 알면서도 점차 세자의 가능성을 인정하기 시작한 때문이었다. 처음에 가호가 동채 끄트머리에 위치한 제 서실을 찾아와 이제부터 예서 학문을 익힐 참이라 했을 때는 기가 막혔다. 적대감은 피차일반이 아니었나 말이다.

한데 주변에 흔들리지 않고 묵묵히 나랏일을 배워가는 그 모습에 점차 마음이 흔들렸다. 가호는 모수의 학문이 가진 깊이라면 마땅히 존경할 수 있다며 자신을 가르쳐 볼 마음이 없냐고 물었다. 그의 말은 적개심으로 가득한 모수에게 신선한 충격이었다.

"어째서입니까? 저는 제 아비와 어미를 잃게 만든 수호령을 없애고자 여기 온 것입니다."

"알고 있다. 네가 누구보다 수호령에 관해 많은 것을 알고 있다는 것 또한."

"한데 소신을 어찌 믿으시렵니까? 원하시면 바라는 바 있어 힘과 재물을 모아줄 이들이 있고, 잠든 수호령을 깨워내게 되면 은륜회도 태도를 바꿀 것입니다. 그 모두를 외면하시고 제 보잘것없는 힘을 빌리고자 함은 무슨 뜻입니까?"

"이제 숙부 율과의 싸움을 피할 수 없을 것이다. 원래도 탐욕스러운 자가 권력의 다디단 물을 맛보았으니 섣사리 자리를 내어줄 리 없지. 그렇다고 나 역시 이대로 있을 수는 없다. 지금까지처럼 세상만사에 무심한 채로는 결코 아끼는 것을 지킬 수 없을 테니까. 덧붙여 현관원을 믿기로 한 것은 적어도 그대는 이령이 다칠 것을 염려하기 때문이다."

모수는 말없이 서늘한 은월의 눈을 바라보았다.

은륜 따위 제 알 바 아니라고 하면 그만이다. 세자빈이 무슨 상관이냐고 외면하면 될 것이다.

그러나 어쩔 수 없이 나라의 앞날을 걱정하는 충신의 피가 제 안에 흘렀다. 안타깝게 고와서 그저 지켜주고픈, 차마 드러낼 수 없을 사내의 마음 역시.

"……돕겠습니다. 허나 또한 기회를 노릴 것입니다. 수호령을 없애기 위해서라면 감히 저하를 상하게 하는 일이라도 주저하지 않겠습니다."

모수의 어조는 단조롭고도 명확했다. 허나 그에 담긴 뜻은 참수에 처해 마땅할 고약한 것이었다. 그러나 가호는 삐딱하게 입꼬리를 말아 올릴 뿐이었다. 그리고는 별다른 대꾸도 없이 난해한 서책을 펼쳐 모수 앞에 디밀었다.

화려한 비단옷으로 잔뜩 치장한 사내 둘이 동채 앞뜰에서 이야기를 나누고 있었다. 세자를 왕위에 올리려는 세력 중에는 충신들도 많았으나 그저 공은을 인정받아 관직도 얻고 재물도 모으려는 약삭빠른 이들도 있었다. 비단 옷의 두 사내 역시 그러한 부류였다.

"금일은 어떻게든 저하를 뵈어야 할 것인데……."

"듣자니 요사이 현 관원이란 자와 어울려 학문을 배우고 계신답니다."

"태평하게 글공부라니요. 서둘러 병사를 모으고 은룡회의 마음을 돌려 섭정자에게 맞설 채비를 해도 모자랄 판에. 아니, 그 수호령은 왜 갑자기 힘을 발휘하지 못한답니까. 그것이야말로 세자저하께서 가진 가장 강력한 무기가 아닙니까. 무슨 일이 있기 전에 다시 정상적으로 힘이 돌아와야 할 것인데."

만나 뵙기를 청했으나 금일도 허탕을 칠 것이 자명했다. 하여 오가는 어투에 불만스러운 기색이 가득했다.

"그러게 말입니다. 수호령의 힘이 없으면 아무리 세자의 지위가 있다고 해도…… 어쨌든 무너지는 서고에서 세자빈인가 뭔가 하는 그 서녀를 구하려다 상처를 입혀 저하 스스로 힘을 가두게 된 것 같습디다. 한데 아직 수호령의 사용이 능숙하지 못해 봉쇄된 힘을 지금껏 다시 불러내시지는 못하는 모양이고요."

"허참, 어차피 세자저하께서 보위에 오르시면 세자빈은 응당 폐위될 참인데 무엇 하러 그렇게까지 마음을 주시는 건지."

"하하. 그게 다 외로우셔서 그렇지요. 하루빨리 힘을 되찾으실 수 있게 보필한 후에 그 문제부터 해결해야지요. 두고 보십시오, 이제 우리들이 자주 찾아뵙고 아리따운 여인들을 붙여드리면 청하지 않아도 제대로 자격을 갖춘 새로운 비를 얻으실 겁니다. 참, 대감댁 따님이 그리도 참한 규수라고요?"

"허허허, 자식 자랑이라 부끄럽기는 하지만 어디 내어놓아도 빠지지 않는 아이지요. 세자저하의 기려함에야 미치지 못하지만, 제 여식도 천하절색이라는 소리는 지겹게 듣습니다."

하릴없이 비단 옷의 주름을 털어내며 말을 주고받던 그들은 숲버들 뒤의 자그마한 인영을 채 발견하지 못하고 그대로 걸어갔다.

한참이 지나, 이령이 버드나무 아래서 모습을 드러냈다.

글공부 중인 가호와 모수에게 직접 차를 끓여줄 요량으로 나선 길이었다. 도중에 소담스럽게 핀 금잔은대를 꺾어가려 연못 뒤로 돌았을 때, 낯선 이들을 발견하였다. 그러나 나설 만한 시기를 찾기도 전에 비단옷 입은 사내들이 남긴 대화가 가슴에 박혀버리고 말았다.

돌부리에 걸려 신 한 짝이 벗겨졌으나 이령은 그대로 터덜터덜 걸었다.

오랜 시간 어둠 속에서 스스로를 가두고 괴로워한 세자시니, 본래의 자리를 찾아가심에 누를 끼치지 말자 결심 또 결심하였다. 비록 집안의 권력이나 재물로는 도울 수 없지만, 바른길로 가시게끔 밀어주고 때때로 듣기 싫은 직언도 올릴 것이라 마음먹었다.

허나 모르는 바 아니었다. 가호가 반듯하게 서면 설수록 제자리는 위태로울 수 있음을 잘 알고 있었다. 언제고 가진 것 없고 도와줄 이 없는 세자빈에 대한 불만 아닌 불만이 터져 나올 것임을 예감하고 있었다.

그럼에도 제 안위를 미리부터 걱정하지는 않았다. 저들의 말처럼 세자빈 자리를 내어놓게 된다고 해서 무에 그리 섭섭할까. 귀한 호칭이나 화려한 비단옷과 머리장식쯤은 미련 한 점 없이 내려놓을 수 있었다.

다만 말없이 바라보는 깊고 시린 은월을 어쩌면 다시는 마주칠 수 없을 거라는 사실, 그 곁에 제가 아닌 다른 여인이 나란히 설 모습, 그것이 참으로 슬프고 또 아팠다. 더는 가장 가까이서 곁을 지킬 수 없음이 허전하고 아렸다.

"욕심이 이리 사나워서 어쩌나……."

어둠에 젖어가는 달을 하염없이 바라보며 이령은 그렇게 한참을 걸었다.

모수의 서실을 나와 금경전으로 돌아가는 길, 가호는 각인을 매만지며 조용히 힘을 발동시켜 보았다.

"발發."

역시나 각인은 조금도 빛나지 않았다. 삐딱하게 입꼬리를 당긴 가호는 대수롭지 않다는 듯 손을 거두었다.

수호령의 상태에 대한 은륜회나 다른 추종세력의 염려와 달리 가호는 의연했다. 사라진 힘을 찾는 방도를 애타게 갈구하지도 않았다. 한 나라의 왕이 되기 위해 익혀야 할 것은 그것이 아니더라도 산더미였다.

게다가 그 원인이라면 이미 알고 있었다. 그만큼이나 두려웠던 것이다. 거스를 수 없을 것만 같던 수호령의 힘을 스스로 봉쇄할 만큼 이령을 잃는 게 겁이 났던 거다. 그 아이가 다칠지도 모른다는 생각만으로도 여태 제어하지 못했던 힘을 단박에 묶어버리고 말았으니.

피식 웃으며 다시 뜰을 가로질러 가는데, 연못에 걸린 달빛이 유난히 쓸쓸하여 저도 모르게 걸음을 멈추고 말았다. 잔잔한 물결마다 고인 달이 울고 있는 것처럼 하느작거렸다.

가호는 그 빛무리가 지나가며 남긴 그림자 아래 작은 비단신 하나를 발견했다. 푸른 바탕에 빨간 코를 가진 홍목당혜는 이령의 것이었다.

어쩌다 신을 떨어트렸을까.

겨우 손바닥을 채우는 자그마한 비단신을 집어 들고 주변을 살폈다. 그의 시선이 머무는 곳마다 달이 쫓아와 비추었다.

"령아."

세자빈이라는 호칭이 입에 붙질 않아 둘만 있을 적에는 항시 그리 부르곤 했다. 어쩌면 부러 익숙해지지 않은 것일지 몰랐다. 이름을 부를 때마다 소복하게 차오르는 빛이 그리 좋았다.

"이령아."

가호는 저 멀리 달을 바라보며 바윗돌에 기대앉은 이령을 찾아냈다. 한데 그의 부름이 들리지 않는 듯, 이령은 여전히 하늘만 응시하고 있었다.

"예서 왜 이러고 있느냐?"

다가가 살며시 시선을 맞추었다. 이령이 느릿하게 아름다운 은월을 마주했다.

"저하."

"답은 조금 후에 듣기로 하고 우선 발을 이리 내보거라."

가호는 허리를 숙여 신을 잃은 자그마한 발을 덥석 잡았다.

"놓, 놓으셔요."

꽉 잡힌 발목을 버둥거리며 이령이 얼굴을 붉혔다. 그것을 빤히 바라보던 가호의 입가에 매혹적인 미소가 번졌다.
"일전에 네가 엉망이 된 내 신을 붙잡고 놀린 일이 있었지?"
"놀리지…… 않았습니다."
"저런. 감정과 말이 돌아온 덕분에 기억력마저 좋아진 것을 네 모르는구나. 분명 겨우 신 하나에 왜 그러냐고 날 놀려댔었다."
이령은 제 벗은 발과 사뭇 차가워 보이는 가호의 눈을 번갈아 보았다. 그러다 복잡한 심경을 들키지 않게 부러 더 곱게 웃어 보였다.
"듣고 보니 그런 듯도 합니다. 그러니 이제 그만 놓아주세요. 흙이 손에 묻습니다."
이령의 말에도 가호는 고집스러웠다. 그는 버선에 묻은 흙이며 먼지를 부드럽게 털어내고는 품에서 앙증맞은 당혜를 꺼내어 신겼다.
"이령아."
"저하……."
그 손길이 하 다정하여, 무심한 눈동자 안에 돌아나는 온기가 너무도 귀하여 더는 아무 말도 할 수 없었다. 괜스레 목이 메어와 웃음으로 눈물을 감추었다. 이령은 애써 입꼬리를 당겨 올리고 주먹을 힘껏 움켜쥐었다.
"내가 은륜의 세자이며 계승자임은 바뀌지 않는 사실이다."
냉랭한 은색 달 안에 이령만이 알아볼 수 있는 미소가 피어올랐다. 이령은 가만히 고개를 주억거렸다. 가호의 손이 찰랑이는 짧은 머리카락을 쓰다듬고 창백하리만큼 흰 뺨을 보듬었다.
이리도 착하고 고와서 가슴 아플 내 어린 빈. 웃고만 있는 이령을 보며 가호가 천천히 몸을 세웠다.

"그리고 네가 세자의 유일한 반려임도 마찬가지다. 명심하여라."

이령은 차마 답을 할 수 없어 그저 또 웃었다. 울 수 없어 작게만 미소 지었다.

얼음처럼 매끈한 은발이 눈부셨다. 날카롭고 긴 눈매와 그 안에 박힌 매섭게 시린 눈동자가 무섭도록 아름다웠다. 가호는 흐르는 달에 비춰드는 어둠보다도 깊고 고혹적이었다. 그에 빠져들 듯 가만히 눈을 감았을 때, 무언가 따뜻하고 말캉한 것이 이령의 입술을 스쳤다.

"너 없이 살 수 없는 나를, 부디 잊지 마라."

어린 마음이나 영원한 맹약이었다. 순수한 진실이되 그 속에 품은 불꽃은 맹렬했다. 그 순간 길게 떨어지는 푸른 별이 세자와 그의 하나뿐인 빈을 지켜보고 있었다.

❋

송하에서 일을 마치고 정영으로 돌아가는 길, 모수는 종종 들르는 책방을 찾았다. 주인장이 어렵게 구했다는 책들을 그 앞에 죽 늘여 놓았다. 대개는 필사본으로 흔히 구할 수 있는 것이었으나 더러 정말 진귀한 것들도 있었다.

모수는 골라둔 서책 몇 권을 주인에게 넘겨주고 그가 팔 수 없는 상태라 불쏘시개로나 쓸 요량이라는 책들을 가볍게 훑어보았다. 그러다 빛이 바래고 낡아 바스러진 책의를 가진 것을 집어 들었다.

'푸른빛의 힘.'

조잡한 필체로 대충 갈겨 쓴 제목부터 눈에 띄었다. 엉망인 책의와 달리 안쪽은 꽤나 단정하고 빼곡한 글씨로 가득했다. 모수는 흥미롭게 몇 장을 들추어 보다 그것까지 더해 셈을 치르고 말에 올랐다.

세자와 더불어 학문을 익히고 검술을 대련하면서도 저주스러운 수호령과 그 힘의 본질을 끝없이 연구했더랬다. 비록 어느 순간 진짜 충심을 품으며 스스로 회의감에 빠지고 말았지만.

충심, 그래 그 번거로운 녀석에 발목이 잡혔었지. 모수는 옛일을 떠올리며 담백하게 미소했다.

세자 시절의 가호와 목검 대신 진검으로 대련을 한 적이 있었다. 그가 청한 것이고 가호는 묻지 않고 날이 선 두 자루의 검을 꺼내었다.

수호령을 멸할 방도는 여전히 오리무중이었고 마음의 갈등은 점점 심해져 가던 때였다. 모수는 그런 심정을 담아 평소보다 더 날카롭게 검을 휘둘렀고, 덕분에 가호는 어깨며 옆구리를 제법 깊이 베이기까지 했다. 허나 대련은 멈추지 않았고 두 사람은 팽팽히 힘을 겨루었다.

불꽃이 튈 정도로 강렬하게 부딪치던 칼 중에 하나가 날아가 흙바닥에 꽂혔다. 마음의 평정과 몸의 균형을 잃은 모수, 그의 것이었다.

[저것이 세자저하의 검이었다면 소신은 망설이지 않고 끝을 냈

을 겁니다.]

 목을 겨눈 가호의 검을 보며 그가 차분히 말했다. 정말 그럴 작정이었다. 멀어지는 복수에 초조했고 세자의 은륜을 믿고 싶고 기대하려 하는 자신이 두려웠다. 어쩌면 제가 놓쳐버린 고운 빛을 꽉 붙든 가호를 향한 못난 투기심도 있었으리라.

 [그리도 바라는 것처럼 나와 수호령을 없애면 그때는 어쩔 셈이지?]

 아무렇지 않게 검을 거둬들이는 가호는 평소처럼 무심했다. 감정이 묻어나지 않는 냉정한 눈은 흔들림조차 없었다.

 답하지 못하는 그에게 가호가 심드렁하게 말을 덧붙였다.

 [사멸할 수 없다면 차라리 이따위 수호령에 의지하지 않는 은륜을 만들어 보는 것도 나쁘지 않겠지.]

 그 말에 머릿속이 새하얘졌다. 체증이 들린 것처럼 갑갑하던 가슴에 시원한 바람이 불어왔다. 그리고 결국, 검신을 발로 툭툭 차며 기지개를 켜는 세자를 향해 처음으로 진실하게 고개를 조아려 보이고 말았다.

 그리고 또 한 번, 다른 의미로 고개를 들지 못한 적이 있었다. 바로 세자빈의 죽음을 알리러 간 때였다.

 피로 범벅된 얼굴과 옷을 단정히 할 새도 없었다. 검은 무복을 입은 가호 앞에 엎드려 차마 일어서지 못하였다. 율 일당과의 마지막 결전을 앞둔 세자는 그가 전한 비보에 멍하게 같은 말만 되풀이했다.

 [다시 고하라.]

[세자빈마마께서…….]

쏟아지는 눈물을 삼키려 애를 썼으나 모수의 얼굴 역시 비통함에 일그러졌다.

[다시, 다시 말해보아라.]

[마마께서 그만…….]

[다시 말하래도. 모수, 그대가 지금 무슨 말을 하는지 잘 들리지 않는단 말이다.]

칼처럼 매서운 은월이 충혈되어 섬뜩하게 빛났다. 몇 번을 되묻던 가호는 미친 것처럼 모수의 어깨를 흔들며 소리쳤다.

[다시, 다시 말해!]

[……저하.]

[그 아이는 지금 어디 있느냐? 왜 엉망이 된 신 한 짝만, 이령의 신만 여기 있느냐 묻지 않아!]

[소신을…… 마마를 지키지 못한 저를……죽여주십시오.]

마침내 모수가 흐르는 눈물을 닦지 못하고 무너지듯 흐느꼈다.

시신도 수습하지 못하고 세자 곁으로 다급히 돌아와야만 했다. 그러나 말발굽에 걸리는 작고 앙증맞은 비단신 한 짝. 차마 그것마저 두고 올 수가 없었다. 피에 젖고 흙에 굴러 엉망이 된 그 신을 품고 오며 한참을 울었더랬다.

그리고 이제 세자에게 건네진 그 꽃신 한 짝은 애달픈 은색 눈물이 되고 만다.

[령아…… 령아…… 이령아…… 내…… 내 가엾은 어린 빈…… 이령…… 령아…… 어찌…….]

맹렬히 다그치던 가호가 제 왼쪽 옷깃을 힘껏 움켜쥐어 뜯다가 또 터트려버릴 것처럼 두드려댔다. 이내 심장 자리가 손톱에 파여 길게 피가 흐르고 새파랗게 멍이 들고 말았다.

[세자저하, 아니 되옵니다. 그분께서는 마지막까지도 저하를…… 염려…… 제발…….]

그대로 두면 심장까지 파낼 기세였다.

모수는 눈물범벅이 된 얼굴로 달려들어 가호를 만류했다. 엄청난 힘으로 제 몸을 상처 내던 가호를 멈추게 한 것은, 끌어안아 말리는 모수도 아니고 황망히 모여든 병사들도 아니었다. 그것은 손에 쥔 작은 신, 핏물 젖은 꽃당혜 한 짝이었다.

[저 없는 세상 따위 어찌 살라고…….]

타지 못하고 끓어올라 넘쳐버린 슬픔은 그대로 땅을 흔들었다.

[아뢰옵기 송구하오나, 율과 반역자 일당의 행적을 알아냈다 하옵니다.]

그때 바깥 경계를 서던 장수 하나가 다급히 달려왔다. 상황을 파악하지 못한 그가 세자를 붙들고 선 모수와 눈시울이 붉어진 병사들에서 무시무시하게 시린 안광을 쏘아내는 가호에게로 시선을 돌렸다.

[저, 저하의 명을…….]

장수의 말이 끝나기도 전에 가호가 저를 붙든 모수의 손을 가벼이 털어냈다. 이제 그의 눈은 들끓는 살기로만 가득하였다.

[모조리……… 박살 낼 것이다!]

스파파팟.

한동안 빛나는 법이 없던 수호령의 각인이 시퍼렇게 요동쳤다. 이령을 또다시 다치게 할까 스스로도 모르는 사이 봉쇄했던 힘, 그 힘이 폭발할 듯 터져 나오기 시작했다.

가호의 한쪽 어깨를 뚫고 돋아난 심벽색 외날개가 서늘하게도 이릉거렸다. 다음 순간 등 뒤에 있던 연못의 물이 솟구치며 그대로 얼어붙어 날카로운 얼음산을 만들었다.

굉음을 내며 뒤집힌 대지와 그 위로 포악하게 퍼져나가는 푸른 영기, 그날 은륜에 분 피바람은 지독히도 짙은 것이었다.

"그래, 참으로 매서운 바람이었지."

조각조각 형체도 알아볼 수 없이 찢기고 파헤쳐진 율의 시신은 처참, 그 자체였다. 그리고 보위에 오른 가호의 가슴 역시.

이령의 일이 있은 후, 모수는 가호 역시 죽은 것과 진배없음을 깨달았다. 생의 즐거움을 완벽하게 무시하고 흉측하고 황량한 절망 속을 헤매는 그의 모습은 너무도 안타깝고도 서글펐다.

가호는 은륜화가 피는 계절이 돌아오자 더더욱 피폐해졌다. 제대로 잠을 자지도, 먹지도 못했다. 꽃잎이 흩날리는 밤이면 수백 개의 목우가 처참히 박살 나 뒹굴고 푸른 살기가 왕의 뜰을 뒤덮곤 했다. 나락으로 떨어진 심장처럼 무섭도록 적막한 밤, 동채에 홀로 남은 왕은 작은 신 하나를 품에 안고 독한 술로 새벽을 맞이했다.

그 모습을 지켜보며 저 또한 얼마나 괴롭고 슬퍼졌던가. 모수는 쓸쓸한 미소로 기억을 접어냈다. 그대로 서둘러 말을 걸리는데 문득 저 앞에서 달려오는 한 무리의 사내들이 보였다. 그들은 모수를 발견하자 더욱더 속도를 높이더니 이내 주변을 에워쌌다.

"무슨 일인가?"

순간 어찌하여 정영에 있을 이은 생각이 난 것일까. 모수는 단정한 미간을 찌푸리며 비갑을 입은 무사들을 바라보았다.

"대역죄인 현모수를 지금 즉시 금부로 압송하라는 어명입니다."

"하아…… 정영에…… 별채에…… 기어이…… 그 아이를……."

짙은 한숨과 함께 고개를 떨궜다. 아무리 잘라도, 끊어내도 막지 못할 운명인 것인가. 비통함에 일그러진 가슴을 짚으며 모수는 천천히 말에서 내려섰다.

"죄인은 순순히 포박에 응하시오."

말이 끝나기 무섭게 사내들이 달려들어 두꺼운 포승줄로 몸을 칭칭 감았다. 모수는 꺾이는 무릎을 억지로 세우며 가만히 눈을 감았다.

이은, 아니 이령은 무사할까.

아무것도 기억하지 못하는 그녀 앞에서 가호의 가슴은 무너지지 않았을까.

죽을 위험에 처한 것은 자신임에도 모수의 생각은 두 사람에게로 날아가고 있었다.

9장

　가호는 낯선 이를 대하는 듯한 이은의 눈을 보며 제 왼쪽 가슴팍을 힘껏 움켜쥐었다.
　"어째서……."
　살아 있으면서도 내게 오지 않은 것이냐.
　"왜……."
　그리 모른 척하느냐.
　"내…… 너를……."
　얼마나 사무치게 그리워했는지 모른단 말인가.
　"령아."
　그래도 괜찮다.
　무심하게 바라보아도, 타인처럼 잔인하게 굴어도, 네가 살았고 지금 내 눈앞에 있으니 그것으로 되었다.
　"송구하오나 저는 현 대관의 일가붙이, 이은이라 합니다. 전하께서 찾으시는 이령이라는 분은 여기 계시지 않……."

이은은 가능한 한 차분히 목소리를 가다듬어 입을 열었다.

얼음처럼 차고 시린 사내를 보고 심장이 툭 떨어져 내리는 것 같았다. 그 서늘한 은색 눈동자를 마주하자 왈칵 눈물이 쏟아질 것도 같았다. 그가 저토록 절실하게 찾는 이가 자신이 아님에 까닭 없이 가슴이 아렸지만, 거짓을 고할 수는 없었다.

"이상은 용서치 않겠다! 연유가 무엇이든 좋다. 그러니 더는 나를 못 알아보는 척하지 말란 말이다!"

정말로 이령이라는 이름을 모르는 것처럼 구는 이은을 보고 가호가 불꽃이 피어오른 눈으로 사납게 소리쳤다.

그것은 명이 아니라 애원이었다. 가호는 이은의 좁은 어깨를 양손으로 붙들었다. 도망가지 못하게, 그 체온을 확인하듯 그렇게 힘껏.

"하오나 저는……."

"이 나비매듭을 지은 이가, 이령의 모습을 한 네가 허상이 아니라면 어찌 나를 모른단 말이냐."

이은은 피투성이가 된 나비매듭, 아니 그것을 든 가호의 손을 보았다. 얼마나 절실히 매듭을 그러쥐었는지 손바닥의 상처와 뒤엉켜 은색 실이 온통 피범벅이었다.

"상처부터 치료하셔야 합니다."

"고작 이따위가 아플 것 같으냐? 너를 잃고 심장이 갈가리 찢어지고 내 모든 것이 산산이 부서졌다. 그래도 놓을 수가 없어서 내 뼈를 녹이고 심장을 태워도 그리워했다. 그런데 너는 어찌 모른다

하느냐. 어찌……."

"역병에 가족을 잃고 낭떠러지에서 떨어져 사경을 헤매는 저를 거두어 주신 이가 모수 오라버니십니다. 이름, 고향, 어린 시절의 일들 모다 그분께 들었사온데 소녀는 도성에 한 번도 가지 않은 촌것입니다. 그런 제가 왕궁에 머무시는 전하를 어찌 뵈었겠습니까. 필경 저와 많이 닮은 다른 어떤 분과 혼동하시는 것입니다."

그 말이 떨어지기 무섭게 가호는 이은의 팔을 당겼다. 그리고는 거칠고 화난 손길로 이은이 입은 옷의 오른쪽 어깨솔기를 찢어냈다. 다른 상처자리가 흔적 없이 아문데 반해 서고에서 영기에 베인 상흔은 사라지지 않고 결국 반달 문양으로 남았더랬다. 시중드는 궁아들이 세자빈마마의 고운 살결에 흠이 생겼다고 요란을 떨던 것을 똑똑히 기억하고 있었다.

"모른다? 이것을 보고도 그리 말할 참이냐."

"……흔한 상처이옵니다. 그리고 아무리 일국의 왕이라고는 하나 저는 허락한 바 없습니다. 그러니 이 손, 그만 놓아주십시오."

가호의 손이 닿자 상처자리가 불에 덴 듯 뜨거웠다. 이은은 붉어진 뺨을 들키지 않으려 담담히 고개를 돌렸다.

"놓아달라? 허면 네 착각부터 부셔주마. 그리 독하게 나를 모른 척하겠다면 이제부터라도 영영 잊지 못하게 해주겠다."

동그란 어깨에 남은 가느다란 달 문양의 상처. 가호는 저를 각인시키듯 그에 사납게 이를 박으며 섬뜩한 음성으로 말했다.

놀란 이은이 몸을 빼려 했으나 그럴수록 가호는 더 깊이 이를 박았다. 마침내 상처에서 붉디붉은 피가 흘러내렸다. 그것마저 혀로 모조리 핥아낸 가호가 메마르고 사납게 소리쳤다.

"밖에 누구 없느냐. 당장 송하로 가 현모수를 금부로 끌고 오라. 그리고 이 여인을 데려가 금경전에 가두어라."

추국은 중죄인을 가두는 남간에서 열렸다. 왕이 몸소 심문코자 하였으므로 형의에 앉은 모수를 제외하고는 옥사에 아무도 없었다. 아직 핏물이 가시지 않은 단장목과 벌물, 줄주리에 쓸 형구만 스산하게 나뒹굴고 있었다.

모수는 반 뼘도 되지 않는 창으로 날리는 달빛을 물끄러미 보았다. 옥사를 밝히는 수많은 횃불과 고신에 쓸 인둣불로 내부는 훤했다. 그럼에도 모수는 어둠 속에 있는 사람처럼 그 작은 빛만 보고 또 보았다.

한 번, 아니 몇 번을 떠올려 보았더랬다. 만약 이은의 정체가 발각되고 제가 붙들려 왕 앞에 서게 되는 날이 오면 어떤 말부터 해야 하나, 그 캄캄한 고민에 짓눌려 며칠을 앓았던 일도 있다.

그래, 차라리 지독하게 못돼먹은 놈이 될지언정 어줍지 않은 배려를 남기지는 말자. 열에 시달리며 결국 그렇게 결심할 수밖에 없었다. 가호에게도 이령에게도 극통劇痛은 한 번으로 족할 테니…….

모수는 그 결심처럼 입술을 꽉 붙이고 옥사로 들어서는 가호를 쳐다보았다.

"믿었다."

너무 건조해서 도리어 그 상심이 얼마나 큰지 알 수 있었다. 모수는 그림처럼 아름다운 가호의 얼굴을 차마 똑바로 보지 못하고 이내 시선을 떨구었다.

"부모의 원수를 갚기 위해 수호령을 사멸코자 한다는 네 말처럼 그리 믿었다. 이령, 그 아이가 율 패거리에게 쫓기다 칼을 맞고 깊은 호수로 떨어졌다 하였지. 거센 물결에 휩쓸리고 차마 잡을 새도 없이 계곡으로 떨어져 형체도 알아볼 수 없게 되었노라고. 내 결코 믿고 싶지 않은 그 말을 피눈물로 믿었다. 세자빈을 지키지 못한 죄, 죽음으로 갚아야 마땅하나 살아서⋯⋯ 너라도 살아서, 세상 따위 모조리 깨부수고 싶은 내 광노를 막아달라 부탁까지 하였다."

모수를 바라보는 은빛 눈동자는 서늘하게 차가웠다.

"그런데 너는 어째서 그 아이가 죽었다 거짓을 고한 것이냐?"

살지 못했다. 이령을 잃는 순간 이미 심장이 암석처럼 굳어져 그저 메마른 하루하루를 버텨냈을 뿐이다. 해가 연못에 가득 고이는 날에도, 빗방울이 몸을 적시는 날에도 그러했다. 하늘빛이 변하는 매해, 매 계절, 매일, 매 순간에도 사무치는 그리움이 나락과 같았다.

이령이 없는 세상, 그녀를 잃어버린 자신 그 모든 것을 파괴하고 죽여 없애고 싶었다. 그 아이가 좋아했던 부드러운 바람, 옥빛 하늘까지도 모다 깨부수어 피투성이로 만들고 싶었다. 이령이 제게 했던 말이 아니라면 반드시 그리했을 것이다. 끔찍한 악귀가 되어 은륜이고 세상이고 망가트려버렸을 것이다.

[저하도, 은륜도 무탈하셔야 합니다. 반드시 그래야 합니다. 지켜보는 소녀 또한 함께 아프고 괴로울 것이니⋯⋯ 부디 몸 상하지

마셔요. 약조하신 겁니다.]

율과의 전면전을 얼마 남겨두지 않았을 때, 이령은 그의 두 손을 잡고 그리 당부했었다. 그런 이령의 마음을 차마 깨트릴 수 없어 미련 하나 남지 않은 세상을 지켜냈다. 미쳐가는 저를 억눌러 지금껏 버텨왔다.

한데 누구보다 믿었던 스승이자 친우가 또 다른 지옥을 맛보게 하고 있었다.

"답하라."

가호가 걸을 때마다 영기가 불처럼 이글거리며 흙바닥을 태웠다. 모수는 여전히 입을 다문 채로 발끝부터 휘감아 오르는 푸른 기운을 쳐다보았다. 살이 타는 냄새가 역하게 코끝을 찔렀다.

"전하께서 고통스러워하시는 모습을 보고 싶었습니다."

"현모수!"

"수호령의 힘은 너무도 막강하여 차마 손도 댈 수 없으니, 그 계승자인 전하라도 실컷 괴롭게 만들 작정이었습니다. 한데 전하 역시 만만치 않게 강하여 힘없고 순진한 세자빈마마를 빼돌렸습니다. 하늘이 도와 기억마저 깡그리 사라졌으니 멋대로 휘두르기 좋았지요."

이를 가는 소리가 들렸다. 곧이어 가호의 손에서 뻗어 나온 영기가 채찍처럼 모수를 휘감아 쳤다. 살갗이 불타고 패여 사방으로 피가 튀었다. 가시처럼 날카로운 심벽의 기운은 뼈를 으스러뜨릴 듯 온몸을 치고 또 쳤다.

"차라리 내게 칼을 겨누었어야 하거늘!"

"그것보다 이편이 여러모로 효과적이지 않습니까. 저를 믿고 따르는 기억 잃은 세자빈과 절망에 몸부림치는 전하, 두 분을 지켜보는 게 말이지요."

"네놈이……."

"우우욱."

기어이 영기가 모수의 어깨를 후벼 팠다. 흥건해진 피와 함께 어깻죽지가 힘없이 너덜거렸다. 그러나 모수는 고통에 찬 신음을 내지르면서도 이죽거림을 멈추지 않았다.

"죽이십시오. 아니면 이번에야말로 전하의 심장을 제대로 뭉그러트릴 것입니다. 감언이설로 꼬여내어 천기로 팔아치우리까? 그도 아니면 가두어 매질이나 실컷 하고 모진 종살이를 시켜보리까? 무엇이든 저를 살려놓으심을 후회토록 해드리지요."

모수는 마치 죽으려고 작정한 사람 같았다. 가호 역시 곧 죽일 듯 살벌하게 피워낸 짙푸른 너울로 모수를 칭칭 휘어 감았다. 그러나 얼마 후, 지글지글 타던 푸른 영기가 잔잔해졌다. 파르르 떨리는 입술 사이로 새어 나온 가호의 음성은 방금 전의 살기가 거짓인 것처럼 지독히 덤덤했다.

"그것이 네 원하는 바라면, 들어주지 않겠다."

수만 가지 생각에 뒤엉킨 머릿속과 달리 가호는 단조로울 만큼 차갑게 웃었다. 뒤이어 피를 머금고 더욱 진해진 수호령의 힘을 가벼이 거두어 들였다.

지금 당장 모수의 목을 비틀고 머리통을 가르고 싶었다. 사지를 잘라내고 가슴을 쪼개어 펄펄 뛰는 심장을 산 채로 파내려 했다. 비명도 지르지 못할 만큼 끔찍하고 처참한 고통을 주어 차라리 죽여달라 애원하게 만들고 싶었다.

허나 그리하면 이령이 울 것이다. 저를 거두어 보살펴준 오라버니라 여기고 있으니 필시 가슴 아파할 것이다.

그리고…… 아직은 내가 울 것이다. 그토록 믿고 의지했던 벗을 잃게 됨에.

방향을 잃은 살기가 각인으로 빨려 들어가며 타는 듯한 고통이 느껴졌다. 그러나 가호는 지극히 무심한 얼굴로 격랑처럼 큰 분노를 씹어 삼켰다.

"네 번이었다. 이령을 잃고 동채 뜰에 은륜화가 피고 진 횟수가 그러했다. 허니 쉽게는 보낼 수 없지. 그동안 죽지 못해 산 내 고통만큼 네놈을 붙들고 있어주마."

말을 마친 가호는 고개를 떨군 채 침묵하는 모수를 두고 그대로 옥사를 나갔다.

❊

심장을 꿰뚫은 검을 뽑을 수 없었다. 쏟아지는 벌건 핏물 속에서도 이령은 침착하기만 했다.

울고 있는 것은 모수, 그였다.

"마마, 마마…… 피가……."

이제는 부끄럽지도 않았다. 눈물범벅이 된 모수는 자신의 이마를 단단한 돌에 찧고 또 찧었다.

"소신이 어리석었습니다. 범자를 뒤쫓느라 마마를 혼자……."

"그만…… 왜……쿨럭쿨럭…… 우셔요. 현 관원, 저는……괜찮…… 습니다."

죽음이 목전에 와 있었다. 뼈가 으스러지고 살갗이 찢어져 그 속으로 불길이 치솟는 듯했다. 너무도 무자비한 고통이라 눈물도 말라버렸다. 숨을 내쉴 때마다 생의 기운도 한 움큼씩 뚝뚝 떨어져 나갔다.

그럼에도 이령은 파르르 떨리는 입꼬리를 당겨보려 애썼다. 이것이 모수의 입을 통해 전해질 마지막, 가호가 그에게서 듣게 될 자신의 마지막 모습이니 조금이라도 웃고 싶었다. 남겨진 세자가 슬프지 않게, 아프지 않게 그렇게.

"제발…… 그리 웃으려 하지 마십시오. 차라리 소신을 욕하고 탓하시옵소서. 아니, 차라리 죽으라 명하소서."

"허면 명…… 합니다. 현 관원은…… 들으셔요. 꼭…… 들어주세요. 돌아가 세자저하를…… 지켜……주셔요. 저를 노린 자들이…… 수호령의 힘을 쓰지 못하는 그분……을 공격할……지 몰라요."

"마마! 저는……."

아득한 죽음의 자락에 휩쓸려 가는 듯 이령의 눈동자에서 생의 불꽃이 으스러지고 있었다. 모수는 엎드린 채로 목 놓아 울었다.

"가셔요. 지금 그대가 지킬 것은…… 곧 죽을 세자빈이 아니라…… 이 나라 은륜의 세자, 그분입…… 쿨럭."

이령이 토해낸 피가 반짝이는 은색 호수까지 흘러들어갔다. 이제 이령은 마지막 기운을 짜내 그 서늘한 은빛을 향해 손을 뻗었다.

"그분께 정말로…… 은애하……."

툭.

작고 마른 손이 바닥에 떨구어지는 소리조차 애달팠다.

"마마…… 세자빈 마마…… 마마…… 으아아아!"

하염없이 눈물을 쏟아내며 절규하던 모수는 마침내 세자빈이 남긴 마지막 말씀을 지키기 위해 억지로 몸을 세웠다.

"소신…… 마마를…… 곧 모시러 오겠습니다."

예를 갖추어 시신을 수습해가는 대신 한시바삐 도성으로 돌아가 가호 곁에 있어야 했다. 그것이 이령이 원하는 것이고, 제가 반드시 따라야 할 명이었다.

모수는 은빛 호수 옆 풍성히 자란 풀꽃밭에 이령을 겹겹이 감추어 뉘었다. 숨이 끊어졌다고는 믿을 수 없을 만큼 평화롭고 고운 얼굴 위로 남아 있던 눈물이 떨어져 내렸다.

단정하게 절을 올리고 그대로 말에 올라탔다. 사방에 산 것이라고는 모수, 그 하나뿐이었다. 품에 든 꽃신의 무게가 너무도 가벼워 자꾸만 눈물이 흘렀다. 피웅덩이마다 빛을 뿌려대는 해가 스산할 만큼 환한 오후였다.

❀

횃불에 가만히 타오르는 어둠, 모수는 마치 그때 피웅덩이에 고인 빛과 같은 불꽃을 한참 동안 응시했다.

"전하, 어찌 자비를 베푸십니까. 소신은…… 씻을 수 없는 상처를 드렸건만."

 어깨에서 흐른 피가 팔을 타고 흘러 손목을 적시고 있었다. 온몸이 새파란 영기에 타고 찢어져 패인 것보다 멍울진 심정이 견딜 수 없이 괴로웠다. 조롱하듯 저를 살려준 가호였으나, 기실 아직도 그를 단박에 내치지 못하고 있는 아릿한 성심이었다.

 그분의 깊고도 검은 가슴 우물은 제 손이 판 것이리라.

 이령이란 빛과 함께 움직이기 시작한 가호의 세상을 자신이 깨트려 멈추었었다. 그리고 이은, 그 아이에게도 지울 수 없는 상처를 주고 말았다.

 "은아."

 지금쯤 너는 얼마나 괴로우냐?

 이령과 이은, 그 이름 하나만으로도 충분히 혼란스러울 터, 믿어 온 것과 믿어야 할 것 사이에서 얼마나 방황하고 있을까.

 "그래도 부디…… 어떤 것도 기억하지 말아다오."

 단려한 모수의 얼굴에 어두운 그림자가 졌다. 그러나 결심을 굳힌 두 눈은 담백하기만 하였다.

 "차라리 내가 죽어 묻을 것이니."

 이은은 어둠 속에서 무릎을 끌어안고 몸을 동그랗게 말았다.

 "오라버니……."

 듣자니 모수는 별다른 저항 한 번 없이 순순히 붙들려 왔다 했다. 그것은 난폭하게 다그치던 가호의 말이 맞을지 모른다는 불안감을 증폭시켰다.

물어야 할 것과 들어야 할 것이 많지만 그래도 모수의 안위가 걱정이었다. 옥사에서 혹 심한 문초를 당하는 것은 아닐까 초조했다. 성정이 잔인한 왕이 그를 기만하였다 여기면 모수를 가만둘 리 없었다.

그래, 참으로 아름답고도 무자비한 왕.

생각은 또 물처럼 이어져 은사로 짠 휘장처럼 눈부신 은발의 사내에게로 흘렀다.

시비의 말처럼 참으로 기려한 사내였다. 마주 보면 그대로 홀릴까 염려스러울 만큼 고혹적이었다. 그런 사내가 이령이란 여인을 지독히도 은애하는 것은 틀림없었다. 냉암하고 포악한 왕이 사납게 드러내는 절박함은 깊고도 깊은 연심이었다.

"……애달플 정도로."

이은은 제 어깨에 남은 가호의 잇자국을 가만히 더듬으며 혼잣말처럼 뇌까렸다. 아직도 뜨거운 자리를 한참이나 살펴보다가 엮은 팔 사이로 고개를 파묻었다.

아프다.

그의 이령이 아니라 해도, 설령 정말이라고 해도 이 가슴은 먹먹히 아플 것이다. 옛 시간 속의 이령만을 애타게 부르는 왕이 서글펐다. 여태 자신을 철저히 속여 왔을지 모르는 오라버니 모수가 안타깝다.

무엇보다도 가호의 이령도, 지금의 이은도 모다 진짜 자신은 아닌 것만 같아 가슴이 답답하고 황량했다.

누구일까. 원래의 자신은 누구일까.

가호도 모수도 아닌 스스로가 기억해 내야 할 자신, 이은은 머리를 감싸며 두려움과 마주할 용기를 끌어모았다. 다른 누군가가 아닌 제 시선으로 바라본 과거, 그 비밀의 시간을 알고 싶다는 마음이 어느 때보다도 강했다.

하지만 언제나처럼 기억을 되살리려 하면 자욱하게 몰려드는 검고 탁한 어지러움. 뒤를 따르는 지독한 통증과 고통에 어느새 식은 땀마저 흘렸다.

"기억해야 해."

몇 겹의 밧줄로 묶여 있는 단단한 기억의 문, 이은은 그 앞에서 도망치지 않기 위해 부들부들 떨리는 입술을 깨물었다. 피가 스밀 정도로 입술을 힘껏 베어 물었을 때야 그 문이 희미하게 달칵거렸다.

그리고 섬뜩하게 푸른빛.

"아악."

눈이 멀 것처럼 강렬하게 푸른 빛깔이 문틈으로 새어나오는 것을 본 이령은 비명과 함께 그대로 기억을 닫아버렸다.

몸이 덜덜 떨리고 심장을 도려낸 듯 아팠다. 비명이 새어나갈까 손바닥으로 입을 막고 저도 몰래 흐르는 눈물에 눈을 질끈 감고 도리질을 쳤다.

[제발…….]

무엇을 향한 애원이었을까. 닫혀버린 기억의 문으로 그때의 제 마음 자락이 스치듯 빨려 들어가 버렸다. 겨우 기억나는 것은 반짝이는 은빛 물결을 향해 내뻗은 피 묻은 작은 손, 그리고 끝을 알 수 없는 깊은 슬픔.

한참이나 이어진 눈물이 멈춘 것은 저 멀리 낯설고도 익숙한 발소리가 들려왔을 때였다. 이은은 서둘러 물기를 닦아내고 비스듬히 몸을 돌려 앉았다.

"아직도 나를 모른다 할 것이냐?"

시린 달 같은 은월은 이은만을 응시하고 있었다. 그러나 메마른 어조에 투박하게 걸린 간절함을 알아채기에는 이은 역시 지쳐 있었다.

"송구하오나 모르는 것은 모르는 것입니다. 기억나지 않는 과거를 윽박지르시는 전하보다는 제 일가붙이의 말을 지금으로서는 더 믿을 밖에요."

"일가붙이? 현모수가 내게, 아니 너와 내게 한 짓을 정녕 알지 못하는 것이냐. 이……."

못된 것. 고약하고 매정한 것.

아무것도 기억하지 못하는 이령이 못내 서운하여 화가 치밀었다. 자신은 한순간도 잊지 못해 미친 것처럼 살았거늘, 이 아이는 그저 덤덤히 까맣게 잊었노라 하니 슬프고 아파 원망스러웠다.

어찌 잊었다 말하느냐. 네가 떨궈준 빛 한 줌이 꽃을 틔우고 열매를 맺어 이 가슴에 숲이 졌거늘, 너는 어찌 나를 이리 외면하고만 있느냐.

참으로 잔인하고 여할한 망각이 아닌가. 모수에 대한 치가 떨리는 배신감으로 이미 피멍이 든 가슴을 그토록 간절히 그리던 이령이 한사코 저를 외면하여 수백 조각으로 찢고 할퀴는 것 같다. 가호는 분노를 주체하지 못하고 은월 안에 파란 영기를 피워냈다.

"그래, 네 그토록 믿는 모수란 작자를 만나게 해주지. 얼마나 더 그 작자의 손에 놀아나야 정신을 차릴 것인지, 내 지켜봐 주마."

가호가 시선조차 맞추지 않고 앉은 이은의 손을 거칠게 당겨 밖으로 이끌었다. 어찌나 강한 힘으로 조였던지 하얗고 가느다란 이은의 팔목에 금세 파란 멍이 들었다. 그러나 끌어당기는 가호나 끌려가는 이은, 두 사람 모두 아무 말도 하지 않았다.

옥사 부근에 와서야 가호는 아직 영기를 발현시킨 채였음을 깨달았다. 잡은 손목을 흘끔 보니 시뻘건 인두로 지진 것 같은 자국이 돋아나 있었다.

어쩌자고 힘을 조절하지 않았을까. 영기가 깃든 제 손에 붙들려 한참을 끌려왔으니 통증이 상당했을 것이다. 불에 덴 것처럼 쓰리고 고통스러웠을 게 분명하다.

후회가 밀려왔지만 가호는 부러 더 싸늘하게 말을 내뱉으며 가차 없이 잡은 손을 털어냈다.

"가서, 그 멍청함을 네 스스로 확인해보아라."

한 마디면 되었을 것을. 말 한 마디였으면 제 손가락을 부러뜨려서라도 상하게 하지 않았을 텐데. 그 통증을 독하게 참아내면서 끝까지 애원 한 번 하지 않은 이은이 밉고도 야속했다. 그만큼이나 모수는 믿으면서 어찌 저는 한 번, 단 한 번을 보아주지 않는지 답답하고 화가 나 미칠 것만 같았다.

이은은 가호가 벌레를 떨구듯 놓은 제 손목을 물끄러미 보았다.

그때서야 미미하게 아픔이 느껴졌다. 빨갛게 달아오른 팔목을 보고 드러나지 않게 쓴웃음을 삼켰다. 파고드는 통증보다 제 어리석음에 가슴이 아렸다.

포악한 그 손아귀에서도 문득 가슴이 설레었더랬다. 그의 온기가 어쩐지 참으로 그리웠다는 생각에 고통쯤은 참을 수 있었다. 잡은 손을 영영 놓지 않으면 어떨까, 바보 같은 바람을 품은 마음이 꽃잎처럼 잠시 한들한들 날아오르기도 했다.

그렇지만 가호가 원하는 것은 이은이 아닌 이령이었다. 지금의 자신에게는 따스할 이유도 그럴 틈도 없이 온 마음 다해 이령만을 품은 사내, 그가 가호였다.

제 안에 고이는 낯선 욕심과 까닭 없는 서운함을 그저 탓하고 억누르며 돌아섰다. 따끔따끔하게 쓰려려 오는 손목을 더 살피지도 않고 그대로 터벅터벅 옥사로 걸어갔다. 냉연한 표정으로 돌아서 가는 가호를 보면 어쩐지 달려가 붙잡을 것 같아 차마 멈출 수가 없었다.

낡고 육중한 옥사 문이 열릴 때까지 이은은 앞만 보고 걸어갔다. 달만이 그 뒤를 쫓아와 쓸쓸한 그림자 위에 소복하게 내려앉았다.

10장

옥사 문을 열자 엉망이 된 모수의 모습이 눈에 들어왔다. 백자자기처럼 단정하던 사내는 산발이 된 머리카락과 피투성이가 된 몸으로 형의에 묶여 있었다.

이은은 한달음에 달려가 그의 상처를 살폈다. 겨우 고개를 들어 그녀를 바라본 모수가 조용히 입을 열었다.

"아직도 소신을 믿으시는 것입니까?"

"빈사의 저를 구해주시고 따스하게 보살펴주신 오라버니를 믿습니다. 허나 그 입을 통해 들었던 제 지난날은 이제 믿지 않아요."

오라버니 모수가 존대를 한다는 건, 자신이 그의 일가붙이가 아님을 인정하는 것이리라. 이은은 메어지는 가슴을 억누르며 다급한 대로 치맛단을 길게 찢어 모수의 어깻죽지를 동여맸다.

그 모습이 과거 서고에서의 일과 겹쳐져 모수는 쓰게 웃었다.

"그때 세자저하께 눈을 내어줄 것을 그랬나봅니다."

"제가 세자빈이었습니까?"

모수가 말하는 옛일을 기억할 리 없는 이은은 상처를 단단히 동여매며 조용히 물었다. 까맣고 맑은 눈 어디에도 분노는 없었다. 그저 슬픈 기색만이 옅게 흐르고 있었다.

"……그렇습니다. 허니 소신이 일러드린 과거는 모다 지어낸 것입니다. 이름도, 고향도, 역병에 죽었다던 식구들도, 하지만……."

내게는 이은이셨습니다. 어여쁘고 귀한, 스스로 친 가시덤불에 전할 수 없는 이 마음까지도 애틋하게 한……. 모수는 남은 말을 삼키며 침묵에 휩싸였다.

"죽을 뻔한 세자빈을 구해내고도 나서지 않은 이유, 기억 잃은 계집아이에게 거짓 과거를 일러준 까닭, 물으면 말씀해주실 것입니까?"

역시나 말없이 상처 치료를 하던 이은이 한 걸음 물러나 앉으며 다시 입을 열었다. 구슬프게 아름다운 달빛이 자그마한 얼굴을 비추었다.

"기억은…… 마마와 전하 사이의 일부터 묻지 않으십니까?"

"누군가를 통해 듣게 되면 이미 제 기억은 아니지요. 오라버니께 듣고 싶은 것은 그리하신 연유입니다."

"참…… 변하질 않으십니다."

곱고 선하여 제 스스로의 때를 돌아보게 하는 맑고 따스한 마음가짐이. 그저 유순하게 보이지만 피하는 법 없이 진실을 똑바로 맞닥뜨리려 하시는 강직함도.

모수는 시뻘게진 눈을 감추려 멀리 시선을 던졌다. 횃불이 타오르는 기둥에 불 그림자가 아른아른 거릴 때마다 그의 표정도 다시금 말개졌다.

"다른 건 어찌 생각하셔도 좋지만, 이 하나만은 처음이자 마지막 충고라 여기시고 부디…… 부디 꼭 지키셔야 합니다. 송구하옵게도 세자빈 시절의 기억은 돌이키실 수 없습니다. 소신이 봄마다 마마께 올린 탕약을 드신 이상, 세상 어떤 힘으로도 그리할 수 없을 겁니다. 허니 애써 돌이키려 하지 마십시오. 잃어버린 옛일은 그저 그리 두시고 앞을 향해서만 걸으십시오."

"돌이킬 수 없다…… 그 말씀이 맞을지도 몰라요. 아무리 애를 써도 다시 볼 수 없는 시간일지 모르지요. 그런 과거에만 매달려 지금의 저마저 망각할 마음은 없습니다. 다만……."

이은은 잠시 말을 멈추고 날카롭고도 아름다운 은월을 떠올렸다. 심장의 고동과 함께 차오르는 먹먹함을 애써 누르며 손목에 자문처럼 새겨진 영기의 붉은 흔적을 더듬었다.

아무것도 기억하지 못하는 자신이라면, 왕에게 그저 잔인하고 끔찍한 고통인 존재가 아닐까. 그래, 아름다운 은색 눈동자 어디에도 지금의 자신은 담기지 못하겠지.

이은은 괴로움을 감추려 눈을 질끈 감았다 떴다.

"한데 제게는 앞을 보고 걸으라 하시면서 어찌 오라버니께서는 세상을 버릴 것처럼 말씀하십니까. 이대로 오라버니께서 입을 다물기로 결심하였다면 그것을 돌리기는 힘들 테지요. 하지만 목숨을 바쳐 비밀을 영원히 묻고자 하다니요, 어리석고 안타까운 행동입니다."

다시 입을 열었을 때, 이은의 음성은 단호했다. 그에 모수는 씁쓸하게 답했다.

"소신이 어찌 살기를 바라겠습니까. 전하께서 용서치 않으실 것이며 마마께서도……."

"예, 저 또한 아직은 용서해 드리지 못합니다. 허니 살아주세요. 살아서 오라버니 또한 증명하셔요. 왜 그럴 수밖에 없었는지를. 죽음으로 달아나지 말고 죽을 각오로 살아서 반드시 그리하셔야 해요."

알고 있다. 모수는 끝끝내 그리 한 연유를 밝히지 않으리란 것을. 자신이 아는 오라버니는 학처럼 고고하고 나볏하며 이성적인 사내였다. 그에게 고할 수 없는 까닭이라는 게 있다면, 자신도 어떻게든 이해해볼 수 있을 것이다. 그래, 어떻게든…….

그렇다고 모수가 야속하지 않은 것은 아니었다. 믿었건만, 다정한 오라버니였던 그를 진실로 믿고 따랐건만. 눈앞에는 허무한 거짓만이 산을 이루고 기억할 수 없는 까만 어둠만이 과거를 뒤덮고 있었다.

해서 당장은 모수에게 약한 눈물은 보이지 않을 것이다. 왜 그러셨냐고 그에게 다그쳐 묻기보다 스스로를 단단히 다독여야 했다. 네 해, 그 짧지 않은 시간들에 원망과 미움이 아닌 진실을 남겨두고 싶으니까. 그것은 지금 이 순간 당장이라도 무너질 것 같은 자신을 위한 것이기도 했다.

"전하께 월령의月令醫를 청해보겠습니다. 밤바람이 차가우니 두툼한 옷가지도 필요할 테지요. 오라버니…… 우선은 몸을 보전하셔요."

이은이 차분히 인사를 올리고 옥사를 나가자 모수는 꺾일 듯 고개를 젖혀 마른 천장을 바라보았다. 아무리 목을 높여도 눈물이 넘쳐 기어이 뺨을 타고 내렸다.

"차라리 욕을 하시지 그러셨습니까. 간악한 놈, 비열하고 더러운 작자라 손가락질을 하시며 하루 빨리 죽어 없어지라 호통을 치시지 그러십니까."

무작정 미워하시지 않겠다고, 어떻게든 이해해보겠다는 이은의 간곡한 심정에 눈물만 솟구쳤다. 어찌 감히 고맙다는 말을 내뱉을 수 있을까. 네 해의 시간 동안 이은으로 사시며 저를 친오라버니처럼 따르고 믿었던 그 마음, 그것을 버리지 못하여 아파하시는 것을 알면서.

"하아아아."

모질지 못하여 스스로 아픔을 감내하는 것은 왕과 그 반려가 참으로 닮지 않았는가.

들썩이는 어깨를 한 채, 모수는 닿을 수 없는 높은 천장을 보고 또 보았다.

이은은 육중한 옥사 문을 닫고 그에 기대 스르르 미끄러져 내렸다. 파르르 떨리는 눈을 꼭 감고 입술을 힘껏 깨물었다. 달이 묻은 바람 자락에 머리카락이 흩날려 뺨을 간질였으나 감촉이 느껴지지 않았다. 세상이 와르르 무너진 듯 땅을 딛고 서 있어도 자꾸 추락하는 기분이 들었다.

제가 세자빈이었다니.

버거운 현실, 무너진 믿음 앞에 갈 길 잃은 마음들이 어지럽게 머리를 옭아맸다.

하지만 이은은 몸을 세워 걸음을 옮겼다. 허공을 걷는 듯 아득하고 아무것도 하고 싶지 않을 만큼 무력하였으나 끝내 걸으려 하였다. 도중에 몇 번이나 다리에 힘이 풀려 주저앉았지만 이은은 그럴 때마다 꼿꼿이 일어서고 또 일어섰다.

이은이 은빛으로 가득한 연못 앞에서 다시 크게 휘청거렸을 때였다.

"그 꼴을 보니 멍청함을 제대로 확인한 모양이군."

가호는 쓰러지려는 이은을 붙든 채 비소했다. 여태 떠나지 못하고 기다렸으면서 사뭇 냉암한 표정과 목소리를 꾸며냈다.

저를 붙든 큰 손과 시리도록 아름다운 은월을 번갈아 보며 이은은 아릿해진 심장을 느꼈다. 머리는 잊었으되 가슴은 분명 그를 알고 있다. 이따금씩 이유 없이 울고만 싶어졌던 때도, 문득 아득히도 그리워졌을 때도 항시 심장은 가호를 가리키고 있었을 것이다.

그러나 은륜의 왕은 그를 기억하지 못하는 이은이 아닌 함께 이곳을 거닐며 마주 웃었을 이령을 바라보고 있다. 그 사실을 자각하자 심장이 패인 것처럼 쓰리고 따가웠다. 이은은 목소리가 떨리지 않도록 천천히 입술을 떼었다.

"하오나 무엇이 달라지겠습니까. 전하께옵서 찾으시는 세자빈은 여전히 돌아오지 못하는 것을요."

"듣고도, 네가 이령임을 알게 되었으면서도 어찌 그런 말을 하는 것이냐! 보아라! 나를 보고 그 입으로 다시 한 번 지껄여 보아라."

끝내 모른다 하는 이은이 원망스러웠다. 그 작은 손, 고운 뺨 한 번 보듬어보지 못하고 가까이서 더욱 먼 이 거리가 안타까웠다.

가호는 치미는 노기를 감추지 않고 그대로 이은의 턱을 거칠게 들어 올려 억지로 시선을 맞추었다. 파랗게 이글거리는 영기가 두 사람의 주변을 날았다.

"송구하오나 저는 여전히 전하를 기억하지 못하옵니다."

그러나 이은은 감정 없는 우인처럼 작게 그 말만을 내뱉을 뿐이었다.

"그만! 내게 그 말밖에 할 것이 없더냐!"

격노한 가호가 그대로 솜버들 한 그루를 박살 냈다. 심벽의 영기가 고요히 부는 바람에 나풀거리며 두 사람을 감싸고 있었다.

"오라버니를 살려주십시오."

"고작 그따위 말을 듣자고 내 너를……."

사무쳐 그린 것인 줄 아느냐.

성급하게 다그치며 상처 입힌 것이 미안하고 또 안타까워 스스로를 그리 탓한 것은 모르고.

모수와 마주 이야기하는 모습을 떠올리는 것만으로도 비틀리는 살기를 꾹 참으며 예서 기다렸을 제 심정은 조금도 헤아리지 않고서.

내부에서 폭발하는 힘을 가까스로 잠재우며 떨리는 주먹을 힘껏 움켜쥐었다. 이대로는 영의 힘이 이은을 또 다치게 할지도 몰랐다. 가호는 서늘한 바람을 일으키며 그대로 돌아서 버렸다.

그 시각, 도성 밖에는 사치스러운 유곽을 통째로 빌어 벌어진 연회가 한창이었다. 얄궂은 교성이 난무하는 유곽의 맨 꼭대기 층에는 화려한 비단 침상에 누운 음침한 표정의 사내가 있었다.

이 밤, 몇 번이나 음탕하게 그의 침상을 뒹굴던 기녀들을 물리고 사내가 손을 들어 제 수하를 불러들였다.

"세자빈이 살아있다?"

"예, 현모수라는 자가 감추어 두었던 듯합니다. 한데 듣기로 옛 일을 전혀 기억하지 못한다 하였습니다. 거기다 앞으로도 기억이 쉽게 돌아오지는 않을 것 같습니다. 간자의 말로는 네 해째, 이름 하나도 떠올리지 못했다고 하니까요."

"역시나 뒤처리를 하기 전에 한 번 더 살폈어야 해. 그깟 계집 하나 제대로 처리하지 못해서야, 원. 기억이 없으면 어차피 걱정할 일은 없겠지. 설령 훗날 기억이 돌아온다고 해도 이미 우리 일은 끝났을 테고. 그래도 일단은 주기, 네가 직접 가서 계집의 동태를 살피고 왕실의 변화도 낱낱이 고하여라. 왕이 가진 수호령의 반쪽짜리 힘으로는 내게 대적하지 못할 테지만 미리미리 살펴두어야지. 참, 괴수들도 잊으면 큰일이지. 그것들을 물색해 공급에 차질이 없도록 해."

"존명."

사내가 공손히 고개를 조아리며 물러갔다. 뱀처럼 교활한 눈을 움직여 주기를 내보낸 은륜회 수장은 경대를 열어 제 얼굴을 보았다.

"그나저나 이번 것은 꽤나 효용이 좋았단 말이야."

원래라면 백발이 성성해야 할 것이나 그의 외양은 서른을 겨우 넘긴 젊은 사내로 보였다.
흡족한 미소로 손뼉을 치자, 아리따운 기녀 둘이 은색 함을 들여와 그 앞에 놓았다. 수장은 날카로운 손톱으로 함을 들어 검고 빛나는 조각 하나를 꺼냈다.
"계승자만 힘을 가지라는 법은 없지, 이리도 좋은 것을."
어느새 다시 불끈하게 솟은 남근을 내려다본 그가 함을 가져온 계집의 젖가슴을 파헤쳐 주물렀다. 기녀의 다리 사이를 또다시 파고들며 조각 하나를 입 안으로 가져가는 수장의 눈빛에는 탐욕만이 가득하였다.

❋

온몸을 두드려 맞은 듯 아팠다. 가호가 전날 옥죄었던 손목은 피멍과 함께 데인 듯한 자국이 남아 있었다. 자리에서 일어나자 나인들이 달려와 연고부터 발라주었다.
"식전에 드실 약입니다. 조반을 들인 후에 따로 보양에 좋은 탕약을 올릴 것입니다."
그네들의 움직임을 묵묵히 지켜보던 이은은 엉겁결에 탕약 그릇을 받아들었다. 다친 곳을 일러준 일이 없거늘, 어찌 알고 연고며 약을 준비한 것일까. 이상한 생각도 잠시, 궁아들이 속속 세숫물과 옷가지를 들여오자 이은은 자세를 바로 했다.
갈아입을 옷을 들여온 궁아가 침상에 고운 문양이 잘 보이게끔 펼쳤다. 수수한 미색 옷의 치맛자락에는 은륜화가 소담스럽게 피어 있었다. 길게 이어진 은실을 따라 만발한 그 꽃잎을 손끝으로 더듬으니 어쩐지 아련해졌다.

"곱네요."

그런 기색을 서둘러 감춘 이은이 짧게 솜씨를 칭찬하였다. 궁아의 얼굴에 화색이 돌았다.

"마마의 어진 말씀이 침방나인이 그간 겪은 마음고생을 단번에 날려줄 것이옵니다."

"침방나인?"

"아뢰옵기 황공하오나 전하께서는 매해, 매 계절 마마의 옷을 새로 짓도록 명하셨습니다. 하오나 의양을 잴 수도 없고 옷감이며 문양이 마음에 차시는지 여쭐 수도 없으니 그이의 고민이 참으로 깊지 않았겠습니까. 금일도 마마께 올릴 옷을 고심하다 위통에 시달린 줄로 압니다. 작아도 커도, 전하께서 용서치 않을 것이라……."

이은은 피처럼 붉고 해처럼 화사한 은륜화에 시선을 고정했다. 그것이 꼭 이령을 향한 왕의 마음인 것만 같아 가슴이 설레는 동시에 쓸쓸해졌다.

"저, 마마……."

아까의 궁아가 조심스럽게 입을 열었다. 이은이 의젓하게 허리를 펴고 연한 미소로 그녀를 바라보았다.

"말해보세요."

"전하께 다녀오시렵니까?"

까맣고 고운 눈망울에 잔잔히 물결이 일었다. 이은은 시리게 빛나는 은색 실로 시선을 떨구며 천천히 입을 열었다.

"……기다리실까요?"

"그럼요. 전하께서 얼마나 마마를 그리고 또 그리워하셨는지 저희는 압니다."

그 말에 이은은 그저 조용히 수저를 들었다.

그분이 기다리시는 건 제가 아니라는 말, 그것만은 어쩐지 아파할 수가 없었다.

목우를 베고 또 베었다. 이미 널브러진 수십, 아니 수백의 나무 우인을 새파란 영기로 부수고 또 부수었다.

차라리 이 우인처럼 아무것도 느끼지 못하였다면 어땠을까. 가호는 힘껏 입술을 깨물며 파르르 떨리는 푸른 기운을 거두었다.

비에 젖은 듯 땀을 흘리고 거친 숨을 토해내어도 이내 이은의 하얀 얼굴이 가슴 끝까지 차올랐다. 그 뒤로 형의에 묶인 모수의 모습도 떠올랐다.

가호는 반으로 갈라진 목우에 등을 기대며 스르르 주저앉았다. 헝클어진 은발을 아무렇게나 쓸어 올리고 억지로 눈을 감았다.

밤새 한숨도 잘 수가 없었다. 바로 곁에 이은이 있다는 사실만으로도 벅차고 피가 뜨거워져 쏟아지는 달빛에도 가슴이 설레었다. 그러다가는 그 청명한 눈 아래 자신이 없음을 알고 또 한없는 나락으로 추락하곤 했다.

하릴없이 방 안을 서성이다 정영에서 온 전서구를 몇 번이나 되풀이해 읽었다. 모수와 이은, 두 사람은 일가붙이 관계로 지냈으며 참으로 다정한 오누이였다 했다. 그에 안도하는 동시에 분노하였다.

이령을 잃고 바라본 세상은 그저 어둠이었다. 모수가 웃으며 고운 눈을 바라볼 적에 자신은 그리움에 사무쳐 피를 토했고, 그가 결 좋은 머리카락을 쓰다듬을 때 저는 색 바랜 꽃신 한 짝을 붙들고 밤을 지새웠다.

그러나 모수를 용서할 수 없어 파랗게 분노하다가도, 저편 어딘가의 고마움에 피 묻은 주먹을 힘껏 움켜쥐었다. 제게 서운하게 굴지언정 그 아이 맑고 따스한 눈빛은 여전하지 않은가. 그것을 지켜준 것이 모수였음은 부정할 수 없었다.

"이령……."

네 그리 작은 것 하나까지 느끼게 나를 비추어 놓고서, 왜 이제와 아무것도 기억해주지 않느냐.

"어째서……."

기억하지 못하니, 이 나를.

너로 인해 빛을 얻고 마음을 열어 세상 속으로 나온 사내를 왜 몰라주느냐.

가호는 어린 세자빈이 제게 준 빛을 더듬어 아련히 웃었다.

그러니 나를 한 번만 보아라. 피멍이 들어버린 내 그리움을 조금만 알아다오.

그리 애원하고픈 이 마음을 이은은 알까.

가호는 해를 떨구고 가는 바람에 헝클어진 마음을 실어 보냈다.

그러나 매달려 울고 싶을 만큼의 절절한 연심은 막을 길 없이 이은에게로, 그 무심한 아이에게로만 간다. 주인 된 자의 가슴이 이다지도 아픈 것을 알면서 또다시.

가호는 쓰게 웃으며 머리를 더욱 깊이 기댔다. 그 마음처럼 붉은 은륜화 꽃잎이 발치에 우수수 떨어져 내렸다.

"꽃비 같습니다."

그때, 귓가에 울려 퍼지는 투명한 음성. 가호는 눈을 떠 어느새 몇 걸음 앞까지 다가온 이은을 보았다. 그녀의 시선은 우거진 은륜화 넝쿨에 가 있었다.

"한데 그 모습이 너무 고와 어쩐지 조금 슬픈 듯합니다."

작게 중얼거리는 뒷말마저 듣고 나니 더욱 가슴이 아렸다. 여기, 꽃비가 나리는 뜰에서 어린 세자빈도 그리 말했었다. 그 붉고 애수 어린 꽃비 속에 함께였던 세자를 잊어버린 이은이 참으로 야속했다.

"왜 예까지 왔느냐."

가호는 앉은 자세 그대로 차갑게 물었다. 저 꽃비보다 네가 더 가슴 뛰게 곱다는 말은 심장에만 남겨두었다.

"방해를 하려던 것은 아닙니다. 다만……."

기다리는 것이 저는 아니라 여기면서도, 궁아가 꺼낸 말에 기어이 가호를 만나러 오고 말았다. 사방으로 나리는 새빨간 꽃잎, 그 속에서 비스듬히 기대어 앉은 은발의 사내는 먹먹하게 아름다워 어쩐지 눈물이 날 것만 같았다.

그래서였다. 다가서지 못하고 한참을 그저 바라만 보았다. 그러다 제 안의 무언가가 흐르고 흘러 짙은 그리움이 되었다. 허나 그도 잠시, 마치 성가신 것을 보는 듯 싸늘한 가호의 말투에 그리움은 이내 통증으로 바뀌고 말았다.

간절히 기다리시는 분도, 이 꽃비 속에서 동경하시는 분도 지금의 저는 아니리.

흩날리는 머리카락을 가만히 넘기며 이은은 말을 이었다.

"고맙다는 말씀을 드리고 싶었습니다."

"네 그토록 따르는 오라비를 죽이지 않고 살려둔 것 말이냐?"

이은의 입에서 나오는 다른 사내, 모수의 이름을 듣고 싶지 않아 부러 비꼬듯 말했다.

"……그렇습니다."

청하기도 전에 월령의를 보내주셨다 들었다. 덮을 거리도 무심히 던져주셨다 하였지.

허나, 기실 다른 일부터 감사하고 싶었다. 보내준 연고와 탕약, 매 계절 지어 놓은 옷가지, 저는 잊었으나 그는 잊지 않았음이 고맙고 또 미안하다 말씀 올리려 했다.

그러나 그렇게 말하는 순간, 가호가 그 모다 지금의 너를 위한 것은 아니라 할까 두려웠다. 과거의 자신을 부러워하며 쓸쓸할 투기심을 느끼고 말까 겁이 났다.

"그따위 말을 하러 온 것이면, 돌아가라."

무엇을 기대했을까.

우매한 심장은 그럼에도 뛰고 또 뛰어 이은만을 담아냈지만, 가호는 날카로워진 눈으로 자리를 박차고 일어섰다.

더는 참을 자신이 없었다. 이은의 가녀린 팔을 꺾고 다리를 부러

트려서라도 그 시선을 돌려 제 품에 넣고픈 잔인하고 포악한 충동을 더 이상 억누르기 힘들었다.

가호가 검은 무복 자락을 휘날리며 서늘하게 돌아서자, 이은도 말없이 걸음을 되돌렸다. 은월에 박힌 싸늘함이 겨울처럼 시려 한기가 들었다. 교차한 손으로 보드라운 비단옷을 쓸어보지만 스며든 냉기는 도통 사라질 줄 몰랐다.

서로 등을 돌리고 몇 걸음 갔을까.

이은이 걷고 가호가 뒤를 돌아보았다.

다시 이은이 돌아보고 가호가 고개를 돌렸다.

그렇게 어긋난 시선은 끝내 만나지지 않은 채, 흩날리는 꽃비만이 눈물처럼 두 사람의 발을 적셔 놓았다.

11장

 다음날도 추국은 이어졌다. 격랑 같은 분노를 차게 묻으니 가호는 도리어 더 냉정하고 무자비했다.
 "왜 그런 것인지 물었다."
 답하는 이 없었고, 가호는 무심한 얼굴로 사납게 영기를 휘둘렀다.
 "정녕 입을 열지 않고 이대로 죽음을 택하겠느냐?"
 피가 고여 그 비릿함에 코가 찡했을 때, 가호가 무섭도록 고요한 눈으로 모수의 왼쪽 가슴 언저리를 후벼 팠다. 말하지 않고 버티는 쪽이나 잔인하고 냉정하게 물음을 계속하는 쪽 모다 피가 철철 흐르고 심장이 썩어 들어가는 고약한 심문이었다.
 죽음을 불러일으키는 듯, 가호의 손끝에 맺힌 짙푸른 영기가 가파르게 춤추고 있었다.
 모수는 피투성이가 된 얼굴을 들어 은륜의 왕을 보았다. 잔인하고 광폭한 성정의 그가 자신을 상대로 베푼 자비는 이만해도 갚을 길 없이 컸다. 몸도 지쳤고 마음 역시 고통스러우니 이만 모든 것을 버려두고 쉬고 싶었다. 그러나 이은이 말하지 않았던가.

[살아주세요. 살아서 오라버니 또한 증명하셔요. 왜 그럴 수밖에 없었는지를.]

모수의 눈꼬리가 바르르 떨렸다. 죽어 덮으려는 진실을 살아서 비켜가게 할 수 있을까.

잠시 후, 모수는 추국이 열린 이후로 처음 단정하게 고개를 조아렸다.

"소신이 까닭을 말씀 올리면…… 전하께옵서는…… 전하께옵서는 지금보다 천근만근 무거운 마음의 짐을 지게 되실지도 모릅니다."

"거짓을 고한다면 네가 짊어질 고통의 무게가 더 무거워질 것이다."

"사실대로 말씀 올릴 것입니다. 그리고 감히 전하께 청하옵니다. 이제 와 추접한 구걸이라 해도 좋습니다. 허나 소신, 살아야 합니다. 부디 살려주십시오."

"그 고매한 자존심에 살려달라…… 전일의 너는 분명 죽고 싶어 안달이 나지 않았던가."

"그분의 말씀처럼 죽음으로 도망치기보다 죽을 각오로 맞서는 것이 옳다 여겼기 때문입니다. 또한 소신, 전하께도 씻지 못할……."

섬뜩하게 시린 은월에 조소가 감겼다.

"너저분한 변명은 되었다. 만약 추국을 멈춘 후에도 입을 열지 않으면, 하루에도 몇 번 눈앞에서 네 식솔들의 목이 떨어져 나가는 꼴을 보게 될 것이다. 그리고 목숨 구걸은 모든 진실을 뱉어낸 후에 나 하여라."

"명심하겠습니다."

그러나 추국이 사실상 중단되자마자 모수는 무너지듯 그대로 실신을 하고 말았다. 모진 고신으로 기력이 쇠하여 계속하여 정신을 놓으니 마침내 가호가 옥사에서 그를 끌어내 작은 방에 가두었다.

의원이 만신창이가 된 몸을 살피고 간 후, 가호는 삐딱하게 팔을 엮고 기대서서 또 겨우 눈만 뜨고 있는 모수를 내려다보았다.

"고작 이 꼴로 동정이나 사려는 것이냐?"

"송…… 구…….."

입술을 달싹일 힘도 없이 모수가 숨만 크게 내쉬었다. 제대로 된 문장을 말하는 것은 고사하고 눈을 뜨고 있는 것조차 버거워 보였다.

멍청한…….

가호는 짧게 혀를 찼다.

꺾일지언정 절대 굽히지 못하는 고고한 자존심의 모수가 이따위 비열한 수로 복수를 완성코자 했을 리 없었다. 수백 번을 고심하였으나 결론은 같았다.

상대가 이은이라면 더더욱. 그 아이가 죽지 말라 명한 탓에 모수는 살고자 기를 쓰고 있지 않은가.

머리가 차게 식자 상황이 좀 더 명확히 보였다. 그래, 분명 모수는 무언가를 알고 있다. 자신도 모르고 이은도 기억하지 못하는 그 어떤······.

무엇일까. 저 단려한 사내를 이토록 어리석게 만드는 네 해 전의 비밀은. 그가 저토록 필사적으로 감추려는 진실이 궁금함과 동시에 사뭇 저어되었다.

그러나 단숨에 물어 들을 상황은 못 되었다. 당사자 모수는 고열에 시달리며 정신을 놓기 일쑤였고, 이은과도 편히 이야기를 나누지 못하고 있었다.

"멍청한."

이번에는 모수가 아닌 자신에게 하는 말이었다.

그 아이를 다시 만나면 그리움과는 그만 작별할 줄 알았다. 한데 그리움은 더 핍절해지고 천하에 둘도 없을 겁쟁이가 되어만 간다. 다가가 안으려 하면 도망쳐 버릴까 겁이 나고, 그 이름 부르려 하면 대답 한 번 없이 말갛게만 바라볼까 두려웠다.

해서 이은이 머무는 침소를 멀리서만 보고 또 보았다. 상처 입히고 싶지 않아 다가서지 않고, 울리고 싶지 않아 멀찌가니 그렇게.

가호는 방을 나서 뜰을 거닐었다. 파란 하늘을 병풍처럼 펼쳐 놓고 은륜화가 흐드러지게 피어 있었다. 그것을 보고 바보처럼 그 아이가 좋아하는 꽃이란 생각부터 드니 저도 참 어쩔 수 없다. 쓰게 웃고 돌아서다가 또다시 이은의 처소에 시선을 던지고 만다.

"마마, 곧 어두워질 것입니다. 그전에 잠시 산책을 다녀오심이 어떠하십니까?"

하루 종일 바깥출입도 하지 않고 방에만 머무는 이은을 염려하며 궁아가 조심스레 여쭈었다. 현모수라는 이도 고신에서 벗어나 몸을 보살피는 중이니 더는 염려할 것이 없으시련만, 살피기로 밤에 잠도 제대로 주무시지 못하는 듯하여 걱정스러웠다. 궁에 와서 그렇지 않아도 희고 갸름한 얼굴이 반쪽이 되어 창백해지고 핼쑥해져 있었다.

"채비해주세요."

공연한 걱정을 끼친 것이 미안하여 이은은 연하게 웃어 보였다. 이름 하나 기억해주지 못하는 제게 눈물마저 보이며 반기던 동채 시종들, 그네들은 기억이 돌아오지 않는 이은을 안타까이 바라보며 더 살뜰히 보살펴주었다.

수줍고 아련하기로 흰색만 한 게 있을까. 은실을 넣어 짠 희고 얇은 은사소사와 감이 두껍고 무늬가 없는 백공단을 겹쳐 만든 옷을 입은 이은은 참으로 청아했다.

"너무 아름다우셔요."

"아름답다는 것은 전하를 이르는…… 말이지요."

궁아의 감탄에 이은이 저도 모르게 가슴속 말을 내뱉고 말았다. 그러다 뺨을 붉게 물들이며 말꼬리를 흐렸다.

눈치 빠른 궁아들은 이은이 무안하지 않게 못 들은 척 채비에만 몰두했다. 그러면서 저들끼리 은근히 시선을 교환하는 것은 잊지 않았다. 두 분 마마께서 그림처럼 서 계실 풍경을 머지않아 볼 수 있으리란 희망을 품고서.

"다른 곳은 몰라도 침소 앞의 뜰만은 줄곧 전하께서 돌보셨습니다."

훌륭한 모양새라고는 할 수 없지만 깨끗하게 손질된 크지 않은 꽃밭, 그 앞에서 궁아는 자랑스럽게 말했다.

젖어가는 노을, 싱그럽게 자라난 풀꽃들 사이에서 소담스럽게 핀 은륜화가 어여뻤다. 그 곁에 자리한 자그마한 두 그루의 소나무에서 이은은 문득 시선을 멈추었다.

"이 동솔은?"

"아, 네 해 전부터 심어진 것이라 하온데 이상하게 저 상태로 통 자라지를 않아 저희끼리는 뭔가 이상한 기운이 든 것 같다고……."

무서운 것을 본 것처럼 궁아가 호들갑을 떨었다.

하긴 몇 해를 마르지도 않고 죽지도 않으면서 키는 하나도 자라지 않는 소나무라니 이상하다 할 만했다. 그러나 이은은 조금도 개의치 않고 부드러운 눈빛으로 잔솔가지를 쳐다보았다.

"그래도 뽑아 없애지 않아 다행이네."

왜 다행이란 생각이 든 건지 모르지만 나란히 선 두 그루의 동솔을 보자 마음 한구석이 따스하고 뭉클해졌다. 이은의 말에 궁아가 눈을 동그랗게 열고 손을 휘저었다.

"없애다니요, 쇤네들 목이 달아날 일입니다. 전하께서 지금도 얼마나 아끼시는지 모릅니다. 까닭은 모르오나 은사를 감은 소나무보다 그 옆의 조금 작고 동그란 동솔을 더 귀히 여기십니다요."

그 말에 비로소 이은은 둘 중 하나의 허리춤에 달린 은줄을 발견하였다. 시리게 차고 설레게 아름다운 빛이 꼭 누군가를 닮았다.

천천히 손을 뻗어 끝에 연이어진 두 개의 나비매듭을 만지작거렸다. 그러자 피에 젖은 나비매듭을 움켜쥐고 벽을 부수며 들어서던 가호의 모습이 눈앞에 또렷하게 그려졌다. 그가 특이한 모양의 매듭을 보이며 무섭게 다그치던 순간도, 그를 보고 슬픈 듯 또한 설레었던 제 심정도 차례로 떠올랐다.

"어쩌면……."

기억을 전부 잃었다 해도 여전히 남겨질 수 있는 것이 있구나.

뒷말은 가슴으로 삼켰으나 나비매듭과 제 손을 번갈아 보며 이은은 희미한 위안을 얻었다.

입술에 미소를 걸어 몸을 세웠을 때, 연못 너머의 가호가 눈에 들어왔다. 언제부터 계셨던 것일까. 마치 정성스럽게 빚은 하나의 조각처럼 기려한 사내가 반짝이는 물을 가로질러 자신을 마주 보고 있었다. 이은은 단정히 고개를 숙여 예를 갖추었다.

비스듬하게 걸려 어둑해지는 해 앞에 선지라, 가호의 표정은 제대로 보이지 않았다. 그러나 은빛 물결이 굽이쳐 아롱지는 녹담 건너의 그가 어쩐지 외로워 보여 가슴 한구석이 시릿했다.

가호는 그런 이은에게서 시선을 거두고 저무는 노을을 밟아 정각에 올랐다. 타고 또 타도 뜨겁기만 한 심장이 어찌 이은을 보고파 하지 않을까. 다가가 아려한 얼굴을 가까이서 마주하고, 그 고운 향기를 취하고 싶었다. 허나 여전히 이은에게는 위험한 것, 난폭한 것인 이 마음을 어찌해야 할지 몰랐다.

차오르는 욕심을 끊어내기 어려워 걸음이 더디고 무거웠다. 아직도 멎을 듯 뛰는 심장에 쓴웃음만이 고였다.

두 그루의 동솔 앞에 선 이은을 보았을 때, 심장이 가파르게 내달음질 쳤었다. 설마 함께 붙여준 이름을 기억해주는 것일까? 그 앞에서 퍼붓듯 쏟아냈던 어리지만 깊은 제 연정의 고백을 떠올린 것일까?

그럴 리 없다 여기면서도 다시 기대하였다. 그러나 이번에는 소리 내어 묻지 못하고 돌아서 왔다. 아니라고, 여전히 무엇 하나 기억하지 못한다는 맑고 고운 음성을 들으면, 또다시 이은을 다그쳐 상처 입힐 것이니.

은륜화, 동솔…… 이은이 멈춰 선 시선마다 그들의 빛나는 지난 기억들이 고여 있었다.

허나 그녀는 여전히 그 모두를 잊은 채였다. 자문처럼 박힌 이 아리고 뜨거운 연심을 한 번 바라봐주지 않고 무심히 그대로 지나쳐만 간다.

홀로 설레고 또 혼자서만 아픈 것은 연모하는 마음 역시 저 홀로만 깊어서일까?

시린 빛으로 떠오르는 달을 올려다보았다. 가호는 멀리서 그 달 아래의 자신을 바라보는 이은을 모르고 외로이 웃었다.

그날 밤, 이은은 오지 않는 잠을 떨치고 자리에서 일어났다. 아무래도 금일 역시 쉬이 잠을 이룰 수 없을 것 같았다. 결국 밖으로 나가 달 아래 흩날리는 은륜화 꽃잎을 맞으며 뜰을 거닐었다.

발끝에 부딪치는 여린 풀줄기, 코끝에 닿는 꽃향기에 어지럽던 마음이 조금씩 가라앉았다.

"은……."

고혹적으로 빛나는 은색 달에 머문 시선, 그 끝에 저절로 담기는 이름 하나가 있었다.

이은은 혼잣말 같은 속삭임을 누가 들을세라 재빨리 제 입을 막고 주변을 살폈다. 지저귀는 밤벌레 소리만 어둠을 날 뿐 모두가 잠든 동채는 고요하기만 했다.

"은가호."

용기 내어 한 번 더 부르자, 가슴이 시큰해지고 금세 알 수 없는 온도로 데워져버렸다. 기실 아까 동솔 앞에서도 가호를 부르고 싶었더랬다. 허나 그리하면 왕이 더 고적하실까 두려웠다. 기다리던 이 없는 뜰에서 그는 참으로 외로워 보였다.

아니, 어쩌면 가호가 그리는 어린 세자빈을 흉내 내고 싶은 제 어리석은 욕심, 그것을 꺾으려 공연한 고집을 부린 것일지도 모른다. 머리는 잊었으나 가슴은 기억한다는 말로 달랠 수 없을 참으로 아득히 깊은 그 마음을 알면서…….

생각에 잠겨 걷다 보니 어느새 자라지 않는 두 그루의 소나무 앞까지 왔다.

"왜 자라질 못할까? 해도 잘 드는 자리거늘."

이은은 그 앞에 쪼그리고 앉아 푸른 가지를 가만히 쓰다듬었다. 보드라운 손길이 닿자 솔잎이 머금었던 이슬을 또르르 떨궈냈다.

[정녕 너보다 더디 자라라는 약조를 걸었단 말이지?]

이슬이 손등에 떨어지는 순간, 문득 낯선 듯 익숙한 음성이 귓가를 스치고 갔다. 웃음기 묻은 소년의 목소리에 어쩐지 묘한 기시감이 들었다. 이은은 잠시 동작을 멈추었다가 작게 한숨을 폭 내쉬었다.

"하."

전하일 것이다. 이처럼 심장에 맺혀 흐릿하게 가슴을 울리고 가는 이, 분명 그이리라.

그때의 가호는 어땠을까? 그 기려한 눈에 담긴 미소는 얼마나 아름다웠을까?

기억해 내고 싶고 막연히 그리워 부끄럽게도 시샘이 일었다.

욕심이 이리 사나워서야……. 혼잣말마저 옅게 기시감이 들었다.

이은은 주먹을 말아 쥐고 가벼이 고개를 가로저어 상념을 털었다. 결코 닿을 수 없을 과거에의 동경을 가슴 깊이 접어 넣고 궁아에게 미리 물어두었던 목창을 찾아 나서기로 했다.

얼마나 걸었을까. 외떨어진 곳집이 모습을 나타냈다. 동채 끝자락에 위치한 목창은 겨울이 아니면 드나드는 이가 거의 없었다. 겨우내 땔감으로 쓸 나무와 간간이 수리에 쓸 크지 않은 목재를 보관하는 곳집에는 뿌리거름도 넣어둔다 했다. 그것을 좀 뿌려주면 소나무의 키가 조금은 클지도 모르겠다. 자라지 않은 두 그루의 동솔에게 알 수 없는 책임감을 느끼며 이은은 두려움도 잊고 문을 힘껏 밀어보았다. 다행히 경쇄가 열린 채였다. 이은은 캄캄한 그 속으로 조심히 걸어 들어갔다.

끼이익. 낡은 경첩이 작게 울었다.

가호는 등 뒤에서 들리는 인기척에 벽에 바짝 붙어 몸을 숨겼다. 간자일지 모르니 우선은 섣불리 나서지 않고 하는 양을 살펴보기로 하였다.

달이 길게 늘어지는 밤, 이은이 있는 침소 쪽을 하염없이 바라보다가 방을 나섰다. 그 아이가 낮에 걱정스럽게 보던 동솔이 자꾸 마음에 밟혔던 탓이다. 시종들도 뿌리치고 언제나처럼 아무도 없을 목창을 찾았다. 생각이 난 김에 근비라도 좀 뿌려줄 참이었다.

돌보기를 게을리하지 않았으나 한 뼘도 자라지 않은 그 키에 괜스레 미안하였다.

아니, 동솔의 아니라 제 마음의 키가 자라지 않았음일까?

입꼬리를 타고 오른 웃음기는 건조하고 씁쓸한 것이었다.

그 사이 침입자는 어둠이 낯선 듯 천천히 주변을 더듬거리고 있었다. 가호는 이내 싸늘해진 시선으로 침입자를 노려보았다.

"너는……."

뜻밖의 인물을 발견한 탓에 잠시 말끝이 잘려나갔다. 정신을 가다듬고 예서 무엇을 하느냐 물으려는데 그보다 먼저 상대가 놀란 목소리로 말했다.

"전하? 예서 무엇을……."

이은 역시 놀란 듯, 말꼬리를 흐렸다.

맑은 음성, 옅게 고인 달빛에도 또렷한 이목구비. 정말로 이은이다. 서늘히 굳었던 은색 눈동자에 당혹감이 스쳤으나, 다행히 어둠이 그것을 교묘히 감추어 주었다. 가호는 부러 더 냉랭히 대꾸했다.

"내가 묻고 싶은 말이다. 따르는 이들도 없이 홀로 무슨 짓이냐?"

그러다 부딪쳐 다치거나 모르는 길로 접어들면 어찌하려고……. 가호는 들리지 않게 혀를 찼다.

명일 보필을 소홀히 한 동채의 시종들에게 모다 따끔히 곤장을 내려야겠다. 만에 하나 기억을 떠올리지 못하는 이은을 무시하고 깔보기라도 한 것이면, 당장 그네들의 목을 비틀고 말 것이다. 왕의 하나뿐인 비를 어찌…….

문득 차갑게 치솟던 분기가 첨예한 창이 되어 그의 심장을 찔렀다.

스스로는 기억을 잃은 이은에게 어찌 굴고 있는가?

참으로 우습고 또 날카로운 모순이었다. 그것을 깨닫고 가호는 그대로 땔나무 더미에 무너지듯 기대앉았다.

"송구합니다. 허면 이만……."

딱딱한 말투 언저리에 묻은 걱정을 눈치 채지 못하고 이은은 그리만 말하며 몸을 돌렸다. 은색 나비매듭 동솔과 그 곁의 벗이 걱정되어 여기까지 왔다는 말은 할 수 없었다.

"은줄을 단 것이 호, 그 옆 더 작은 솔이 령이다."

그때, 가호가 고요히 이은을 붙들었다.

"……퍽 어울리는 이름입니다."

나란히 붙은 모습만큼 함께 불리는 그 이름이 고왔다. 우습게도 그것이 왕과 제 이름의 끝 글자를 따른 게 아닐까 하는 생각이 들었지만 입 밖으로는 내지 않았다. 이은은 저도 모르게 옅게 웃으며 고개를 끄덕였다.

"……."

그리 사람 속을 뒤집게 곱게 웃으면 어쩌란 말인가. 가호는 웃고 있는 이은을 물끄러미 바라보았다. 어둠 속에서도 꺼지지 않는 아려한 모습, 나무 내음 속에서도 묻히지 않는 달콤한 향기에 머릿속이 아득하였다. 어찌나 거세게 뛰는지 심장소리에 묻혀 말소리가 들리지 않을 게 분명하였다. 입술은 달싹이지만 소리가 나오지 않는 건, 분명 그런 이유이리라.

"물러가겠습니다."

그의 침묵을 대화의 끝이라 여긴 이은은 단정히 예를 갖추고 문 앞에 섰다. 가호와 이대로 몇 마디 더 나누고 싶은 욕심을 탓하듯 힘껏 문고리를 당겼을 때였다.

"문이……."

들어올 적에 활짝 열려 있던 경쇄가 어느새 밖에서 잠겨 있었다. 그사이 순찰을 돌던 이들이 단속을 하고 돌아간 모양이었다.

"잠긴 모양이지. 다음 순찰 때까지 기다리면 될 것이다."

힘을 발현하면 나무문쯤은 손가락 하나로도 열 수 있었다. 그럼에도 가호는 나른하게 몸을 묻으며 모른 척했다. 아니, 그에 더해 저도 모르게 들뜬 마음을 감추려 심술궂기까지 하였다.

"앉거라, 겁먹은 사슴 꼴로 서 있지 말고."

"겁먹지 않았습니다. 앉으려던 참이기도 했고요."

좁은 창고 안이라 끝과 끝이래도 열 보 남짓이었다. 이은은 문 앞에 곱단하게 앉으며 작게 입술을 삐죽거렸다. 누가 겁을 먹었다고…….

"이 힘 때문에 어둠 속에서도 무엇이든 또렷하게 볼 수 있지."

가호가 손을 들어 파랗게 영기를 피워 올렸다. 그 빛에 이은이 얼른 두 손으로 제 입술을 감추었다.

"그, 그렇습니까."

"정작 내 속은 비추질 못하지만."

혼잣말 같은 중얼거림이 목창 안에 울려 퍼졌다. 짧고 어색한 침묵이 두 사람을 휘감았다.

가호는 나비의 날개처럼 부드럽게 파닥이는 빛을 공중으로 띄워 보냈다. 공기에 부딪쳐 사라지는 빛을 따라가던 두 쌍의 눈동자가 정면으로 마주쳤다.

"이은이라 부른다던가."

"이령이란 이름도 익숙해졌습니다."

고요히 묻고 차분히 답하는 말소리가 가만히 어둠을 깨트렸다. 또 이어지는 침묵, 하지만 이번은 그리 무겁지도 어색하지도 않았다. 희뿌연 달빛 속의 두 사람은 한참이나 말없이 서로를 바라보았다.

어쩌면 무어라 불러도 가슴에 담기는 무게는 같지 않을까. 가호는 빛을 머금는 심장을 쓸며 더욱 깊숙이 몸을 기댔다.

그때, 쌓여 있던 땔나무 더미가 조금씩 흔들리기 시작했다. 그러다 일순 균형이 무너진 원통의 나무들이 와르르 무너져 내리고 말

앉다. 가호가 채 몸을 피하기도 전, 천장에 닿을 만큼 높이 쌓인 묵직한 땔나무들이 순식간에 그에게로 쏟아져 내렸다.

"전하! 위험……으윽."

생각할 겨를 없이 달려든 이령이 그를 밀치며 그것들을 온몸으로 막았다. 가장 먼저 떨어진 나뭇조각에 등을 가격당하고 연이어 엄청난 무게의 땔나무 더미에 깔릴 위험에 처했다.

"발發!"

가호가 재빨리 그런 이령을 감싸 안고 힘을 발동시켰다. 이미 심벽의 기운이 동그란 막을 지어 두 사람을 감싸고 있었고, 그 위로 떨어지는 나무들은 유리처럼 산산조각 난 채 가루로 흩어졌다.

"무엇을 하는 것이냐!"

그 속에서 가호는 날선 목소리로 호통을 쳤다. 허나 은월에 감긴 짙은 걱정까지는 감출 수 없었다. 이령의 존재에 신경이 쏠려 위험을 감지하는 것이 늦었지만 애초에 이런 것들은 그를 조금도 상하게 할 수 없었다. 괴수조차 벌벌 떨게 만드는 수호령의 힘이 제 안에서 극악하게 요동치는 이상.

그런데도 이령, 이 작은 아이는 앞뒤 재지 않고 달려와 주었다.

"어찌, 너는……."

미련할 만큼 상냥한 것은 변하질 않았을까.

세자빈 시절 폭주하는 영기 앞에서도 겁 없이 저를 막아서더니, 쏟아져 내리는 나뭇더미를 어쩌자고 무턱대고 이 여린 몸으로…….

가호는 제 어깨에 머리를 기대며 스르르 쓰러지는 이령을 더욱 힘껏 감싸 안았다. 새파랗게 치솟은 영기는 이제 아예 이령을 상하게 한 목창 전체를 박살 내고 있었다.

"다치지 않아서 다행……."

머리보다 가슴이 먼저 움직이고 만 것을 어쩌랴. 이령은 가호의 무사를 확인하자 한 번에 기운이 빠진 듯 깜박깜박 정신을 놓았다.

며칠 잠을 설쳐 누적된 피로에 뜻하지 않은 부상, 거기다 안도감까지 더해 전에 없이 머리가 무거워지며 몸이 가라앉았다. 억지로 눈을 뜨며 자세를 바로 하려 했지만 손가락 하나 마음대로 움직이기 어려웠다. 게다가 가호의 너른 품이 너무도 아늑하고 설레어 그대로 잠들고만 싶었다.

"령아."

달싹이는 입술 사이로 흘러나온 말을 듣고 가호의 눈동자에 물결이 일었다. 그 넘실거림은 단숨에 심장까지 이어졌다. 품에서 정신을 잃어 가는 이령의 체온이 느껴지자 묵직한 통증 또한 전신을 훑고 지나갔다.

"의원을 부르마. 조금만, 조금만 참아라."

가호는 이령의 몸을 부드럽게 안아 올린 채 영기를 솟구쳐 목창문을 부수고 급히 밖으로 나갔다. 이미 무너지기 시작한 목창 따위 안중에도 없는 듯, 그 길로 한달음에 의국까지 달려갔다.

"은실박이 일을 배웠…… 마음이 차분해지고……."

품에 안긴 이령이 사이사이 긴 공백을 두고 무어라 말하였다. 온전히 혼절하기 전, 이령은 눈앞에 한들거리는 가호의 머리카락을 살며시 매만졌다.

"은실이…… 고와서……."

툭.

겨우 손을 늘어뜨린 것일 뿐인데 가슴이 무너져 내려앉은 듯 초조했다. 가호는 온 동채를 발칵 뒤집어 깨우며 소리쳤다.

"당장에 살펴라! 뭣들 하느냐! 당장, 이 아이의 상태를 살피래도!"

잠든 어의와 의녀 전부를 불러들이고서도 가호는 불안한 듯 침상 앞을 오고 갔다. 겹겹이 드리워진 휘장 사이로 분주히 오고 가는 의녀들과 진맥에 쓸 실을 길게 늘어뜨린 의원들이 보였다.

"젠장."

치솟는 분통과 염려가 여실하게 음성에 드러났다.

동채의 서고가 무너졌던 그 어느 날, 다시는 저로 인해 다치게 하지 않겠다고 결심했거늘. 그 작고 여린 아이가 금일 다시 저리 상한 것은 모다 제 불찰이니 어찌 스스로를 탓하지 않을까.

바람에 흩날리는 머리카락을 날카롭게 쓸어 넘기던 가호는 이령의 손이 닿는 어디쯤에서 가만히 동작을 멈추었다.

과거에도, 지금도 상처 하나 없이 지키고픈 이는 이령, 오로지 그 아이 하나.

이토록 가슴을 속절없이 뛰게 하고 애달프게 하는 이 역시, 저기 누워있는 이령 그 하나뿐이었다.

한데 지금껏 나는……. 가호는 그대로 입술을 깨물었다. 피가 흐를 만큼 주먹을 힘껏 말아 쥐었다.

"마마의 등에 어혈이 몇 군데 맺혔사온데 다행히 절상은 없는 줄로 아뢰옵니다."

휘장 밖으로 나온 의녀가 조심스레 고했다. 실을 걸어 진맥을 한 어의도 동조하듯 고개를 조아렸다.

"예, 저희들이 살피기로도 다행히 다른 이상은 없는 듯합니다. 피곤이 쌓여 기력이 약해지셨을 뿐이니 며칠 푹 주무시면 곧 쾌차하실 겁니다. 가장 좋은 약재로 달인 탕약을 아침, 저녁으로 올리겠사옵니다."

"물러가라."

꽉 잠긴 목소리는 메마르고 건조했으나 안도감이 희미하게 깔려 있었다.

언제 불호령이 떨어질지 몰라 거북목을 하고 왕의 눈치를 살피던 이들이 발소리도 내지 않고 물러갔다. 가호만이 불 밝은 방에 남아 깊이 잠든 이령 앞에 섰다.

"령아."

며칠 새 핼쑥해진 얼굴과 하얗게 튼 입술을 스치는 시선마다 애잔함이 묻어났다. 차마 보듬지 못하고 맴돌던 손이 이령의 이마를 간질이는 머리카락을 가만히 쓸어 올렸다.

"내 무에 그리 어여쁘게 굴었다고……."

이령은 저를 위해 한 점 망설임 없이 뛰어들었던 것일까. 다그치고 성내며 상처만 준 자신이건만.

가호는 여전히 거친 이령의 손끝을 안타까이 어루만졌다.

이토록 맑고 고운 너를 아프게만 하였으니 이 여들없는 노릇을 어찌할까.

한 뼘도 자라지 못한 너에 대한 배려가 부끄러운 사내다, 나는.

지독한 갈증에 뒤덮인 사나운 연심을 감추지 못해, 이 혼돈에 가장 고통스러울 널 상처 입히고만 한심한 놈이다.

부르면 답할 네가 지금 여기 있는데 더 무엇을 바랄 것일까.

어찌 날 기억하지 못한다고 상처만 주었을까.

이토록 애틋한 널 눈앞에 두고도 장님처럼 보지 못하여 찾아 헤맨 나는 얼마나 어리석으냐.

네가 나를 봐주지 않을까 두려워, 잃어버린 줄로만 알았던 이 고운 모습을 다시 볼 수 있어 얼마나 감사하고 기쁜지를 망각하였구나.

이리도 못되고 성마르게 구는 사내가 많이도 미웠을 것이다. 어리석고 답답하여 깊이 원망하였을 테지. 그래도 말이다. 그래도…….

"다시 한 번 더……."

차고 무심한 은월의 눈동자에 가만히 내려앉는 아련히 깊고 뜨거운 바람 하나.

"이런 나라도 보아줄 것이냐?"

잃어버린 시간을 뒤로하고 나를 다시 한 번, 다시 한 번만 그 가슴에 담아주겠느냐. 가호는 떨리는 손으로 이령의 마른 뺨을 보듬었다.

네 고운 체온이 손끝을 적셔도 나는 잃을까 이리도 겁이나. 부서질까 안타깝고 두렵다. 그처럼 이 지독한 탐욕은 잔인하게, 아득한 내 연심은 결코 끝을 모른 채 너를 탐할 것이니, 이령아…….

"너는 너인 채로 그렇게 곁에만 있어다오."

모습이 변하여도 달은 달이듯, 흘러가고 다시 채워지는 계절이 그러하듯…….

내쉬는 숨 끝에 이령이 답하듯 작게 뒤척였다. 나부끼는 달빛에 녹아든 가호의 진심이 가만히 어둠을 적셔 새벽을 불러오고 있었다.

12장

눈을 떴을 때는 푹신한 침상 위였다. 휘감기는 촉감이 좋은 포단도 단정히 덮여 있었다. 이령은 잠시 그대로 누워 전날 밤을 떠올렸다.

꿈이었을까. 다정한 손길, 부드러운 음성, 모다 제 부끄러운 욕심이 만든 허몽일까.

[너는 너인 채로 그렇게 곁에만 있어다오.]

그 아련한 속삭임에 꿈결에도 가슴이 뒤설레고 저릿하게 아팠더랬다. 지난날을 기억하지 못하는 이은으로는 곁에 머물 수 없을 줄로만 알았다. 이령이 아니면 얼어붙은 눈빛만을 마주할 것이라 여겼다. 때문에 그리움에 지쳐 난폭하기까지 한 왕 앞에서 한사코 저는 어린 세자빈이 아니라고 고집을 부렸다. 어쩌면 제 자신에 대한 못난 투기, 부질없는 시샘인 것을 알면서도…….

한데도 잃어버린 기억보다 네가 중하다 말씀하시는 것 같아 벅

차고 꼭 그만큼 먹먹했다.

그래, 깨면 날아갈 꿈이라도 참으로 따스하였으니 되었다. 기억 없이도 어느 날 문득 그리워했을 가호의 품은 넓고 포근하였고, 흐린 시야에 비친 은월은 콧잔등이 시큰할 만큼 아름다웠으니 썩 나쁜 꿈도 아니지 않은가.

"하아."

작게 한숨을 내뱉었다. 고작 꿈, 그래 고작 꿈이건만 아직 가슴이 생생히 뛰고 손에 남은 감촉은 애타게 부드러웠던 것이다.

그리고 그 고작 꿈만으로도 예감하였더랬다. 그에게로 쏟아지는 나뭇더미를 아무 망설임도 없이 막아섰을 때, 분명 느낄 수가 있었다.

가호가 살 것이다. 다시, 아니 여전히 제 심장 속에는 그가 아득히 고여 흐를 것이다.

잃어버린 시간을 뒤로 하고 펼쳐질 앞날에도 그는 당연한 듯 그리 깊숙이 박혀 사라지지 않을 것이다. 세차게 부딪쳐 멍들어도, 다가서지 못해 맴돌아 외로워도 미련한 시선이 그에게로만 갈 것이다.

벌써부터 참으로 아플 노릇이라고 혀를 차도 마음은 앓기 전보다 가벼웠다. 이령은 몇 번 눈을 더 깜박이다가 천천히 몸을 세웠다. 그때였다.

"통증은?"

침상 바로 가까이에 앉아 정무에 관한 문서들을 검토하던 가호가 불쑥 말을 걸어왔다.

"견딜……만합니다."

"다시는 그리하지 말아야 할 것이야."

허상이라기에 가호의 음성은 너무도 또렷하였다. 이령은 몇 번이나 눈을 감았다 뜨며 눈앞의 사내를 확인하였다. 시리게 빛나는 은월이 의아한 기색으로 기울어졌을 때, 정신이 번쩍 들며 말문이 막혀버렸다. 당황한 탓에 손이 미끄러지며 몸이 기우뚱했다. 그러자 어김없이 가호의 손이 가느다란 허리를 안아 들었다.

"쯧, 괜한 고집 부리지 말고 좀 더 자두어라. 아직 이리 비척거리면서……."

"충분히 쉬었습니다. 그리고 이 손……."

숨결이 닿을 만큼이나 가까운 거리에 저도 모르게 얼굴이 붉어졌다. 이령은 머뭇거리며 가호의 큰 손을 살며시 밀어내려 했다.

그러나 가호는 삐딱하게 웃으며 도리어 다가오는 작은 손을 힘껏 붙들고 으름장을 놓았다.

"놓아줄 터이니 편히 있어라. 공연히 일어나 움직이다 다치기라도 하면 널 모시는 것들의 목을 죄다 비틀어버릴 것이니."

"어찌 그런 말씀을 하십니까. 그네들이 무슨 죄가 있어……."

"그 꼴이 보기 싫다면 얌전히 틀어박혀 쉬면서 때맞춰 들어오는 밥과 탕약이나 꼬박꼬박 받아먹으면 될 것 아니냐. 정 지루할 성싶으면 저기 쓸모없이 뒹구는 것들이나 살펴보아라."

성가신 듯 무성의하고 딱딱한 말투였으나 속에는 제법 보드라운 염려가 담겨 있었다.

"무엇을?"

그제야 탁자 위에 놓인 물건을 발견한 이령이 놀라움에 눈을 크게 열었다. 그 사이 가호는 종이 뭉치를 들고 유유히 방을 나섰다.

이령은 뒷모습조차 아름다운 사내와 그가 말한 '쓸모없이 뒹구는 것들'을 번갈아 보았다. 가호가 머물다 간 자리에는 은실박이에 쓰는 물건들이 가지런히 남겨져 있었다.

그에게 은실박이 일을 좋아한다고 말한 적이 있던가. 새삼 떠올리는 것이 무의미할 정도로 가슴이 세차게 뛰어 어지러웠다. 머리를 짚으며 등을 기대었을 때, 창으로 날아든 은륜화 꽃잎이 이령의 손등에 살포시 내려앉았다.

"전하……."

기억하지 못하는 그 언젠가와 같이 붉은 꽃비 속을 그대와 나란히 거닐 날이 와줄까요.

보드라운 꽃비를 맞으면 그대로 인해 아팠던 날, 미웠던 날도 있었노라 웃으며 말할 수 있을까요.

설령 그날이 아니 온다고 해도, 반짝이는 은색 실이 어느 때보다도 고우니 지금은 그것만으로도 옅게 웃을 수 있었다.

❀

뜰로 나서는데 은륜화 꽃잎이 나비처럼 포르르 주변을 날았다. 가호는 하얗게 떨어지는 햇빛 속을 걸어가며 흩날리는 꽃비에 문득 미소 지었다.

아직 다정히 말하는 법을 모른다. 지독하게 뜨거운 연모의 마음을 어떤 소리로 전해야 하는지 아는 바 없었다. 저로 인해 아팠을 이령을 부드럽게 보듬어줄 흔한 말 한 마디, 넉살 좋은 요령조차 알지 못한다.

그럼에도 이제 웃을 수 있다. 어느 이름, 어느 시간에 살아도 제게는 하나뿐인 이령이라, 무심결에도 마음은 그 아이를 담아 빛을 머금었다.

깨어나면 가장 먼저 맑고 어여쁜 눈망울 안에 자리하고 싶었다. 며칠 한숨도 자지 못하고 이령 곁을 지킨 이유였다. 그러나 그 까맣고 깨끗한 눈동자 속에 번지는 놀라움에 괜스레 뒤설레어 퉁명하게 말하고 말았다. 앞으로는 조금 더 살갑게 말을 건넬 수 있어야 할 것인데.

부드럽게 풀어진 입가가 어느새 준엄해지며 가호의 눈빛이 평소처럼 냉정해졌다. 크고 화려한 문이 열리고 일렬로 늘어선 대신들이 왕을 맞이하였다. 정무에 관한 이야기가 끝나갈 무렵, 맨 앞줄에 선 수염이 덥수룩한 장수가 머리를 조아리며 고했다.

"전하, 근자에 은륜회의 움직임이 심상치 않습니다. 수장은 륜의 산을 벗어나 각지로 돌아다니는 일이 많고 뺨에 검은 자문을 새긴 사병들이 그의 명을 받아 움직이고 있다 하옵니다. 극단파들이 활개를 친다는 소식도 걱정입니다. 게다가 원로회 영감들도 하나 둘, 와병을 이유로 모습을 보이지 않게 된 일이 많다 하니 심상치 않은 일인 줄로 아뢰옵니다."

왕이 계승자인 이상 힘을 제어할 반대 세력이 필요했기에, 은륜에서는 대대로 은륜회가 존재해 왔다. 그들은 수호령의 힘을 가두는 결계가 되는 륜석을 소유한 집단이었다. 륜석은 왕가의 무덤이 있는 골짜기에서만 나는 것으로 계승자를 제어할 유일한 수단이었다.

그렇기에 왕실은 결코 은륜회를 함부로 할 수 없었고, 은륜회 역시 절대 나랏일에 관여해서는 아니 된다는 규율이 있었다. 때문에 율이 섭정을 하던 시절도 은륜회가 반쪽짜리 계승자나 섭정자, 누구의 편도 들지 않았었고, 살벌한 싸움 끝에 가호가 왕위에 올랐을 때에야 순리와 형식에 따라 정식 계승자임을 인정하였던 것이다.

그럼에도 은륜회는 절반밖에 남지 않은 수호령의 상태를 줄곧 탐탁지 않아 했다. 그들 중에는 절대 금기의 하나인 강제계승을 주장하는 극단파도 있었다. 그러나 워낙 왕인 가호의 역량과 힘이 뛰어나고 시절이 윤택하며 평화로웠기에 원로회는 그들 말에 조금도 귀를 기울여주지 않았다. 그런데 그들이 전면에 나서고 있고 은륜회가 평상시와 다른 행보를 보인다면 마땅히 의심과 경계를 늦추어서는 안 될 일이었다.

"좌시직은 륜의 산으로 가서 은륜회의 움직임을 살피도록 하라. 금영부는 은밀히 수장의 행적을 조사해 오고. 수일 내로 정식 중회를 열어 이 일을 은륜회와 논의할 것이니, 대신들은 그때까지 함부로 이 일을 발설하여 나라를 혼란케 하는 일이 없도록 하라."

가호는 단호히 명을 내리며 생각에 잠겼다. 정영에 가던 길에 모수로부터도 이와 같은 걱정을 들은 적이 있었다. 갑자기 늘어난 괴수들, 어디론가 사라지는 많은 양의 어둠석. 그리고…….

알 수 없는 긴장감 때문일까. 가호는 관자놀이를 누르며 날카롭게 눈을 빛냈다.

주기는 목표한 사내를 발견하자 재빨리 무언가를 던지고 큰 비자나무 뒤로 몸을 숨겼다.
"엥, 이게 어디서 온 게야?"
마을 어귀에서 주점을 하는 비쩍 마른 사내는 갑자기 제 발치로 굴러온 보라색 금낭을 보고 눈을 휘둥그레 떴다. 물욕이라면 세상 누구에게도 뒤지지 않은 자였다. 주점을 해서 버는 돈으로는 만족을 하지 못해 비밀리에 고리대를 놓아 악착같이 사람들의 피땀을 빨아들이는 통에 인근에서 악명이 높았다. 융통이 여의치 않은 기녀들과 관직에 오르지 못한 서생들, 급전이 필요한 백성들을 상대로 어찌나 간악하게 구는지 그로 인해 노비가 된 자도 여럿이었다. 그런 자가 눈먼 돈을 그냥 지나칠 리 없었다.
"뭐 어차피 내 것이 될 운명이었겠지. 크크."
사내는 매끈한 촉감의 금낭에 코를 박고 금화 냄새를 맡았다. 흡족한 미소도 잠시 그의 얼굴에 당황한 기색이 스쳤다. 숨어 있던 주기가 불쑥 모습을 드러낸 것이다.
"웬 놈이냐! 이, 이 금낭은 원래 내 것으로 잠시 손이 떨리는 통에……."
물음에 답하는 대신 주기는 손바닥을 펼쳐 작고 검붉은 덩어리를 내보였다. 조금의 자극만 있다면 이자의 폭주는 어렵지 않아 보였다. 이미 욕심으로 가득 찬 사내는 어둠석에게 조금씩 먹혀들고 있는 게 분명했다.

주기의 예상대로 스멀스멀 연기를 피워 올리는 검붉은 덩어리를 본 사내의 눈이 뒤집혔다.

"황금! 엄청난 황금…… 잠시, 잠시만 볼 수 있게 해주시오. 제발, 내 이리 부탁하오."

주기는 달려드는 사내를 저지하지 않았다. 단지 그가 침을 뚝뚝 흘리며 율이 남긴 폭주의 부스러기에 매료당하는 꼴을 보고 빠르게 몸을 피했을 뿐이었다.

주기가 일정 거리 밖으로 벗어나자, 탐욕으로 가득 찬 사내의 가슴팍에서 검은 반원이 퍼져 나왔다. 곧 그 시꺼먼 원은 사내가 모르는 사이 온전히 그를 집어삼켜버렸다. 원래의 사내는 온데간데없고 얼굴이 녹아내리고 손과 발이 뭉그러진 보라색 괴수만이 남았다.

"수장께서 좋아하시겠군."

발욕하여 날뛰는 괴수는 이제 곧 굶주림을 이기지 못하고 사냥에 나설 것이다. 허면 조만간 탁하고 요사스러운 기운을 가진 어둠석이 놈의 몸 안에 겹겹이 쌓일 것이다. 흡족한 얼굴이 된 주기는 륜석으로 만든 갑옷을 손등으로 가볍게 쓸며 그곳을 벗어났다.

맑은 수면 위에 흰 구름이 고였다. 청명한 하늘도 그에 잠겨 찰랑이고, 붉은 은륜화 꽃잎은 소복하게 떨어져 잔잔한 물결을 만들어 냈다.

오랜만에 나선 산책이라 서두르지 않았다. 한들거리는 풀꽃 앞에서도 걸음을 멈추고 햇빛 흐르는 자리도 느긋하게 구경하였다. 이령은 연못을 돌아 침소 앞뜰로 갔다. 두 그루 동솔을 살피려는데 따르는 궁인들이 무언가 소곤거리는 말소리가 들렸다.

"어머, 정말이네."

"내 참말이라지 않았어. 며칠 전부터 저 소나무 두 그루가 정말로 자라기 시작했다니까."

그네들의 말한 대로였다. 이령의 눈에도 동솔들은 어느새 한 뼘은 자라 보였다.

어떻게 된 영문일까 궁금하였으나 그보다 어쩐지 흐뭇하였다. 궁인들이 말하는 것처럼 요상한 기운이라도 든 것일지도 모르지만, 마음 깊이 기쁘고 대견하였다.

"분명 이 나라 제일의 장송長松이 될 것이야."

작은 바람을 중얼거리며 다시 걸음을 옮기는데, 정각에서 누군가 손짓하여 이령을 불렀다. 길고 아름다운 은색 머리카락 사이로 서늘하고 매서운 한 쌍의 은월이 이령을 내려다보고 있었다.

"무얼 그리 멀뚱히 보고만 있느냐. 올라와 차나 한 잔 하여라. 겁나지 않거든 말이다."

"겨우 그런 일로 겁을 낼 만큼 유약하지 않다 말씀 올리지 않았습니까."

흔한 고뿔에도 잘 걸리지 않고 캄캄한 밤길도 두려워한 일이 없다. 그런 자신이 저 지독히도 아름다운 사내를 겁내다니, 참으로 어이없지 않은가.

가호가 성마르게 다그치고 난폭하게 굴었을 때나 날카로운 말로 심장을 찔러댔을 때도 그를 무섭다 생각하지 않았다. 냉암하여 얼음처럼 차가운 그 눈빛이 섬뜩하다 느낀 적 없었다.

이령은 살포시 미간을 찌푸리며 정각에 올라 왕을 마주했다. 가호는 피식 웃으며 손수 차를 따라 건넸다. 의젓하고 기품 있는 여인으로 자랐으나 저럴 때의 이령은 어린 시절의 모습과 똑같아 마냥 귀여웠다.

"저 동솔 말이다. 언제고 은륜에서 가장 크고 울창한 소나무가 될 것이다. 그리 훌륭한 이름을 가지고 있으니 늦자라도 분명 그럴 것이야."

제 생각을 읽은 것처럼 말하는 가호를 물끄러미 바라보던 이령은 천천히 잔을 들어 차의 향을 음미했다. 차오르는 차향처럼 향기롭고 따스한 것이 가슴을 데우고 있었다. 잠시 후, 이령은 연하게 번지는 미소를 머금고 입술을 열었다.

"은실박이 일, 전하께서 부러 갖추어 주신 것이라 들었습니다. 고맙다는 말씀을 꼭 드리고 싶었습니다. 덕분에 여러 가지로······ 기운을 차릴 수 있었습니다."

"현모수의 집에 있을 적에 즐겨하던 일이라지. 어쩌다 우연찮게 알게 되었을 뿐이다."

가호는 대수롭지 않게 받아넘기며 멀찌감치 연못으로 시선을 돌렸다. 허나 차갑게 빛나는 은월 안에 점점이 온기가 돌아났다.

기실 캐묻고 또 캐물었더랬다. 이령이 혼절하며 남긴 은실박이, 은실 따위의 말에 담긴 의미를 정영에서 온 시비로부터 집요하게 물었었다.

[죽, 죽을죄를 지었습니다. 쇤네는 그저 아씨께서…… 그 시린 듯 깊은 빛이 좋다는 말씀을 하신 것 외에는 딱히 아는 바가 없어…….]

시비가 벌벌 떨며 그리 말하였을 때, 속절없이 가슴이 뛰었었다. 단순히 은빛을 좋아한다는 것뿐인데, 그것만으로도 괜스레 설레었다.

"깨어나시면 어찌 되는 것입니까?"

"진실을 들은 후에 결정할 것이다."

모수에 대한 이야기였다. 그에 다소 냉랭해지기는 했으나 지난번과 달리 가호의 음성은 담담하였다. 이령은 고개를 끄덕이며 찻잔을 그러쥐었다.

"언짢으실지 모르지만, 저는 아직 오라버니를 믿습니다. 아니, 믿고 싶습니다."

성내어 몰아붙이는 대신 가호는 잠자코 남은 차를 마셨다. 이령이 담백한 어조로 말을 이어갔다.

"정영에서 처음 깨어났을 때, 기억은 물론 감정과 말마저 잊은 것처럼 막막하였습니다. 무엇을 해도 기쁘지 않고, 어떤 것에도 슬프거나 노엽지 않았지요. 우인과 같다고 할까. 생기 없는 그 모습이 제 자신조차 좀처럼 익숙해지거나 좋아지지 않았습니다."

"……"

그것은 과거의 자신도 겪어본 바 있었다. 어둑어둑하고 축축한 고독과 절망의 구덩이에서 무감하고 무심하게 시간을 짓이겨냈었다. 어느 날 제게로 온 선연한 빛을 품기 전에는…….

가호는 물처럼 맑고 연심한 이령의 눈을 가만히 바라보았다.

"그 시절 모수 오라버니가 들려준 저의 과거는 거짓일 테지만, 이 하나는 참일 것이라 생각합니다. 희고 고운 눈이 내려오는 밤이었습니다. 뜰에 서서 하염없이 눈을 맞고 있는 저를 보며 오라버니가 말씀하셨지요."

[기억이란 저 눈과 같다. 땅에 닿으면 녹고 사라지는 듯 보이지만, 깊숙이 스며들어 봄꽃이 되고 여름의 무성한 풀숲도 이루는 것이지. 잃어버린 기억이 안타깝고 답답하겠지만 그 역시도 언젠가 꽃이 되고 숲이 될 것이니 지금의 너를 놓아 버리지 마라.]

그 말은 실의에 빠진 이령을 일으켜 세웠다. 황량한 가슴에 잔잔히 희망을 채워주었다. 언제고 잃어버린 시간의 문을 지나 꽃이 되고 숲이 된 기억을 찾을 수 있을 것이라고.

"해서 밉지만…… 어떻게든 이해해보고 싶은 것입니다. 전하께 감히 살려달라는 청을 올렸던 것입니다. 제게는…… 이은으로 산 시간 동안 누구보다 다정하고 현명한…… 참으로 고맙고 또 고마운 분이었으니 오라버니에게 피치 못할 이유가 있을 것이라 믿고 싶은 것입니다."

"나는 그리 너그럽지 못하다. 원한은 반드시 갚고야 말지. 그렇지만…… 생각하마. 네가 한 그 말, 곱씹어 생각해볼 것이다. 현모수가 그리할 수밖에 없던 이유가 무엇인지 충분히 고심해보겠다."

"망극합니다."

"설마 아무 조건도 없이 내 그리할 성싶으냐."

"예?"

"이제부터 이 시각에 예서 나를 기다려라. 들러 차나 한 잔 마시고 갈 터이니."

무덤덤하게 말한 가호는 슬그머니 이령의 낯빛을 살폈다. 방금 들이켠 따스한 액체 때문인지 창백하던 뺨이 분홍빛으로 물들어 있었다.

"명일은…… 냉차로 준비하겠습니다."

가호는 희미하게 말려 올라간 입꼬리를 감추며 짧게 고개를 끄덕였다.

차 맛이 달다. 다소곳이 날아와 앉은 은륜화 꽃잎 때문일까. 혀끝에 감기는 찻물이 참으로 달았다.

"밤이 깊었사옵니다. 이만 자리에 드시지요."

벌써 두 번째 같은 말을 올린 참이다. 궁아가 조심스럽게 여쭈자 이령이 옅게 웃으며 답하였다.

"먼저들 쉬라 이른 말, 허언이 아니에요. 괜찮으니 다들 물러가도록 하세요."

"하오나……."

음성이 부드러워 더 송구하였다. 목창 일로 불호령을 내리는 왕 앞에서 이령이 그네들이 잘못한 바 조금도 없다 말해주지 않았다면 결코 살아남지 못했을 것이었다. 세자빈으로 계실 적에도 아랫것들 목숨 구하려고 폭주하는 저하를 홀로 막으셨던 분이었다. 기억을 잃은 지금도 목숨 하나, 하나 귀하지 않은 이 없다 말씀해주시니 절로 감복할밖에.

앞으로 마마를 모심에 소홀함이 있으면 목을 매달아버릴 것이라는 왕의 건조하고도 섬뜩한 경고가 없었다 해도 다들 이령에게 충심을 다하리라 생각하고 있었다.

"오수가 길었는지 통 잠이 오지 않아 그래요. 내가 그리해야 더 편할 것 같기도 하고."

기어이 궁아들을 물러가라 이르고 이령은 다시 탁자 앞에 자리했다. 늘여놓은 은사 중에 중간 굵기의 것을 골라 들고 문양에 맞추어 보는 손길이 신중하였다.

좋아하는 일을 한다는 것은 그러하다. 어긋나는 것이 두렵고 자칫 실수라도 하지 않을까 염려스럽다. 몰두하게 하여 오롯이 바라보게 한다. 잘하려는 욕심을 들게 하여 이따금은 생각지도 않은 집착을 일으킨다.

마음도 그러할 테지.

이령은 가만히 손을 놓고 찬연하게 빛나던 은월과 그 안에 흐릿하게 고여 있던 미소를 떠올렸다. 웃으실 때가 더 아름다운 분이었다. 무표정하여 서럽기까지 한 눈동자에 박힌 미소 한 점, 그것만으로도 가슴을 마구 뒤흔들어 놓는 고약한 사내였다.

정말로 고약한 분.

사납고 거칠게 몰아세우고 돌아서는 그 뒷모습이 외롭고 아파 마음껏 미워할 수 없게 하더니, 이제는 차마 눈 돌릴 수도 없게 하는 그.

"정말…… 고약해."

과거의 자신 역시 한 번쯤은 이런 생각을 했을 것만 같아 괜스레 웃음이 났다. 부드럽게 휘어진 눈매가 원래의 모습을 찾을 때쯤, 궁아들이 챙겨놓은 탕약 그릇이 눈에 띄었다.

"네 번……."

찰랑이는 흑색 액체를 보자 모수가 봄마다 부러 마시게 한 무척이나 새까맣고 쓴 탕약이 떠올랐다. 모수는 그것이 기억을 완전히 지워냈을 것이라 했다.

"올해 봄에 주신 탕약을 마시지 않았어도 그리되는 것인가요?"

옥사에서는 너무도 경황이 없고 아득하여 미처 묻지 못한 말이었다. 충분히 식은 탕약 그릇을 입으로 가져가며 이령은 조용히 그 말을 뇌까렸다.

네 번째의 탕약을 마시지 않은 것은 당분간 혼자만 알고 있을 참이었다. 세 번이든, 네 번이든 어차피 기억이 돌아오지 않고 있으니 그 무슨 소용이 있을까 만은, 어쩐지 섣불리 말할 성질의 것이 아니라 느껴진 것이다.

이령은 빈 그릇을 차분한 손길로 내려두고 다시 은실박이 일로 눈을 돌렸다. 이번 은실박이 일은 날이 눈송이같이 흰 설화검의 검두와 검코를 장식하는 것이었다. 정성스럽게 새긴 은륜화 문양 안에 은사를 박는 일이 한창이었다. 딱히 줄 사람을 결정하고 만든 것은 아니지만 정성만은 넘치게 담으려 했다.

문득 이령은 짧게 도리질을 쳤다. 이 시리게 고운 은빛을 보고도, 날카롭고 섬세한 선을 그리고도 떠올린 이가 없다고 말하면 속이 훤히 보이는 거짓말이리라.

그러고 보니 아까 낮에도 뻔히 보이는 거짓말을 했더랬다.

[아느냐.]

정각을 내려가던 가호가 문득 그리 물었었다.

며칠째 이어지는 정각에서의 다화, 두 사람은 자연스럽게 서로의 지난 시간들에 대해 알아가고 있었다. 서두르거나 조급해하지 않고 계절을 바라보듯 헤어져 있던 네 해를 공유해갔다.

그러나 앞뒤 자르고 그리 말씀하실 적에는 아직도 고개를 갸웃거릴 수밖에 없다. 하여 차분히 물었다.

[무엇을 말씀이십니까?]

[호와 령, 그 이름의 의미 말이다.]

[소녀가 알지 못할 것이라 여기시고 하문하신 것으로 들립니다만.]

청얼음처럼 시린 은월 안에 감기는 장난스런 미소를 부러 모른 척하였다. 새침한 제 대답에 그는 입술 끝을 부드럽게 말아 올렸다.

[그래, 허면 좀 더 혼자만 알고 있어야겠다.]

약을 올리듯 눈동자만 굴려 저를 보실 적에 발끈하는 게 아니었다.

[전하의 이름과 소녀의 이름 끝을 따서 지은 것이 아닙니까? 은줄을 메어 놓은 것이 호일 테고 좀 더 작고 동그랗게 생긴 동솔이 령일 것입니다.]

[잘 아는구나. 해서 내가 령을 더 각별히 하는 것이다. 그 또한 알고 있었느냐?]

무심해서 차갑기까지 한 얼굴로 그리 말하는 가호는 참으로 수려했다.

[그, 그것은······.]

당황하여 정각 마지막 섬돌을 헛짚고 말았다. 몸이 제법 크게 휘청거렸으나 다행히 금세 균형을 잡을 수 있었다. 가호가 황급히 손을 잡아준 덕분이었다.

[조심하여라.]

가벼운 나무람에 새빨개진 얼굴로 열심히 고개만 끄덕거렸다. 가호가 잡은 손을 물끄러미 보는 것이 느껴져 겨우 고개를 들었다.

[어찌 그러십니까?]

[아쉬워서.]

[무엇이요?]

[지금 이 손을 잡고 있을 구실이 더는 없으니 말이다.]

가호가 장난인 듯, 진심인 듯 서운한 기색으로 천천히 손을 놓았다.

그대로 몸을 돌린 사내의 뒷모습이 아련하게 아름다웠다. 어떤 기억도 떠오르지 않았으나 문득 익숙한 설렘이 차올랐다.

어린 세자빈도 이런 기분으로 세자를 바라보았을 테지. 그 작은 계집아이가 바로 지금의 자신이기에 이처럼 가슴이 뛰어 눈물마저 나려는 것이리라. 보았던 것, 들었던 것은 모다 잊어버리고 말았는데, 심장에 박힌 것은 도무지 지워지질 않았는가 보다.

[전하.]

저도 모르게 그를 불렀다. 시린 은월에 나부끼는 온기가 바람처럼 가슴을 흔들었다. 용기를 있는 힘껏 끌어모아 한다는 것이 고작, 그의 크고 아름다운 손가락 끝을 꼭 거머쥐는 것이었다.

[앞이…… 잘 보이지 않습니다.]

앞이 보이지 않다니, 부끄러울 정도로 속이 훤히 보이는 거짓말이었다. 햇살이 눈부셔서 가호의 눈동자에 스친 자그마한 환희와 놀라움까지 또렷하게 보이는 오후였다.

[다시 넘어지지 않게 손을 좀 빌리겠습니다.]

말을 마친 이령은 조금 붉어진 뺨으로 볼우물을 패며 생긋 웃어 보였다.

13장

 제 입으로 다른 사내의 이름을 들려주는 게 탐탁지 않았으나 이령과 모수를 직접 만나게 하는 것보다는 낫다고 생각하기로 했다. 여느 때처럼 정각에서 단둘이 차를 마시던 중, 가호는 무표정한 얼굴로 모수가 조금씩 상태가 좋아져 하루 서너 번은 짧게나마 말도 한다는 이야기를 전했다.

"정말 다행입니다."

 묵묵히 듣고 있던 이령이 안도하며 단정하게 읊조렸다. 가호의 마르지 않는 분노, 모수의 불안한 건강 상태, 여전히 돌아오지 않는 제 기억…… 아직 염려되는 일은 많았으나 이제 곧 얽힌 매듭이 하나하나 풀릴 것을 믿었다.

 이령이 머지않아 밝혀질 진실을 냉정하게 받아들일 마음 준비를 하듯 숨을 작게 골랐을 때, 손으로 툭툭 찻잔 어귀를 치던 가호가 물었다.

"한데 지금 장식한다는 검, 누구를 줄 참이냐?"

시큰둥하게 물었으나 기실, 그 주인이 현모수나 다른 놈일까 봐서 속이 뒤틀리며 검게 어그러지던 차였다.

전날 늦은 저녁 이령의 침소를 찾았다가 탁자 위에 놓인 은실 박힌 설화검을 보았더랬다. 정교하고 섬세한 솜씨에 놀라는 한편으로 몹시 궁금하였다.

뉘에게 주려는 것일까. 하루 종일 머릿속에서 홀로 묻고 답하다 기어이 멀쩡한 목문 하나를 박살 내고 말았었다.

"글쎄요."

타들어가는 속내를 아는 듯, 모르는 듯 이령은 슬쩍 웃기만 할 뿐이었다. 가호는 뾰족해진 시선을 돌려 차게 중얼거렸다.

"허면 누구든 목문 꼴이 날 테지."

섬뜩한 혼잣말을 들었을 리 없는 이령이 맑은 눈으로 물었다.

"뭐라 하셨습니까?"

"다식, 달고 달아서 미간을 찌푸리게 하는 그 다식 금일도 만들었냐고 물었다."

가호의 말에 이령이 생긋 웃었다. 전날 다반에 올린 꿀을 듬뿍 넣은 다식 하나를 드시고 연거푸 차를 들이켜던 모습이 떠오른 것이다. 조심스럽게 제가 만든 것이라 덧붙이자 차마 뱉지 못하고 삼키던 그는 차가운 듯 다정하였다.

"천천히 드십시오."

얼마쯤의 작은 심술을 곁들여 이령은 오른편에 밀어둔 다반을 앞으로 끌어왔다. 쪽빛 사각완에 가득 담긴 다식은 동글동글 앙증

맞고 귀여웠다.

"흐음."

단것은 질색이면서도 먼저 그리 물은 것은 다름 아니었다. 달아 빠진 다식이 입 안을 구르는 것은 영 못마땅하였지만, 그것을 이령이 손수 만들었기 때문이다. 그 작은 정성이 어여쁘고 기특하여 다른 누구에게도 나눠주고 싶지 않았다. 해서 짜증날 만큼 단 음식은 오롯이 제 몫이어야 했다.

가호는 역시나 미간을 무섭게 찌푸리면서도 덥석 다식 하나를 입 안에 넣었다. 고개를 숙인 이령이 웃음기를 참으며 그의 잔에 찻물을 넘치도록 부어주었다.

어스름한 새벽빛에 함빡 젖은 이령의 자그마한 얼굴에는 홍조가 피어올랐다. 며칠간 매달렸던 설화검이 마무리 단계에 이른 것이다. 꼼꼼하게 은실박이 한 부분을 살피다 날카롭고도 시린 검날을 한참 바라보았다.

"누구를 줄 참이냐 물으셨지요."

겨울보다 차고 서늘한 은월의 눈을 가진 분이십니다.

이따금씩 모진 소리를 내뱉는 은륜화보다 붉은 입술을 가지고 계시지요.

홀로 남은 새벽, 새파란 고통을 참아내면서 기억을 더듬는 이유도 그분 때문입니다. 그분이 애중히 여기는 그 시간들을 저 역시 함께 하고 싶으니까요.

아련한 눈길로 검신을 쓰다듬던 이령은 침상으로 가 단정히 앉앉다. 설화검을 만들면서 빼놓지 않고 하는 새벽의 은밀한 일과를 시작할 참이었다.

잃어버린 기억에 집착하지 않는다 해도 지금의 자신을 있게 한 과거를 부정할 수는 없었다. 때문에 왕이 더는 채근하지 않고 도리어 이은으로 살던 시절을 알고 싶다 하셔도, 혼자 몇 번이고 되새기려 노력하는 것이다.

금일은 비교적 시간도 여유로우니 좀 더 파고들어 볼 생각이었다. 두려움을 잊으려 가슴을 크게 열어 숨을 들이켰다. 전일처럼 고통에 몸부림치다 신음을 내질러서는 아니 되기에 미리 재갈로 쓸 천도 꺼냈다.

눈을 질끈 감고 축축하고 어둑어둑한 기억의 통로를 천천히 더듬어 갔다. 정영에서의 시간들이 빠르게 스쳐가고 이제 막다른 문 앞, 싸늘하게 불어오는 통증과 함께 온몸에 소름이 오소소 돋아났다.

이 정도는 이미 익숙해졌다. 이령은 짧게 고개를 흔들고 다시 기억의 문을 두드렸다. 불안하게 딸깍거리는 경쇄가 신경을 긁어대고 짙은 혈향이 코끝을 자극했다.

"아직……."

멈출 마음은 없었다. 이령은 무시무시한 어둠 속에서 힘껏 문을 밀었다. 역시나 움직이지 않는 크고도 황량한 문틈으로 잔인할 만큼 푸른빛이 쏟아져 나왔다. 그 빛과 함께 눈이 녹고 온몸의 뼈 마디마디가 잘려나가는 느낌이 들었다. 심장이 산산이 부서지고 피는 한 방울도 남지 않고 증발해버린 듯 심한 갈증이 일었다.

금방이라도 도망쳐 숨고 싶었지만 이령은 스스로를 모질게 몰아붙였다. 벌써 몇 번이나 예서 멈추고 돌아가기를 반복하고 있었으니, 금일만은 꼭 한 걸음이라도 더 과거를 들여다보고 싶었다.

 덜컥.

 그 상태로 다시 기억의 문에 어깨를 부딪쳤다. 팔이 새까만 바닥 아래로 떨어져 가루가 되는 것이 보였다. 맞닿은 문에서 불꽃이 치솟아 살을 태우기 시작했다.

 "으으으음."

 너무 지독하고 생생한 아픔에 이령은 머리카락이 다 헝클어질 정도로 도리질을 쳤다. 살을 갉아먹은 불꽃이 이내 뼈로 타고 들어 온몸을 뱀처럼 휘감았다. 그리고 그 순간, 혼절할 정도로 극심한 고통과 함께 흐릿한 장면이 눈앞을 스쳤다.

 [제발 놓으십시오. 제발…….]

 울며 애원하는 누군가의 눈빛이 안타까울 만큼 절박했다. 엎드린 그 앞에는 심장에 칼이 박힌 채 피투성이가 된 자신이 있었다.

 죽어간다. 어린 세자빈은 죽음을 맞이하고 있었다. 제 안의 생명의 불꽃이 으스러져 가고 있다는 것을 싸늘한 감각으로 여실히 느낄 수 있었다.

 한데 꺼져가는 아니, 어쩌면 이미 꺼져버렸을 생의 심지가 무언가에 의해 조금씩 다시 타오르고 있었다.

 [제발, 그 고통에서 벗어나…….]

 그리고 누군가 여전히 그녀를 향해 끝없이 울음 섞인 간청을 하였다. 아픔이 너무 커서 눈앞이 파래진 것일까. 제 눈에 비친 세상이 온통, 또 누군가가 원망스럽게 바라보는 시선의 끝에도 짙푸른 무언가가 맺혀 너울거리고 있었다.

"크허헉."

그러나 더는 무리였다. 기어이 피를 토해낸 이령은 재빨리 입가를 닦고 땀으로 범벅된 이마를 짚었다. 온몸이 바들바들 떨리고 간헐적으로 핏덩이가 솟구쳐 나왔다.

"마마, 기침소리가 들렸사온데 어디 미령하십니까?"

곧이어 문밖에서 염려하는 궁아의 목소리가 들려왔다. 이령은 새하얗게 질린 얼굴로 간신히 입을 열었다.

"아니, 그저…… 나쁜 꿈을 꿨을 뿐이에요. 좀 더 잠을 청할 것이니…… 물러가세요."

자신의 죽음을 본 것은 가히 충격적이었다. 그보다 어찌 죽은 자신이 살아난 것인지가 혼란스럽고 두려웠다.

이령은 포단을 칭칭 감고 몸을 동그랗게 말았다. 제가 본 것은 정말 잃어버린 기억의 일부일까. 아니면 막연한 불안감으로 만들어낸 허상인 것일까. 떠올리고 싶었던 것은 아리따운 추억이었으나 이제껏 더듬어 본 것은 끔찍하고 무서운 것들뿐이었다.

"그래도…… 도망쳐서는 아니 돼."

한 번 더 온몸으로 번지는 한기를 끌어안으며 이령은 단단한 결심을 되풀이했다. 어느덧 밝아오는 아침 해가 빛살을 뻗어 창을 두드리고 있었다.

먼저 와서 이령을 기다리던 가호의 눈이 날카롭게 번뜩였다. 궁아와 함께 모습을 드러낸 이령이 어여쁘게 예를 갖추고 맞은편에 자리할 때까지도 그 눈빛은 매섭고 시리기만 하였다. 마침내 궁아가 다반을 두고 물러가자 가호는 곱단하게 앉아 차를 내리는 이령의 팔목을 순식간에 낚아챘다.

"말하라. 지난번 상처가 덧나기라도 한 것이냐!"

"어인 말씀이십니까. 이리도 기운이 차고 넘치는 것을요."

이령이 부러 더 생긋 웃어 보이자, 가호는 으르렁거리며 그대로 다관을 집어던져버렸다.

"지금 네 꼴을 몰라 하는 소리냐. 내 당장 어의를 불러……."

"전하. 여인에게 꼴이 엉망이라 하심은 참으로 가혹한 말씀이십니다."

노한 가호의 손을 부드럽게 맞잡으며 이령이 그를 안심시켰다.

"그것은 내……."

"재미난 서책이 있어 잠을 설쳤더니 조금 곤하여 그렇습니다."

상처 하나 없는데도 몇 시진 동안 피를 쏟아내고 혼절 직전의 극심한 고통에 치달아 잠을 잘 수 없었으니, 낯빛이 좋지 못한 것은 당연할 터였다. 게다가 제 죽음을 목격한 충격 또한 감추려 해도 조금씩 드러나는 모양이다.

허나 아직 스스로도 확신하지 못하는 사실, 기억이 조금씩 돌아오고 있다는 것과 그것이 죽음처럼 끔찍한 것임을 가호에게 알려 공연한 걱정을 끼치고 싶지 않았다.

이령은 하얗게 튼 입술로 다시금 의젓하게 웃어 보였다.

"쉬면 금세 좋아질 것이니 염려 마셔요."

"허면 가서 쉬어야지."

그 말이 떨어지기 무섭게 가호가 그대로 이령을 번쩍 안아 올렸다.

"제, 제 발로 가겠습니다."

순식간에 목덜미까지 붉어진 이령이 겨우 떨리는 목소리로 그리 말하였을 때는 이미 정각에서도 한참을 벗어난 후였다.

잠시 후, 기어이 해가 환한 대낮에 오수 준비를 시킨 가호는 팔짱을 꿰고 서서 이령에게 단호히 명했다.

"자거라."

"······전하."

"어서 자래도."

시시각각 가늘어진 눈매가 매서웠다. 이령은 그 성난 듯 시리고 건조한 은월을 물끄러미 보았다. 화가 난 것이 아니라 초조해하시는 것이다. 역정을 내는 듯 보여도 기실, 불안해하시는 것이다.

"괜찮을 것입니다."

네 해 전의 내게 어떤 일이 있었고, 그것이 얼마나 고통스러웠던지 지금 그대가 곁에 있으니······. 이령은 스스로와 가호를 안심시키듯 고개를 주억거려 보였다.

"분명······ 괜찮을 것이에요."

다시 한 번 다짐을 했다.

"푹 자고 일어나라. 곁에 있으마."

가호가 다가와 그런 이령의 머리카락을 부드럽게 쓸어 넘겼다. 여전히 걱정이 깊이 서려 있지만 방금 전보다 많이 누그러진 눈빛은 고혹적이고 다정하였다.

이번에는 별다른 말없이 얌전히 두 눈을 감았다. 곁에 계시겠다는 말씀이 가슴에 따스한 빛으로 차올라 이제 나쁜 꿈 따위는 꾸지 않을 것 같았다. 어느새 이령은 곤한 숨소리를 내며 깊이 잠들었다.

"이령아."

가만히 불러도 영혼 저 끝까지 담기는 빛. 가호는 그림자 진 이령의 눈 밑을 살피며 조심스럽게 잠든 뺨을 보듬었다.

"아픈 것은 그 무엇이든 내게 다오. 너는…… 울지 못해 웃는 바보가 아니더냐."

서늘한 은월을 동그랗게 휘감고 가는 것은 깊고 지독한 연심. 가호는 흩날리는 해를 가린 채로 서서 이령을 끝없이 바라보았다. 길고 아름다운 은색 머리카락이 빛에 나부껴 눈물처럼 반짝이고 있었다.

※

은륜회를 심층 조사하라는 왕명을 받은 이들이 빠르게 움직이고 있었다. 그들이 보내오는 중간 보고들은 의심을 더 깊게 만들었다. 은륜회로 다량의 어둠석이 모이는 것을 봤다는 뜬소문까지 들렸다. 그러나 확증 없이 추궁하게 되면 분란만 조장하는 꼴이 될 것이다. 당연히 은륜회에서는 반역에 해당하는 그 죄목들을 부정하며 온전하지 않은 계승자가 은륜회를 핍박한다고 맞설 것이고, 그리 되면 또 한 차례 나라가 어지러워질 터였다.

그런고로 그쪽의 움직임을 면밀히 관찰하여 증거를 모으는 일과 공식적으로 중회를 소집하는 것이 더더욱 필요했다. 곰곰이 생각에 잠겼던 가호는 유려한 필체로 새로이 명을 내릴 서찰을 완성한 후 집무실을 나섰다.

정각으로 접어드는 모퉁이에서 가호의 눈이 가느다래졌다. 언제나의 정각 위가 아닌 연못 가장자리에서 우왕좌왕하는 이령을 발견한 것이다.

"무엇을 하느냐?"

말투는 냉랭한 듯하여도 눈빛은 퍽 순순하였다. 이령이 살짝 붉어진 얼굴로 어색하게 얼버무렸다.

"떨어트린 것을…… 찾고 있었습니다."

무리하여 기억을 되돌려본 여파로 금일 새벽에서야 설화검을 완성할 수 있었다. 기쁜 마음으로 검을 청색 비단 조각보로 싸 시리게 밝은 은줄로 나비매듭을 달아주었다. 그리고는 소중하게 갈무리해서 품에 지니고 나왔다.

한데 바로 조금 전까지만 해도 분명 가지고 있던 것을 어디에 떨어트린 것일까. 이령은 난감한 눈빛으로 주변을 살폈다.

향이 고운 차를 준비해 두고 가호를 기다리며 괜스레 수줍어 웃고 솜씨가 부끄러워 또 웃었더랬다. 무어라 말씀 올리며 완성된 설화검을 드려야 할지 몰라 두근거리는 한편으로 걱정도 되었다.

해서 울렁거림을 가라앉히고자 연못가의 꽃밭을 서성였다. 잔잔히 고인 햇살무리와 반짝이는 녹담의 빛, 푸르게 얽히며 자란 풀들과 다채롭게 색을 뽐내는 꽃들에 시선을 빼앗긴 채 걷느라 품에서 검이 빠져나온 것도 한참이 지나서야 알았다.

그때부터 계속하여 몸을 숙여 풀숲을 들추고 꽃잎 사이사이를 살피고 있던 중이었다. 허나 그녀를 상대로 짓궂은 장난이라도 거는 것처럼 작고 풍성한 꽃밭은 쉽사리 검을 내놓지 않았다. 그리고 얼마 후 가호가 나타나버렸다.

"떨어트려, 무엇을?"

가호는 당황한 기색의 이령을 빤히 바라보았다. 며칠 앓았던 탓에 자그맣고 하얀 얼굴은 다소 파리했으나 눈빛만은 또렷하게 맑고 고왔다. 안타깝고 또 어여뻐서 저도 모르게 가호가 한 걸음 다가서자 이령의 뺨이 보기 좋게 물들었다.

"별것…… 아닙니다. 차후에 다른 이들에게 부탁해 찾으면 될 것이어요. 이만 정각에 오르시지요. 준비한 차가 식겠습니다."

"흠, 한데 금일은 앞이 잘 보이는 것이냐? 내 언제든 손을 빌려 줄 수 있음이다. 자, 사양 말고."

시치미를 떼면서 불쑥 손을 내민 가호는 이령이 주춤할 새도 없이 자그마한 팔목을 살며시 거머쥐었다. 그러고는 열 보의 걸음이면 당도할 정각을 슬쩍 외면하고 꽃밭을 한 바퀴 크게 휘돌기 시작했다. 그리 걷다 이따금 눈이 마주치면 두 사람은 말없이 웃음을 나눠 가졌다.

차를 마시고 이령을 침소까지 바래다주는 길에도 손을 잡고 걸었다. 몇 번을 되돌아 걷다 마침내 문 앞에 다다랐을 때, 가호는 문득 이령의 손등에 가만히 입을 맞추었다.

"쉬어라."

담백한 음성이었으나 낮게 깔린 열망을 감추지 못했다. 한 여인을 지극히 연모하여 갈망하는 사내가 그러하듯 점차로 욕심이 커져만 갔다. 이제 눈을 보고 함께 웃으니 손을 잡고, 입을 맞추고 전부를 소유하고 싶었다. 제 것이란 낙인을 이령의 몸 전부에 뜨겁게 새겨 넣고 싶었다.

허나 다그치지 않기로, 제 속도에 맞추어 숨이 차지 않도록 기다려주자 마음먹었으니 이쯤에서…….

쏴아아.

그런 결심을 비웃기라도 하듯 갑자기 소나기가 세차게 쏟아져 내리기 시작했다. 억지로 잠재운 불꽃은 이령의 입술로 떨어지는 동그란 물방울 하나에 속절없이 무너졌다. 손끝으로 빗방울을 더듬던 가호는 어느새 이령의 입술에 제 것을 겹치고 말았다.

흠칫 놀란 이령이 도망치지 못하게 두 손으로 허리를 결박하고 심한 갈증에 시달려온 것 마냥 뜨겁게 그 입술을 탐했다. 어느새 두 사람의 몸은 빗줄기에 흠뻑 젖어 갔다.

집요하고 짙은 입맞춤이었다. 이령은 쉴 틈 없이 퍼붓는 입술 사이로 짙고 솔직한 사내의 욕망을 읽었다. 그것은 처음에는 낯설고 뜨거워 외면하고 싶다가 점차로 제 안에서도 똑같은 모습으로 피어났다. 힘껏 말아 쥐었던 손에서 점차 힘이 풀렸다. 도망치기 급급했던 입술이 서서히 그를 향해 열렸다.

가호는 틈을 놓치지 않고 이령을 번쩍 안아 빗속을 걸어갔다. 침소의 문이 닫히는 소리가 신호인 것처럼 빗줄기가 가늘어지기 시작했다.

"령아, 이제 도망갈 수 없다. 이런 나라도 도망쳐서는 아니 돼. 제발……."

담담한 협박 같았지만 기실 절실한 간청이기도 했다. 이 걷잡을 수 없는 욕심이 이령을 상처 입힐 게 분명한데도 자꾸만 간절해지는 열망을 어떻게 해야 할까. 그저 부딪쳐 느껴 달라 하면 너는 무서워하지 않을까.

뜨겁고도 솔직하게 드러나는 사내의 욕망이 서늘한 은월을 열꽃으로 뒤덮어 갔다. 커다란 손이 움직여 어깨에 걸린 옷자락을 끌어내리자 이령이 스스로 엉켜버린 옷의 매듭을 풀어 내렸다.

"전하를…… 원합니다."

그의 목덜미를 끌어안은 것은 타버릴 듯 뜨거워진 얼굴을 감추고 싶어서이기도 했고 가호를 격려하고 싶어서이기도 했다.

"하아."

가슴이 벅차 저절로 탄성이 새어 나왔다.

원한다니. 네 또한 나를 원하여준다니 너무 달아서 위험한 말이다.

들어도 또 듣고, 새겨도 거듭 새기고픈 순간이었다.

긴 밤이 끝나고 동이 틀 때까지도 서로에게만 집중한 두 사람은 몰랐을 테지만, 그 아침 하늘에는 어여쁜 무지개가 걸려 있었다.

시꺼먼 어둠을 밝히며 새벽이 몰려오고 있었다. 모수는 허리를 세우고 단정히 정좌했다. 십여 일 만에 자리를 털고 일어난 그는 마치 아무 일도 없었던 것처럼 고요하고 반듯하였다. 문양 없는 흰색 옷을 입은 모수는 고고한 학처럼 수려한 모습이었다.

고신의 흔적은 말끔히 나았으나 고심의 잔해는 여전하였다. 허나 모수는 결심을 잊지 않고 입술을 굳게 내리다물었다.

어떻게든 비켜가게 할 것이다. 제가 아니, 기억의 황량한 공백에도 변치 않는 그 둘이라면 모질고 고약한 운명 따위에 굴복하지 않으실 것이다.

한참을 빛 드는 감살창만 바라보던 모수가 마침내 입을 열었다.

"전하를 뵙고 싶습니다."

목소리는 탁하였으나 눈빛만은 흐트러짐 없이 깨끗하였다. 문을 지키던 무사가 어딘가로 향하는 발걸음 소리가 들리자 모수는 가볍게 숨을 골랐다.

"전하께서 납시었습니다."

이윽고 왕이 당도했다는 소식이 들렸다. 모수는 천천히 자리에서 일어나 허리를 굽혔다. 쏟아지는 아침 해를 가르고 가호가 기려한 모습을 드러내었다.

숨이 차서 목이 따가울 만큼 뛰었다.

"령아……."

심장이 터질 것처럼 달려서 괴로운 것이라고, 차라리 그리 말할 수 있다면.

모수가 머무는 작은 방을 나선 가호는 피가 맺힐 만큼 주먹을 힘껏 움켜쥐고 빠르게 내달렸다. 시린 은월 안에 고인 수많은 감정들이 금방이라도 흘러내릴 것처럼 가득했다.

다화 시각이 한참이나 지났음에도 이령은 정각 앞 작은 꽃밭에서 그를 기다리고 있었다.

심장이 찌르르 울었다. 눈이 온통 이령으로 젖어들어 뻐근해졌다. 가슴 속에 떨어져 내리는 수많은 빛에 눈이 멀기라도 한 것일까. 앞이 제대로 보이지 않았다.

하늘이 물처럼 맑고 바람이 산처럼 높게 불었다. 그리고 은류화 그 붉고 애달픈 꽃비를 함빡 맞으며 이령, 그 아이가 저를 본다.

그를 향해 부드럽게 반달을 그리는 눈매, 살며시 패는 볼우물이 애틋하게 고와서 가호는 아무 말도 할 수가 없었다.

서로를 오롯이 가졌던 지난밤이 아직 이렇게 선명하건만 나는 이제 네게…….

"전하?"

흩날리는 머리카락, 희고 자그마한 얼굴과 세상 무엇과도 견줄 수 없이 고운 눈동자에도 새빨간 꽃잎이 나비처럼 날아들었다.

가호는 달려온 속도, 아니 그보다 더 빠르게 질주하여 그대로 이령을 안았다. 늦은 오후의 햇살과 함께 한바탕 퍼붓는 붉은 꽃비 속에서 절대로 놓치지 않을 것처럼 그렇게 힘껏 끌어안았다.

14장

"소신이 올리는 말씀을 받아들이기 힘드실 것입니다."

모수가 가장 먼저 내뱉은 말은 그것이었다. 가호는 비스듬히 시선을 깔고 그의 매끈한 얼굴을 쳐다보았다. 많이 상하기는 했어도 차분하고 단정한 빛이 여느 때와 같았다.

"말하라."

"네 해 전, 전하께 달려와 세자빈마마의 죽음을 고했을 적에만 해도 몰랐습니다."

감정을 삭여 가능한 단조롭게 말을 이어갔으나 모수의 표정은 점점 어두워지고 있었다.

세자빈이었던 이령의 죽음을 알렸을 때, 가호의 상태는 이루 말할 수 없이 처참하였다. 은색 눈동자는 절망과 살기로 가득하고 가슴팍에는 피가 배인 손톱자국과 찢겨진 살점, 짙은 피멍이 고스란히 남았다. 세상을 다 부수어도 끝날 것 같지 않은 분노와 새빨간 피가 철철 흐를 것 같은 깊은 아픔을 고스란히 끌어안고 가호는 끝없이 함몰되어갔다.

이령이 남긴 유품인 피에 젖은 꽃당혜 한 짝을 끌어안고 울다가, 웃다가 끝끝내 하늘을 향해 짐승처럼 절규하던 가호는 세상 나락으로 떨어진 사람처럼 비절참절하였다. 세자빈의 당부가 없었다면 그는 끝내 스스로를 파괴하였을지도 몰랐다.

가시지 않은 슬픔으로 심장마저 파랗게 태운 가호는 율과 그 일당을 척결하는데 몰두했다. 마치 광병에 걸린 사람 같았다. 도륙한 적들의 뜨거운 피를 뒤집어쓴 채 발작적으로 웃는 그, 아무것도 먹지 않고 잠들지 않은 상태로 새파란 영기의 날개를 펄럭이는 공허한 눈빛의 사내, 가호는 흡사 광열에 시달리는 것처럼 보였다.

날아오는 화살에 살점이 찢어지고 부딪친 검날에 핏방울이 튀어도 가호의 눈동자는 더 이상 아무것도 담지 못했다. 말을 잃고 감정을 잃고 살던 그 시절보다, 아니 그보다 더 짙고 두꺼운 적막이 그를 둘러싸고 있었다. 세상을 열어준 빛을 잃고 지독하게 어둡고 황량한 고독 속에 혼자 남은 가호는 너무 강하고 아름다워 도리어 섬뜩하였다.

율과 그 일당이 도성에서 쫓겨나 달아난 마지막 장소는 세자빈의 시신을 감추어둔 곳에서 멀지 않았다. 가호는 놈의 사지를 뜯어내고 목덜미에 손톱을 박아 산 채로 이령이 숨진 호수까지 끌고 가려 했다. 무표정한, 그래서 더 사무치게 깊은 가호의 상실감과 분노를 알기에 모수는 그보다 한발 앞서 시신을 감추어둔 곳으로 달려갔다. 미쳐가는 가호에게 차마 피투성이가 되어 풀꽃밭에 누운 세자빈의 주검을 보여드릴 수 없었던 것이다.

그리고 거기서…….

"보았습니다. 그곳에서…… 마마를 감싼 새파란 빛을 보았습니다."

"설마!"

듣고 있던 가호의 은월 안에 꼭 그와 같은 파란 영기가 튀어 올랐다. 모수는 침울한 눈으로 말을 이어갔다.

"수호령이었습니다. 전하께서 계승자가 되실 적에 잃어버린 절반의 힘, 그것이……."

허둥지둥 이령을 누였던 풀밭을 뒤졌을 때, 흙바닥 깊숙이 박힌 자그마한 몸과 그를 감싼 섬뜩하게 푸른빛을 볼 수 있었다.

"후에 알게 된 사실이오나 전하께서 선왕의 폭주를 막은 그날이 마마께서 계모의 손에 의해 불길 속에서 사경을 헤매셨던 날이었습니다. 계승자가 수호령을 전부 받아들이지 않고 스스로를 가두자, 미처 선왕에게서 전하께로 깃들지 못한 절반의 힘이 소멸을 막기 위해 임시로 머물 곳을 찾게 되고 그 선택이 마마이셨던 것이지요."

낡아서 금방이라도 바스러질 것 같은 고서에서 그와 유사한 경우를 확인하며 힘이 이령에게 깃든 이유도 어느 정도 추론할 수 있었다.

"가장 유사한 파동의 영혼에게 그 힘이 깃들게 된 것이라 사료됩니다. 아직 어리고 또한 순수하여 수호령의 힘을 악용할 염려가 없다는 점도 작용했을 테지요."

 수호령은 원래 나누어질 수 없는 힘, 그것이 쪼개진 것은 은륜 이래 단 두 번뿐이었다. 그리고 그 사례들은 모두 비극으로 끝났다. 과거 령의 힘을 소유하게 된 계승자 아닌 이들은 그 힘으로 끔찍한 일을 벌이려 했고, 저지른 일보다 더 비참한 최후를 맞이하였다. 그로 인해 령의 힘이 일부 손상된 일도 있었다. 허니 당시 이령에게 깃든 수호령은 계승자가 성장할 때까지 힘의 손실 없이 조용하고도 안전하게 머물 수 있는 인물을 찾고자 했고, 성공한 셈이었다.

 "비계승자가 힘을 자각하여 발동하게 되면 그 힘을 담은 몸은 물론 정신도 파괴됨을 아실 것입니다. 해서 마마께서 그 힘을 아예 모르고 담고 계셨기에 오히려 안전했다 할 수 있지요. 하지만 처음의 계산과 달리 수호령에게는 시간이 갈수록 막막한 일이었을 겁니다. 어떤 식으로든 발현되어 나오지 않으면 계승자에게로 돌아갈 방도가 없었을 테니까요."

 "이령이…… 그 힘이……."

 아니다, 아니야. 그 몹쓸 힘이 이령에게, 그 아이에게 깃들었을 리 없다. 가호는 피가 날 정도로 입술을 힘껏 깨물었다. 시야가 흔들리고 몸이 휘청거렸다.

 계승자는 힘을 가진 듯 보여도 기실 벌을 받는 자다. 수호령이라는 막강한 힘을 다스리는 대신 그것을 받아들이는 과정에서 끔찍한 고통을 감내해야 하고 평생 폭주의 두려움에 떨며 스스로를 억제하고 경계하며 살아야 한다. 때문에 어려서부터 힘에 휘둘리지 않도록 자신을 통제하는 매서운 훈련을 감수해야만 했다.

가호 역시, 계승자로서 교육을 받을 때 모수가 한 것과 흡사한 이야기를 들었었다. 수호령은 완벽한 힘을 유지하려는 열망이 강하다 했다. 만에 하나 힘이 나누어지게 되면 폭주의 위험이 커지게 되므로 계승자는 반드시 원래대로 수호령을 회복해야 할 의무가 있었다. 그 과정에서 비계승자가 죽는 것은 당연한 운명이었다. 힘의 엄격한 통제와 운용의 방법을 배우는 계승자와 달리, 준비되어 있지 않은 자들이 수호령을 일부 소유하게 되면 그들은 힘에 현혹되어 제어하는 법을 깨닫기도 전에 발현하게 되고 그것은 맹독과 같이 정신과 육체를 파괴했다. 따라서 계승자가 아닌 자가 수호령의 힘을 소유한다는 것은 곧 죽음을 의미한다.

"비계승자인 마마께서 힘에 현혹되기는커녕 자각도 하지 못한 상태라면 두 분 사이에서 아이가 태어난다고 해도 힘은 절반의 상태를 유지합니다. 계승자에게로 합쳐져 깃들지 않는 힘이 이어질 수는 없으니까요. 완전한 수호령의 힘을 후대로 계승하기 위해서는, 전하께서 폭주의 위험에서 벗어나고 계승자로서의 사명을 다하기 위해서는…… 결국 마마께 머무는 절반의 수호령을 회수하실 수밖에 없는 것이지요. 그때도…… 지금도……."

은월에 빼곡하게 솟아오르는 비통함과 절망이 너무도 선명하여 모수는 차라리 눈을 감았다. 이령에게서 수호령의 힘을 거둔다 함은 목숨을 앗아야 한다는 말이다. 그 잔인한 숙명을 띤 가호의 충격이 얼마나 클지 짐작하기도 어려웠다. 더욱이 앞으로 전해야 할 이야기는 더욱더 그의 심장을 후벼 팔 것이기에 차마 눈을 바라볼 수 없었다.

"그러한 상황에서 네 해 전, 마마께서 갑작스럽게 죽음의 문턱에 이르셨습니다. 수호령이 비계승자에게 그 깃든 힘을 발현하게 하여 스스로 돌아갈 방도를 찾거나 계승자가 사명을 다하기도 전에……. 심장에 박힌 칼이 생명의 기운을 모조리 쥐어짜내자 마마께서는 제게 전하의 곁으로 돌아가라 명하셨습니다. 그때까지도 몸 안에 깃들어 있는 힘의 존재에 대해서는 아무것도 모르셨지요. 저는 그 마지막 명을 받들고자 마마의 시신을 수습하지도 못하고 궁으로 갔습니다. 저 역시 수호령의 존재를 조금도 눈치 채지 못하고서 말입니다. 그런데 다시 풀꽃밭을 찾았을 때, 보았습니다. 수호령의 힘이 스스로 발동하여 몸의 주인을 되살리는 것을 똑똑히 보았습니다. 하오나 그것은 마마의 의지기도 했습니다. 처음으로 그 힘을 자각한……. 몸의 주인은 마마시니, 그분이 원치 않으셨다면 그 힘이 아무리 강력한들 무슨 소용이었겠습니까."

모수는 그때의 괴로운 심정을 떠올리며 표정을 일그러트렸다.

"마마께서는 수호령의 뜻을 따르기로 하신 겁니다. 그분 안에 깃들어 있는 간악한 힘이 가져올 운명에 대한 것을 아시고도 그리하셨습니다."

스스로의 절박으로 발현된 수호령은 이령에게 거래를 제안했다. 작금의 죽음을 벗어나게 해주는 대신 이령이 제 손으로 그 힘과 목숨을 계승자에게 건네도록 교활한 유혹을 던졌다. 쓸모없이 죽어지지 말고, 잠시라도 살아서 세자를 만나 그에게 힘을 보태라 속삭거렸다.

비계승자가 힘을 운용하는 자체로도 엄청난 고통이 따랐다. 그에 더해 죽음까지 거슬러야 하는 이령은 이루 말할 수 없이 처절한 아픔을 참아내야만 했다. 허나 이령은 망설임 없이 선택했고, 차마 눈 뜨고 볼 수 없는 끔찍한 격통에 시달렸다.

"온몸의 피가 끓어 연기가 자욱하였습니다. 살점이 녹고 뼈가 타서 으스러졌습니다. 수호령의 힘으로 죽음을 거스른다는 것은 그리도 지독한 것이었습니다. 한데도 그분은…… 견뎌내셨습니다. 끝끝내 버티고 또 버티셨습니다. 그만 되었다고, 제발 놓으라고 아무리 청해도……."

모수는 핏발이 선 가호의 눈을 바라보았다. 그 역시도 눈언저리가 새빨개져 있었다.

"마마는…… 한 번만, 한 번만 더 전하를 뵙고 싶다 하셨습니다. 어차피 죽어질 목숨이라면 나락 같은 외로움에 홀로 남겨질 전하를 한 번 더 뵈옵기를 바란다고. 괜찮으니…… 당신께서는 조금도 아프거나 무섭지 않으니 부디 모다 잊으시고 강녕하시라는 말을 전하고 싶다 하셨습니다. 그리고 그 처참한 상태에서도 그것에게 한 가지를 부탁하셨습니다. 계승자에게 힘을 건네주고 나면…… 그래서 다시 목숨을 잃게 되면…… 그때, 부디 전하의 기억을 지워달라고…… 누가 사라진 힘을 돌려주었는지 그 이름조차 떠올리시지 못하도록……."

핏발이 선 눈으로 듣고만 있던 가호가 기어이 맨손으로 탁자를 박살 냈다. 나무 파편이 박힌 손등에서 피가 뚝뚝 떨어졌으나 그의 표정은 무감하였다. 그러나 그 은월만은 벨 것처럼 날카로운 고통을 여실히 드러내고 있었다.

"그것이 답하듯 꽃송이 넷을 차례로 검푸르게 변하게 하였습니다. 수호령에 관한 옛 문헌에서 본 일이 있었지요. 그것들이 만들어 낼 수 있는 망각의 꽃에 관하여. 한 번을 복용하면 어떤 시점의 기억을 잃습니다. 두 번이 되면 그 시점 이전의 모든 기억을 잃습니다. 세 번째는 기억을 잃었다는 사실을 잊어버리게 됩니다. 네 번까지 복용케 되면 다시는…… 다시는 그 지난 기억을 되돌릴 수 없게 됩니다. 그 꽃을 네 해 동안 나누어 먹으면 영원히 원래의 자신을 기억하지 못한다 했지요. 말이 아닌 형상이었으나 마마께서는 그것의 의중을 알아채고…… 긴 격통 끝에도 웃으셨습니다. 그러다 정신을 놓으셨습니다."

모수는 잠시 말을 멈추고 입술을 꾹 깨물었다. 그때의 제 모진 결정으로도 영원히 이령을 지킬 수 없었음을 알면서, 어찌 가호에게 어쭙잖은 위로를 건넬 수 있을까. 이야기는 이어졌다.

"소인은 그저 상황을 무력하게 지켜보며 마음만 다급할 뿐이었습니다. 그것이 망각의 꽃까지 만들어 건넸다면 마마께 수호령의 힘을 소유한 이들만이 알 수 있다는 각인의 발동에 관한 것 또한 일러드렸을 테고, 이제 세자빈께서 정신을 차리시면 모든 게…… 시작되고 동시에 끝이 날 것을 깨달은 후로는 더욱 초조하였습니다. 하여 그것이 마마를 통해 발현되고자 하는 상황을 어떻게든 멈추고자 하였습니다. 전하의 심정을 헤아릴 틈도 없이 세자빈께서 각인을 발동시키는 일을 막아야 한다는 생각만이 가득하여…… 망각의 꽃 한 송이를 절반쯤 짓이겨 마마께 억지로 먹이고 말았습니다."

수호령의 힘이 깃든 망각의 꽃을 아무런 힘도 없는 그가 짓이기는 것은 막심한 고통이 따르는 일이었다. 살갗이 터져 피가 흐르고 꽃을 잡은 부위에 화상을 입은 것마냥 연기가 피어올랐었다. 하지만 모수는 끝내 꽃잎 몇 장을 제 피와 함께 짓이겨 이령에게 먹였다.

"아직 발현되지 못한 수호령은 그런 저를 막지 못했고…… 마마께서는 그것의 존재와 악독한 찜, 발동의 각인…… 기억 전부를 잃은 채로 깨어나셨지요. 소인은 그 후로 네 번에 걸쳐 마마께 망각의 꽃을 달여 올렸습니다. 그분께 깃든 힘을 아예 잊어버릴 수 있도록, 발현되는 법조차 망각하여 수호령이 다시 그분의 목숨을 앗아갈 수 없게……. 그리고 그 모든 사실을 여전히 계승자의 의무를 지니고 계신 전하께는 차마 고할 수 없었습니다. 마마께 깃든 수호령은 여전했고 그분의 목숨과 수호령을 거두어 들이셔야 하는 전하의 사명 또한 그대로인 이상은…… 차라리 두 분이 만나실 수 없는 편이 낫다고 감히 생각했습니다. 어떻게든 그 비극적인 운명을 벗어날 수 있다면 그것으로……."

가호가 더는 참지 못하고 밖으로 달려 나갔다. 모수는 파르르 떨리는 눈을 억지로 감고 중얼거렸다.

"허나 그것이 소신이 그리한 이유 전부는 아닙니다. 다시는 그분께서 아파하시는 모습, 볼 수 없었습니다. 무력하게 마마를 잃고 싶지 않았습니다. 또한 불충하옵게도…… 그리 모다 잊고…… 소신을…… 언감생심 그 고운 눈에 담아주시길…… 바랐던 것 또한 사실입니다."

스스로 친 가시덤불에 다가설 수 없어도 감히 가슴에 담았더랬다. 하루하루 그 마음이 더욱 절실하여 차라리 수호령이 깃든 것을 고맙다 여긴 일도 있었다. 가호를 향한 충심에 문득 괴로워도 사내의 연심은 어리석게 깊어져 감추고도 모른 척하였다.
 "송구…… 합니다. 전하…… 하오나 아무리 애를 써도 이 마음만은…… 어찌할 도리가 없었습니다."
 결코 전할 수 없는 고백을 끝으로 모수는 한참을 하늘 걸린 창만 바라보았다.

 심장이 먹먹해서 미칠 것처럼 쓰렸다. 이령이 느꼈을 지독한 통증이 생생하여 목 놓아 울고만 싶었다. 가호는 숨이 턱 끝까지 차오르게 달리고 달려 이령에게로 갔다.
 "령아."
 산산이 부서트려 으깨었다 되살리는 나락 같은 그 고통을 건너 나를 다시 만나러 와준 것이냐.
 "얼마나……."
 두려웠을까. 그 작고 여린 몸으로 감당하기 어려운 아득한 공포 속에서.
 "얼마나 아팠느냐."
 울지 못해 웃는 네가 가엾어서 나는 이 순간도 이리 아픈데…….
 차라리 내가 그리 통초(痛楚)하였어야 한다. 네 그리 끔찍이 무섭고 아팠을 것을 모르고 나는 서운해만 하였다. 얼마나 아득한 죽음의 절벽을 지나온 것인지를 모르고, 너를 상처 입히고 다그쳤다.

그래도, 나를 놓지 말아 달라 이기심마저 부렸다.

그런데도 너는…… 한없이 선하고 고운 너는 미소하며 이 못난 사내의 손을 잡아주었다. 다시 한 번 바라봐주었다.

"이령, 령아……."

애달프고 서글플 만큼 내 연심이 깊다 자만하였다. 너는 아직 한참을 더 자라야 이 마음 알리라 착각하였다.

피처럼 붉고 바다처럼 깊은 네 마음을 모르고…….

죽음마저 거슬러 내 외로움까지 안타까이 보듬는 너를 모르고…….

역급하는 슬픔이 고스란히 은월에 비쳤다. 가호는 은륜화 꽃비를 맞으며 저를 보는 이령을 그대로 달려가 끌어안았다.

"전하."

작게 부르는 목소리에도 그는 있는 힘껏 이령을 껴안은 채였다.

요동치는 심장이 느껴진다. 불안해하는 눈동자, 어딘지 모르게 물기 섞인 숨소리를 알 수 있었다. 이령은 더 묻지 않고 가만히 가호의 등을 다독였다.

"괜찮아요."

"……."

가호는 으스러질 것처럼 이령을 안고 말없이 좁은 어깨에 고개를 묻었다. 그의 눈에서 기어이 한 줄기 눈물이 떨어져 내리고 있었다.

"괜찮아, 괜찮아요."

다독이는 손길은 마냥 부드럽고 따스했다. 차마 흐른 눈물을 보여줄 수 없어 가호는 그 상태로 가만히 입술을 깨물었다. 차오른 말이 너무 많아 도리어 아무 말도 할 수가 없었다.

이따금 불안하였다. 이령이 말도 잊고 감정도 잃어버린 세자를 그저 연민하였던 것은 아닐까, 그리 말이다. 다시 만나 기억하지 못하는 이령을 매섭게 다그친 것도 어쩌면 두려웠던 때문이리라. 혹여 가슴에 담기지도 못할 가벼운 동정은 아니었는지 겁이 났던 것일지 모른다.

그만큼 은애하는 마음이 절박하고 광폭하여 초조해지고 두려웠다. 홀로 아프고 홀로 그리워하며 혼자서만 깊은 연심이라고 여기며 원망한 일도 있다. 참으로 어리석게도 이령의 아련하고 아득한 마음은 미처 보지 못하였다.

소리 없는 독백을 듣기라도 한 것처럼 이령이 부드럽게 그를 불렀다.

"전하."

"······."

하지만 아무것도, 정말 하고 싶은 말은 한 마디도 할 수가 없다. 아니, 해서는 아니 된다. 그래서······.

미안하다, 령아. 미안해.

그리 아팠을 너를 한시도 놓지 못해 그래도 살아주어 고맙다 여기는 못난 사내라서. 다시 찾은 널 세상 무너트려서라도 지키고자 다짐하는 이 처절한 연심을 멈추지 못해서.

널 살리기 위해 또 한 번 깊은 상처를 주어야만 하는 나라서······.

시린 눈동자에 애틋하고 절절한 마음이 그대로 넘쳐흘렀다.

후두둑.
꽃비가 붉고 고운 고리를 지어 두 사람의 주변을 날았다.

　　　　　　　　　※

　주기의 보고를 들으며 수장은 흡족한 미소를 지었다.
　"그래, 그래. 이번에 가지고 온 어둠석도 꽤나 좋은 것이더구나. 참 살아 돌아온 세자빈 소식은?"
　"별다른 것은 없습니다. 현재 아무것도 기억하지 못하는 상태이고, 앞으로도 돌아올 기억이 가망성이 무에 가깝다 하니 더는 그 일로 염려하실 것은 없을 것 같습니다."
　그 말을 듣고 수장이 징그러운 미소를 머금었다. 울긋불긋 화려한 비단옷이 흡사 뱀처럼 보였다.
　"그래, 고 계집이 앙증맞게도 살아 돌아왔을 때는 가슴이 철렁하였다만 어차피 그때 일을 기억하지 못한다면야. 세간에는 어차피 세자빈을 노린 율 패거리들의 짓거리로 마무리가 되었고 말이다."
　"수장께서 직접 움직이셨던 일이라 들었습니다."
　"하하, 세자빈을 죽이게 된 것은 계획에 없었던 일이라 나도 그때는 정히 당황하였지. 한데 참으로 기발한 생각이 아니냐. 어떤 이유에서인지 수호령의 힘을 스스로 잠재워버린 애송이 세자를 깨우치기 위해, 약점을 한껏 자극한다는 게. 다시 돌이켜도 참으로 비상한 생각이었지. 뭐, 중간에 세자빈에게 정체를 간파당할

위기에 처하는 바람에 계획은 좀 틀어졌지만…… 어쨌거나 짐작처럼 그 어린놈이 힘을 제어하지 못해 미친 듯 날뛰었으니 되었지, 무얼."

수장은 제 스스로를 높이 평하며 크게 웃었다. 혈기 왕성한 젊은 사내처럼 보이는 외모와 달리 말투는 여지없는 노인의 것이었다.

주기가 적당히 맞장구를 쳐주었다.

"훌륭하십니다."

"은륜회는 수호령의 힘에 매료된 자들이 아니더냐. 왕이 누구든 그 힘을 확인하는데 혈안이 되었었다. 물론, 이제는 꼭 그렇다고는 볼 수 없겠지만."

자만심 가득한 표정의 수장이 손바닥을 하늘로 향해 새까만 영기를 피어 올렸다. 노란 기가 도는 눈동자에 탐욕이 그득했다.

"중회가 소집될 것이라 합니다."

"아아, 어차피 예상한 일이다. 고작 반쪽만 남은 수호령으로도 엄청난 위력을 발휘하는 왕은 총기도 남다르지. 지금쯤이면 은륜회와 이 몸을 꽤나 의심하고 있을 게야."

"허면 중회에서 직접……."

"아무리 나라도 정면으로 부딪친다는 건 꺼려지는 게 사실이다. 말 많은 대신들을 속이고 설득하는 것도 꽤나 힘들 테고. 중회 전에 왕과 수호령을 무너트리면 왕좌는 그저 딸려 들어오는 것이니 부러 위험을 감수할 필요는 없겠지. 내게 더 안전하고 좋은 방도가 있느니라."

수장의 눈동자에 노란 기운이 진해졌다. 사방에 산해진미와 금,

아름다운 여자들에 둘러싸여서도 몹시 굶주린 것처럼 보이는 사내, 그가 이질적인 빛깔의 영기를 핥으며 탐욕스럽게 눈을 번뜩거렸다.

※

 저녁노을 뒤로 밤이 찾아왔다. 가라앉은 어둠 속에서 가호가 천천히 입을 열었다. 어느새 차갑고 딱딱하게 굳은 얼굴이 여린 감정을 모다 감추고 있었다.
 "애틋한 정인 노릇도 슬슬 지겨운 참이니 이만 떠나거라."
 나는 차마 보낼 수 없으니 네가 돌아서 가거라. 이 모질고 가혹한 운명에서 그만 달아나 숨으려무나.
 네가 어디 있어도 내가 지켜줄 것이다. 이 목숨 걸어 머리카락 한 올조차 다치지 않게 할 것이다. 그러니 너는…… 이령, 너는 부디…….
 가호는 남은 말을 삼키고 그리만 짧게 말했다.
 "갑자기 어인 말씀입니까?"
 "……."
 "전하."
 참으로 짓궂은 농이라 여기면서도 가슴에 시린 바람이 들었다. 이령이 재차 묻자 가호가 냉랭하게 답하였다.
 "한 여인을 그리워하고 은애하는 마음은 그저 어린 시절의 어리석은 감정놀음일 뿐, 이제 그도 슬슬 지루하여 넌더리가 난다. 여인에 대한 흥미도 한때의 꽃과 같다지. 이미 너를 밤새도록 품어보았는데 더는 미련 따위가 있을까. 허니 그만 알아서 내 앞에서 조용히 사라져 주기를 바란단 소리다."

"그 무슨……."

"순진하구나. 세상에 꽃이 어디 너 하나뿐이겠느냐. 내가 안아 보고픈 여인은 뜰에 피고 지는 꽃처럼 많다. 첫정에 아파하는 노릇도 시들해졌으니 이제 그만 다른 여인에게로 옮겨가야지."

그 말이 진짜임을 증명하듯 가호는 순식간에 이령을 품에서 떨쳐내고 냉랭한 표정으로 턱을 쓸어내렸다.

"제가…… 아무것도 기억하지 못해서…… 그것이 문득 섭섭하고 화가나 이러시는 겁니까?"

숨이 차게 달려와 안으실 적에 느꼈던 알 수 없는 불안감은 이것이었나. 제게는 가슴 뛰고 어쩐지 아릿했던 그 순간이 그에게는 냉혹한 마지막의 확인이었을까.

이령의 목소리가 걷잡을 수 없이 떨렸다. 이 모든 게 한낱 유흥이었다 말하는 가호가 이해되지 않았으나 차갑게 식은 눈빛만은 또렷하게 느낄 수가 있었다.

"기실 네 기억 따위 안중에도 없었다. 어차피 새로운 왕후를 맞이할 때까지만 데리고 놀 작정이었거든. 주변의 시선에도 적당히 맞추어야 하기에 세자빈을 잃고 괴로운 척했을 뿐, 줄곧 다른 여인을 맞이할 구실을 찾고 있었다. 게다가 내 아직 어린 시절 기억에 매여 애틋해 한다고 믿을 만큼 꽤나 순진하고 아리따운 계집이라니, 사내로서 꺾어 보고 싶지 않았겠느냐. 허나 이제 그만이다. 은륜화도 질 테고 한 계절 꽃놀이도 끝이 날 테지. 그러니 흥미롭지도 않고 번거롭기만 한 관계는 그만 정리를 할 참이다."

"이 모습 그대로 곁에만 있어 달라 하신 이는 전하가 아니십니까."

"그 간악한 거짓말을 믿었느냐. 적적한 밤을 달래고자 사내가 내뱉은 말 따위를. 왜, 내게 안겼던 지난밤 정식으로 왕비가 될 꿈이라도 꾼 모양이지? 몸을 받쳤으니 첩지라도 달라, 그런 것이라면 염려 마라. 대신에 평생 쓰고 남을 돈을 줄 터이니."

"소녀, 전하의 말씀처럼 순진하여 바보처럼…… 볼 수 없는 마음까지…… 믿었더랬습니다. 기억이 없어도 심장이 울어서, 그래서……."

둔탁한 충격이 온몸을 휩쓸고 갔다. 이령은 눈물 가득 고인 눈으로 싸늘한 은월을 마주 보았다. 울지 않으려 억지로 허리를 세우고 턱을 당겼으나 목소리가 걷잡을 수 없이 떨려왔다.

"차라리 처음부터 외면하시지 그러셨습니까."

그랬다면 이렇게까지 아프지는 않았을 텐데. 이토록 고통스러워 숨조차 쉬지 못할 만큼은 아니었을 텐데.

제발 고약한 농이라고, 그저 잠깐의 심술이라고 그리 말씀해주시기를 바라며 이령은 간절히 가호를 바라보았다. 허나 무심한 한마디로 그가 이령의 심장을 무너트렸다.

"무료하였거든."

시린 은월 안에 수많은 감정이 격렬하게 솟구치는 와중에도 가호는 스치듯 아름답게 웃었다.

휘청거리는 어깨를 세우고 뿌옇게 변한 눈을 어떻게든 바로 뜨려 애썼다. 비웃듯 말려간 그의 입꼬리가 가슴을 할퀴어 멍들게 했다. 이령은 모든 것을 멈추고 그대로 뒤돌아섰다. 덜덜 떨리는 몸은 허공에 부유하는 것처럼 아무 감각이 없었다. 앞으로 걷는데 자꾸만 나락으로 추락하는 기분이 들었다.

 이령이 시야에서 완전히 사라지자, 가호는 가슴을 부여잡고 버드나무에 쓰러지듯 기대었다. 상처를 준 것은 저이면서 가슴이 여할하여 숨조차 쉴 수 없는 것 역시 그였다. 은월이 산산이 조각난 심장을 드러내듯 무참히 일그러졌다.

 쿵.

 나무 기둥에 세차게 머리를 부딪쳤다.

 쿵쿵.

 이마를 타고 내리는 새빨간 피가 은륜화보다 붉었다.

 가혹하였으니, 이루 말할 수 없이 잔인하게 굴었으니…… 이령, 그 아이가 제게서 떠날 것이다. 떠나면 잠시나마 안전할 것이다. 이령의 목숨을 구할 방도를 찾을 때까지는 이 위험천만하고 몹쓸 힘을 가진 제게서 떨어트려 놓아야 했다.

 그러니 잘한 일이다. 그래, 잘한 일…….

 "미안하구나, 령아…… 미안해."

 기어이 진심을 토해낸 심장이 미친 것처럼 그리움에 젖어 흐느꼈다. 사무치게 은애하는 진심을 숨죽여 그리 서럽게 이령을 불렀다.

 "나는……."

당장이라도 달려가 이령을 붙들고 싶었다. 무표정하게 내뱉었던 가시 박힌 말들을 부정하고 상처 입은 눈동자를 뜨겁게 어루만지며, 미안하다고 너는 내 심장이 부르는 단 한 사람, 숨 같은 빛이고 생명보다 귀한 존재라고 그리 말하고만 싶었다.

터질 것 같은 가슴을 애써 억누르는데. 눈앞에 솜버들 잎 하나가 가벼이 떨어져 내렸다. 푸른 잎사귀는 그의 시선을 잡은 채로 낯선 물체 위에 살포시 앉았다. 작은 비단보에 나비매듭을 단 설화검, 이령이 잃어버린 검이 그곳에 있었다.

가호는 입술을 꾹 깨물며 검을 주워들었다. 반쯤 벗겨진 비단 사이로 또렷하게 새겨진 은실박이 흔적이 보였다.

'호.'

이령이 검신에 정성스레 새겨놓은 단 하나의 이름.

설화검을 움켜쥔 가호의 손에서 붉은 핏방울이 뚝뚝 떨어져 번졌다. 그러다 은빛으로 시리게 빛나는 그 한 글자에 참고 있던 감정이 끝내 폭발하고 말았다.

"으으……."

사납게 흔들리던 은월 안에 고였던 눈물이 길게 흘러내렸다. 짓눌러 신음 같은 눈물이었다. 바람에 흔들리는 풀잎들의 부대낌처럼 결코 들리지 않을 고요한 울음이었다.

바짝 야윈 달만이 어둠 속에서 그를 애처롭게 내려다보고 있었다.

15장

하루 종일 내린 비로 바람에는 습기가 가득했다. 이령은 겨우 손바닥만큼 열린 창틈으로 희뿌옇게 뜬 달을 올려다보았다. 희미해도 시리게 아름다운 달빛이 까만 눈동자에 빼곡하게 담겼다.

도성에서 멀찍하게 떨어진 작은 산골로 거처를 옮겨온 이후 버릇처럼 하는 일이었다. 칠흑 같은 밤하늘에 걸린 은색 달님을 훔쳐보는 일, 문을 활짝 열지도 않고 겨우 작은 틈 하나로 그리 보다 울음보다 서글픈 웃음 한 점으로 시선을 떨구었다.

담담하고자 했다. 이 아픔도 무뎌질 날 오리라는 이루어지지 않을 주문을 외우며 매일같이 마음을 굳게 걸어 닫고 버텼다. 그러나 조금의 여백이라도 비치면 기어이 찾아오는 가슴의 통증은 아직 너무나 견디기 힘들었다.

그립다가, 밉다가, 안타깝다가, 원망하다가, 슬프다가…… 그러다 마지막에는 늘 가슴에 가호만 남았다.

차가운 듯 다정했던 눈빛도, 나직하고 서늘한 그 음성도, 눈앞인 듯 선명하여 잊지 못해 애달픈 심장을 세차게 부여잡고 흔들어 으스러뜨렸다.

이령은 여느 날처럼 조용히 창문을 닫아걸었다. 실 같은 틈으로 가만히 스며드는 은빛 달이 서러워 입술을 꾹 깨물었다.

"바보처럼……."

울지 못해서 가슴이 더욱 따가운지도 모르겠다. 하지만 눈물이 흘러버리면 더는 주체할 수 없을 것 같아 어떻게든 억누르고 있었다. 냉정했던 가호의 마지막 모습마저 기억하고픈 어리석음을 막지 못할까 봐.

천천히 화병이며 촛대, 향완 따위가 가득한 탁자 앞에 앉았다. 정영의 입사장에게 서찰로 부탁해 받아낸 일감은 기한도 넉넉할뿐더러 벌써 대부분 완성된 상태였다. 그럼에도 이령은 조금도 쉬지 않고 손을 움직였다.

정밀하게 그린 꽃문양을 향완에 옮기는 작업을 할 때였다. 뾰족한 칼날에 그만 손가락 끝이 베었다. 동그란 핏방울이 청동으로 만든 향완의 밑바닥으로 떨어져 내렸다. 이령은 비명도 지르지 않고 피가 흐르는 손을 차분히 말아 쥐었다. 이미 다른 손가락들도 모다 그리 상처 입어 엉망이었다.

[그러니 손이 그 모양이지.]

어디선가 가호의 퉁명스러운 목소리가 날아오는 것만 같아, 벌떡 자리에서 일어났다. 한참 동안 주변을 살피던 이령이 작게 중얼거리며 고개를 저었다.

"미련한 짓을."

씁쓸하게 미소하는 입술은 하얗게 부르터 핏기라고는 없었다. 모수에게는 하루 빨리 건강을 되찾으시라고 당부했으면서 저는 이런 꼴이라니. 이령은 왕궁을 떠나기 전에 모수를 만난 일을 떠올리며 스스로를 꾸짖었다.

그가 부러 몸이 회복된 것을 숨기고 있는 것이라고는 꿈에도 생각지 못하고, 아직 편히 대화를 나눌 상태가 아니라며 누운 모수에게 홀로 인사를 건넸었다.

[회복이 더디다 들었어요. 어서 건강해지셔서 누명이든, 오해든 푸셨으면 합니다. 저 또한 네 해 전 일에 관해 물어 듣고 싶은 말이 참으로 많았지만…… 지금은 그저 앞을 향해서만 살아야겠습니다. 그래야…… 살겠지요.]

등을 보이고 누운 모수가 입술을 깨무는 것을 볼 수 없는 이령은 담담히 말을 이었다.

[오라버니…… 지난번에 미처 드리지 못한 이야기가 있어요. 비록 숨기고 감추고 믿지 못하는 것투성일지라도, 그래도…… 이은으로 산 그 시간 동안 고마웠다는 말을 했어야 하는데…… 늦었지만 고맙습니다.]

은륜의 왕, 그 섬뜩하게 아름다운 사내에 대한 다른 이야기는 일절 입에 올리지 않았다. 이령은 몇 마디 짧은 인사를 덧붙이고 단정히 예를 갖추며 방을 나섰다. 만나고 떠나도 좋다 허락한 것이 왕이시니, 깨어난 모수의 목숨이 무작정 위험하리라는 걱정은 이제 하지 않아도 될 것이다.

돌아보지 말자 그리 결심해놓고도 성문을 나서는 순간, 문득 고개를 돌려 가호를 찾았다. 그러나 눈에 담은 것은 텅 비어 쓸쓸한 동채의 뜰, 결국 그대로 발걸음을 돌려야 했다.

아무도 찾지 않는 정각에는 쓸쓸하게 꽃비만 날리겠지. 이령은 피투성이가 된 손을 꽃잎을 담듯 펼쳤다.

그대도 내 안에서 이제 그만 꽃처럼 저물었으면, 계절을 벗어난 은륜화처럼 그리 멀리멀리 흩날려갔으면.

그러나 부질없는 소망의 끝은 기억을 붙잡듯 손을 다시 힘껏 말아 쥐는 것이었다.

늦은 밤, 비긋는 소리만이 어둠을 울렸다. 모수는 무표정하게 아름다운 얼굴을 차마 똑바로 보지 못하고 고개를 숙였다.

네 해 전과는 달랐다. 식음을 전폐하시지도 않고 광증에 시달리는 사람처럼 무자비하게 영기를 폭발시키는 일도 없었다. 가호는, 은륜의 왕은 뿌리 뽑힌 나무처럼 생기 없이 그저 단단히만 서 있었다.

한데 그것이 더욱 불안하고 안타까운 것은 왜일까. 모수는 차분한 음성으로 가호를 불렀다.

"전하."

끝이 날카롭게 치솟은 은월이 모수를 응시했다. 선명하게 고인 염려의 기색을 읽은 가호가 천천히 입을 열었다.

"조심히 다녀오라."

숨겨진 진실을 고한 후, 모수는 몸이 회복된 것을 철저히 감추고 가호와 함께 이령에게 담긴 수호령을 사멸시킬 방도를 필사적으로 찾고 있었다. 허나 그간 모수가 암암리에 모아온 동채나 어서원의 자료만으로는 턱없이 정보가 부족했다. 해서 이 밤, 몰래 궁을 빠져 나가 은륜회와 유통되지 않는 오래된 고서들을 불법으로 빼돌려 거래하는 책방을 찾아다닐 작정이었다.

하지만 이대로는 걸음이 쉽게 떨어질 것 같지 않았다. 결국, 모수는 둘 사이에 암묵적으로 금기된 이야기를 꺼내고야 말았다.

"소신이야 보살펴주신 덕분에 몸이 온전해졌으니 무에 걱정할 것이 있겠습니까. 하오나 전하께서는 부디 옥체를 중히 보존하셔야 할 것입니다. 아뢰옵기 황송하오나 마마께서도 지금쯤이면 마음을 추슬러……."

"그만."

꽉 다물린 잇새로 나오는 목소리는 낮았지만 위협적이었다. 가호는 파랗게 피어오르는 영기를 단호히 꺾어 닫고 말했다.

"심장이 썩어 들어가도 숨 쉬는 것을 보면 괴물 같은 이 몸을 염려할 일은 없을 터, 가서 령의 힘을 사멸할 길을 찾는데 몰두하라."

건조하기 그지없는 모습이었으나 '이령'이란 두 음절에 그만 감출 수도 없이 크게 은월 안에 파도가 일었다. 기실, 이령을 생각하지 않는 순간이 없다.

그 눈…… 맑고 투명한 눈에 아득히 고인 슬픔과 절망, 고통과 애원을 잊을 수가 없어 미칠 것만 같다. 그리 처참히 베고 상처 입혀 피 흘리게 하고도 다른 사내가 이름조차 입에 올리는 것이 싫었다.

지독하고 못된 연심이라서 사무치게 이령을 그리워하는 순간에도 이기심을 부려댔다.

매일 밤, 이령의 침소를 맴돌고 정각에 올라 저물어가는 은륜화를 바라보았다. 시리게 빛나는 달 아래 홀로 붙박인 듯 서서 그 아이가 떠난 곳을 하염없이 쳐다보았다.

령아, 이령아.

울지 못해 웃고 마는 내 애달프고 가엾은 비.

그 고운 이름을 속으로 수백, 수천을 뇌까렸지만 꿈에서라도 소리 내어 부르지 못했다. 달려가고 싶어서, 그곳이 불길 치솟는 나락이라 해도 당장 모든 것을 팽개치고 가고만 싶어서 참고 또 억눌렀다.

찾아야 한다. 제 손으로 이령의 목숨을 앗아야 하는 이 빌어먹을 사명을 부서트릴 방도를 찾아내야만 한다.

가호는 짓이겨 피투성이가 된 주먹을 또 거세게 움켜쥐었다.

"은륜회와의 중회 전에 돌아올 수 있도록 최선을 다하겠습니다."

더는 무어라 하지 못한 채, 모수가 예를 갖추고 물러났.

자신의 상태와 마찬가지로 이령의 부재 역시 철저히 함구한 상태였다. 그저 미령하여 동채 깊숙한 곳에서 몸을 보존하는 중이라고만 알려졌을 뿐이었다. 시비와 시종 서넛만 대동한 채 먼 백경으로 떠난 것은 다른 이들의 눈에 띄지 않기 위함이었다. 물론 그 작은 집을 둘러싸고 산과 들, 작은 마을 곳곳에 숨어서 비밀리에 이령을 호위하는 무사가 수십이었다.

이령이 머무는 집 뜰의 자갈 하나까지도 가호는 지키려 들었다.

그가 깊은 밤 백경이 있는 쪽을 바라보며 차마 흐르지 못하는 피울음을 운다는 것을 알고 있다. 살벌할 정도로 눈에 핏발이 서고 조금도 웃지 않고 뾰족하게 날이 선 채 야위어가는 그 처절한 연정이 때론 부럽고 또 때로는 안타까워 가슴이 메었다. 눈으로 볼 수 없으나 분명 이령 그분 역시 그러할 테니······.

[고맙습니다.]

이령이 제게 해준 그 한 마디에 가슴이 먹먹하였다. 상냥하고 따스한 마음이 애달프게 고와서, 고맙고 고마운 사람일 뿐 그 가슴에 꽃처럼 피는 이가 자신은 될 수 없다는 깨달음이 미련히도 아파서.

차라리 그때 그 몹쓸 힘이 이령을 살리려 들지 않았다면 어떠했을까. 그랬다면 기억을 거스르고 죽음을 되돌려 다시 만났으나 이리 서글프게 헤어져야만 한 그들도, 어긋나버린 채로 애틋하게 깊어져 버리고만 이 마음의 저도, 이렇게 아프지는 않았을까.

잔인한 인연의 바퀴가 모다 안타까워, 모수는 새까만 하늘을 한참이나 원망스럽게 쳐다보았다.

중회까지는 사흘, 주기는 폭주를 일으킬 괴수들을 찾기 위해 한 가로운 산골까지 찾아들었다. 겨우 숨만 붙은 괴수가 관군에게 붙잡힌다고 한들, 은륜회와의 연결점을 찾지는 못할 것이라 이제는 사냥감을 찾는 일에 얼굴을 숨기는 복면도 하지 않았다.

객잔에서 멀지 않은 촛대점은 작아도 꽤나 유명하여 드나드는 사람이 많았다. 연꽃을 각 모서리마다 새긴 향탁을 비롯해 독특한 문양을 넣은 향완과 촛대등이 다양하여 잠시 구경할 거리로는 충분했다. 밤이 되기를 기다리며 그 앞을 서성이던 주기도 곁눈질을 하다가 그만 자그마한 체구의 여인과 부딪치고 말았다.

"죄송합니다."

앞을 제대로 보지 않은 것은 그였으나 먼저 사과를 한 것은 여인 쪽이었다. 단정히 한 걸음 물러난 여인이 바닥에 떨어진 장의를 집어 다시 머리에 썼다. 길지 않은 틈이었으나 주기는 벽경에서 보기 드문 미인의 얼굴을 똑똑히 보았다.

장식 하나 없이 수수하게 땋은 머리카락은 비단처럼 새까맣고, 크고 맑은 눈망울은 도드라지게 아름다웠다. 희고 매끄러운 피부와 꽃처럼 붉은 입술로 차례로 시선을 돌린 주기는 허둥지둥 달려오는 다른 여인을 보고 답하듯 꾸벅 고개를 숙여 보였다.

"아씨! 제가 늦었지요? 아니, 방물장수 영감이 지난번에 구해다 주기로 한 노리개 값을 곱절로 부르는 게 아니겠어요. 요 손톱만 한 조옥 하나 달렸다고 어찌나 유세를 떠는지 제가 확…… 어라, 혹 이 치랑 부딪쳐 넘어지시기라도 한 것이어요?"

그제야 장의를 고쳐 잡는 이령과 미안하다는 뜻을 내비치는 주기를 눈치 챈 시비가 호들갑을 떨었다. 그리고 제 깐에는 제법 매섭게 눈을 치켜뜨고 주기에게 따져 물었다.

"이보시오. 우리 아씨가 어떤 분인지나 알고……."

"좁은 입구에서 서성이던 내 탓이니 그만 하려무나."

"하오나……."

이령은 우물쭈물하는 시비보다 한발 앞서 촛대점을 벗어났다. 주기를 쏘아보다 마지못해 따라나선 시비가 입술을 삐죽거렸다. 정영에서 이령을 모셨던 계집종이었다.

"어찌 그러셔요. 잠깐 궁에서 벗어나 계시지만 아씨는 장차 이 나라 은륜의……."

"입사한 향로의 값을 꽤나 넉넉히 쳐주더구나. 먹고 싶은 게 있으면 말해보렴."

가끔 철없이 굴 때는 있어도 정영에서 이곳까지 한달음에 달려와 아침부터 밤까지 곁에서 저를 돌봐주는 기특한 아이였다. 이령은 부드럽게 말을 자르고 손으로 먹을거리가 가득한 난전을 가리켰다. 신이 난 시비가 껑충거리며 뛰어가는 모습을 보며 천천히 걸음을 옮기던 이령은 문득 서늘한 한기가 찾아듦을 느꼈다.

"자문이……."

아까 부딪친 사내의 뺨에서 분명 검은색 자문을 본 것 같았다. 워낙 피부색이 짙어 선명하지는 않았지만 인위적으로 새긴 어떤 문양인 것은 틀림없었다.

무사들 중에 더러 몸에 자문을 새기는 이가 있었다. 정영에서도 스승의 이름이나 문파의 명칭을 이마나 뺨에 새긴 이들을 본 적이 있다. 그런데 유독 아까 본 그 자문이 낯익다는 느낌이 들었다. 반가움이 아닌 섬뜩한 낯익음…….

"아씨! 밤다식도 괜찮을까요? 지난번에 보니 맛은 좋아도 값이 좀 나가던데."

"걱정하지 말고 다른 이들도 함께 먹도록 넉넉히 담아보렴."
 이령은 들려오는 시비의 목소리에 상념을 털고 걸음을 옮겨갔다.

 이번 사냥감은 여색에 미친 사내였다. 율의 심장에서 꺼낸 어둠석 부스러기를 옷가지에 뿌려두었으니 곧 폭주하여 괴수가 될 터였다. 그자가 난전에서 점찍어둔 여인을 따라 산길을 오르자, 주기도 조용히 뒤를 밟았다.
 사내가 노리는 여인은 이제 막 능선 위의 아담한 집이 보이는 길을 가로질러 가고 있었다. 어느 대감댁에서 요양할 목적으로 마련한 듯, 반듯하고 단정한 생김이나 소란스럽지 않은 분위기의 집이었다. 그러나 웃자란 나뭇가지를 타고 올라 괴수의 행적을 좇던 주기는 뭔가 의심쩍다는 얼굴로 그 집 부근에서 움직임을 멈추었다. 작고 평범한 집 주변으로 결코 흔한 것일 수 없는 팽팽한 경계가 느껴진 것이다.
 주기는 재빨리 무성한 나뭇잎에 몸을 묻고 주변을 살폈다. 겉으로는 별다른 점이라고는 보이지 않았다. 행인처럼 산길을 오고 가는 지극히 평범한 복색의 사람들, 멀지 않은 거리에서 밭을 갈다 쉬고 있는 한 무리의 농군, 다른 이가 보기에는 의심할 것 없는 그 흔해 빠진 일상의 풍경들을 관찰하던 주기는 매섭게 눈을 빛냈다. 그들이 작은 집을 중심으로 교묘하게 대열을 이루고 있음을 발견한 것이다. 더불어 잘 훈련된 무사들에게서만 풍기는 경계심과 감추어진 살기 또한.

그들은 저 작은 집에 있는 누군가를 감시하는 것인가? 아니면 호위하려는 것인가? 그 부분만은 주기로서도 명확하지 않았다. 그러나 이런 산중에 숙련된 무사들이 정체까지 숨겨가며 지키는 것이라면 필경 뭔가 중한 것일 테지.

주기는 자문이 있는 뺨을 쓸어내리며 생각에 잠겼다.

"이런."

상념에 빠졌던 주기가 스스로를 책망하며 눈살을 찌푸렸다. 주의가 흐트러진 사이, 예상 밖의 상황이 벌어지고 말았다.

절반쯤 괴수화가 진행되었으나, 아직 겉모습은 사람의 것을 유지하고 있는 사내가 갑자기 엉뚱한 방향으로 움직이기 시작한 것이다. 그는 여인을 내버려두고 다급히 무언가로부터 도망치는 중이었다. 때로 드물게 예민한 것들이 있으니 숨어 있는 무사들의 살기를 감지하여 지레 겁을 먹고 도망친다고도 볼 수 있을 것이나, 사내는 아직 완전히 괴수가 되지 못한 상태였다. 허니 감각도 보통의 사람과 크게 다르지 않을 것이라 그가 무사들의 정체나 억누른 살기를 눈치 챌 리 만무했다. 허면 놈이 본능적으로 느끼는 공포가 저 어딘가에 존재한다는 소린데…….

주기는 낮게 혀를 차며 몸을 움츠렸다. 새롭게 보이는 것이라고는 무사들이 지키고 있는 집 뜰에 나타난 여인이 전부였던 것이다. 저리 작고 가냘파 보이는 여인이 괴수를 두렵게 한 원인일 리는 없을 것이다. 공연히 멍청한 놈 때문에 일이 번거롭게 되었다 생각하는 순간, 어슴푸레하던 인영이 달빛 아래 또렷하게 모습을 드러냈다. 낮에 촛대점에서 그와 부딪친 여인이었다.

"아."

어딘가 모르게 슬프고도 아련하여 눈을 뗄 수 없는 미모에 주기는 저도 모르게 탄식하였으나 재빨리 정신을 차리고 몸을 움직였다. 겨우 반반한 계집에게 감탄하려고 이 벽경까지 온 것은 아니지 않은가. 집중해야 했다. 제 목적은 놈을 이 밤 내로 폭주하게 하여 그 펄떡이는 어둠석을 가로채는 일, 이렇게 되면 사냥하기 좋게 길까지 터줘야 시간을 맞출 수 있을 것이었다.

주기는 냉철하게 계획을 수정하고 반쯤 괴수가 된 사내를 쫓기 시작했다. 점차로 어둠석의 힘이 주는 권력이나 명성에 탐닉하는 수장과 달리 주기는 오로지 순수한 힘, 그 자체에 끌려 지금까지 은륜회에 몸담고 있는 자였다. 그에게 중요한 것은 보다 강한 상대와 겨루는 것, 그뿐이었다.

주기가 추격을 시작하고 얼마지 않아 괴수는 오히려 그보다 한 걸음 뒤처지게 되었다. 그 사이 주기는 이상한 낌새를 채고 사방으로 모여드는 무사들을 처치하기 위해 분주하게 움직였다. 놈이 완전히 괴수화하기 전에 죽어 나자빠지는 일을 막자면 방해가 되는 것은 모조리 없애야 했다.

어느새 무사들이 나무 위에 선 주기를 빈틈없이 둘러쌌다.

"웬 놈이냐!"

"알고 죽으나, 모르고 죽으나 죽기는 매한가지일 것이다."

수십의 숙련된 무사들을 혼자서 상대해야 함에도 주기는 여전히 여유로웠다.

"오래 쓰기에는 위험한 힘이니 빨리 끝내도록 하지."

아직 이 대열에 당도조차 하지 못한 굼뜬 괴수를 눈치 챌 즈음이면 무사들 대부분이 저세상으로 간 후일 것이다. 그리되면 놈이 마을을 습격해 배를 불리기도 좋을 것이고. 주기는 높이 도약하며 룬석으로 만든 갑옷의 심장부를 개방했다.

딸깍.

차가운 금속음과 함께 주기의 몸에서 검은색 연기가 피어오르기 시작했다.

"네, 네놈은……."

"말했을 텐데, 알아도 몰라도 죽게 될 것이라고."

"으아아악!"

뒤이어 무사들의 비명이 숲을 흔들었다. 순식간에 잘려나간 그들의 머리와 몸통이 흙바닥에 널브러졌다. 남은 이들이 검을 다잡자 사악한 검은 기운이 출렁이며 웃는 것처럼 일그러졌다. 그 모습은 주기의 얼굴 그대로였으나 눈빛은 괴수의 그것과 조금도 다르지 않았다.

오랜만의 바깥나들이에 지쳤는지 시비는 저녁상을 물리자마자 꾸벅꾸벅 졸기 시작했다. 이령은 가서 편히 자라 이르고 다시 은실박이 일을 펼쳐들었다.

전일 또 엉망이 된 손 때문에 시비에게 잔소리를 일다경은 들었을 것이다. 거기다 손가락마다 면포를 칭칭 동여매 놓은 통에 몇 시진을 매달려도 일이 더뎠다. 이령은 결국 피로 물든 면포를 풀어놓기로 했다. 그리 큰 상처도 아니거니와 그대로는 손이 둔해져 입사를 할 수 없다는 이유였다.

두어 개쯤 풀었을 때였다. 이령은 돌연히 동작을 멈추고 제 왼쪽 가슴팍을 손바닥으로 꾹 눌렀다.

정작 치료가 필요한 것은 눈으로 볼 수 없는 이 마음인 것을.

쓸쓸한 미소를 머금고 좁게 열린 창 사이로 하늘을 보았다. 또 비가 내리려는지 검은 비구름이 몰려오고 있었다. 그것을 보자 촛대점에 들렀다 오는 길에 가져온 꽃뿌리 하나가 생각났다. 시비가 다 시들어 파리해진 은륜화를 한 포기 캐서 뜰 모퉁이에 심겠다는 걸 미처 말리지 못했더랬다. 어쩌면 말릴 수가 없었는지도 모르겠다.

이령은 자리에서 일어나 조용히 밖으로 나갔다. 비가 쏟아지기 전에 잠시 심은 자리를 살펴보고 올 생각이었다. 문을 열자 한적한 백경의 밤이 평화롭고 고요하게 다가왔다. 달과 별이 병풍처럼 펼쳐졌던 하늘에는 구름이 가득했지만 바람은 상쾌했다.

바스락.

몇 걸음 옮겼을까. 마른 잎을 밟고 움직이는 낯선 발자국 소리가 들렸다. 이령은 천천히 고개를 돌려 캄캄한 사방을 살폈다.

백 보 남짓한 거리, 흉측하게 붉은 괴수의 눈동자가 그녀를 집어삼킬 듯 번뜩이고 있었다.

먼발치에서 아른거리는 그림자라도 보고 싶었다. 아니 된다, 참으라 일러도 심장이 발작처럼 울고 또 울어 기어이 말을 달려 백경까지 오고 말았다. 그러나 이령이 머무는 집에서 한참이나 떨어진 언덕에 말을 묶고 희미하게 보이는 작은 뜰만 한참을 보고 있었다.

새하얗게 부서지는 그리움이 가슴을 멍들이고 숨결에 스쳐 독처럼 몸으로 퍼졌다. 가호는 흩날리는 은발을 거칠게 쓸어 올리며 눈을 부릅떴다. 핏발이 선 눈동자는 지독하게 아름다웠다.

붙박인 듯 그대로 섰던 가호의 눈에 갑자기 새파란 영기의 기운이 감돌았다. 응당 이령을 지켜야 할 무사들이 보이지 않았다. 그리고 언덕 아래 숲에서 피어오르는 불쾌한 무언가와 함께 산이 요동치고 있었다. 불안감이 바다를 집어삼키는 파도처럼 크게 출렁였다.

그러다 뜰로 나온 자그마한 인영, 그리고 다가서는 흉측한 괴수를 발견하자 더는 참을 수 없게 돼버렸다.

"발發!"

가호는 미친 듯 달려가며 수호령의 힘을 끌어 올렸다. 손끝에 화살처럼 맺힌 영기가 이제 막 내리기 시작하는 빗방울을 뚫고 날아갔다.

"꾸에엑!"

멀리서도 흉측한 단말마의 비명소리가 들리고 괴수의 무릎이 꺾여 넘어지는 모습이 보였다. 가호는 틈을 주지 않고 계속하여 영의 화살을 쏟아부었다. 파란빛의 화살이 날아갈 때마다 처절한 비명과 함께 괴수의 몸이 부서졌다.

그 소리에 놀라 달려온 시종들보다 한달음 먼저 뜰에 도착한 가호는 이미 명줄이 끊어진 괴수를 한 번 더 잔인하게 도륙했다.

그의 손끝에서 수천으로 조각난 어둠석이 타들어가며 짧게 주변을 밝혔다.

"하아."

굵게 떨어지는 빗방울 사이로 파랗게 너울지는 영기와 검붉은 어둠석의 빛, 그리고 가호의 거친 숨소리만 고였다.

가호는 숨도 제대로 고르지 못한 채로 이령의 안위부터 살폈다. 안 그래도 자그마한 얼굴이 애처로울 만큼 파리하고 핼쑥했다. 하얗게 부르튼 입술도 손끝마다 보이는 핏자국도 그의 가슴을 아리게 했다. 한데 괴수를 마주했을 때보다도 더 크게 열려 파르르 떨리는 눈동자가 그보다 더욱 힘껏 심장을 옥죄였다.

"전하……."

억지로 몸을 돌리는데 빗소리보다 작은 그 부름이 천둥보다 크게 그를 뒤흔들었다. 멈추어선 가호는 날뛰는 감정을 부여잡으려 눈을 질끈 감았다.

쏴아아.

쏟아지는 빗줄기가 몸을 흠뻑 적시고 있었다.

16장

 아주 눈치가 없지 않다면 자신이 무사들을 상대하는 사이, 괴수는 마을로 내려가 어둠석 한두 조각쯤은 먹어치웠을 것이다. 아직 처리해야 할 무사들이 몇 명 더 있었지만 이 이상 어둠석의 힘에 의지할 수는 없었다. 그리되면 제아무리 그라도 괴수가 될 수 있었다. 주기는 갑옷의 심장부를 닫아 부러 끌어올린 어둠석의 힘을 차단했다. 곧 그의 눈빛이 본래대로 돌아왔다. 주기가 어둠석을 힘으로 끌어다 쓰면서도 단숨에 폭주하지 않을 수 있는 것은, 순수한 어둠석이 아닌 륜석과 어둠석의 융합물을 취하기 때문이었다. 그것을 만들어낼 수 있는 것은 율의 부스러기를 비밀리에 흡수한 수장뿐이었다.
 "남은 놈들은 검으로 상대해주지."
 주기는 양손에 칼을 뽑아 들고 남은 무사들 사이를 춤추듯 날았다. 그가 희열에 차올라 마지막 칼을 휘둘렀을 때, 멀리서 괴수의 처절한 비명이 울려 퍼졌다.

"젠장."

분명 촛대점의 그 여인이 머물던 작은 집 쪽이었다. 주기는 검에 묻은 피를 털고 나무를 이용해 서둘러 소리가 난 곳으로 향했다.

당도했을 때는 괴수의 몸이 산산조각 난 후였다. 어둠석 또한 몸을 불리기는커녕 가루처럼 부서져 형태도 없이 사라져버린 상태였다.

그처럼 잔혹하고도 말끔하게 괴수를 처리할 수 있는 이는 단 하나뿐이었다. 은륜의 왕, 가호를 발견한 주기는 저도 모르게 마른침을 삼켰다. 죽어 널브러진 괴수 위로 가호가 내뿜는 심벽의 기운이 섬뜩하게 깔려 있었다. 생기 없는 놈의 심장마저 짓이겨 태우는 사내는 얼음처럼 차갑고도 매서웠다.

"놈이 계승자의 존재를 느끼고 도망쳤던 것인가."

가능한 이야기였다. 완전하지 못한 괴수라도 수호령의 힘에 대해 원초적인 두려움을 가지고 있으니까. 하지만 처음에는 운 좋게 가호를 피해갔던 괴수도 비가 내려 영기가 흐트러지자 감이 무뎌졌던 모양이다. 길을 착각하여 그가 있는 곳으로 돌아오다니 어지간히 멍청한 녀석이었다.

"흐음."

그렇게 결론을 내렸으나 개운한 기분이 들지 않았다. 계승자가 가진 저 압도적이고 무시무시한 힘을 아끼는 미처 눈치 채지 못했다는 게 믿기지 않아서일까. 주기는 혼돈스럽다는 듯 미간을 찌푸렸다.

그러나 이대로 고민만 하고 있기에는 당장 다급한 문제가 따로 있었다. 백경의 괴수에게서 어둠석을 취하는 일이 수포로 돌아갔으니 대체할 사냥감을 알아봐야 했다. 가능한 계승자가 있는 곳과 멀리 떨어진 장소가 좋겠다. 주기는 머릿속으로 적당한 곳을 물색하며 나무 사이를 이동했다.

괴수를 맞닥뜨렸으나 이상하게 겁이 나지 않았다. 대신 몸속에서 무언가 뜨겁고 강렬한 것이 왈칵왈칵 솟구치는 느낌이 들었다. 동시에 새까만 기억의 문이 덜컥이며 흔들거렸다.

놈의 검붉은 눈을 마주한 순간 보일 듯 말 듯 흐릿한 영상이 파랗게 점멸했다. 자문을 가진 사내들. 심장에 박히는 날카로운 검. 그리고 죽음처럼 무거운 통증……. 반짝이는 은색 물결 위에 떠가는 아득한 그리움.

마지막에는 섬광이 번뜩이며 세상이 푸르게 변했다.

어떤 의미인지 알 수 없는 기억의 편린이 비처럼 주르륵 머릿속으로 흘러들어왔다. 그 사이, 괴수는 공격은커녕 도망칠 생각도 못 할 만큼 공포에 질려 벌벌 떨고만 있었다.

이상한 기억에 휩쓸려 아직 움직이지 못하는 것은 자신도 마찬가지였다. 이령은 머리를 휘저어 정신을 차리고 조심스럽게 뒤로 물러났다. 주변을 살폈지만 몸을 피할 곳이 마땅치 않았다. 이대로 집 안으로 도망친다면 괴수가 다른 이들까지 해칠지 몰랐다.

고심 끝에 산으로 이어지는 길로 발걸음을 떼려던 이령은 문득 쓸쓸하게 미소하였다. 수많은 생각이 교차하는 가운데도 불현듯 가호가 느껴진 것이다. 빗줄기가 긋는 무수한 은선이 아름다워서였을까. 왜 또 바보처럼 그를 떠올리고 만 것인지…….

스스로에 대한 이령의 책망이 끝나기도 전, 깃털처럼 부드럽게 일렁이는 푸른 영기가 날아와 괴수의 다리에 박혔다.

"꾸에에엑."

찢어지는 살점에 비명을 지르는 괴수에 흠칫하는 것도 잠시, 휘어져 날아오는 영의 화살들 저편으로 가호를 발견한 이령의 눈이 크게 열렸다.

괴수가 도망치지 못한 이유도 가호였을까. 이 미련한 가슴을 적셔 그리움에 울게 하는 까닭이 그인 것처럼.

이령은 한 마디 말도 하지 못하고 옷깃을 힘껏 거머쥐었다. 괴수의 명줄을 끊어내고 어둠석을 짓이겨 뭉갠 가호도 말없이 그녀를 보았다. 하늘이 뿌리는 은줄 사이로 두 사람의 눈동자가 아릿하게 얽혔다.

잠시 후, 가호가 먼저 시선을 거두며 냉정히 돌아서 가려 할 때였다.

"전하……."

제 것이라고는 믿기지 않는 낮고 떨리는 음성. 이령은 실낱같은 달빛처럼 가느다랗게 그를 불렀다. 쏟아지는 빗줄기에 묻힌 그 부름이 가호에게는 닿지 않을지도 몰랐다. 다시 한 번 불러보려다 저도 모르는 사이 손바닥으로 입술을 틀어막아버렸다. 그렇게나 참고 있던 눈물이 흘러버릴 것만 같았던 것이다.

차라리, 꿈이라면 맘 놓고 불러보고 그리워하며 그 체온을 느껴

볼 수 있을 텐데. 그대가 여기 있는 이유가 나와 같다고 잠시만 그리 착각해도 괜찮을 텐데.

"도성에서부터 저 괴수의 행적을 좇아온 것이다."

이령이 끝내 묻지 못한 말을 가호가 차갑게 답하였다. 비스듬히 선 그의 표정이 제대로 보이지 않았다. 아마, 그날처럼 냉랭하여 한없이 멀게만 느껴지는 모습이실 테지. 이령은 비에 젖은 입술을 꾹 깨물었다.

무엇을 기대하였을까. 달아난 괴수를 멸하기 위해 정영까지도 걸음 하였던 분이 아닌가. 그가 폭주하는 괴수를 뒤쫓아 여기 온 것이 무에 그리 별스러운 일이라고 가슴 설레었던 것일까.

"어째서……."

온 길을 되짚어가는 가호의 등 뒤에서 이령이 작게 속삭였다. 흐르는 빗물에 젖은 얼굴이 창백했다.

그대는 아무렇지 않게 돌아서서 가는데, 왜 나는 자꾸만 그 걸음마다 심장이 패일까.

그대가 이미 무심히 흘려보낸 그 마음을 나는…….

차마 잇지 못한 말들을 듣기라도 한 듯, 가호의 걸음이 더디어졌고 이령이 그에게 한 걸음 다가왔다.

"꽃은 지는데…… 은륜화의 계절도 끝인데 어찌하여…… 어째서……."

더는 말하지 못했다. 아니, 하지 않았다. 손을 내밀면 느낄 수 있을 온기를 차마 붙잡지 못했다. 대신에 이령은 스러지는 달빛처럼 옅게 웃었다.

"거처를 새로 정하겠습니다."

이 마음은 철 지난 은륜화처럼 흩날려 사라지지 않을 것임을 깨달아버렸으니, 질기고 미련한 심장이 더는 그대를 잡지 못하게…… 서로 스쳐 만나는 일도 없이 그렇게 멀리…….

"괴수가 출몰했으니 조만간 그리할 것이다."

"이번에는 제 스스로 결정하고 움직이겠습니다. 내려주신 가옥과 전답도 모다 돌려드리지요."

"아니 될 말이다. 왕의 윤허 없이 어찌……."

"이제 신첩은…… 전하와 무관한 일개 계집일 따름입니다. 행여 왕실의 명예에 누를 끼칠 일은 없을 것이니 심려치 마셔요. 먹고 살 노릇을 염려해주신 것이라면 그 또한 괜찮습니다. 변변치는 않으나 익혀놓은 은실박이 일로 배는 주리지 않을 것입니다. 조만간 떠나겠습니다. 전하께서는 더 이상…… 마음 쓰지 마시옵소서."

비에 흠뻑 젖은 몸을 단정하게 숙여 예를 갖추었다. 빗줄기에 가려진 은월을 향해 연하게 웃어도 보였다. 말을 마친 이령은 천천히 반대편으로 걸어갔다.

"불허한다."

가호가 이령의 가느다란 팔목을 잡아 다급히 돌려세웠다. 아려한 눈동자가 그를 물끄러미 보았다.

"갈 것입니다."

이령의 음성은 슬플 정도로 덤덤했다.

"왕명을 거역할 참이냐!"

"거역하겠습니다. 더 이상은…… 이곳이 견디질 못할 테니까요."

이령은 왼쪽 가슴팍을 지그시 눌렀다. 어느새 손끝이 다시 터져 붉은 피가 흐르고 있었다. 하얀 옷 위에 핏자국이 꽃처럼 떠올랐다가 빗물에 씻겨 사라졌다.

"나는……."

가호는 파르르 떨리는 눈꼬리를 힘껏 당겼다. 잇새로 나오는 소리를 억지로 씹어 삼켰다.

이령이 울지 못해 웃을 때마다 그의 심장에는 새빨간 피가 차올랐다. 저보다 상대가 아플까 염려하는 곱고 상냥한 마음씨에 참을성마저 깊어 제 아프다는 말에는 인색하니, 늘 서글프게 어여쁘고 또 한없이 안타까웠더랬다.

그런데 그 아이가 더는 아파서 견딜 수 없다 한다. 보내달라고, 그가 없는 곳으로 가겠다고 애원하였다.

그리 상처 입혀놓고도 변명 한 마디 할 수가 없는데, 모다 널 위한 것이었다고 번지르르한 자기 위안 따위도 할 수가 없는데, 그런데…….

"너 없는 세상에서 살 수 없다. 보지 못해 눈이 멀 것이다. 그리워 심장마저 썩어 문드러질 것이다. 그러니…… 이 빌어먹을 운명을 어떻게든 돌려서…… 어떻게든 막아서 너를…… 다시 너를……."

이미 한참이나 멀어진 이령이 들을 수 없을 혼잣말을 중얼거리며 가호는 심장을 부여잡았다.

심장에 숨처럼 번져 생명처럼 피는 내 여인.

소리 내어 부르면 꽃비처럼 가슴에 아득히 나리는 빛.

네가 이리도 아파하는데 나는 끝내 널 향한 욕심을 접을 수가 없구나.

"령아……."

미안해, 미안하다.

"이령……."

사무치게 연모해.

이 지독한 광모. 처절하게 내달리는 절애를 멈출 수 없는 나를 용서해다오.

시리게 빛나는 은월 안에 빗물이 끝없이 차올랐다 떨어졌다.

※

객잔의 꼭대기 층은 늦은 시각까지 불이 밝혀져 있었다. 그러나 방 안에는 술병이나 아리따운 기녀는 찾아보기 힘들었다. 대신 탑처럼 높이 쌓인 서책들, 묵고 매캐한 냄새를 풍기는 오랜 고서들만이 그득그득 자리를 채우고 있었다.

허탕, 또 허탕의 연속이다. 도움이 될 만한 것은 단 한 줄도 없는 서책이 벌써 수백 권 째였다. 모수는 한숨을 내쉬며 얼마 안 남은 차를 단숨에 비워냈다.

중회가 코앞이었다. 탐욕스러운 은륜회 수장이 수상한 행보를 보이고 있으니 마음은 갈수록 불안하고 조급했다. 만에 하나 약삭빠르고 교활한 그가 수호령과 이령의 일을 알아채기라도 하면…….

"결코 그리되어서는 아니 돼."

모수는 스스로를 책하듯 엄하게 중얼거렸다. 그리고는 머리도 식힐 겸, 꾸려온 보따리에서 가볍게 읽을거리를 찾기 시작했다. 그때 발치에 다 낡아빠진 고서 하나가 떨어졌다. 다른 서책 사이에 끼어 딸려온 모양이었다. 무심결에 그것을 집어 들고 책의를 살피던 모수의 눈이 가느다래졌다.
　[푸른빛의 힘.]
　분명 이령의 일로 압송되기 전 구입한 것이었다. 모수는 조심스럽게 책장을 펼쳐 내용을 살피기 시작했다. 그때부터 그의 총기 어린 눈이 빛나기도 하고 어둑어둑하게 잠기기도 하였다.

　"분부하신 대로 마마의 새 거처를 물색했습니다. 희언이 적당할 것 같습니다. 작고 조용해 살기도 좋은 마을인데다 뒤로는 바다가 접해 있고 들고나는 길도 하나라 호위하기에도……."
　"백경의 무사들은?"
　가호는 수고했다는 뜻으로 고개를 끄덕여 보이며 물었다. 백경을 지키던 무사들이 하룻밤 새 싸늘한 주검으로 발견된 탓에 좌시직의 고초가 이만저만이 아니었다.
　"예, 분부하신 대로 주검은 수습하여 장례를 성대히 치르게 하였습니다."
　"고작 괴수 하나에 무너질 이들은 아니었다."
　"소신 또한 그렇게 생각합니다. 백경에 나타난 괴수는 하나였고 전하께서 소멸시킬 당시 아직 몸을 불리지 못한 상태였는데 무사들이 그리 허망하게 당하다니 있을 수 없는 일입니다."

가호는 묵묵히 고개를 생각에 잠겼다. 만약 괴수에게 무사들을 모조리 처치할 만큼의 힘이 있었다면 그 속에 엄청난 양의 어둠석이 존재해야 했다. 한데 그 괴수는 이령 안의 수호령에 겁을 집어먹고 꼼짝도 못할 만큼 나약한 녀석으로 겨우 한 줌밖에 되지 않는 어둠석만을 심장에 지니고 있었을 뿐이다.

아무리 생각해도 그날 백경에는 다른 존재가 있었다. 그것이 또 다른 괴수는 아닐 것이다. 괴수라는 놈들은 기본적으로 홀로 움직였다. 우연이라도 같은 장소에 여러 마리의 괴수가 모이게 되면 협력은커녕, 가장 힘이 강한 놈이 나머지를 죽여 그 안의 어둠석을 강탈하는 지독하게 사악하고 이기적인 것들이었다.

그런 괴수를 돕는 존재라……. 아니, 돕는 것이 아니라 이용하는 것일지도. 거기에까지 생각이 미치자 가호의 표정이 딱딱하게 굳어졌다.

"근자에 처치한 괴수 중에 어둠석이 이미 사라진 상태였던 것이 많다고?"

"그렇습니다. 그것을 먹이로 삼는 괴조의 짓이라고 하기에도 그 양이 많아 따로 조사를 명하였습니다."

"은륜회에 관한 소문 중, 많은 양의 어둠석이 수장에게로 모인다는 것도 있었다. 그 부분을 특별히 자세히 알아보도록 하라."

좌시직을 물린 가호는 한참 동안 그대로 용상을 지켰다. 창에 스미는 햇빛의 방향이 바뀌고 나서야 바짝 날이 선 눈을 천천히 감았다 뜨며 자리에서 일어났다. 이제 생각은 어느 정도 정리가 되었으나 마음만은 여전히 어지럽고 고통스러웠다.

그날 이후, 더는 이령을 만나러 가지 못했다. 그만 그의 눈길이 닿지 않는 곳으로 떠나고자 한다는 이령의 청을 들어줄 수 없으나, 아픈 모습을 마냥 보고 있을 수만도 없었다. 해서 지독한 그리움은 그저 꺾고 눌러 씹어 삼키는 중이었다. 베어도 이 가슴이, 찢겨도 제 심장이 그리되는 편이 나으니 이령의 시야에서 잠시 사라져 주고자 했다.

 '내 뜻을 따른다면 마주치는 일은 없을 것이다.'

 애써 본심을 숨기고 그리 전하기까지 하였다. 허나 벌써부터 보지 못해 가슴이 메어지고 그리움에 숨이 찼다. 이령이 심한 고뿔 끝에 열증이 들어 앓아누웠다는 소식을 듣고는 물 한 모금도 마실 수가 없을 만큼 걱정이 사무쳤다.

 "전하. 소신입니다."

 그때, 벽 뒤로 차분한 말소리가 들려왔다. 큰 서궤 뒤로 난 비밀 통로는 왕인 가호와 극히 소수만이 알고 있는 것이었다. 가호는 원래의 무심한 표정을 되돌리고 잠금쇠 역할을 하는 서책을 가볍게 들어 올렸다.

 드르륵, 짧은 소음과 함께 서궤가 돌아갔다. 이윽고 피곤한 기색이 역력한 모수가 그 앞에 모습을 드러냈다.

 이령은 열 때문에 흐려진 눈으로 미색 휘장이 늘어진 천장을 응시했다. 나른하게 휘감긴 비단처럼 온몸이 축 가라앉아 무거웠다.

 단순히 노곤하여 신체의 균형이 무너진 것이 아니었다. 괴수와 마주쳤던 때부터 내부에서 치솟는 이질적이고 강한 기운이 맹렬히 기억의 문을 두드려대며 이령의 내부를 갉아대고 있었다. 덕분에 죽음에 이른 순간을 제외한 대부분의 과거를 기억해낼 수 있게 되었다.

다시 볼 수 없을 가호도 이 못난 열병의 원인 중 하나였다. 그는 떠나겠다는 결심조차 용납하지 않았다. 집 주변으로 수십의 무사들이 경계를 섰고 새 거처로 이미 몇몇 시종들이 보내져 살림을 살피고 있다 하였다. 그러면서 가호는 짧고 건조한 한 통의 서찰을 보내왔다.

'내 뜻을 따른다면 더는 마주치는 일은 없을 것이다.'

제 고집을 꺾을 수 없다는 것을 알고 그 나름의 적정한 선을 제안한 것이었다. 나쁘지 않은, 아니 어쩌면 가장 합리적인 방법일 것이다. 볼 수 없는 곳으로 가겠다는 제 의지도, 그가 내세우는 왕가의 법도도 지켜질 수 있으니.

그래도, 그럼에도……

"여전히 그립겠지요."

밀려오는 기억의 편린들 중 반짝이는 것에는 항시 가호가 있었다. 돋아나는 새싹 앞에서, 흩날리는 붉은 꽃비 속에서, 찰랑이는 녹담 곁에서, 그는 항상 제 안에 가장 빛나는 순간으로 자리했다.

그리도 함께 추억하고 싶었던 그들의 지난날은 참으로 어여쁘고 아련하여 도저히 다시 잊을 수는 없을 것 같았다. 그래, 설령……

"그대는 잊겠다고 해도."

그가 한없이 두근거리던 심장의 고동 소리를 잊어도, 그 앞에서 문득 붉어졌던 얼굴을 지워도, 어려도 진심이었던 영원의 약속마저 덧없이 흘려보낸다 해도, 제게는 모다 꽃 같은 기억이었다.

이령은 금방이라도 울 것 같은 얼굴로 웃으며 천천히 자리에서 일어났다. 마음을 정하였으니 몸이 곤하여도 서둘러 길을 떠날 생각이었다. 다시 한 번 여리게 웃은 이령은 차분히 시비를 불렀다.

"그 계집이 백경에?"
"예, 화도를 통해 얼굴을 확인한 결과, 제가 백경에서 목격한 것이 수장께서 말씀하셨던 이령이란 여인이었습니다. 한데 그 여인이 백경에 머무는 사실은 철저히 비밀에 부쳐져 있었습니다. 괴수 소동이 아니었다면 간자를 부리는 저 또한 일절 알지 못했을 것입니다."
"어째서 그런 벽지에 은밀히 처박아둔 것일까? 이처럼 위태로운 시기에 그 목숨이 어찌 될 줄 알고."
"어렵게 알아본 바로는 유폐와 흡사하다고 합니다. 그렇다고 하면 왕의 입장에서는 소문이 돌게 해서 좋을 것 없는 사안이라고 볼 수 있겠지요."
"그래, 그렇단 말이지. 왕의 마음이 떠나 내쳐졌다? 흐음…… 그리되면 계집을 빼돌려 왕을 쉬이 제압하려던 내 계획은 벌써부터 실패인 것 일지도."

실망한 기색으로 손을 비비 꼬던 수장이 음흉한 웃음을 지었다.
"아니지. 백경에서 괴수를 없앤 것이 왕이었다고 하였지 않느냐.

제 손으로 내친 계집을 무에 아쉬워 찾아갔을까? 어떻게 되어도 상관없다면 어찌 주변에 그토록 많은 무사들을 심어두었겠느냐 말이다. 이는 필경 은륜회 일이 끝날 때까지 계집을 안전하게 보호하고자 연막을 치는 것이야. 뭐, 만에 하나 내 생각이 들어맞지 않더라도 왕을 자극해 힘을 시험해볼 절호의 기회가 아니냐. 그래! 일단 계집을 납치하는 계획은 그대로 진행시키도록 해라. 왕이 그에 반응하지 않을 때는 번거롭지만 어둠석의 힘을 발휘하여 전면전으로 가면 되는 것이다. 왕은 중좌가 없이는 섣불리 은륜회를 치지 못할 것이나 나는 그렇지가 않지. 미리부터 준비해두고 한발 앞서 움직이는 내 쪽의 승산이 압도적으로 높은 게 자명하지 않으냐. 하하하. 좋구나, 좋아. 주기, 모두에게 만반의 태세를 하라 이르고 너는 계집을 이 몸 앞에 데려와라."

흡족한 얼굴로 몸을 돌린 수장은 보갑에서 어둠석 한 조각을 집어 들었다. 그러다 주기가 아직 물러가지 않음을 확인하고 버럭 소리를 질렀다.

"썩 나가지 않고 무얼 하느냐."

주기를 수족으로 부리기 위해 평범한 사람은 가지지 못할 힘을 주었다. 율의 부스러기를 취해 어둠석과 결계석을 융합하는 능력이 생긴 덕분으로 수장은 폭주의 위험이 낮아진 어둠석을 토해낼 수 있었다. 그것을 쓰면 괴수와 같은 힘을 내지만 즉각적인 폭주는 일어나지 않는다. 물론 그 역시도 지나치게 쓰면 괴수가 되고 말겠지만. 수장이 만들어낸 이질적인 어둠석을 통해 엄청난 힘을 경험한 주기는 그것을 얻기 위해 시키는 일은 마다하지 않고 처리해왔다. 허나 그것이 진정한 복종과 존경을 의미하는 것이 아님은 진즉에 알고 있었다. 수장은 경계심 가득한 눈으로 거짓 웃음을 지었다.

"백경 쪽의 경계가 강화되어 계집을 납치하는 일이 수월치는 않을 것이지만, 내 주기 너를 언제나와 같이 믿고 있다. 네 수고는 잊지 않고 있으니 염려 마라. 출발하기 전에 가져갈 수 있도록 어둠석을 평소보다도 훨씬 넉넉하게 준비해놓으마. 자, 이만 물러가서 일 보거라."

그때서야 주기는 꾸벅 고개를 숙이며 물러났다. 교활한 수장을 상대로 이 정도면 밑지는 장사가 아니었다. 주기는 희미한 만족감을 드러냈다. 강력한 힘만큼 매혹적인 것이 또 있을까. 그는 보기 드문 미소를 지은 채 준비에 박차를 가했다.

깊은 밤 숲을 빠져나가는 행렬은 단출했다. 밤과 구별이 되지 않는 색의 소로小爐에 따르는 시비 하나, 여정 둘과 무사 셋이 전부였다.

"일각 전쯤에 열증 때문에 들렀던 의원 일행이 말을 타고 떠났고, 그 후로는 이 길을 지나간 이들이 없다 합니다. 허니 방금 거처를 떠난 저 가마에 필경……."

예상치 못한 전개에 다들 당황한 기색이 역력했다. 백경에서 여인만 몰래 납치해 돌아갈 작정이었지만 그녀는 이미 거처를 옮기는 중이었다. 틀어진 계획을 서둘러 수정하지 않으면 아직 남아 있는 관군들과 부딪치게 될지도 모를 일이라 마음이 다급할 수밖에 없었다.

하지만 그런 이야기를 듣고도 주기는 꼼짝할 생각을 하지 않았다. 다만 섬뜩하게 검은 자문을 손등으로 쓸며 방금 전의 사병에게 되물었다.

"의원 일행이 몇이라더냐?"

"의원과 잡일을 거드는 소년 하나, 약재상, 그들을 호위하는 무사까지 전부 넷이라 했습니다."

"좋다. 절반은 이대로 저 가마를 감시하고, 나머지는 나와 함께 의원을 뒤쫓는다."

"하오나……."

"일을 그르치게 되더라도 내가 모다 책임질 것이니 염려치 마라."

말을 마친 주기가 손짓하자, 남은 사병들이 재빨리 흩어져 명을 따랐다. 자문조차 주기를 흠모하여 따라 새긴 것이니만큼, 사병들은 그의 말에 절대복종이었다. 따라서 이 밤 내로 이령을 납치해 오라는 은륜회 수장보다도 주기의 명이 우선이었다.

숙련된 사병들의 움직임은 밤바람에 떨어지는 나뭇잎보다 빠르고 고요했다. 그들이 어둠 속에 완벽히 몸을 숨기자 주기도 다시 말을 달렸다.

은륜의 왕은 알고 있는 한 가장 강한하고 철두철미한 자였다. 지난번 일이 있고 바로 거처를 옮긴다는 것은 왕이 이미 괴수를 움직이는 세력이 있다는 것까지 추측했다는 뜻이리라. 그런 사내가 만약에 대비하지 않았을 리 없다. 분명 몇 겹으로 여인의 안위를 살필 것이다.

주기는 마른침을 삼켰다. 긴장이 아니라 흥분 때문이었다. 제 생각이 옳다면 이령이라는 여인을 손에 넣음으로써 그 대단하다는 수호령의 힘을 경험해볼 수 있게 될 것이다. 고대하던 기회가 드디어 오는 것이다. 첫 뜻에서 벗어나 왕위를 꿰차려는데 혈안이 된 수장과 달리, 그는 오로지 수호령의 힘을 맛볼 희열 그 자체에 들떠 있었다.

얼마나 빨리 말을 몰았는지 일식경도 되지 않아 주기는 작은 시전 앞을 지나가는 네 필의 말을 따라잡을 수 있었다. 선두에는 광목 깃이 고삐 군데군데 묶여 있고 안장에도 흰 무명 줄이 달린 말이 있었다. 의원의 표식이었다.

그 뒤로 말이 익숙하지 않은 듯 불안한 기색이 역력한 여인 하나, 평범하기 그지없는 농회색 옷을 입은 덩치 작은 소년, 그 곁에 선 무사가 차례로 보였다.

"잡았다."

주기의 예리한 눈은 처음부터 그 소년에만 고정되어 있었다.

17장

 모수가 긴 이야기를 마쳤을 때, 밤은 깊었고 두 사내의 표정은 험악하리만치 굳어져 있었다.
 "그런고로 수호령의 사멸은……."
 포기하고 다른 길을 찾자는 말씀을 드리고자 했다. 허나 모수의 말꼬리가 뭉텅 잘려나갔다.
 "전하, 좌시직입니다. 은륜회에서 서찰 한 통이 당도했습니다."
 다급히 달려온 좌시직이 문밖에서 숨을 헐떡이며 뵙고자 청하였던 것이다.

 [소신이 전하께 근자의 소란과 관련해 담소를 나누고자 청합니다. 아시다시피 저와 은륜회는 전하와의 반목을 원치 않습니다. 중회라는 번거로운 절차 전에 그 뜻을 소상히 밝혀 전하의 오해를 풀고 혹여 그간 소신이 불경과 불충을 저지른 것이 있다면 합당한 벌

을 받고자 하는 것이오니, 부디 마련한 자리에 전하께옵서만 조용히 참석해주시기를 청합니다. 그럼 작은 선물을 준비해놓고 기다리겠습니다. 장소는…….]

 가호는 그가 내미는 서찰을 빠르게 읽어 내렸다. 내용 어디에도 이령에 관한 언급은 없건만, 문득 가슴이 싸늘해지고 불안감이 불쑥 치솟았다. 그럴 리가 없다. 이령은 지금쯤 새 거처인 희언으로 향하고 있을 게 분명하거늘.
 "중회 전에 계승자와 은륜회의 수장이 만나 의견을 교환하는 것이 전례에 없는 일은 아니지만 경계를 늦출 수 없겠지요."
 모수가 차분히 제 의견을 말했다. 와병을 핑계로 일절 모습을 드러내지 않는 모수를 유일하게 만나온 좌시직이 그에게 가만히 눈짓을 보냈다. 가호가 혹시라도 수장의 제안을 받아들일까 봐 걱정이 된 것이다.
 "가겠다."
 그러나 은밀한 시선의 교환이 무색하게 가호는 단호했다. 당연히 좌시직과 모수가 왕을 만류했다.
 "이자에게 다른 숨은 뜻이 있음을 아시지 않습니까."
 "소신의 생각도 그러하옵니다. 차라리 이참에 수상한 짓거리를 하는 은륜회의 수장과 그 일당을 모조리 잡아들여 심문하심이……."
 "그것이야말로 수장의 노림수임을 모르는가. 계승자인 왕이 증좌도 없이 결계석을 가진 은륜회를 공격한다면, 반란의 명목을 세워주는 꼴이다."

모수가 그 말에 묵묵히 고개를 끄덕였다. 가호는 냉철하고 날카로웠다. 그의 말처럼 명확히 드러난 죄명이 없는 상태에서 섣불리 수장과 은륜회를 잡아들일 수는 노릇이었다. 수호령의 폭주를 막는 유일한 수단인 륜석, 그 결계가 되는 돌을 지배하는 은륜회의 영향력은 만만치 않았다. 수호령의 힘이 워낙에 강하고 계승자의 폭주가 그만큼이나 두려운 탓이기도 했다. 만약 이번 일이 단순한 세력 다툼으로 보여진다면 수호령과 계승자에 대한 막연한 공포감은 더욱 커지고 말 것이다. 교활한 수장이 그 불안을 기회 삼아 사병을 모으고 권력을 꿰차고자 하는 전쟁을 일으킨다면, 은륜 사상 최악의 혼돈이 벌어질 터였다.

"은륜회와 그 수장이 무언가 옳지 못한 일을 꾸민다면 죄를 입증할 증거를 찾아내야 한다. 왕에 반목하는 이들조차 수긍할 만큼 명확한 것으로."

"그렇다고 전하께서 움직이실 필요는 없지 않겠습니까."

"잊은 모양이군. 내 안에 깃든 끔찍한 힘을. 수장도 그것을 아는 이상 경솔한 짓거리는 하지 못한다. 나 역시 여러 가지로 방비를 할 테고 여차하면…… 박살을 내버릴 테니까."

틀린 말이 아니었다. 제아무리 수장이 간교한 꾀를 부린다고 해도 수호령의 힘에 대적할 수는 없는 노릇이다. 그것을 모를 수장이 아니니 어쩌면 그는 정말로 대화를 원하고 있는 것일지도 몰랐다.

"허면 함께 가겠습니다."

결국 모수도 동조하고 말았다. 가호는 좀처럼 진정되지 않는 심장을 누르며 좌시직과 모수에게 지시를 내렸다. 두 사람이 잠시 자리를 비운 사이, 가호는 이령이 남긴 설화검을 꺼내어 보듬다 말고 나직이 중얼거렸다.

"아무 일 없는 것이지?"

　

귓가에 가호의 목소리가 들린 것만 같았다. 이령은 자신도 모르는 사이 몇 번이나 뒤를 돌아보았다. 하지만 칠흑같이 어둡고 적막하여 지극히 평화로운 밤 풍경만이 사방에 깔려 있었다.

이령은 시선을 돌려 일행을 살폈다. 아직 말이 능숙치 않아 조금이라도 길이 울퉁불퉁하다 싶으면 비명을 올리는 시비의 불평은 여전했고, 점잖고 말수 적은 의원의 옷깃에 묻어나는 약초 냄새도 그대로였다. 다만, 덩치 좋고 잘 웃던 무사의 얼굴에 웃음기가 완전히 걷힌 것만은 달랐다. 순간 뜻 모를 경계심에 소름이 돋아났다. 뒷목이 뻣뻣해질 정도의 한기가 들며 바늘 떨어지는 소리까지 들을 수 있게 몸이 긴장하였다.

"무슨 일입니까?"

이령이 조심스럽게 물었다. 왕의 눈 밖에 난 여인의 거처를 옮기는 일치고는 그 과정이 지나치게 조심스럽고 치밀하다 여겼었다. 가짜 소마를 준비하였으니 따로 움직이시라는 이야기를 들었을 적부터 내심 무언가 제가 알지 못하는 것이 있을지 모른다 생각하였다.

"따라붙은 이가 있는 듯합니다. 대열을 정비한다!"

무사는 캄캄하게 드리워진 어둠을 노려보며 민첩하게 손짓을 했다. 말이 끝나기 무섭게 그와 같은 복색을 한 무사들이 어디선가 속속 모여들어 이령과 일행을 보호하듯 에워쌌다. 이령에게 짧게 예를 갖춘 무사가 주변 상황을 물었다.

"적의 수는?"

"그것이 겨우 하나로 짐작됩니다. 한데 도통 어디 있는지 알 수가 없으니······."

"쉿. 발소리다. 모두 마마 주변에서 떨어지지 마라."

분명 소리는 점차로 가까워지는데 보이는 것은 우뚝 서 있는 나무들밖에 없었다. 무사들이 일제히 검과 창을 뽑아 사방을 겨누었다. 날선 긴장감이 튀어 오르는 가운데도 산중의 길은 적막하기만 하였다.

"아씨, 이치들이 도대체 어디서 온 거래요? 우리 편이기는 한 거지요? 그런데, 왜 이리 갑자기 나타나 난리들이래요? 아무것도 안 보이는데 저러고들 있으니 무서워 죽겠어요."

시비가 불쑥 등장한 호위무사들의 존재에 놀라 이령의 옷깃을 붙들었다. 이령은 차분하게 웃어주었을 뿐 말을 아꼈다. 자신 또한 가눌 수 없이 몸이 떨려오고 무언가 지독하게 불길한 기운이 느껴진다는 말로 시비의 불안을 증폭시키고 싶지 않았다.

"푸푸, 이게 무슨 가루래."

그때였다. 바람을 타고 매캐한 가루가 흩날려 왔다. 저절로 기침이 날 정도였다.

"콜록, 콜록."

마른기침 소리가 끊이지 않는 가운데, 누군가 크게 소리쳤다.

"저기, 저기!"

그가 가리킨 방향은 숲의 입구에 있는 귀목나무 위였다. 윗가지 하나를 밟고 선 주기가 검은색 염낭을 거꾸로 뒤집어 그 속에 든 것을 바람에 실어 보내고 있었다. 그는 복면을 손으로 툭툭 치며 여유롭게 훌쩍 염낭을 아래로 던졌다. 무사들이 이령을 끝까지 보호할 것임은 예상할 수 있었으나, 그래도 만에 하나에 대비해 가루가 그쪽으로 날아가지 않도록 주의하고 부러 염낭을 보여 주의를 불러일으켰다.

"다들 입을……."

무사 하나가 이상한 낌새를 눈치 채고 소리쳤지만 이미 늦어버린 후였다. 검은 가루를 들이마신 이들 가운데 몇몇 눈빛이 검붉게 빛나기 시작했다. 곧이어 괴이한 소리와 함께 모습이 붕괴되는 이들이 속출했다.

"으아아아!"

뾰족한 갈퀴가 된 손으로 치맛자락을 당기는 의원을 본 시비가 비명을 울렸다. 이제 완전히 괴수의 형태가 된 몇몇의 무사들은 이성을 잃고 주변의 동료들을 공격하기 시작했다.

최근 들어 괴수가 부쩍 늘어난 이유가 이 괴이한 사내와 그가 가진 가루와 연관되어 있음이 명확했다. 충격으로 얼이 빠져 있던 이들의 가슴이 뜯겨나가고 괴수로 돌변한 것들이 피가 철철 흐르는 심장을 게걸스럽게 파먹어버렸다. 그때서야 부랴부랴 남은 이들이 허둥지둥 전투태세를 갖추었다.

"저들을…… 괴수를 막아라!"

"왕의 수하라는 것들의 실력을 좀 볼까. 이 아까운 가루를 낭비한 값은 해줘야 할 것이다."

나뭇가지를 밟고 서 있던 주기가 그 모습을 보고 입술을 삐딱하게 말아 올렸다. 동시에 마을 쪽에서도 검붉은 빛이 몰려오는 것이 보였다. 주기가 마을에 한발 앞서 뿌린 검은 부스러기가 수십의 괴수를 만들어낸 것이다. 어둠석을 미리 사냥해 섭취한 때문인지 그것들의 몸집은 방금 괴수가 된 놈들보다 곱절은 컸다.

"큰일이다. 이대로는 피할 곳이 없어."

율이 남긴 어둠석 부스러기에도 폭주하지 않은 것은 이령과 시비를 포함한 무사 열댓이 전부였으나, 괴수가 되어버린 무사의 수는 그 세 배가 넘었다. 어느새 앞에도 뒤에도 어둠석을 파먹으려는 괴수들이 득실거렸다. 불행 중 다행인 것은 무엇 때문인지 그것들이 일정한 거리 이상은 다가오지 못하고 있다는 것뿐이었다.

한둘도 아닌 수십의 괴수를 상대로 얼마나 버틸 수 있을지는 모르지만 남은 무사들은 대열을 정비하고 빠르게 눈짓을 나누었다.

"마마, 길을 틀 것입니다. 허면 시비와 함께 사력을 다해 이곳을 빠져나가십시오."

"그리하실 게지요?"

그 말에 시비가 열심히 고개를 아래위로 움직이며 물었다. 그러나 돌아온 답은 그녀의 기대와는 다른 것이었다.

"도망친다 해도 나무 위의 사내가 뒤를 쫓으면 금세 잡히는 신세가 되고 말 테지요. 차라리 예서 함께 시간을 벌어 도움을 요청하는 것이 현명할 것입니다. 괴수들이 다가오지 못하는 연유는 모르나…… 지난번에도 비슷한 일이 있었던 것으로 보아 저들을 막아서는 어떤 요인이 내게 있는 듯합니다. 그것으로 조금쯤은 보탬이 될 것이에요. 대열을 유지한 상태로는 근접한 거리의 공격은 어렵겠지만 창이나 활을 쏜다면 괴수의 수를 줄여나갈 수 있을 것입니다."

이령의 말이 틀리지 않았음을 입증하는 일이 곳곳에서 목격되었다. 그녀의 주변을 벗어난 무사가 곧장 괴수들의 손아귀에 끌려가 최후를 맞이한데 반해, 본능에 따라 재빨리 원형으로 복귀한 무사에게는 더 이상 손을 대지 못하고 으르렁거리며 위협만 할 뿐이었던 것이다.

결국 시비가 눈물을 머금고 이령에게 바짝 붙어 섰고, 대장 격인 무사도 머리를 조아려 보였다.

"송구합니다. 서둘러 이것들을 처치하고 안전히 뫼시겠습니다. 자, 다들 마마를 중심으로 틈 없이 붙어서 저것들의 심장을 노려라!"

무사들이 검 대신 창과 활로 괴수들을 견제하기 시작하자 대열은 눈에 띄게 빠른 속도로 움직일 수 있게 되었다.

주기의 얼굴이 점차 일그러졌다. 생각보다 시간이 지체되기 때문이었다. 제가 데려온 병사들은 다음 마을에서 기다리고 있었다. 그들 역시 율의 가루에 의해 피아를 구분하지 못하는 괴수가 될 수도 있었기 때문에 미리 집결지로 보내둔 것이다. 저를 도와 무사들을 처치하고 이령을 빼내는 것을 도와줄 인원이 없음을 이유로 무리해서 많은 수의 괴수를 만들어낸 것이 실수였다. 저들끼리의 아귀다툼이 벌써부터 시작되고 있었고, 대열을 이룬 원은 쉽사리 무너지지 않고 이령에게로의 접근을 방해했다. 애초에 여자가 지레 겁을 먹고 홀로 도망칠 것이라 예견한 것도 착각이었다. 이령을 너무 만만하고 유약하게 보았던 것이 후회스러운 순간이었다.

지난번처럼 심장부를 열어 어둠석의 힘을 빌리는 방법이 있겠으나 이대로는 이성을 잃기 전에 끝장을 내기가 어려워 보였다. 그렇다면······.

주기는 품속에서 수십 개의 표창을 꺼내 들었다. 두려워 바들바들 떠는 와중에도 그와 괴수들을 보는 이령의 곧고 신중한 눈빛에는 변함이 없었다. 그것이 조금은 재밌고 흥미로웠다. 허나 일단은 수장에게 데려가야 할 성가신 존재라 하겠다. 시간을 끌수록 불리한 쪽은 자신이니 서둘러 마무리를 지어야 했다.

번개처럼 날아간 표창들은 나무를 흔들어대는 괴수의 이마에 정통으로 꽂혔다. 녀석이 나자빠지며 작은 놈들 몇몇을 깔아뭉갰다. 그 빈 공간을 노린 남은 표창들은 날아가 이령이 탄 말의 눈에 정확히 박혔다. 괴수들과 말이 내지르는 날것 그대로의 울부짖음이 밤을 날카롭게 찢었다.

"자, 어서 날뛰어 보거라."

사뿐히 나무 아래로 내려온 주기는 널브러진 괴수의 심장을 칼로 그어 어둠석을 도려냈다. 그러고는 그것을 보란 듯이 무사들 가운데로 던져 넣었다. 원형 밖에서만 맴돌던 괴수들의 눈빛이 삽시간에 달라졌다.

놈들은 잠재한 공포마저 잊고 탐욕에 가득한 괴성을 지르며 어둠석을 따라 무작정 돌진했다. 대열이 처참히 무너지고 갈고리 같은 괴수들의 손이 무사들의 심장을 쥐어뜯기 시작했다. 한편에서는 번뜩이는 칼날에 목이 잘려나간 괴수가 시꺼먼 액체를 줄줄 흘리며 꿈틀거렸다.

어둠석에 눈 먼 괴수들이 무사들은 물론 동족도 가리지 않고 맹렬히 사냥하기 시작했다. 낙오한 놈들은 여지없이 먹잇감이 되었다. 순식간에 몇몇 괴수의 몸집이 비대해지며 사악하게 검붉은 눈빛으로 끝없이 어둠석을 탐하였다. 도륙 낸 괴수들의 심장을 짓이기는 무사들, 양쪽 모두의 어둠석을 노리고 득달같이 달려드는 괴수들이 한데 엉겨 아비규환이 따로 없었다. 곳곳에서 처참한 비명과 함께 불길이 일고 피와 살점이 사방으로 튀었다.

"마마!"

그 사이 이령이 탄 말이 고통에 몸부림치며 펄쩍펄쩍 공중으로 뛰어올랐다. 이령의 몸은 심하게 요동치며 위태롭게 매달려 있었다. 균형을 바로 잡기도 전, 괴수 하나가 무사의 시신을 이령이 있는 곳으로 내던졌다. 산 채로 심장이 갈라진 무사는 눈을 부릅뜬 채였다. 놀란 말이 더욱더 난동을 부렸고 이령은 기어이 바닥으로 내팽개쳐졌다. 동시에 죽은 무사의 구멍 난 가슴에서 흐른 피를 흠뻑 뒤집어쓰고 말았다.

피비린내와 함께 둔탁한 통증이 등 뒤에서 느껴졌다. 이령이 애써 몸을 추스르며 고개를 들었을 때, 그 지옥 같은 광경에서 유일하게 여유로워 보이는 얼굴을 한 주기가 지척에 서 있었다.

주기는 끝까지 정신을 놓지 않으려 피가 나오게 입술을 깨무는 이령을 한 번 더 가격했다. 마침내 푹 고꾸라진 이령을 둘러업은 주기는 유유히 산길을 빠져나갔다. 희언과는 정반대에 위치한 륜산, 제 수하들이 그곳으로 가는 길목 마을에서 기다리고 있을 터였다. 그들과 합류하는 대로 수장에게 소식을 전하고 륜산으로 향할 계획이었다. 주기는 아수라장이 된 숲길을 쳐다보며 마른 웃음을 지었다. 그의 뒤로 끝없는 피의 절규성이 휘날리고 있었다.

갑자기 가호가 왼쪽 가슴팍을 누르며 신음을 삼켰다.
"어찌 그러십니까?"
모수의 근심 어린 목소리가 멀리서 웅웅거리는 소음처럼 들렸다. 뻐근하게 조여 오는 심장이 가파르게 뛰고 있었다. 은월이 사납게 요동쳤다.
[전하, 부디······.]
그저 깊고 짙은 어둠만이 남은 밤이니 가슴으로 밀려든 이령의 음성은 필경 제가 만들어낸 허상일 것이다. 마치 안녕을 고하는 듯 생생하고 애달픈······.
착각이라 여기면서도 불쑥 불길한 예감이 들었다. 벌써부터 심장 언저리가 먹먹하게 아파왔다.
가호는 쓸데없는 생각을 떨치려 숨 가쁠 만큼 빠르게 말을 몰았다. 벌써 륜산이 코앞이었다. 입구를 밝힌 등불이 괴수의 눈처럼 검붉게 아른거리고 있었다. 그는 망설이지 않고 침울하게 일그러진 바위를 지나 륜의 산으로 들어갔다.

검은 천을 덧댄 두릿그물 속은 빛 한 점 들지 않았다. 이령은 그 안에서 서서히 정신을 차렸다. 울퉁불퉁한 지면에서 올라오는 충격으로 머릿속이 울리고 촘촘하고 튼튼한 그물이 온몸을 찢을 듯 옥죄어 식은땀마저 흐르고 있었다.

신음을 깨물며 어떻게든 멍투성이가 된 몸을 움직여보았다. 그러나 말의 속도가 너무 빨랐다. 뛰어내리기는커녕 몸의 방향을 바꾸기도 버거웠다. 그 상태로도 사태를 파악하기 위해 안간힘을 썼다. 저를 납치한 이들은 누구이고, 지금 어디로 향하는 것일까? 이령은 의식을 잃기 전 마지막으로 보았던 사내의 얼굴을 떠올렸다. 자문의 사내는 단순히 몸값을 노린 도적패거리가 아니었다. 그가 검은 가루로 괴수를 만드는 광경을 목격하지 않았는가. 그런 것을 보이고도 산 채로 저를 납치한 이유는 하나밖에 없을 것이다.

가호.

필시 이들이 노리는 것은 은륜의 왕인 것이다. 저를 이용해 그를 꾀어내어 뭔가 엄청난 일을 꾸미려는 것이다. 이령은 이미 짓이겨진 입술을 다시 꾹 깨물었다. 이대로 가호에게 짐이 될 수는 없는 노릇이다. 어떻게든 제 힘으로 탈출해야 했다. 그러니······.

그대, 부디 냉정했던 마지막 모습과 같이 어떤 소식에도 무감해지셔요. 이미 떨쳐내신 인연이니 그저 무심히 잘라내셔요.

이령은 파르르 떨리는 눈을 질끈 감았다 떴다.

이령이 필사적으로 탈출 방도를 강구하는 사이, 주기가 말의 속도를 급격히 줄이며 어딘가에 멈췄다. 싸리나무로 만든 작은 횃불을 든 부하들이 그를 맞이했다.

"오셨습니까."

"다들 수고했다. 너희 다섯은 괴조를 동원해 괴수들에게서 어둠석을 캐내 오거라. 놈들의 상태가 원래보다 한층 포악하고 비대하니 각별히 주의하도록. 둘은 먼저 륜산으로 가거라. 이것이 저 여인의 당혜다. 수장에게 전해주면 그가 알아서 처리할 것이다. 상태가 저러하니 말을 타고 올라갈 수 없는 륜산 중턱부터는 제법 시간이 소요될 것이란 말씀도 올리고."

가벼운 인사치레가 오가고 곧장 주기가 다음 임무를 전달했다. 사내들이 순식간에 뿔뿔이 흩어졌다. 주기는 여전히 축 늘어진 이령을 확인하고 남아 있던 부하가 건넨 육포와 술을 들고 불씨 앞으로 갔다. 잠시 목이나 축이고 출발할 참이었다.

"왜 이곳에서 기다린 것이냐?"

원래는 마을의 조용한 객잔 하나를 잡기로 했었다. 바다와 산으로 이어지는 마을이니 용병들이 더러 들르기도 해서 그들의 차림이나 행색이 딱히 의심을 받지는 않을 것이었다.

남아 있던 사내가 길고 뾰족한 나무 작대기로 불씨를 휘저으며 답했다.

"이 길을 따라 정영에 가려던 여인이 있던 모양입니다. 막달이 다 된 임부였는데 남편 되는 이가 변방의 장수라 들었습니다. 해서 관군들이 제법 따라붙었고요. 공연히 말을 섞다가 정체가 탄로 나면 골치가 아파질 것이라 여기로 옮겨왔습니다."

"흠, 그들을 처치해야 할 상황이 오더라도 다른 때처럼 괴수의 짓이라 얼버무릴 수는 없었을 테지. 잘했다."

가슴에 넣어 다니던 염낭도 그 안의 검은 부스러기도 더는 없었다. 평소라면 그것으로 소란을 피워 화근이 될 자를 제거하고 괴수의 소행으로 만들면 될 터였다. 하지만 지금은 그럴 수 없으니 조용히 몸을 사렸다가 길을 빠져나가는 것이 좋았다.

주기의 인색한 칭찬에 기분이 좋아진 부하가 묻지도 않은 말까지 지껄였다.

"듣자니 그 여인이 예서 몸까지 풀게 생겼다고 합니다. 저희끼리는 천운을 타고난 녀석이라 했습니다. 아까의 마을이 아니라 여기에 괴수들을 풀어 사냥을 했다면 세상 구경이나 했겠습니까. 해서……."

고개를 끄덕이며 술병을 기울이던 주기가 갑자기 벌떡 일어섰다. 부하가 덩달아 긴장하며 그의 시선을 쫓았다.

"어찌……."

채 묻기도 전에 그들 뒤에서 불길이 크게 치솟았다. 조금 전 주기의 부하들이 들고 있던 죽거가 바닥에 나뒹굴고 있었고 화주火酒가 담긴 술독이 깨어져 사방으로 불이 옮겨 붙는 중이었다. 마른 나뭇가지와 잎사귀가 지천인 곳이라 불은 금세 번져 나갔다.

사내들이 황급히 불길을 잡는 사이, 주기는 날카로운 눈으로 말에 매달았던 두릿그물을 확인했다. 이령은 거기에 없었다. 주기는 피범벅이 된 두껍고 질긴 그물을 바닥에 내동댕이치며 소리쳤다.

"여자가 사라졌다! 서둘러라!"

불을 질러 시선을 돌리고 무성한 숲길로 몸을 감추다니, 과연 평범한 계집은 아니라 하겠다. 그러나 이령의 용기며 지혜를 감탄할 여유 따위는 없었다. 이령이 달아났을 법한 방향이 거센 불길로 막힌 탓에 당장은 꼼짝도 할 수 없었고, 이대로 계속 불길이 치솟으면 당연히 마을 쪽에서도 관군들이 달려올 터였다.

"젠장."

분하지만 이령을 추격하는 것보다는 불길을 잡아 길을 트고 주목을 끌지 않도록 하는 일이 먼저였다. 주기는 낮게 욕지기를 뱉으며 곁에선 부하에게서 오동나무로 만든 화살집을 잡아챘다.

"살려만 두도록 하지."

잡을 수는 없어도 걸음을 더디게 할 수는 있었다. 주기는 마을로 이어지는 길을 향해 연달아 화살을 쏘았다.

필사적으로 탈출할 방법을 찾던 끝에 죽거를 매단 나무를 발견했다. 겨우 발끝이 닿는 거리였지만 활활 타는 횃불을 차서 떨어트릴 수는 있었다. 그 위로 술독에서 퍼낸 화주를 붓자 불길은 금세 거세게 치솟았다. 그 불꽃을 방패 삼아 마을로 이어지는 울창한 숲으로 달아난 참이다. 설령 거기까지 불길이 넘어와도 마을을 둘러싼 강줄기가 화마가 더 이상 번지는 것은 막아줄 것이었다.

이령은 달리고 또 달렸다. 손과 발에 묶인 포승은 불에 태워 끊어냈으나 덕분에 여기저기 화상을 입고 말았다. 신을 잃어버린 발은 금세 갈라지고 찢어져 피가 흘렀다. 그러나 아픈 내색을 할 여유는 없었다.

"조금만 더……."

이령은 숨이 턱 끝까지 차도 멈추지 않고 나무 사이를 헤치고 달렸다. 아퀴쟁이에 뺨이 긁혀 상처가 났지만 오로지 앞만 보고 내달렸다. 이제 곧 추격이 붙을 것이다. 주기들이 불에 정신이 팔린 사이, 마을까지 도망쳐 도움을 청해야만 했다.

그때, 일렁이는 불길 너머에서 연거푸 화살이 날아오기 시작했다. 다리 쪽만을 노려 겨냥한 것이었지만 몸을 한껏 낮추어 가던 이령에게는 위험천만한 것이었다. 순식간에 하나로 묶은 머리카락이 날카롭게 잘려 바닥에 흩어졌다. 쏟아져 내리는 짧은 머리카락을 신경 쓸 틈도 없이 이령은 황급히 나무 뒤로 몸을 숨겼다.

피웅.

둔탁한 파열음과 함께 어깨 위의 나뭇가지가 부러졌다. 이런 식으로 시간을 지체하게 만들 작정인 것이다. 이령은 결심을 다잡고 다시 마을을 향해 뛰기 시작했다.

얼마나 갔을까.

비처럼 쏟아지던 화살 중 하나가 종아리에 박히며 몸이 휘청거렸다. 이령은 무릎을 구부린 채 종아리에 박힌 화살을 뽑아냈다. 피가 튀고 살점이 함께 뜯겨 나왔으나 독하게 입술을 깨물었다. 소리를 내 위치를 알려줄 수는 없었다.

옷을 찢어 상처를 대강 동여맨 이령은 마을로 이어지는 완곡한 길과 가파른 언덕을 번갈아 보았다. 다친 다리로 뛰어보았자 속도는 현저히 떨어질 것이다. 허면 거리를 줄이는 것밖에 수가 없었다. 언덕을 타고 가면 시간을 절반은 단축할 수 있을 것이다.

숨을 고른 이령은 머리를 두 손으로 감싸고 언덕을 있는 힘껏 구르기 시작했다. 전신이 두드려 맞은 것처럼 욱신거리고 뼈와 내장이 으스러지는 듯 고통스러웠으나 멈추지 않고 기어이 언덕을 끝까지 내려갔다.

마침내 마을 앞에 당도했을 때는 제대로 설 수도 없었고 그 몰골은 눈 뜨고 볼 수 없을 만큼 처참했다. 피를 뒤집어쓴 탓에 얼굴색조차 보이지 않았고 머리카락은 뭉텅 잘려나가고 온몸 어디 하나 성한 곳이 없었다. 그러나 무엇보다 심각한 것은 등에 박힌 나뭇조각이었다. 언덕 중간쯤에 돌을 뚫고 자란 나무가 있었는데 미처 피할 겨를 없어 그대로 지나친 것이 화근이었다. 꺾이며 끝이 뾰족해진 가지가 높낮이의 폭이 큰 언덕에서 화살처럼 세차게 등을 꿰뚫어버린 것이다.

이령은 새빨간 피를 토해내며 억지로 몸을 바로 세웠다. 고통이 지독했지만 쉬지 않고 휘적휘적 걸음을 옮겼다.

이제 왕께서 저로 인해 곤경에 처하실 일은 없겠지.

몸이 타들어가는 듯 아픈 와중에도 그것이 기쁘다니 참으로 미련한 연심이다. 이령은 부서질 듯 옅게 웃으며 허공을 배회하는 것 같은 두 다리를 애써 움직였다.

단숨에 마을 중앙에 있는 관아까지 가기에는 상태가 좋지 못했다. 도중에 쓰러져 뒤따라온 주기들에게 발각되기라도 하면 큰일이었다. 몸부터 숨겨 상처를 살펴야겠다는 생각으로 허름한 헛간에 숨어들었다.

피를 많이 흘려 정신이 몽롱한 와중에도 이령은 입구에 떨어트린 핏자국을 훔쳐내고 짚단을 옮겨 몸을 감추었다. 이윽고 빛 한 점 들지 않는 헛간 구석까지 기어가 주저앉았다. 덜덜 떨리는 손으로 화살에 맞은 상처자리를 새로이 동여매고 등에 박힌 나뭇조각을 더듬었다. 그것은 점점 깊숙이 파고들어 몸을 둘로 쪼개버릴 듯 숨까지 옥죄어 오고 있었다. 뽑아내지 않으면 마침내 등을 갈라 심장을 노릴 것이었다.

이령은 마음을 정하고 등롱을 놓는 자리를 뒤져 작은 실뭉치 하나를 찾았다. 이어서 나뒹구는 돌멩이를 섬돌에 그어 거기에 불을 붙였다. 가쁜 숨을 몰아쉴 틈도 없이 남은 손으로 어깨뼈 아래에 박힌 나뭇가지를 힘껏 거머쥐었다.

"읍."

망설임 없이 한 번에 그것을 뽑아냈으나 철철 흐르는 피와 신음을 막을 수 없었다. 기어이 입술을 비집고 나온 짧은 신음과 함께 폐부를 찌르는 것처럼 극심한 고통이 몰아쳤다. 상처자리에서 연신 뜨거운 피가 줄줄 흘러내리고 있었다.

"하아, 하아."

이령은 눈물이 그렁그렁한 채로 심을 태우는 작은 불꽃을 제 등에 가져다 대었다.

지지직. 살이 타며 내는 고약한 냄새와 소리가 어둠에 번졌다. 죽음처럼 아득한 고통이 몸을 조이고 짓눌렀다. 그러나 이령은 피가 멈추고 나서야 불씨를 끄고 그 자리에 고꾸라졌다.

아득한 아픔이 지나간 자리에서 무언가가 스멀스멀 피어나고 있었다. 그 불길한 것들을 떨쳐낼 기운조차 없어 이령은 새까만 기억 속으로 속절없이 빨려 들어갔다.

먼저 네 해 전 이리 죽을 것처럼 아팠었던 그때, 아니 분명 죽었던 그 순간이 떠올랐다. 흐릿한 시야가 밝아지며 통곡하는 모수가 보였다. 돌아가 가호를 지키라는 제 마지막 말도 들렸다. 늘 단정하던 눈가에 눈물을 매단 채 모수가 저를 풀꽃밭에 뉘였을 때는 죽음이 목전에 와 있었다. 햇살을 품고 반짝이는 은색 물결 위로 날리는 바람, 가호가 너무도 그리워 조금은 슬펐다. 제 죽음이 그를 더욱 외롭고 절망스럽게 할까 봐 마음이 아팠었다.

다시 혼자가 될 가엾은 내 반려.

애틋하고 먹먹한 연심 위로 죽음이 곱게 쌓여 가고 그리 서서히 숨을 놓았다.

"헉."

갑자기 현재의 이령이 새빨간 피와 동시에 충격을 쏟아냈다. 멈춰 있던 기억의 고리가 처음으로 이어지며 죽음 이후가 또렷하게 보이기 시작했던 것이다.

파란빛, 수호령이 내뿜는 선명한 영기가 식어가는 몸을 온통 감싸고 있었다. 그것의 소리 없는 속삭임과 약속, 각인과 힘, 망각의 꽃 그리고 가호. 영악한 심벽의 너울과 함께 모다 기억나고 말았다.

"수호령이……."

핏기라고는 남지 않은 이령의 입술이 파르르 떨렸다.

"아신 것이지요?"

나직한 중얼거림은 울음처럼 떨렸다.

붉은 꽃비 맞으며 아무것도 모르는 내게 이제 그만 떠나가라 하였을 때 그대의 마음은 어떠했을까.

아파서 더는 보지 못하겠노라고 밀어냈을 때 그대는 얼마나 서럽고 슬펐을까.

눈물이 기어이 볼을 타고 흘러내렸다. 언제나처럼 울지 못해 웃는 대신, 이령은 소리 없이 목 놓아 통곡하였다. 부풀어 오르는 물방울을 머금은 이령의 눈동자에 어느새 푸른 영기가 동그랗게 휘감겨 있었다.

18장

 희미한 달을 머금은 바람에 가호의 머리카락이 가벼이 흩날렸다. 은빛 물결치는 머리카락 사이로 서늘하고 아름다운 눈동자가 또렷하게 모습을 드러냈다. 달같이 시린 은월에 푸른 영기가 휘감겨 빛나고 있었다.
 겨우 부서져 흩어지는 달빛 한 줌에 왜 이령이 울고 있을 것만 같은 생각이 들었을까. 희고 매끄러운 뺨을 타고 내리는 눈물을 닦아주는 것처럼 가호의 손가락이 살며시 움직였다. 그가 잠시 걸음을 멈추자, 높이 매단 등롱 아래로 마른 나뭇잎이 꽃처럼 팔랑이며 모여들었다. 그것을 보자 기억의 한 장면이 저절로 떠올랐다.
 보드랍게 내리는 꽃비 속에서 그 모습이 곱지만 어쩐지 슬프다고 하였었던 이령. 그 아이의 가녀린 어깨 뒤로 붉게 이는 꽃보라가 가슴 먹먹하게 선연하여 미처 해주지 못했던 말이 있다.

'홀로 맞았던 꽃비는 내게도 서글펐다. 허나 이제는 네가 있어 잊을 수 없이 아름다운 풍경이 되어가.'

쑥스러움을 감추고 그리 말했다면, 이령은 곱게 반달을 지어 웃어주었을지도 모르겠다. 허나 지금은 제 손으로 그 아이를 멀고 먼 곳으로 보내고 말았다. 얼마나 아플지, 얼마나 서러울지 그릴 듯 보이는데도 제게서 멀리 떨어트려 놓으려 부러 상처까지 주고서.

가호는 옅게도 미소하지 못하고 입술을 굳게 다물었다.

"전하만 모시라는 명을 받았습니다."

은륜회의 젊은 청년이 깍듯하게 예를 올리며 다가섰다. 륜의 산에 창칼을 가진 병사들은 출입할 수 없었다. 그것은 오래고 엄격한 규율인지라 청년의 요청은 무리한 것이 아니었다.

그러나 병사들과 달리 모수는 여전히 가호를 따르고 있었다. 청년이 다시 입을 열었다.

"전하께서는 은륜 최고의 힘을 가지신 분이시니 수장님과 독대하신다 한들 염려하실 일은 없지 않겠습니까. 저 또한 갈림길까지만 모셔다 드릴 뿐이고요."

"허면 모셔다 드린다는 곳까지라도 함께 가겠소."

"알겠습니다."

모수가 도통 고집을 꺾을 것처럼 보이지 않으니 사내도 그쯤에서 타협하고 길을 열었다. 그의 뒤를 따라가며 모수가 가호에게만 들리게 목소리를 낮추어 여쭈었다.

"정말 괜찮으시겠습니까?"

"걱정하지 마라. 지금쯤이면 백경에서도 소식이 올 것이니 모수, 자네는 가서 그것들을 소상히 살피도록 해."

말하는 사이 륜의 동굴로 향하는 가파른 길이 나타났다. 수장이 머무는 륜의 동굴은 북쪽으로 향하는 산줄기와 이어져 꽤나 외떨어진 곳에 위치해 있었다. 비슷한 높이에 있는 산봉우리에서도 입구만 보일 뿐, 네 개의 돌기둥이 받치고 있는 그 내부는 쉽사리 드러나지 않았다.

"여기서부터는 혼자 가셔야 합니다."

청년이 완곡히 재촉하자, 가호는 굳게 입술을 다문 채 좁은 산길을 올랐다. 모수는 추적추적 내리는 빗방울을 보며 왕이 가시는 길을 한참이나 바라보았다.

정신을 수습하고 겨우 몸을 일으켰으나 제대로 서 있기조차 힘들었다. 사흘 밤낮을 잠들어도 좋을 만큼 몸이 무겁고 아팠다. 그럼에도 이령은 헛간을 빠져나와 우선 우물가에서 물 한 바가지를 길었다.

밤이슬이 섞인 탓인지 물은 얼음장처럼 차가웠다. 이가 부딪쳐 딱딱 소리마저 났지만 이령은 망설이지 않고 피범벅이 된 얼굴과 머리카락을 씻어냈다. 아직 눈물 고여 말갛게 잘랑이던 눈동자도 충분히 적셨다.

빨간 핏빛으로 떨어지던 물방울이 차츰 맑은 색으로 변하였다. 더불어 마음에 애련한 고요가 찾아들었다. 애써 몸을 닦으러 나온 것은 피로가 달아나고 머리가 맑아지기를 바라는 마음이었다. 그리고 거기에는 조금이라도 가호에게 나은 꼴을 보이고자 하는 마음도 섞여 있었다.

"마지막이니까."

미약한 미소가 물방울처럼 떨어져 번졌다. 이령은 차분히 남은 물기를 털고 일어섰다.

목적지는 가호가 있는 도성이었다. 이상한 가루로 괴수를 만들어내는 주기와 그 일당을 따돌리자면, 쉬거나 상처를 치료할 시간은 없었다. 관아를 찾아 도움을 청하고 서둘러 출발해야 했다. 이령은 어두컴컴한 담벼락으로 몸을 숨기며 걸음을 재촉했다.

그렇게 얼마나 갔을까. 모퉁이 저편에서 두런두런 말소리가 들려왔다.

"휴, 빨리 찾아내지 않으면 여러 가지로 골치가 아프겠어."

"수장 쪽에서 들으면 난리가 날 테니까."

"아직 그 여인을 놓쳤다는 소식을 전하지 않은 것 같지?"

"그게 벌써 왕이 륜산 부근에 당도했다고 하니 어떻게든 때를 맞춰 데려가는 수밖에 없다는 모양이야. 아무리 수장에게 반쪽짜리 수호령을 상대하기에는 충분한 비책이 있다고 해도 정면승부는 피하고 싶지 않겠어? 그런 건 우리 대장이나 좋아하지. 어쨌거나 사정이 그러니까 우리도 이제 그만 가보자고. 꾸물거리는 꼴을 들키면 경을 칠 테니."

짧은 휴식을 마친 사내들은 이령과는 반대방향으로 멀어져가기 시작했다.

"전하께서……."

그들의 대화를 엿들은 이령은 핏기가 가신 얼굴로 그 자리에 주저앉았다. 가호가 위험하다. 아직 이들과 일련의 괴수사건과 결탁된 것을 모를 가호가 너무도 걱정이었다.

륜산으로 가야 했다. 늦기 전에 반드시……. 허나 이 몸으로 숨어 가자면 제때 당도하기 어려울 게 불 보듯 뻔하였다. 하여 결심한 바 있었다. 타는 가슴을 애써 진정시킨 이령은 사내들이 간 방향으로 몸을 틀었다. 이령의 어깨 위로 은색 달이 시리게 쏟아져 내렸다.

주기는 성마르게 꺼져버린 홰를 내동댕이쳤다. 삽시간에 번진 불길을 다 잡고 마을까지 추격해 왔으나 이령의 모습은 보이지 않았고 시간은 점점 지체되고 있었다. 조급증이 몰려왔다. 어떻게든 여인을 데리고 륜산으로 가야 했다. 약조한 때를 맞추지 못하면 겁 많은 수장이 어떻게 행동할지 몰랐다. 그토록 바랐던 수호령와의 대결 자체가 불가능할지도 모를 일이었다. 주기는 초조하고 짜증스러운 마음을 드러내듯 또 다른 홰를 반 토막 냈다.

그때 사내 하나가 황급히 달려와 고했다.

"지금 이리로 오고 있습니다. 수색조가 그 여인을 잡아…… 아니……."

흐려지는 말꼬리가 탐탁지 않아 주기가 미간을 매섭게 찌푸렸다.

"똑똑히 말해보거라."

"그것이 병사들이 뒤져내 찾았다기보다 스스로 모습을 드러낸 형태라서……. 어쨌거나 데리고 오는 중입니다. 아! 저기 도착했습니다."

부하가 가리키는 곳에 정말 이령이 있었다. 주기의 눈이 매섭게 번뜩였다. 도망치며 다쳤는지 얼굴이며 옷에 핏자국이 즐비하였다. 그럼에도 그 눈만은 놀랄 만큼 맑고 안연晏然하였다. 주기는 의뭉스럽게 제게 고개까지 끄덕여 보이는 이령을 재차 살폈다. 청강처럼 투명한 눈을 하고 있으나 그 속은 흙물처럼 도시 들여다볼 수 없었다. 어째서 필사적인 도망을 스스로 헛되이 하려는 것일까.

결국 주기가 입을 열어 물었다.

"왜 잠찬潛竄하지 않고 이리 돌아온 것이오?"

"이 몸으로 도망을 가면 얼마나 가겠습니까. 낯선 마을에서 관아나 의원을 찾기도 어려워 더는 무리라 생각했습니다. 상처에 쓸 약도 절실하고요."

이령의 말투는 부드러우나 의젓하여 존귀함이 넘쳤다. 엉망이 된 행색에도 그 말에 귀를 열게 하는 힘이 있었다. 주기는 손짓으로 약초가 담긴 상자를 가져오라 일렀다. 가까이서 보니 이령의 부상은 훨씬 심각하였다. 곳곳에 혈흔이 선명한 꽃처럼 남아 그 상처를 가늠케 하였다. 이령의 말마따나 저 상태로 멀리 도망치지도 못했을 것이고, 약을 구하는 일도 시급하였을 것이다. 살고자 돌아온 것이 작금에 있어 가장 현명한 판단이라 칭찬할 수도 있겠다.

그리 결론을 내린 주기는 운신이 편치 못한 이령을 태울 수레를 구해오라 이르고 말에 올랐다.

"서둘러 차비하라. 륜산으로 간다."

이내 병사들이 자그마한 수레를 구해와 말에 묶고 그 안에 이령을 태웠다. 죄인들처럼 포박을 당하고도 이령은 움츠러드는 기색 하나 없었다. 물끄러미 그런 이령을 바라보던 주기가 손을 들어 출발 신호를 내렸다. 아무것도 모르는 마을은 적막에 남고 수레와 말은 비탈길을 따라 빠르게 사라져갔다.

※

륜의 동굴 앞은 탁 트인 평지였다. 가시 달린 덤불이 우거지고 비쩍 말라 웃자란 나무들의 갈색 잎사귀가 피처럼 떨어져 내리는 동문과 완연히 다른 생김새였다.

네 개의 석주가 받치고 있는 동리는 흡사 폭주한 괴수의 눈처럼 검붉은 빛을 띠었다. 아가리를 벌린 짐승의 이빨처럼 흉측하게 아래위로 솟은 바위들이 즐비한 입구에서 한참을 들어가야 동굴 중앙이 보였다. 을씨년스러운 동굴 중앙에는 세로로 길게 찢어진 상처처럼 생긴 못이 있었다. 그 수면 위로 쉼 없이 물방울이 똑똑 떨어져 내리고 있었다.

가호가 들어서는데도 수장은 네모꼴로 된 나지막한 다탁에서 등을 돌린 채로 앉아 있었다. 길게 기른 손톱으로 매끈한 돌을 죽죽 긋고 있던 그가 천천히 몸을 세웠다. 그리고는 얼굴이 보이지 않게 바짝 고개를 숙였다.

"전하께서 이리 누추한 곳에 납시어 주시니 망극할 따름입니다. 이대로는 은륜회와 제가 허튼짓을 꾸민다는 억울한 누명을 쓰지 않을까 염려되어 번거롭지만 따로 자리를 마련하였습니다."

뱀처럼 교활한 혀를 당장에라도 뽑고 싶었다. 놈의 번들거리는 눈알에 칼을 박아 넣고 싶었다. 그러나 가호는 더없이 냉정하였다.

"변명이라면 오래 듣지 않겠다."

"감히 어느 안전이라고 거짓을 고하겠습니까. 모든 것을 사실대로 말씀 올리겠나이다."

수장은 교묘히 얼굴을 감춘 채 비단보에 쌓인 물건을 탁자 위에 올렸다. 그러고는 고개를 숙인 채로 말을 이어갔다.

"아뢰옵기 송구하오나 그간 소인이 오해를 살 만한 행동을 하기는 하였지요. 결계석의 관리도 소홀하였고 정체 모를 어둠석을 대량으로 모은 것도 사실입니다. 은밀히 사병을 모았다는 것 또한 인정하겠습니다. 또한……."

말꼬리를 흐린 수장이 비단을 풀어 안에 든 내용물을 가호에게 보여주었다. 은색 눈동자가 사납게 빛났다.

"네놈이!"

가호가 뿜어내는 살기는 실로 어마어마했다. 차가워서 도리어 섬뜩하게 뜨거운 분노가 느껴지자 수장이 비릿한 웃음을 걷어내고 조금은 긴장한 듯 어설프게 웃었다.

"거기다 전하의 여인까지 납치하였으니 중회가 열리면 소인은 틀림없이 큰 벌을 받게 될 테지요. 한데 말입니다. 소인이 뜻하는 바가 있어서 그리하시게 두지는 못할 듯합니다만."

수장이 음흉한 미소를 지으며 고개를 빳빳하게 들어 올렸다. 그가 치렁치렁하게 덮어쓴 두건을 거두자 백발이 성성해도 이상할 것 없는 수장이 젊은 사내로 변한 모습이 보였다. 어둠석에 서서히 중독되어 가거나 다른 요인으로 인해 괴수화는 지연시키면서 그 파괴적인 힘만을 갈취하려는 이들에게 나타나는 이상 징후였다. 가호가 순식간에 새파란 영기를 끌어 올려 수장을 겨누었다.

"그 정도는 눈을 감고도 막아드리지요."

느물느물 대꾸한 수장이 저를 노리는 영의 기운을 손바닥으로 쳐냈다. 야릇하게 빛나는 그의 눈동자가 괴수의 것처럼 붉었다. 수장은 그대로 탁한 영기를 끌어 올리더니 가호에게 퍼부었다.

"중회 일을 논의하는 자리에서 수호령이 갑자기 폭주를 일으키고 룬석을 모조리 파괴하려 함에 소신이 하는 수 없이…… 전하를 가두고 말았다는 이야기, 꽤나 그럴듯하지 않습니까? 아직 사라진 절반의 수호령은 찾지 못해 계승자의 힘은 여전히 불안정하고 부쩍 많은 수의 괴수들이 날뛰어 흉흉한 민심이니 쉽사리 속아 넘어가겠지요."

미처 피하지 못한 가호가 그대로 동굴 벽에 세차게 부딪쳤다. 의기양양한 얼굴로 수장은 젊어진 제 얼굴을 쓰다듬었다.

"놀랍지 않으십니까? 어둠석이 가진 힘이요. 마치 계승자가 된 것처럼 막강한 위력을 뽐내고 세월마저 물리칠 수 있으니 말이지요. 여태까지 다들 겁을 내기는 했어도 어둠석의 힘을 탐내지 않았다면 거짓일 겁니다. 괴수가 되는 것만 피할 수 있다면 참으로 매력적인 힘이니까요. 물론 그 힘은 계승자와 달리 무한정

쓸 수 없는 것이니, 절제는 필수입니다. 한순간이라도 방심하면 괴수가 되고 말 테지요. 하지만 지금으로서는 순조롭습니다. 예. 이 힘이 있는 한 계승자가 부러울 것이 뭐 있겠습니까. 손만 까딱하면 은륜의 모든 날것들이 제게 굴복하고 제좌 또한 제 몫이 될 것인데요."

"해서 스스로 괴수가 되었다? 결국 네 최후도 그것들과 다르지 않을 것임을 모르는가!"

가호가 무너진 바위틈에서 몸을 일으켜 다시 수장을 날카롭게 공격했다. 어깨에서 흘러내린 피가 손등을 타고 내렸으나 수장에게 겨누어진 영기는 한 점의 흔들림이 없었다.

"크허헉."

이번에는 잽싸게 몸을 피했으나 동그랗게 휘어져오는 령의 기운을 완벽히 차단하는 것은 불가능했다. 역시나 대단한 사내, 절반밖에 남지 않은 수호령으로도 이토록 강한 힘을 내다니. 수장은 거친 숨을 몰아쉬면서 까만 연기를 내며 뭉텅 떨어져 나가는 제 영기를 쳐다보았다.

그 사이에도 가호는 심벽의 기운을 첨예하게 흩날리며 성큼성큼 다가오고 있었다.

"이령은? 그 아이는 어디 있느냐!"

"저를 죽이시면 그 답은 영영 얻지 못하실 텐데요."

수장은 감탄과 투기가 섞인 눈으로 두 팔을 활짝 벌리며 비아냥거렸다. 정정당당한 승부 따위에는 어차피 관심도 없었다. 어둠석으로 불린 힘에 자만했지만 가호를 상대하기에는 역부족이라는 것을 몇 차례 공격만으로도 여실히 깨달았다. 하여 마련한 패를 얼마든지 활용할 참이었다.

그 말에 무섭게 몰아치던 푸른 영기가 일순 잦아들었다. 수장은 흡족한 얼굴로 이령의 당혹를 보았다. 이 신의 주인인 계집의 이야기만 나오면 그 냉혹한 눈동자에 그리움이 번졌다. 고 계집만 손에 넣으면 일은 순조로울 테지. 계집을 이용하여 왕을 결박하고 주기를 기다려 마무리를 지으면 이제 은륜이 제 손아귀로 떨어질 것이다.

"지금 우위에 선 것은 저라는 사실을 인정하고 싶지 않으시겠지만 어쩌겠습니까, 하늘이 제 편인 것을요."

"감히!"

맹렬한 분노를 담은 은월이 그를 향해 사납게 빛을 뿜어냈다. 수장은 의도적으로 그 짙푸른 영기에 맞아 벽 쪽으로 주르륵 밀려갔다. 그러고는 이마에 흘러내리는 피를 손끝으로 문지르며 비릿하게 웃었다.

"기어이 제 좁은 속내를 확인해보실 참입니까? 그분의 가녀린 목이 잘려나가도 좋으시다면 마음대로 해보시지요."

가호가 칼처럼 뾰족하게 날을 세운 영기를 그의 코앞에까지 뻗었다. 섬뜩하게 시린 은월이 죽음처럼 아득하여 수장이 저도 모르게 시선을 회피했다. 그러나 얼마 안 가 그의 입가에 간교한 웃음이 번졌다. 세상 누구보다 강한하고 무자비한 은륜의 왕이 전에 없이 망설이고 있었던 것이다.

기회를 놓치지 않고 수장은 재빨리 요란한 휘장에 가려진 장식

하나를 부수었다. 깨진 달 모양의 장식에 이어진 줄이 당겨지며 도르래가 돌아갔다. 단숨에 사방에서 묵직한 빛의 기둥이 서고 곧 그것들이 견고하게 조롱을 엮어 가호를 가두고 말았다.

조롱은 상하에 놓인 륜석을 이어 나온 흰빛으로 투명한 결계를 만들어내고 있었다. 가호는 엄청난 영기를 끌어올려 그것을 부서트리려 했다. 허나 수호령의 힘을 상쇄하는 결계가 되는 륜석, 그것으로 만든 새장을 영기는 결코 통과할 수 없었다. 반사된 힘은 흡수되지 못하고 도리어 가호의 전신을 할퀴며 칼날처럼 파고들었고, 내장이 뒤틀린 듯 붉은 피까지 왈칵 토해내고 말았다.

"쯧쯧, 그 안에서는 수호령의 힘을 쓰면 쓸수록 괴로워지실 겁니다. 어떻습니까, 절대로 빠져나올 수 없는 조롱에 갇힌 기분이? 반쪽짜리 수호령을 무력화시킬 만큼의 륜석은 그 양이 만만치 않았더랬지요. 그걸 은밀히 빼돌리느라 네 해 동안 갖은 고생을 했는데, 이제 그 보람이 있는 것 같아서 소신은 기분이 참으로 좋습니다."

수장은 이죽거리며 시키지도 않은 말을 덧붙였다.

"참, 네 해 전에 말입니다. 세자빈을 납치한 것이 율이라 생각하셨을 테지요? 후후, 그때 전하께서 억지로 잠재운 령의 힘을 깨워낸 것도 소신입니다. 수호령이 영영 힘을 쓰지 못하게 된 것인지 확인해보고 싶었거든요. 물론 처음부터 세자빈을 죽일 심산은 아니었습니다. 그저 자극만 해서 수호령의 힘을 일깨우려고 한 것인데, 실수로 수하들의 자문이 탄로가 났다지 뭡니까. 꽤나 특징적인 자문이라 자칫 제 정체까지 발각된 위기에 처하게 된 것이지요. 하여 아랫것들을 시켜 그분을 저세상으로 보내드리라 했습니다. 제좌에 욕심을 품고 모반을 일으켜 이미 대역죄인이 된 율에게 죄를 뒤집어씌우기로 하고서요. 뭐, 율이야 전하께서 처참히 단죄하셨고, 그 사이 저는 세자빈을 죽인 아랫것까지 깨끗하게 처리해 완벽히 입막음을 하였지요. 아, 물론 놈이 일을 그르쳐 그때 세자빈이 죽지 않았다는 사실은 최근까지 모르고 있었습니다. 분명 가슴에 칼을 꽂았다더니 놈도 사내였던 모양이지요. 마지막 순간에 마음이라도 약해졌던가 봅니다. 후에 세자빈이 살아서 돌아왔다는 걸 알고 처음에는 영 꺼림칙하였지만, 어차피 기억이 깡그리 없어져 별다른 위협도 될 수 없고 이렇게 다시금 유용하게 써먹을 수도 있으니 참으로 좋은 일이라 여겨집니다. 아니 그렇습니까?"

"기필코…… 내 손으로 네놈을 죽일 것이다. 갈가리 찢고 산산이 부수어 차라리 죽기를 바랄 만큼 고통스럽게 해주마!"

가호의 성난 외침이 동굴을 세차게 흔들었다. 수장은 어깨를 들었다 내리며 짐짓 안타까운 체를 했다.

"설마요. 전하는 거기서 남은 생을 보내시게 될 터인데 어찌 그러실 수 있겠습니까. 반쪽짜리 수호령 덕분에 당장은 죽어지지 않으나 생의 심지가 다 탈 때까지 조롱에서 한 발자국도 나오실 수 없을 것입니다. 그래도 폭주 상태가 되면 외롭지는 않으시려나? 수호령이 단숨에 폭주할 만큼의 많은 어둠석을 이곳에 친절히 준비해 두었습지요. 불완전한 수호령은 위협이 되는 그 존재를 오래 버티지 못하고 계승자를 미쳐 날뛰게 만들어줄 것입니다. 저는 반려를 잃고 폭주한 미치광이 계승자를 목숨을 걸고 륜석에 가둔 영웅이 될 것입니다. 율이 남긴 지독한 사념이 어둠석에 스며 엄청난 힘을 내는 것을 발견한 것은 정말 행운이었지요. 그것으로 괴수들을 마음껏 만들어내고 수호령에 버금가는 힘을 소유하게 되었으니까요."

한껏 기고만장하였던 수장이 흠칫 놀랐다. 제가 말하는 사이 가호가 기어이 결계의 빛을 꺾어 조롱의 창살 하나를 박살 낸 것이다. 입에서는 붉은 피가 솟구쳐 흐르고 다듬지 않아 날카로운 륜석의 표면에 살가죽이 찢겨 나가는데도 그는 또 다른 투명한 창살을 붙들었다.

워낙에 촘촘히 만들어져 창살 열 개쯤 부러지더라도 수호령의 힘을 막는 데는 조금도 지장이 없을 것이었다. 가호의 손가락 하나도 밖으로 나오지 못할 게 당연했다. 그럼에도 수장은 파랗게 질려 갔다. 저 지독한 사내의 원한을 샀다는 게 새삼 불안했던 것이다.

"허튼 수고는 그만두시지요. 제 심기를 불편하게 하면 그분이 무사치 못하실 것입니다."

"닥쳐라. 이령은 여기 없다."

"무, 무슨 말씀을……. 분명 자그마한 당혜 한 짝을 보여드렸지 않습니까."

마른침을 삼키며 애써 긴장을 감춘 수장을 향해 가호가 느릿하게 웃었다. 입술 끝은 말려 올라갔으나 눈빛은 여전히 청얼음처럼 냉랭하여 금방이라도 수장의 심장을 박살 내버릴 것 같이 건조하고 섬뜩한 비웃음이었다.

"예 있다면 어떻게든 달려왔을 아이다."

이령은 항시 제 몸 돌보지 않고 그리하였다. 무서워도, 겁이 나도 도망가지 않고 늘 가장 가까이에 있어주었다.

그래, 그 아이는 지금 륜산에 없다. 가호는 제 말에 순간 멈칫하며 떨리는 수장의 눈동자를 놓치지 않았다. 이령만 무사하면 두려울 것이 없었다. 모수가 소임을 다해준다면 앞일에 관해서도 걱정할 필요가 없었다. 제 몸이 으스러지고 깨져도 상관없다. 그 아이를 지켜낼 수 있으면, 이령이 살아갈 은륜을 보전할 수 있으면…….

"그런 여인이다. 내 반려는……."

가호의 눈동자가 아련하게 깊어졌다.

다시는 만나지지 않는 곳으로 가고 싶다 하였지.

아파서, 더는 볼 수 없다 했더냐.

그 말처럼 령아, 멀리멀리 달아나라.

그리워 가슴이 사무쳐도, 피맺혀 너를 불러도 듣지 말고 숨어다오.

네 안에 깃든 저주스러운 힘 따위 영영 모른 채 그렇게 살아주련.

계승자가 위험해진 만큼 이령에 깃든 수호령은 한층 예민해질 것이다. 가능한 멀리, 제게서 멀어져야 그 아이가 안전할 것이다. 가호는 아릿한 바람을 되뇌며 륜석으로 만든 창살을 거머쥐었다.

륜석에 닿으면 힘이 역류하여 피가 요동쳤다. 내장이 뒤틀리고 뼈마디가 치솟아 저절로 신음이 새어 나왔다. 영기를 담은 손과 륜석이 닿아 살 타는 냄새가 진동했고 령의 힘을 모조리 흡수한 몸이 끊어지는 듯 고통스러웠다. 그럼에도 가호의 눈은 냉혹하리만큼 고요했다.

"이 새장을 부수고 네놈마저 으스러트리는 것에 더는 머뭇거릴 이유 따위 없음이다."

"그, 그런……."

가호가 비명 한 번 내지르지 않고 세 번째의 창살까지 끊어내자 수장의 얼굴에 공포가 번들거렸다. 한시바삐 수호령을 미쳐 날뛰게 만들어 가호가 그 힘에 침몰되기를 바랐으나, 어둠석이 보관된 암쇠를 함부로 열 자신이 없었다. 그 위험한 부분은 처음부터 주기에게 맡길 작정이었다. 자칫 엄청난 양의 어둠석에 이성을 잃고 제 자신이 괴수가 되어버릴지 모른다는 염려가 그를 무겁게 압박하고 있었던 것이다.

"주기입니다."

그때, 동굴 안에 굵직한 사내의 목소리가 울려 퍼졌다. 비로소 수장의 눈에 여유가 돌아왔다.

"전하의 말씀이 옳고 말고요. 정말 어떻게든 여기로 달려오시는 분이셨군요."

주기 옆의 자그마한 여인을 본 수장의 입가에는 이제 미소마저 흘렀다.

"이령, 어째서!"

무사하리라 믿었다. 수장의 태도에서 분명 그녀가 아직 그의 손아귀에 들어오지 않았음을 확신하였다. 은륜에서 누구보다 안전한 곳에 숨겨 놓았다 믿어 의심치 않았다.

한데 가느다란 목덜미가 보일 만큼 짧게 잘려나간 머리카락, 상처투성이의 손과 피와 빗물에 흠뻑 젖은 회색 옷가지, 핏기 하나 없이 창백한 얼굴로 애써 웃어 보이는 이령. 그 모습에 가호가 피범벅이 된 손으로 창살을 흔들며 미친 듯 소리쳤다.

"누가 감히 너를 상하게 한 것이냐? 어째서 이곳에 그런 꼴로 서 있는 것이냐고 묻지 않아!"

혹 저들에게 붙잡힌 것이 아니라 스스로? 문득 가슴을 파고드는 싸늘한 불안감에 길게 뻗은 가호의 눈꼬리가 바르르 떨리고 있었다.

이령은 그런 가호를 마주 보고 옅게 웃기만 하였다.

"수고했네."

잠시 둘을 곁눈질하던 수장이 과장되게 반가움을 표하며 주기의 어깨를 두드렸다. 그러나 돌아온 주기의 답은 뻣뻣하고 노기마저 묻어났다.

"늦기는 했지만 저는 분명 말씀하신 대로 계집을 데려왔습니다. 그런데 수장께서는 약조를 지키지 않으실 작정이십니까? 결계석 안에 가두어버리면 수호령의 힘을 확인해볼 길이 없단 말입니다."

"아니, 그것은 내 천천히 설명하도록 할 것이니 마음을 좀……."

주기가 륜석으로 만든 조롱에 갇힌 가호를 못마땅한 시선으로 살피자, 수장이 다급히 그를 동굴 밖으로 불러냈다. 수장은 그 와중에도 이령의 한쪽 팔에 전쇄를 걸어 벽에 묶는 일을 잊지 않았다.

두 사람이 사라지자 가호의 외침은 더욱 사나워졌다.

"왜 온 것이냐! 누가 반긴다고 이곳에 온단 말이냐! 늦지 않았다. 썩 예서 사라져! 어서…… 도망가란 말이다!"

얼음처럼 찬 표정을 짓고 있었으나 기실 가슴이 와르르 무너져 내렸다. 저 꼴이 될 만큼 모진 일을 겪었으리라 생각하는 것만으로도 견딜 수 없이 아리고 먹먹했다. 안타깝고 애달파 미칠 것만 같았다. 매정하고 못되게만 군 사내가 무에 그리 걱정되어 사지로 걸어온 것인가. 가호는 어금니를 힘껏 깨물어 터져 나오려는 진심과 눈물을 막았다.

"전하 곁에 있고 싶습니다."

보드라운 이령의 목소리에 결국 가호는 피가 주르륵 흐르는 두 손으로 더욱 힘껏 창살을 부여잡아야 했다. 지금의 상황이 아니라도 심장에 오롯이 담겨 저를 살게 하는 이 고운 아이에게 해서는 안 될 말, 더는 겪게 하고 싶지 않은 일이 있었다. 다시 입을 열었을 때, 가호의 음성은 나직하고 절박했다.

"위험하니 가. 제발…… 제발 가야 해, 이령."

"혼자서는 제때 당도하지 못할까 부러 수레까지 얻어 타고 온 길인 것을요."

"이 미련한……."

그러나 그의 말은 끝까지 이어지지 않았다. 시린 은월 가득 고인 이령의 모습이 먹먹하게 아름다워 차마 시선을 돌릴 수도 없었다.

그드득. 쇠로 만든 족쇄가 동굴 바닥을 긁으며 나는 소리는 소름 끼치게 날카로웠다. 이령은 길게 늘어진 전쇄를 끌고 가호에게로 갔다. 수호령마저 가두어버리는 결계를 제 힘으로 파괴하는 것은 불가능했다. 괴수에 준하는 저 둘과 그들의 시꺼먼 음모로부터 가호와 은륜을 지키는 길은 처음부터 하나밖에 없었다.

"아무리 수장이라도 륜석을 한꺼번에 빼돌리기는 어려우니 이 조롱은 절반의 수호령에 맞춘 것일 겁니다. 수호령이 온전한 모습을 되찾게 되면 필경 결계도 한계에 다다를 것이고 틈이 보일 테지요. 전하께서는…… 누구보다 강한 분이니 소녀, 뒷일은 걱정하지 않을 것입니다."

"그 무슨…… 설마……."

가호가 검게 탄 손을 필사적으로 내뻗었다. 저도 모르는 사이 이미 고여 있던 물기가 그의 발등에 툭하고 떨어져 번졌다.

"망각의 꽃이 없어도 잊으실 겁니다. 되돌아간 힘이 전하의 기억 속 제 흔적 전부를 지워내기로…… 그리 견약했습니다. 이 순간, 함께한 날들, 불러주셨던 이름까지 모다……. 그러니 마지막으로 한 번만 더 뵙고자 한 소녀의 이기심까지 잊어주셔요."

얄궂게도 전쇄의 길이는 륜석으로 만든 어리 바로 앞까지가 한계였다. 팽팽히 당겨진 쇠줄 끝에서 멈춰선 이령이 팔목에 흐르는 피를 아랑곳 않고 손을 펼쳤다.

하얀빛의 창살이 두 사람을 가로막고, 끝내 닿지 못한 온기는 공기 중에 흩어졌다.

"너, 모든 기억이……."

가호의 은색 눈동자가 사납게 일렁였다. 이령은 천천히 고개를 끄덕이며 다시 연하게 웃었다. 동굴 밖에서 들려오는 발소리가 얼마 남지 않은 시간을 말해주고 있었다. 이령은 제 왼쪽 가슴에 가호에게 가닿지 못한 손을 올렸다. 아플 정도로 뛰는 심장 위로 각인이 또렷하게 느껴졌다.

"아니 된다! 아니 돼! 령아, 제발! 제발…… 그만!"

가호가 벌겋게 솟구치는 피를 사방에 튀기며 목 놓아 소리쳤다. 타들어가는 손에서 뼈마디가 드러나고 투명한 창살에 끝없이 부딪친 어깨가 너덜너덜해졌다.

이령의 눈동자에도 맑은 물이 차올랐다. 짐승처럼 절규하는 가호를 보자 심장이 끅끅 시릿하게도 울었다. 기어이 이령의 눈에서 눈물 한 방울이 떨어져 내렸다.

"저는……."

그대 모다 잊을 것을 알지만, 끝내 이 연심만은 말하지 않을 것입니다. 기억은 사라져도 꿈에서라도 외로우실까 차마 전할 수 없는 것을요.

작은 계집아이는 그대 있어 행복했다고, 제게 주신 깊은 마음에 보답할 길 없어 조금은 슬프고 미안하다고, 그 말마저도 하지 않으렵니다. 그저 홀로 남겨지는 그대를 위해 하나만, 하나만…….

심상치 않은 소음을 들은 두 사내가 황망히 달려오는 모습이 보였으나 이령의 시선은 가호에게로 고정되어 있었다.

"부디 강녕하셔요, 전하."

"이령, 멈추어라. 제발! 차라리…… 차라리 이 심장을 파내 으깨고 짓밟아 부수라 해라. 눈을 지지고 팔과 다리를 날짐승에게 내주라 하란 말이다. 어찌…… 어찌 너를 모다 잃고…… 안 된다. 제발,

제발…… 안 돼!"

가호가 창살에 이마를 수없이 부딪쳐 피투성이가 된 채로 울부짖었다.

이령은 은륜화처럼 애잔히 미소했다, 그리고는 차분히 각인을 깨우는 비문을 읊조렸다. 목숨을 걸어 지키고 싶은 이, 죽음을 거슬러 함께 하고 팠던 단 하나의 연심…….

"가호."

오랜 시간 잠들어 있던 각인을 깨우는 목소리는 한없이 온화했다. 곧 눈이 멀 정도로 새파란 빛이 어둑어둑한 동굴 내부를 환히 비추며 이령의 심장을 뚫고 거세게 치솟았다.

19장

 불길한 느낌이 번지는 속도란 항상 예상보다 빠르다. 주기와 수장은 동굴 내부에서 들리는 소음에 놀라 서로의 얼굴을 쳐다보았다. 저 어두운 굴 안에서 뭔가 큰일이 벌어지고 있다는 걸 직감적으로 알 수 있었다. 심장이 미친 듯 뛰고 뒷목이 서늘해질 정도로 두려운 일이 말이다. 그들은 잠시 시선을 주고받다가 달려가는 속도를 올렸다.

 무슨 일이든 반드시 막아야만 한다. 생생한 경고는 점점 커져가고 낯설고도 선명한 공포가 전신을 뒤덮었다. 알 수 없는 절박함을 느끼며 달려간 두 사람의 눈에 쓰러진 이령과 미친 듯 소리치는 가호가 보였다.

 "령아! 령아!"

 눈을 멀게 할 것 같이 새파란 섬광이 연이어 작렬했다. 그 빛과 함께 처절한 절규가 동굴을 뒤흔들었다.

쿠르르릉.

동굴 벽이 갈라지며 내는 소음은 정신이 혼미해질 정도로 강했다. 뒤이어 기분 나쁜 파열음이 귓가를 때리고 거센 진랑이 자욱한 흙바람과 함께 일었다.

"이, 이 무슨······."

낭패였다. 왕을 붙잡는데 이용하려던 계집이 도리어 화근이 되고 말았다. 어쩌다 계집이 죽어버린 것인지 모르지만 그 때문에 가호는 실성이라도 한 것 같았다. 수장은 말도 채 끝내지 못하고 부들부들 몸을 떨었다. 빛에 뒤섞여 터져 나오는 짙은 살기가 온몸을 힘껏 찍어 누르는 것만 같았다. 새하얗게 부서지는 영기들 때문에 앞이 제대로 보이지 않았다. 수장의 얼굴에서 핏기가 가셨다. 제아무리 수호령이라도 힘을 상쇄시키는 륜석 안에 갇힌 채로는 저런 기력을 낼 수는 없었다. 한데 가호는 그 당연한 진리를 깨부수며 날뛰고 있었다. 자신의 목숨 따위 안중에도 없다는 듯 온몸으로 영기를 뿜어댔다.

"주기! 어떻게든 해보거라. 어서 저 괴물을 막으란 말이다! 제발 좀······."

겁에 질려 우왕좌왕하는 수장과 달리 주기는 감탄마저 어린 눈으로 가호를 응시하고 있었다. 수장은 하얗게 질린 얼굴로 주기에게 매달리다시피 했다. 가호를 강제로 폭주하게 하고 그것을 빌미로 계승자를 영원히 가두어 잠재울 계획이었지만, 제 목숨이 위험해질 상황은 전혀 예상한 바가 아니었다. 이래서야 애써 준비한 결계석 감옥이 무슨 소용이란 말인가.

그러나 주기가 무어라 답할 틈도 없이 동굴 전체가 뒤흔들렸다. 집채만 한 바위가 공중에서 으깨듯 부서지고 뿌연 먼지바람이 광포하게 몰아쳤다. 살고자 하는 본능에 의해 주기와 수장은 기둥 쪽으로 뒷걸음질 쳤다. 둘은 폭발할 것처럼 갈라져 흔들리는 벽을 등지고 산 아래와 꼭대기로 이어지는 견고한 돌기둥에 몸을 밀착했다. 칼처럼 끝이 뾰족한 돌조각이 머리 위로 아슬아슬하게 날아와 기둥과 동굴 곳곳을 파괴했다.

"헉!"

"엄청난 힘…… 정말 싸우고 싶게 만드는 남자다."

눈을 크게 부릅뜨고 바르르 거리는 수장 옆에서, 주기는 흥분이 가득한 얼굴로 발에 떨어지는 돌 부스러기를 짓이겼다. 저렇게나 힘을 봉쇄당하고도 거침없이 륜의 결계, 그 자체를 깨트릴 기세라니. 이 견뢰한 동굴을 말 그대로 가루처럼 허물어뜨릴 의지라니. 수호령의 계승자는 실로 전의를 불러일으키는 상대였다.

주기는 고개를 돌려 명멸하는 파란빛 속의 가호를 보았다. 여전히 결계의 창살을 붙들고 있는 손은 이미 새까맣게 타 살점이 떨어지고 있었다. 흩날려 뿌려지는 길고 긴 은루마다 짙은 절망이 담겨 있었다. 새빨간 피를 연신 토해내는 입술이 요사스러울 정도로 아름다워 시선을 뗄 수가 없었다. 그사이에도 힘의 파동은 가파르게 거세어졌다.

"령아! 이령! 이령!"

참혹한 절규는 사방의 바람을 갈가리 찢어내고 동굴을 뒤흔들었다. 이윽고 가호의 어깨에서 심벽의 날개가 돋아났다. 계승자의 뼈를 갈라 피를 머금고 나온 그것은 조롱을 뚫고 천장까지 파랗게 솟구쳤다. 부드러운 깃털이 아니라 사악하게 일그러진 악귀의 발톱처럼 날카롭고 거친 날개였다.

"파파파팟."

영기에 닿은 결계는 뿌연 연기를 뿜어내며 급격히 금이 가기 시작했다. 가호가 기괴한 비명을 내지르면 내지를수록 푸른빛은 짙어지고 균열은 걷잡을 수 없이 빨라졌다.

"결, 결계가……."

지독한 공포는 비명마저 삼켰다. 수장은 소리도 제대로 내지르지 못하고 식은땀을 줄줄 흘려댔다. 주기는 마른침을 삼키며 갑옷의 가슴팍을 쓸어내렸다. 모든 힘을 개방하고 싸워도 이길 수 있을 거라고 단언할 수는 없겠다.

이제 본격적으로 결계가 산산조각 나기 시작했다. 와르르 부서진 결계의 조각들이 동그랗게 원을 그리며 주저앉았다. 가호가 그 원을 짓이겨 밟고 결계 밖으로 나왔을 때, 동굴에 부는 바람은 더할 나위 없이 난폭하였다. 뱀의 비늘이 떨어지듯 동굴 벽이 무참히 갈라져 그대로 무너졌다.

기절하기 일보직전의 수장, 전의를 가다듬는 주기 모두 기둥을 두 손으로 부여잡지 않으면 견딜 수 없을 지경이 되었다. 동굴을 지탱하는 네 개의 돌기둥만이 앙상하게 남은 자리에는 밤이 까맣게 밀려들어왔다.

"으아아아아아아!"

기괴할 만큼 아름다운 사내는 마치 산 채로 심장을 찢긴 것처럼 울부짖고 있었다. 결계를 박살 내고 동굴의 벽을 모다 무너뜨리고도 가호는 여전히 분노했고 광풍은 끝없이 잔인했다.

그의 발끝에서 파도처럼 밀려간 륜석의 파편이 쓰러진 이령을 뒤덮었다. 몸의 절반이 반짝이는 암석에 덮였으나 이령은 미동도 하지 않았다.

온통 푸른 너울에 휩싸인 가호는 바닥에 쓰러진 반려에게 차마 다가가지 못하고 그 가녀린 팔목에 묶인 전쇄 앞에 멈춰 섰다. 서늘하게 차갑던 은월의 눈동자는 제 색을 잃고 섬뜩한 푸른 불꽃으로 타오르고 있었다.

령아, 어찌 아무 말이 없니?

내 이리 힘에 휘둘리면 항시 달려와 주던 네가 아니냐.

"왜……."

이리 다 주고만 가려는 것이야. 너는 이리 아픈데…… 나는 미칠 것처럼 겁이 나는데…….

눈물 대신 이제 핏물이 왈칵왈칵 치솟아 올랐다. 파르르 떨리며 주변을 나는 영기를 그대로 옥죈 손가락이 불에 탄 것처럼 뜨거워지며 살이 녹아 뼈가 드러났다.

가호는 제 문드러지는 손가락보다 피맺힌 이령의 손목이 안타까워 입술을 깨물었다. 그 가느다란 팔목을 묶은 전쇄가 영기에 으스러지자 그의 입술이 가만히 사라져가는 체온을 붙들었다.

나보다 한참이나 작고 가녀린 네가 내게는 어찌 이리도 크고 깊을까.

너 하나만 아는 이 연심은 어쩌면 이다지도 미련할까.

아직 채 흡수되지 못하고 공중을 떠다니는 영기들이 가호의 몸을 파고들려 발버둥을 치고 있었다. 가호는 눈물처럼 반짝이는 룬석으로 뒤덮인 이령을 두고 천천히 몸을 일으켰다.

차라리 암흑 속에서 평생을 살았어야 했다. 이따위 힘이 너를 해칠 것을 알았다면 미친 듯 원하고 바라는 갈망조차 어둠 속에 숨겼을 것이다.

그런데 령아, 이미 넌 내게 단 하나의 빛이었다. 한 무리의 곱고 맑은 빛꽃. 피어도 피어도 지지 않고 혼요하는.

물러서는 법을 몰라 지독한, 때로는 널 상처 입힐 만큼 극악한 것이 내 연심이라면, 잃을까 두려워 놓칠 틈은 주지도 않으려 한 것이 내 진심이었다. 그 연심과 진심을 깨트려 널 내게서 가져가려는 것은 무엇이든 모다…….

"죽게 될 것이다."

아직 하나밖에 돋아나지 않은 영의 날개가 흐느끼듯 날렸다. 붉은 눈물을 머금은 눈동자가 벌벌 떨고 있는 수장을 담아내며 서늘하게 빛났다.

"살, 살려……."

가늠할 수 없는 공포로 목소리가 쩍쩍 갈라졌다. 수장은 손을 모아 빌며 달아날 곳을 찾느라 정신이 없었다. 가호는 손을 뻗어 그런 수장을 저만치 내동댕이쳤다. 나자빠져 신음하는 수장에게로 향하는 걸음마다 불꽃처럼 이글거리는 푸른 영기가 떨어져 땅을 태우고 공기를 요동치게 했다.

"이렇게 죽을 바에는 차라리……."

수장은 입가에 흐른 피를 닦으며 주머니에서 꺼낸 어둠석을 마구 씹어 삼켰다. 함께 영기를 맞고 날아간 주기는 죽었는지 아무런 기척이 없었고, 죽음의 공포는 극에 달한 상태였다.

 "ㄲㄲㄲㄲ."

 힘이 차오르자 두려움도 옅어졌다. 수장은 쇠가 갈리는 듯한 소리로 웃기 시작했다. 갑작스럽게 많은 양의 어둠석을 섭취한 몸에서 검고 야릇한 기운이 피어오르고 있었다. 곧 수장의 눈빛이 붉게 변하고 몸이 갑절로 부풀어 옷의 소매와 등판이 찢어졌다.

 그러나 수장이 애써 그러모은 새까만 구체는 가호의 손바닥 안에서 일그러지며 터져버렸다. 힘을 끌어 올리려는 수장의 머리통을 손아귀에 쥔 채로 그대로 기둥에 처박는 가호, 그의 눈빛은 이제 한층 잔인해져 있었다.

 "크아악."

 수장이 비명을 내지르며 빠져나가려 하자 가호가 있는 힘껏 그를 다시 기둥 깊숙이에 처박았다. 굵은 돌기둥에 쩍쩍 금이 가고 이내 흑자색 석주를 타고 흐른 피가 강처럼 흘렀다.

 수장이 새까만 영기를 마구잡이로 쏘아대며 반항했으나, 가호는 미동도 하지 않았다. 화살처럼 박힌 검은 영기들이 불꽃을 피우며 뼈를 파고들었으나 끝까지 수장을 놓지 않았다. 먼저 지쳐버린 것은 수장 쪽이었다.

 "하아, 하아."

 이제 괴수의 모양새가 수장으로, 수장이 다시 괴수로 끝없이 변하고 있었다.

"용서를…… 이게 다 저기 저 주기의 꾐 때문에…… 악!"

추접한 변명을 하며 간청하던 수장이 비명과 함께 앞으로 고꾸라졌다. 가호가 섬뜩하게 미소 지으며 그의 팔을 비틀어 뽑았던 것이다.

"제발!"

수장은 바닥에 짓이겨진 두 개의 팔을 보며 몸부림쳤다. 차라리 완전한 괴수가 되어 이성을 잃고 싶을 만큼 고통스러웠다. 그러나 눈알이 뽑히고 다리의 마디마디가 잘리고 마지막으로 가호가 목을 그었을 때까지도 그의 질긴 이성과 목숨은 붙어 있었다.

참혹할 꼴로 나뒹구는 수장의 시체 앞에서도 가호의 눈동자는 여전히 푸른빛이었다. 결계가 되는 륜석에 덮였다고는 하나 이령의 몸을 떠난 수호령의 힘이 점차 그에게로 깃들고 있었다. 아무리 저항해도 그 심벽의 너울은 짙어만 갔다. 얼마나 더 그 힘에 저항할 수 있을까.

무겁게 가라앉은 가호의 시선이 이령에게서 잔혹하게 뜯겨진 수장의 가슴팍으로 옮겨갔다. 그가 남긴 어둠석을 없애야만 했다. 수장이 그간 끌어모은 어둠석의 크기는 가공할 만한 것이었고, 거기서 뿜어져 나오는 사악하고도 달콤한 향이 은륜 전체의 괴수들을 들끓게 할 것이 분명했다.

가호가 비대한 어둠석 덩어리를 망설임 없이 으스러뜨리려 했을 때였다.

"키아악!"

정신을 잃고 쓰러져 있던 주기가 사납게 달려들어 가호를 밀쳤다. 힘을 다스리지 못해 인간과 괴수를 오가던 수장과 달리 그는 이미 신체의 대부분을 괴수화한 상태였다. 주기는 흉측하게 일그러진 자문을 쓸며 입술을 움직였다.

"이걸 흡수하고 은륜 최고의 힘과 맞붙어 이길 것이다. 이 얼마나 고대하던 순간인지······."

"윽."

가호는 제 팔에 들러붙어 새까맣게 이글거리는 영기를 자르며 선혈을 토해냈다. 이미 많은 피를 흘린 데에다가 이령에게서 몰려오는 영기를 거부하느라 남은 힘의 대부분도 소진되어 가고 있었다.

틈을 얻은 주기는 아예 수장의 시신을 씹어 삼키는 중이었다. 너덜거리는 팔을 움켜쥔 가호는 고요히 눈을 감았다. 이령이 힘을 발동하는 것을 막지 못했으니 더는 망설임의 이유가 없었다. 이대로는 얼마지 않아 이령도, 함께한 기억도 모다 제게서 사라져버릴 것인데 무엇을 주저한단 말인가. 여태 경험한 적 없는 엄청난 어둠석의 힘을 뿜어내는 주기와 륜산으로 몰려올 수많은 괴수들, 그들에게서 은륜을 지킬 방법 역시 이제 그 하나가 유일할 것이다.

"그때는 네 곁으로 가도 되는 것이겠지."

타오르는 영의 불꽃 속에서 가만히 눈을 감고 있던 가호는 허리춤에서 작은 설화검을 꺼내 들었다. 이령이 미처 전해주지 못한 검은 주인 된 사내의 손에서 시리게 빛났다.

너를 잃고 계승자로 사느니, 너를 기억하는 괴수가 될 것이다.

소리 없는 속삭임과 함께 칼끝이 정확히 가호의 심장에 박혔다.

줄기차게 그에게 스며들던 푸른빛이 계승자의 생명이 위험함을 감지하고 몇 갈래로 나뉘어 흩어지며 사방에서 용신하였다.

폭주를 시작한 힘이 둑 터진 못처럼 여기저기서 솟구쳤다. 가호는 그 푸른 장막을 걷고 비척비척 걸었다. 울컥울컥 토해내는 더운 피를 손바닥으로 막으며 이령에게로 갔다.

살며시 손끝이 닿을 거리에 멈추어선 가호가 옅게 웃었다.

"령아……."

숨이 멈추고 이 간악한 힘이 더는 내게 깃들지 않을 때까지 함께 있자.

아니, 언제까지고 함께 있자.

이내 가호의 전신이 흉측하게 감겨 오는 푸른 불꽃에 휩싸여 갔다.

◦

주기가 검붉은 어둠석 조각을 미처 다 흡수하기도 전, 가호는 완전한 폭주 상태로 접어들었다. 주기는 터져 나오는 푸른 영기에 사지가 뒤틀린 듯, 들고 있던 어둠석을 떨어트리고 무릎을 꺾었다. 겨우 정신을 집중해 몸의 제어를 찾자, 이번에는 칼처럼 날카로운 영기가 어깨를 썰어내버렸다. 잇따라 빗발쳐 쏟아지는 첨예한 영의 화살을 피한 주기도 서둘러 힘을 모아 검고 무시무시한 형상의 칼을 만들어냈다.

치치치칙.

아무것도 없이 텅 빈 눈을 한 가호가 쏘아낸 살들이 주기가 휘두르는 칼에 녹아내리듯 사라졌다. 자신감을 얻은 주기는 과감하게 가호와의 거리를 좁혀 들어갔다. 그러나 곧 후회와 고통으로 가득 찬 비명이 주기의 입을 뚫고 나왔다.

"아아악!"

사라진 것처럼 보였던 푸른 기운이 주기가 만든 검은 칼을 뒤덮어 불처럼 타오르기 시작했다. 갈고리 모양의 손 하나가 형체도 알아볼 수 없이 타서 떨어지고 옆구리는 갈라져 피가 뚝뚝 흘렀다. 주기는 처참한 꼴로 암석 바닥을 기어 도망쳤다. 그러나 가호는 공격을 늦추지 않았다. 파란 너울이 춤추듯 원을 그리며 괴수가 된 주기의 살갗을 도려냈다.

"조금만, 조금만 더 힘을 모으면……."

폭주해버린 수호령의 힘은 가늠할 수 없는 지경이었다. 이성이 사라져 완전한 괴수가 될지라도 그런 힘을 가진 계승자를 이기고 싶다는 욕망이 주기를 부채질했다. 주기는 필사적으로 아까 떨어트린 나머지 어둠석에 손을 뻗었다.

수장의 살점과 피가 묻은 흉측한 어둠석을 허겁지겁 입에 쓸어 넣자 잘려나간 팔과 다리가 새로이 생겨나고 눈은 완연한 괴수의 것이 되어버렸다. 검붉은 눈동자로 제 모습을 살피던 주기가 한층 사악하게 웃으며 갈고리 같은 손이 동굴 바닥의 일부를 찍어 올려 가호에게 던졌다.

가호는 주기가 집어던진 암석 덩어리를 피하지 않고 영의 너울을 검처럼 휘둘러 그것들을 산산이 조각냈다. 그 사이 엄청난 크기의 어둠석을 냄새 맡고 몰려온 다른 괴수들이 동굴 내부로 꾸역꾸역 몰려들고 있었다. 덕분에 가호와 커다란 구멍을 사이에 두고 대치하던 주기는 손쉽게 힘을 보충할 수 있게 됐다. 주기가 흉측하게 생긴 발로 땅을 굴러 주의를 흩트리며 높이 도약했다. 그는 가까이서 휘청거리는 작은 녀석들부터 잡아채, 머리통을 뜯어내고 가슴을 찢어 어둠석을 파냈다. 그러고는 보란 듯 우걱우걱 씹어 삼키며 점점 더 몸집을 불려나갔다. 그것을 목격한 다른 괴수들은 벌레 무리처럼 모여만 있을 뿐 더는 다가오지 못했다.

이제 주기가 만들어내는 구체는 조금 전과는 비교도 되지 않을 만큼 크고 흉물스러웠다. 일그러지고 뭉치기를 반복하던 새까만 구체가 주기의 손을 칭칭 휘감더니 곧 몸과 합쳐져 크고 검붉은 뱀의 형상으로 바뀌었다. 그가 쏘아내는 무시무시한 영기에 밀려 가호는 어느새 동굴 중앙의 못까지 물러났다. 미처 피하지 못한 검은 영기가 스친 자리는 뼈가 드러날 만큼 깊이 살점이 떨어지고 피가 멈추지 않았다.

스스스스. 기분 나쁜 소리로 바닥을 미끄러지듯 움직이던 주기가 갑자기 방향을 틀며 치솟았다. 그 날카로운 이가 등에 박히는 것과 동시에 가호는 놈의 허리를 결박하여 그에 둘러진 검고 흉측한 비늘을 맨손으로 죽죽 찢어나갔다. 우글거리며 요동치는 검은 기운이 손가락 마디마디를 자르려는 듯 무섭게 파고들었지만, 가호는 아무것도 느끼지 못하는 표정으로 그것들을 갈기갈기 찢고 이내 속박을 풀어냈다.

허리가 절반 넘게 뜯긴 주기는 한층 더 사납게 울부짖으며 이글거리는 구체를 토해냈다. 그 짙고 뜨거운 기운이 가호의 옷자락과 머리카락을 태웠다. 어깨를 후벼 파 살점을 녹이고 뼈를 드러내게 했다. 균형을 잃고 주춤하는 사이, 가호의 발이 못에 빠지고 말았다. 주기는 새까맣고 무시무시한 이를 벌리고 그런 가호에게 달려들었다. 못에 고인 물이 사방으로 튀어 쓰러진 가호를 뒤덮었다. 주기가 포효하며 가호의 머리통을 삼키려는 찰나, 물방울들이 얼음조각이 되어 일제히 천장으로 치솟아 올랐다. 날카롭게 돋아난 견빙들은 절반밖에 남지 않은 주기의 몸을 순식간에 꿰뚫어 산산조각 냈다. 검붉게 빛나던 눈동자는 물론 뺨에 있던 자문마저 관통당해 사방으로 흩어졌다.

"쿠애애액!"

비명마저 갈라져 토막이 났다. 주기는 잔인하게 도륙된 제 몸뚱이에서 여전히 무감한 표정의 계승자에게로 시선을 옮겨갔다. 아직 못에서 몸을 빼지 않은 가호 역시 얼음창에 찔려 만신창이었다. 그럼에도 숨 하나 흐트러지지 않은 모습이 질리도록 강하고 아름다웠다.

저런 사내와 겨루었다니……. 뱉지 못하는 숨이 많아지고 눈앞이 흐려졌지만 주기의 얼굴은 묘한 쾌감에 젖어 있었다. 다음 순간 그의 심장 한가운데 박힌 얼음조각이 엄청난 파열음과 함께 폭발했다.

어둠석의 파편이 얼음과 피에 뒤섞여 비처럼 우수수 떨어져 내렸다. 가호는 짙푸른 영의 날개를 휘저어 그마저도 모조리 태워 없앴다. 주기를 처치한 후에도 그의 눈에 깃든 푸른 살기는 변함이 없었다. 폭주한 계승자에게 자비라는 감정은 애초에 존재하지 않는 것이었다. 가호는 이미 형체를 알아볼 수 없이 뭉그러진 주기의 몸뚱이를 짓이겨 찢었다. 이제 동굴 안에는 섬뜩한 심벽색의 불길만이 가득했다.

※

 폭발음과 함께 맞은편 동굴에서 눈부신 푸른빛이 쏟아져 나왔다. 맞은편 봉우리에서 기다리고 있던 모수가 그것을 보고 황급히 륜산으로 내달렸다. 미친 듯 달려가는 그에게 또 하나의 비보가 전해졌다. 이령이 납치되었으며 그 행방이 묘연하다는 소식이었다. 아비규환에서 살아남은 시비와 무사들이 가장 가까운 마을로 가 바로 전갈을 보낸 것이었으나, 이미 늦어버린 후였다. 뒤이어 은륜회와 수장이 저지른 죄상을 명확히 입증할 목격자와 피해자, 증좌들도 속속 모수에게 전해졌으나 무엇 하나 그의 초조함과 불안을 감해주지는 못했다. 륜산 전체가 요동치고 있었다. 돌멩이 하나까지 흐느끼듯 몸을 떨고 바람마저 사납게 휘몰아쳤다.
 즉각 반란에 준하는 은륜회의 음모와 왕과 그 반려의 위험을 대신들에게 알리라 명한 모수는 지체 없이 륜의 동굴로 향했다. 좌시직이 정예군을 움직여 뒤를 따랐다. 산길을 절반 정도 올랐을 때 모수 일행과 새까맣게 몰려든 괴수들이 맞닥뜨렸다. 그놈들은 무엇에 홀린 듯 침을 질질 흘리며 탐욕으로 가득한 눈을 번뜩이고 있었다.

"심장을 겨냥해라!"

좌시직이 궁사들을 향해 소리치기 무섭게 화살들이 일제히 밤하늘을 날아올랐다. 튀어 오르는 피, 날뛰는 비명소리로 륜산이 자욱하게 뒤덮였다.

모수는 제 앞으로 쓰러지는 괴수의 심장에 칼을 박으며 앞으로 나갔다.

"부디……."

가호가 굳건히 버텨주기를.

이령에게 아무 일도 생기지 않기를.

그러나 생각은 꼬리에 꼬리를 물고 절망으로만 치달았다. 만약 납치된 이령이 저곳에 있고 그 안에 깃든 수호령의 힘이 발현되어 버렸다면…….

모수는 얼굴로 쏟아지는 끈적끈적한 액체를 손등으로 훔치며 계속 검을 휘둘렀다. 고서를 이 잡듯 뒤졌으나 수호령을 멸할 방도에 관한 명확한 답을 구하지는 못하였다. 두 차례 나누어졌던 수호령도 계승자가 깃든 이의 목숨을 거두고 힘을 회수함으로써 간단히 끝이 난 때문이었다.

대신에 고서의 한 구절과 가호의 어린 시절 경험을 통해 계승자의 폭주와 일시적인 죽음, 두 조건이 갖추어지면 힘의 흡수를 차단할 수 있을지 모른다는 가설을 세울 수 있었다. 그러나 그 자체로 이미 너무 위험한 방법이었다. 가호는 물론 이령의 힘도 동시에 발동되어야 하고, 계승자인 가호가 폭주하여 빈사의 상태에 이르러야 했다. 더군다나 결과조차 쉬이 낙담할 수 없었다.

그런데도 가호는 모수에게 부탁을 했더랬다. 왕이 아닌 사내로, 주군이 아닌 친우로서 하는 부탁이라 하였다. 만약 수호령으로 인해 이령에게 무슨 일이 벌어진다면 그때는 망설이지 말고…….

"아니오. 소신은 그리는 못합니다. 그러니 두 분…… 제발 무사해주소서."

애써 불안을 떨쳐내는 모수의 눈에 륜의 동굴에서 끝없이 터져 나오는 섬광 같은 암청색이 가득했다.

마침내 다다른 동굴, 그 입구에는 괴수들의 사체가 즐비했다. 절반은 인간이요, 절반은 괴수인 채로 죽은 수장의 시신도 보였고, 새까맣게 타버린 엄청난 덩치의 괴수의 모습도 발견했다.

모수는 그것들을 지나쳐 바닥에 검고 깊은 구멍이 난 동굴 내부로 들어섰다. 곧 죽어 널브러진 수많은 괴수들 너머로 그림처럼 서 있는 가호의 뒷모습이 보였다. 참혹한 광경에 어울리지 않게 고고하고 아름다운 사내가 지독하게 외로워 보인 것은 제 착각일까. 모수는 눈시울이 붉어진 채로 소리쳤다.

"전하, 이 어찌……."

그러나 말을 끝내기도 전 사지를 압박하여 살기를 내뿜는 푸른 너울에 몸이 덜덜 떨려왔다. 파랗게 일렁이는 한 쌍의 무심한 눈동자가 모수를 응시하는가 싶더니 광포한 바람과 함께 심벽의 영기가 그에게로 곧장 날아들었다.

"마마는…… 그분께서는 어찌…… 어찌 되신 겁니까."

피아를 구분하지 않는 폭주, 가호가 그리된 것은 분명 이령과 관련이 있을 터였다. 모수는 절망적인 표정으로 소리쳤다.

"결국 이 빌어먹을 운명 따위에 우리 모두 지고 마는 것입니까!"

듣지 못할 답에 가슴이 시려왔다. 기어이 비극으로 끝나는 인연이 가련하고 안타까워 모수는 통곡하며 무릎을 꿇었다.

"흐으윽."

그의 애끓는 울음소리도 심벽의 벽 너머에서 세상과 단절돼버린 가호를 깨우지는 못했다. 가호는 괴수를 처치하였을 때처럼 지극히 무감한 눈으로 푸른 영기를 칼처럼 뽑아 들었다.

모수는 피할 생각도 하지 않고 그대로 시선을 내리깔았다. 수호령의 힘이 폭주하면 계승자의 정신은 어둠 속에 가라앉아버린다. 그는 자신을 알아보지 못할 것이고 공격은 이 동굴이 무너져 가호를 가둘 때까지 이어질 것이다. 다가올 죽음이 두렵고 아픈 것이 아니었다. 그저 전하께서 홀로, 지독한 외로움에 계실 것이 못내 가슴 저리고 슬펐다. 누구보다 그런 가호를 애통해할 이령의 모습이 잡힐 듯 떠올라 목이 메었다.

그렇게 천천히 아래로 향하던 모수의 눈동자가 무언가를 발견하고 크게 부풀어 올랐다. 륜석 더미 아래로 보이는 작고 보드라우나 끝이 거친 손, 그 주인은 이령이었다. 이내 굵어진 눈물이 피와 먼지로 얼룩진 모수의 뺨을 적셨다.

"마마……."

지켜드리고자 하였다. 이리 괴롭고 모진 운명과 마주하지 않으시게 이은으로 숨겨 지키고 싶었던 제 어리석은 연정을 뒤로하고, 가호과 이령, 두 사람의 마음을 어떻게든 지켜주고 싶었다. 한데 이령을, 그녀를 잃고 폭주하는 가호를 지켜내지 못했다.

모수는 제게 겨누어진 영의 칼과 가호를 물끄러미 보았다. 메마르고 건조한 은월에 더는 빛이 없었다. 죽음을 알리듯 가호가 손을 들었을 때, 모수는 바윗돌처럼 자리를 지키며 고개를 돌려 이령을 응시했다. 자신이 있는 곳은 암석이 떨어져 나가 지반이 약해진 부분이었다. 피하지 않고 이대로 이 자리에서 새파랗게 치솟아 떨어지는 수호령의 공격을 받으면 필경 동굴 전체를 무너뜨릴 약점이 되고 말 것이다. 결국 가호는 폭주한 상태로 홀로 륜의 동굴에 갇히게 될 것이다. 생의 심지가 다할 때까지, 나락 같은 어둠 속을 헤매게 되고 마는 것이다.

예서 저마저 죽고 나면 가호는 폭주해버린 계승자, 포악한 괴수로만 기억되겠지. 끝없이 침전하던 모수의 눈동자가 갑자기 어지럽게 흔들렸다.

"그만."

바람을 찢고 솟구치는 푸른 영기의 검을 막아서는 가녀린 목소리, 그것은 틀림없는 이령이었던 것이다.

20장

 힘이 발동되자 동시에 생기가 몸 밖으로 쭉 딸려나갔다. 이미 큰 부상을 입은 탓인지 금세 시야가 흐려지고 정신이 가물가물해졌다. 조금만 더, 한 번만 더 가호의 모습을 눈에 담고 싶었지만 지는 꽃처럼 속절없이 바닥에 쓰러져버렸다.
 "……."
 입술을 달싹여보아도 아무런 말이 나오지 않았다. 꺼져가는 촛불처럼 생의 경계가 춤을 추고 있었다.
 그런 저를 보며 울고 계셨다. 시리게 아름다운 은월 안을 가득 채운 눈물이 참으로 아팠다. 륜의 결계에 닿아 손이 타고 온몸으로 부딪쳐 피가 흐르는데도 가호는 끝없이 제 이름 부르며 절규하고 있었다.
 잊으소서. 모다 잊고…….
 그러나 끝없는 암흑 속으로 정신이 침전되는 순간, 제 안에 품은 진실한 바람이 들려왔다.

기실, 무엇 하나 잊지 말아주시기를. 이름, 얼굴, 함께 맞던 은륜화 꽃비, 나란히 걷던 길, 달빛 흩날리던 그 밤, 그리고 끝없이 내달리는 이 아득하고 간절한 마음까지도.

눈에 고였던 뜨거운 눈물이 뺨을 타고 내리고 이제 더는 빛이 보이지 않을 때였다. 몸을 덮은 륜석 때문에 더디 빠져나가던 령의 기운이 아예 그 흐름을 멈추었다. 이미 의식은 잃었으나 제 안의 남은 생기와 요동치는 수호령의 존재는 뚜렷하게 느낄 수 있었다. 기이한 일이었다. 제게서 가호에게로 흘러야 할 힘이 흐름이 멈추었다가 되돌아오고 있었다.

힘의 역행이라니. 손 하나 까딱할 기력도 없으면서 가호에게 무슨 일이 생긴 것만 같아 겁부터 났다. 그것은 수호령도 마찬가지였다. 계승자가 완강히 거부하는 탓에 수호령은 순조롭게 받아들여지지 못했다. 그러다 폭주로 이어져 원래의 수호령과 접촉이 끊어져버렸다. 아무리 무소불위의 힘이라도 오랜 시간 깃들일 곳을 찾지 못하고 공기 중을 부유하면 약해지거나 잘게 조각나버리고 만다. 다급해진 수호령은 간악하게도 이령에게 돌아가 낮게 속삭였다. 한 번 더 그릇이 되어달라고, 사라지지 않게 해준다면 목숨을 되돌려주겠노라고.

당장이라도 그러마하고 싶었으나, 이령은 그것에 순순히 동조해주지 않았다. 아니, 할 수 없었다. 다시 가호의 가슴에 피처럼 붉은 상처를 내고 싶지 않았다. 또 한 번 그에게 힘을 돌려주고 죽어 없어지는 저를 보여 절규하게 만들고 싶지 않았다.

이령의 강한 의지를 읽은 수호령이 두려운 듯 파닥거렸다. 결국 그것이 마지못해 머리를 숙였다. 계승자에게로 돌아가 완전한 수호령이 되는 것을 포기하고 이령을 새로운 주인으로 인정할 것을 약조했다.

허락이 떨어지자 수호령의 힘은 도로 이령을 파고들었고, 그에 서서히 정신이 돌아오고 시야가 밝아졌다. 눈을 뜬 이령은 가장 먼저 가호의 모습을 찾았다. 온통 푸른색의 너울, 꼭 눈물처럼 투명하고 시린 그 속에서 가호는 어둡고 깊이 잠겨 있었다. 공허한 눈동자에는 살기만이 휘감겨 돌았다. 아프고 아파서 울음조차 잊은 그의 슬픔이 가슴으로 스며들었다.

아직 온전히 걸을 수 없는 몸을 억지로 일으켰다. 걸음보다 핏방울이 먼저 고이는 길을 따라 가호에게 갔다. 이성을 잃고 폭주하는 그가 모수를 향해 쏘아내는 짙푸른 살기를 막아섰을 때는 눈앞이 가물가물 거릴 정도로 열이 올랐다. 그러나 숨조차 버거운 입술을 열고 가만히 그를 불렀다. 차게 얼어가며 세상을 불태우려는 영의 불꽃 속에서 애타게 가호를 찾았다.

"이제…… 괜찮아요. 괜찮을 거여요. 그러니 전하…… 그만……."

돌아와주셔요. 제 곁으로.

불러주셔요. 듣기 좋은 나직한 음성으로, 이령이라 다시 한 번 불러주셔요.

하지 못한 말들이 눈물로 길게 흘렀다. 눈물범벅이 되어 금방이라도 쓰러질 것 같은 위태로운 상태였으나 이령은 울면서 곱게도 웃었다.

소녀도 돌아갈 것입니다.

소녀 또한 불러드릴 것이어요.

그리고 기실 무엇 하나 잊지 말아주시길 바란 이 마음도, 말하지 못했던 진심도 전할 것입니다. 허니 부디…….

잠시 주춤하던 영기가 사납게 요동쳤다. 곧 난폭하게 솟구쳐 집어삼킬 듯 부풀어 오른 심벽의 너울이 이령을 향해 빠르게 날아올랐다. 다급하게 소리치는 모수의 음성이 바람처럼 귓가를 스쳤다. 칼처럼 날아와 코앞에서 번뜩이는 섬광이 눈부셨지만 이령은 끝까지 마르고 상한 가호의 얼굴만을 바라보았다.

아셔요? 이리 아프고 어긋나 슬픈 인연이라도 그대가 계시어 여전히 행복하다는 것을요.

설령 붉게 여울져 내리는 꽃비 맞으며 그대와 나, 함께 마주 보고 웃을 날이 영영 와주지 않는다 해도…….

"이제 이 나비매듭은 풀리지 않을 것이어요."

이령은 눈물이 그렁그렁한 채 바짝 말라 갈라진 입술을 움직여 그리 말하였다. 그러고는 맹렬히 타오르는 영기의 불꽃에 손을 뻗어 청얼음처럼 차고 날카로운 가호의 손을 꼭 붙들었다. 맞닿은 곳의 살이 녹고 뼈가 으스러지는 듯 극심한 고통이 파고들었지만 이령은 여전히 미소하였다.

냉랭한 은월 안에 싸늘히 고인 살기가 폭발할 것처럼 치솟아 오르는 마지막 순간까지도 이령은 잡은 손을 놓지 않았다.

처음 수호령의 힘을 받아들였을 적 같았다. 온몸의 수분이 태워지다 얼어가고 뼛조각들이 으스러졌다 이어지는 듯한 이루 말할 수 없는 고통이 끝없이 느껴졌다. 그런데도 비명 한 마디 나오질 않았다. 통증 끝에 딸려오는 슬픔까지 낱낱이 새길 수 있기 때문이었다.

"령아······."

그녀의 애달픈 바람은 끝내 이루어지지 않았다.

기억이, 이령에 대한 기억이 제 안에 고스란히 남아 있었다. 잃어버린 기억이라고는 륜산에서 폭주한 이후와 꼼짝없이 앓아누운 요 며칠에 관한 정도일까. 어떻게 폭주에서 벗어났는지, 제 상태가 어떠하였는지는 아무런 기억이 없었다.

"어째서······."

가호의 입술이 피를 머금은 채 일그러졌다. 빛이 꺼진 눈동자는 서늘하고 무감하여도 끔찍하게 아름다웠다.

"정신이 드셨습니까?"

그때, 모수가 나직한 목소리로 물어왔다. 가호는 바짝 마른 눈동자만 움직여 그를 보았다. 아무 말도 하지 않는 왕을 대신해 모수가 다시 입을 열었다.

"은륜회의 음모는 모다 밝혀졌고 이제 그 마지막 처분만이 남았습니다. 대신들 중에는 이 기회에 아예 은륜회를 없애자는 이들도 있습니다."

"폭주한 나를 보고도 말인가."

"그야……."

모수는 몸을 일으켜 세우는 가호를 보며 말꼬리를 흐렸다. 비아냥거리는 입술 끝이 파르르 떨리는 것을 본 그는 잠시 씁쓸하게 미소했다. 이토록 강해서, 이렇게나 외로워서 가호는 왕이다. 차마 감내할 수 없을 고통으로 찾아오는 수호령조차 다스려야 하는…….

"얼마나 지났지?"

"사흘이옵니다."

며칠을 앓았다고 하기에는 너무도 완벽하고 흐트러짐 없는 모습, 수호령의 힘으로 상처조차 말끔하게 회복된 가호는 달이 젖어드는 창 앞에 우뚝 서 있었다.

"그 아이, 이령의…… 시신은……."

제 가슴이 결코 보낼 수 없을 것을 알지만, 떠나보낼 자비 따위 없는 지독한 연심이지만, 그래도 물어야 할 말이었다. 가호의 눈빛이 밤처럼 어둑어둑해졌다.

"전하."

모수는 왕의 차갑고 무감하게 포장된 자욱한 슬픔 앞에 머리를 조아렸다. 이제 푸른 기가 사라진 한 쌍의 은월이 그를 보았다.

"기다리고 계십니다. 이번 폭주를 막아낸 또 다른 계승자…… 그 간악한 것에 끝내 지지 않으시고 마침내 힘을 정당히 소유하게 되신 여려도 강하신 분 말입니다."

"무슨?"

"륜석을 왕실의 관리하에 두자는 대신들의 의견도 수긍할 만하지요. 륜석보다 강한 결계가…… 언제든 폭주를 막아줄 든든한 분이 이곳에 계시니까요."

말을 마친 모수는 두터운 유자를 걷고 문을 열어주었다.

"맞은편 방입니다. 목숨이 위중할 만큼 상처가 극심하였던 터라 제아무리 수호령의 힘을 빌어도 회복 속도가 더디다는 모양입니다. 그래도 처음보다는 상태가 많이 좋아지셨지요."

"……."

빙설처럼 차갑기만 하던 가호의 눈빛이 급속히 흔들렸다. 무심을 가장했던 표정이 흐트러지며 속속 감정이 드러났다. 걸음이 휘청거릴 만큼 북받친 감정이 그 뒷모습에서 고스란히 엿보였다.

모수는 순식간에 내달리는 왕의 모습을 한참 동안 바라보다 가만히 몸을 돌려세웠다.

간헐적으로 떠오르는 폭주의 기억들 속, 이령은 없었다. 아니, 애써 기억하지 않으려는 것이었는지도 모르겠다. 피투성이가 되어서도 저를 염려하던 가엾고 애달픈 정인을 영영 잃었다 여겼으니까. 다시는 볼 수 없으리란 생각에 가슴이 메여와 더욱더 이령의 마지막을 떠올리고 싶지 않았다.

"령아."

어쩌면 저를 일으켜 세우려는 모수의 고약한 허언일지도 모른다. 사실은 아직 정신이 들지 않아 잔인한 꿈을 꾸는 것일 수도 있다.

그럼에도 멈출 수 없었다. 반쯤 풀어 헤쳐진 옷을 여밀 새도 없이 힘껏 달려 모수가 일러준 방 앞에 섰다.

"이령, 령아······."

부르면 심장에 동그랗게 퍼져가는 따스한 빛, 아프고 슬퍼도 놓을 수 없이 커져만 가는 그 빛을 머금고 두려운 듯, 그러나 다급히 문을 열었다.

"하아."

이내 손끝이 부들부들 떨렸다. 수호령의 힘으로 아물어가던 상처자리가 벌어지며 피가 뚝뚝 떨어질 만큼 온몸에 힘이 들어갔다.

"아······ 아······."

억눌렀던 감정이 일순 둑이 터진 것처럼 흘러나왔다. 침상에 누운 자그마한 얼굴을 보자 가슴이 폭풍처럼 일렁였다.

꽃처럼 떨어져 퍼지는 핏자국을 밟고 한달음에 달려가 숨을 확인하였다. 가느다랗게 이어지는 그 숨결이 미치게 곱고 애달파 가슴이 시렸다.

"령아······ 령아······."

이령을 감싸고 있는 은은한 푸른 영기를 보며 가호는 나직하게 울음을 깨물었다.

이 아이가, 안으면 으스러질 것처럼 작고 여린 이령이 저를 위해 그 끔찍하고 간악한 수호령의 힘 절반을 몸에 담았다. 그와 같은 계승자로 온몸이 녹고 깨어지는 참혹한 고통을 견뎌내고 있었다.

"용서해. 용서해라, 령아."

네 얼마나 고통스러울지를 알면서 그저 이제 다시는 널 잃지 않아도 되니 다행이라 생각하는 못나고 삐뚤어진 사내를 부디 용서해 다오.

"연모하여…… 이렇게나 지독하게 너를 연모하여…… 아프게만 만든 날……."

가호는 이령의 자그마한 손을 꼭 잡고 그 앞에 눈을 맞추어 무릎을 꿇었다. 벌어진 상처를 타고 흐른 핏방울이 눈물에 섞여 이령의 손등 위에 떨어졌다. 그 위로 빛에 섞인 기억의 조각들이 살며시 떠올랐다.

살기와 분노에 뒤덮여 날뛰었을 때, 무언가가 겁도 없이 저를 막아섰었다. 형체를 알아볼 수 있을 만큼의 이성도 남아 있지 않았기에 단숨에 그것을 날려버리려 했다. 한데 살기라고는 없는 그 작은 인영이 제게로 다가왔다. 불조차 녹일 만큼 뜨겁고 맹렬한 영의 너울을 지나 그 자그마한 것의 손이 저를 붙들었다. 저보다 한참이나 가늘고 훨씬 더 피투성이인 작은 손이 전하는 온기가 문득 두려워 산 전체를 날려버릴 듯 영기를 끌어올렸다.

분명 손끝만 움직이면 모든 것을 산산이 조각내고 처절하게 부술 수 있었다. 치솟아 오른 심벽의 너울에 삼켜져 형체도 없이 태워버릴 수 있음이었다. 한데 울 것처럼 웃는 얼굴에, 호수처럼 아득히 깊고 맑은 두 눈동자에, 사라질 듯 옅지만 고운 미소 한 점에, 심장 깊숙한 곳에서부터 뜨거운 무언가가 왈칵 복받쳐 오르고 말았다. 무엇 하나 느끼지도 보이지도 않던 눈가에 알 수 없는 물기가 솟아났다.

손등이 터져 살점이 녹고 **뼈**가 훤히 드러나는데도 자그마한 손은 그를 여전히 꼭 붙들고 있었다. 새파란 불길이 가느다란 손목을 휘감아 올라가는데도 물러서지 않고 도리어 부드럽게 그를 감쌌다.

[이…….]

무극한 살기와 광노를 헤집고 작은 빛이 톡톡 가슴으로 흘러들었다. 괴수처럼 으르렁거리는 그 말을 용케 알아들은 것인지 피투성이의 계집이 옅게 웃었다. 그러자 입술이 멋대로 움직였다.

[이…… 이…… 령…… 이령…… 이령…… 령…… 이령…… 령아…….]

폭발음과 함께 치솟은 영의 너울 속에서 가호는 처음 말을 배운 사람처럼 몇 번이고 그 이름을 되뇌었다. 그러자 그악하게 돋아났던 날개의 모습이 서서히 바뀌기 시작했다. 사납게 요동치던 푸른 빛에서 흉측한 살기가 우수수 떨어져 나갔다. 가파르게 솟구쳐 석주를 무너뜨리고 산을 뒤흔들던 심벽의 기운이 잦아들고 가호와 이령은 손을 꼭 맞잡은 채로 그 빛 속에서 정신을 잃었다.

"령아……."

그날의 기억을 전부 떠올린 가호는 이령의 손을 붙든 채 고개를 떨구었다.

내 너를 상처 하나 없이 지켜주어야 하거늘. 울지 못해 웃는 너를 누구보다 큰 울타리로 감싸주어야 하거늘. 이리 아프게만 하여 미안해. 미안하다, 령아.

그러면서도 이 사납고 모진 사내는 널 조금도 놓을 수 없어 항시 불안해할 것이다. 앞뒤 가리지 않고 달려와 내 어둠을 막아서는 너라서 기쁜 만큼 걱정하고 말 거야. 넌 내 빛이고 숨이며, 세상이고 생명이니 어찌 염려하지 않을 수 있을까.

 차마 곤히 잠든 이령을 깨우지도 못한 채 가호는 몇 시진 동안 꼼짝하지 않고 자리를 지켰다. 이따금씩 숨과 체온을 확인하듯 이령의 얼굴을 어루만지며 그 곁에 엎드려 있었다.

 한 번만 눈을 떠서 날 봐다오.

 달고도 지독한 기다림과 애타는 마음이 점점 나를 겁쟁이로 만들어가.

 이것이 꿈일까 두렵고 이대로 네가 날 밉다 할까 겁이 나. 그러니…….

 "소녀가 늦잠을 잔 모양이에요."

 은월에 자박하게 고인 불안을 느낀 것일까. 작은 손이 가호의 머리카락을 부드럽게 쓸어 넘겼다. 어스름한 빛도 눈이 부신 듯 겨우 가느다랗게만 눈뜬 이령은 희미하게 웃고 있었다.

 "어찌 웃어?"

 심장이 찌르르 울어 마주 미소할 수가 없었다. 가호는 붉어진 눈가를 들키지 않으려 그대로 몸을 숙여 이령을 안았다. 손끝에서 번져가는 소중하고 고운 온기, 가슴을 울리는 여리고 어여쁜 심장의 고동을 수십, 수백 번 확인하고도 가호는 불안한 듯 더욱 힘껏 이령을 끌어당겼다.

 "이렇듯 살아서 다시 전하를 뵈었지 않습니까."

 입술을 달싹거려 소리를 내는 것으로도 벌써 기운이 달렸다. 그럼에도 이령은 보드랍게 저를 안은 가호의 팔을 다독였다.

이령의 말에 가호는 어금니를 꾹 깨물어 눈물을 참았다. 담담함을 가장해보았으나 이미 그 음성에는 물기가 묻어났다.

"통증은?"

"견딜 만합니다. 전하께서는 어떠십니까?"

"미련하기는."

가호는 아직 운신도 힘든 몸으로 저를 걱정하는 이령을 안타까이 보았다. 그의 어깨와 이령의 가슴에 있는 각인이 맞닿아 공명하듯 연푸른색으로 빛났다.

"령아…… 미안하다. 아프게 해서, 네게 이 무거운 짐을 지게 해서……."

가호가 안쓰러운 눈으로 나직하게 속삭였다. 그에 이령이 가벼이 고개를 가로저어 답을 대신했다. 저를 올려다보는 맑은 눈이 너무도 어여쁘고 소중하여 가슴이 벅찼다. 가호는 애써 무뚝뚝한 표정을 지으며 다시 물었다.

"세상 가장 악독하고 사나운 괴수가 된 내가 무섭지 않더냐?"

"무섭지 않았습니다."

"그리 힘든 일을 겪고 이제 그 끔찍한 힘까지 담게 되었는데 내가 밉지 않으냐?"

"조금, 조금은 미웠더랬지요."

"나는……."

제가 묻고도 그 답에 그만 가슴이 덜컥하여 가호는 자그마한 얼굴을 두 손으로 감쌌다. 아직 기운은 없었지만 이령은 천천히 그 손 위에 제 손을 겹쳤다.

"곁에 있어주셔요. 잠시만 더 눈을 붙일 터이니 그때까지……."

정말 힘이 다한 듯 이령은 그대로 잠이 들어버렸다. 가호는 여전히 도사리고 있는 불안감을 걷지 못하고 제 품에서 잠든 이령을 물끄러미 보았다.

미끄러진 이령의 손이 고름이 풀려 펄럭이는 그의 옷자락을 가만히 거머쥐고 있었다. 가호는 그 손을 조심스럽게 옷고름으로 휘감았다. 절대로 놓아주지 않을 것처럼 단단히 매듭까지 묶어놓고 잠든 이령의 곁에 비스듬히 누웠다.

창으로 미끄러져 들어오는 달빛에 이령의 얼굴이 곱게도 빛났다. 사무치게 그립고 아득하게 깊은 마음 사이사이를 속속 파고드는 애틋함이 은월에 동그랗게 휘감겼다. 자신은 결코 잠들 수 없을 것이다. 이대로 이령이 꽃비처럼 흩날려 사라질까 겁이 나 시선을 떼지 못한 채로 곁을 지킬 것이다.

그럼에도 가호의 입술은 느릿하게 호선을 그려갔다.

얼마나 잠들었을까.

하루 어쩌면 꼬박 이틀이 지났을지도 모를 일이다. 이령은 한결 가벼워진 몸을 느끼며 천천히 눈을 열었다.

"아."

이내 새까만 눈동자가 반으로 접혔다. 비스듬히 팔을 베고 누워 저를 바라보는 가호를 발견한 것이다.

"몸은?"

"한결 가볍습니다. 한데 줄곧 곁에 계셔주신 것입니까?"

가호는 괴었던 팔을 풀고 이령의 뺨을 가만히 보듬었다.

"도망칠까 겁이 났거든."

"얼굴이 많이 상하셨습니다. 편히 쉬시질 않고요."

그저 농으로만 들은 이령이 피식 웃으며 똑같이 손을 뻗어 그의 뺨을 매만졌다. 두 사람은 그대로 멈추어 시선을 맞추었다.

잠시 후, 먼저 입을 연 것은 가호였다. 서늘한 은월 안에 잠시 긴장감이 흘렀다.

"아직 내가 미우냐?"

"설마요."

슬프고 아픈 일, 괴롭고 고통스러운 일도 많았다. 허나 돌이켜도 잊고 싶지 않은 것은 그에 가호가 함께였기 때문이다.

웃음기까지 담아 고개를 가로젓는 이령을 보며 겨우 가호의 눈에도 미소가 피어올랐다.

"령아."

"예."

"이령아."

"예, 전하."

"시선이 닿는 곳에 항시 너인 채로 있어다오."

담담한 음성이었으나 가호의 눈빛은 절실했다. 이제 잡은 손 놓지 않으면 아릿하기만 했던 시간들도 꽃비 나리는 아름다운 풍경으로 지나쳐 갈 수 있으리.

"전하께서도 늘 이리 곁에 있어주셔요."

여전히 반달 미소를 단 채 이령은 제 뺨을 감싼 가호의 긴 손가락을 가만히 거머쥐었다.

각인에서 새어 나온 푸른빛이 공중으로 동그랗게 휘감겨 날리다 꽃비처럼 흩어져 두 사람의 주변을 날았다. 밤의 어둠은 점점 짙어지는데 작은 방, 서로의 체온으로 볼과 마음을 따스하게 보듬은 연인들은 온통 푸른 꽃밭에 있었다.

※

역모의 죄를 저지른 수장은 이미 죽어 없어졌다고 해도 그의 행동을 방관한 은륜회를 그대로 둘 수 없다는 것이 대신들 대부분의 의견이었다. 그러나 가호만은 생각이 달랐다.

"륜석을 볼모로 그들만의 장과 지위, 권력 체계를 갖춘 집단은 사라져야 할 것이다. 허나 수호령의 힘을 경계할 수단이 왕실과는 별도로 존재해야 함은 변함이 없지. 보았다시피 수호령의 힘은 괴수의 것과 다르지 않기 때문이다. 하여 륜석을 철저하게 관리하고 지켜나가기 위해 일곱 개의 지방에서 스스로 발탁한 백성과 대신, 은륜회의 일원으로 이루어진 새 관청을 설치할 것을 제안한다."

만약 둘로 쪼개져 약해진 수호령이 다음 대로 무사히 이어지지 않는다면 륜석이야말로 괴수에게서 사람들을 지켜주는 마지막 보루가 될 터였다.

남은 대신들이 수호령과 은륜, 새로운 은륜회의 운영에 관해 열띤 토론을 벌이기 시작하자 가호는 조용히 정무각을 나왔다.

나란히 선 두 그루의 동솔을 지나쳐 갈 때, 가호의 입가에 연염한 미소가 피어올랐다. 호와 령을 사이좋게 이어놓은 새 은색 나비 매듭은 이령의 솜씨가 틀림없었다. 흐뭇하게 걸음을 재촉하자 정각을 밝힌 환한 불빛이 눈에 들어왔다. 괜스레 가슴이 설레어 지척에 있는 정각이 멀게만 느껴졌다.

가호는 부러 발소리를 죽여 조용히 정각을 올랐다. 반듯한 섬돌 위에 놓인 작은 꽃당혜 한 쌍. 하나 아닌 둘이 모다 놓인 모습이 참으로 좋아서 가호는 그 앞에서 잠시 시간을 지체했다. 그러고는 서책에 몰두하여 인기척도 듣지 못하는 이령을 한참이나 바라보며 서 있었다.

풀벌레 곱게 울고 구름이 기울어져 달을 가린 고요한 밤, 저를 기다리며 책 읽는 이령의 모습은 더할 나위 없이 아름다웠다. 가느다란 목을 훤히 드러내 보이는 짧은 머리카락이 고왔다. 총기를 담아 빛나는 유달리 까맣고 맑은 눈동자도, 은륜화보다 붉은 입술도 마냥 어여뻤다. 가슴이 징징거리고 울릴 만큼.

"밤바람이 차니 기다리지 말라고 하였거늘."

마침내 인기척을 낸 가호는 반가이 미소 짓는 이령을 향해 부러 표정을 굳혔다.

"일다경도 아니 되었습니다."

뻔히 보이는 거짓말로 얼버무린 이령이 생긋 또 웃었다. 가호는 그런 이령의 뺨을 가만히 쓸어내렸다.

"아직 몸이 성치 않으니 하는 말이다."

회복이 더딘 것은 이령이 수호령의 힘을 다루는데 아직 익숙지 않기 때문이기도 했다. 발현할 때마다 체력의 소모가 극심하니 그 힘을 빌려 상처를 완전히 낫게 하는 것은 무리였다. 하여 아직 등의 상처는 아물지 못하였다. 이따금 열이 오르고 통증도 심해 오밤중에 어의가 불려오는 일도 있었다. 하지만 이령은 언제나처럼 씩씩하여 더욱 애달팠다. 가호는 감정이 고스란히 드러난 눈으로 이령을 응시했다.

"염려 마셔요."

가호의 불안과 두려움, 미안함과 안타까움, 고마움과 대견함을 모두 헤아리기에 이령은 걱정하지 말라는 듯 그 손을 꼭 잡았다.

"한데 손은 어찌 아직 이 모양인 것이냐."

가호가 여전히 거친 그 손끝을 보고 살짝 미간을 찌푸렸다. 퉁명하게 내뱉은 말과 달리 가호는 이령의 양손을 보드랍게 거머쥐어 살폈다. 낮게 혀를 차는 그를 향해 이령이 곱게 웃었다.

"그러게 말입니다."

"동솥 근처에는 얼씬도 하지 못하게 해야겠다."

"잠시 살펴봤을 뿐이어요."

"고집은."

걱정하는 것을 알면서도 아니하겠다는 말은 절대로 하지 않는다. 가호는 엄한 낯으로 말을 덧붙였다.

"정히 내 말을 어기고 그리할 참이면, 시중드는 궁인들이 경을 칠 것이다."

"그네들 잘못이 없음을 아시지 않습니까. 누워만 있기 지루하여 잠시 들러 가지만 쳐주고 왔을 뿐이어요. 한참을 보러 가지 못하였으니 그 아이들도 기다릴 것 같고."

"허면 나는?"

"예?"

불쑥 몸을 당겨 코앞까지 온 가호가 눈을 가느다랗게 뜨고 묻자, 이령이 절로 고개를 갸웃거렸다. 영문을 몰라 동그래진 눈동자에 별빛이 꽃처럼 피어 번졌다.

"매 시각 너 하나만 끝없이 그리워하는 나는 어찌할 셈이냐 물었다."

이 아득하여 무섭기까지 한 연심이 얼마나 더 참을성을 발휘할 수 있을까. 가호는 아련히 스미는 싱그럽고 달콤한 이령의 향기를 들이마시며 짤막한 머리카락을 어루만졌다.

뺨이 한껏 붉어졌으면서도 이령은 그의 시선을 피하지 않았다. 대신 살며시 눈꼬리를 내리고 수줍게 답하였다.

"저도 그러한 것을요."

"여기서 더 못 쓰게 만들 참인 게로구나. 지금도 배겨나질 못하거늘."

네가 너무 어여뻐서, 애달프고 귀해서…… 문득문득 두려워서.

가호는 자그마한 손을 이끌어 제 심장 위에 놓았다. 무심한 듯 기려하기만 한 얼굴과 달리 그의 심장은 뜨겁고 맹렬히 뛰고 있었다. 이령은 가만히 저를 끌어안은 그의 가슴에 고개를 묻었다.

"은륜화 꽃비가 다시 나리면…… 전하와 손을 잡고 꽃잎 바람 속을 걸었으면 좋겠습니다."

"그때에도 너무 아름다워 슬프다 할 것이냐?"

"아니오. 이제 전하는 제 곁에 계시고…… 잊어야 할 일도 잊어 달라는 말씀 올릴 일도 더는 없을 것이니 그저 기억하고픈 순간일 뿐입니다."

참으로 흡족하고 듬직한 대답에 가호가 큰 손으로 이령의 머리카락을 쓰다듬었다.

"네 좋아하는 은실박이로 이 마음도 새겨 넣을 수 있을까? 눈동자에, 입술에, 심장에, 네 몸 구석구석, 영혼 깊숙이에 천년을 흘러도 지워지지 않을 이 지독한 마음을 각인해 놓을 수 있다면 나도 은실박이 일을 배울 것이다."

"이미 지워지지 않는 것임을 확인하시지 않습니까."

"그도 조금쯤은 마음에 차는 답이구나."

가호는 지극히 아름다운 눈동자로 이령을 바라보았다.

"세자빈 시절에 네가 뜰에 신을 떨어트리고 간 일이 있지?"

"기억하고 있습니다."

그때 가호가 당혜를 신겨주며 했던 어리지만 깊은 맹세의 말이 아직 또렷했다. 그리고 수줍고 고운 둘의 첫 입맞춤도. 이령은 살짝 눈을 내리깔았다.

"그래, 허면 이 또한 기억해 두어라."

가호가 홀릴 듯 매력적인 미소를 머금고 숙여진 이령의 턱을 살며시 올렸다. 그리고는 천천히 입술을 내렸다.

"앞으로 수백, 수천, 수만…… 서로에게만 허락해야 할 것이니."

숨이 이어지듯 맞닿은 입술이 뜨거웠다. 부드러운 감촉의 끝에 욕망이 묻어났다. 잘게 나눈 입맞춤이 멈추자 이령이 더디 눈을 떴다.

사내의 욕망을 드러낸 은월은 두려울 정도로 고혹적이었다. 그의 손길은 마냥 다정하건만 결코 벗어날 수 없는 단단한 무언가에 붙들린 것처럼 움직일 수 없었다. 그 결계를 깨트린 것은 가호의 나직한 속삭임이었다.

"연모해."

이령, 너만을 미치도록.

가호의 말이 속속 심장을 파고들어 옅은 망설임을 날려 보냈다. 다시 입술이 닿았을 때는 조금 더 솔직해질 수 있었다.

짧게 닿았다만 사라지던 입술이 점차 대범하게 이령을 끌어당겼다. 짙어진 숨 사이로 열기가 피어올랐다. 가호는 타액으로 축축해진 이령의 입술을 욕심 사납게 거듭 머금었다. 불길이 이는 은월은 숨 막히게 아름다웠다. 노을이 묻어나는 실바람, 길게 늘어지는 그림자가 밤을 불러왔지만 여전히 두 사람의 세상은 빛꽃투성인 채로 너울졌다.

❀

비단옷이 나풀거리며 떨어지는 소리가 야릇했다. 등에서부터 전해지는 온기와 목덜미에 닿는 입김이 알 수 없는 전율을 불러일으켰다.

긴장감에 굳어진 이령의 어깨를 가호가 가만히 쓸어내렸다. 그는 귓불을 간질이며 찰랑거리는 머리카락 한 올 한 올에 입을 맞추었다. 그 손길과 입술이 퍽 다정하여 이령은 천천히 몸을 돌려세웠다. 언제나 시리게 아름다운 눈동자와 마주하자 용기가 났다. 이령은 손끝으로 살며시 가호의 입술을 더듬었다. 가호가 미세하게 떨리는 그 손을 꼭 붙든 채로 이령을 품에 당겨 안았다.

누가 먼저랄 것 없이 마음을 담아, 열망을 담아 서로의 입술을 찾았다. 성마르고 허기져 다급한 입술 사이로 달콤한 숨과 타액이 겹쳐졌다.

부다듯한 불길에 휩싸여 침상에 누웠을 때, 이미 두 사람의 몸에는 실오라기 하나 남아있지 않았다. 이령의 하얀 속살을 남김없이 맛보려는 듯 가호는 보이는 곳마다 입술을 내렸다.

"……."

문득 가호가 동작을 멈추고 아득히 깊은 눈으로 이령을 바라보았다. 함께 보낸 첫 밤의 여운이 가시기도 전에 이령에게 상처를 주어 떠나보냈었다. 그것이 못내 마음에 걸렸던 것이다.

"그 밤, 전하께서 저를 가지셨듯이 저 또한 전하를 오롯이 소유한 기분이었습니다. 하여 슬프지도 후회하지도 않았습니다."

그런 가호를 헤아린 이령이 그의 목을 꼭 끌어안아 주었다.

달아오른 뺨에 떠오른 아련한 미소, 가호는 몸을 숙여 이령의 귓가에 속삭였다.

"다시는 나 없는 곳에서 울게 하지 않으마."

그 말이 주문이었던 것처럼, 길고 진한 입맞춤이 이어져 열락의 문이 활짝 열렸다.

21장

 은륜제 준비로 분주한 궁에는 활기가 넘쳤다. 떡을 찧고 술을 빚느라 바쁜 와중에도 정식으로 동채의 안주인을 맞이하는 데는 소홀함이 없었다.
 길게 늘어진 청색과 은색 천으로 만든 깃발이 나라 곳곳에 걸리자 이제 본격적으로 은륜제가 시작되었다. 따로 식을 거행하는 대신 십수 년 만의 축제로 이령이 왕후가 된 것을 축하하는 자리기도 했다.
 밤이 되자 은륜제를 알리는 꽃불이 하늘 높이 올랐다. 까만 하늘을 수놓은 색색의 섬광들이 흥겨운 탄성과 웃음소리를 저절로 자아냈다. 다들 한껏 흥이 올라 있었다. 옹기종기 모인 백성들은 은륜회가 착실히도 모아온 곳간을 열어 나눈 곡식과 술로 잔치를 벌이고 산과 들로 피어나는 빛의 잔치를 즐겼다.
 동채 역시 낮에는 여느 때보다 밝고 소란스러웠으나, 밤의 정각과 뜰은 평화롭고 고요한 정적만이 감돌았다. 맛나게 익은 술이며 흥을 돋을 노랫가락과 춤사위도 모다 궐 밖의 일이었다. 한시도 떨어져 있지 않으려는 왕과 이령을 위한 궁인들의 충심과 배려였다. 궁인들도 오늘만은 삼삼오오 모여 여흥을 즐겼으나 부러 동채 부근에는 얼씬도 하지 않기로 미리 말을 맞추어둔 후였다. 대신 미리 왕과 그 반려가 매일같이 오르시는 정각에 단정히 술상을 준비해두고 물러갔다.

정각 주변으로 계절을 반기며 만발한 갖가지 꽃이 향기롭게 자태를 뽐내고 담심한 못은 거울처럼 맑으니 인적 없는 동채가 쓸쓸하기는커녕 그림처럼 잔잔히 아름다웠다.

둘만 남은 가호와 이령은 등을 마주 대고 앉아 비스듬히 하늘을 올려다보았다. 잠깐 그에 머물다 제 여인의 옆얼굴에 콕 박혀 떠날 줄 모르는 가호의 시선과 달리, 이령은 감탄하며 하늘을 수놓는 불꽃만 바라보고 있었다.

"그리 좋으냐?"

"예. 어려서는 겨우 떨어지는 꽃불 끝 조각만 보았었거든요. 이리 환하게 피었다 떨어지는 불꽃놀이는 처음입니다."

음성에 이어 왕의 눈빛마저 싸늘해지는 것을 모르고 이령은 신이 나 답하였다. 바닥에 놓인 가호의 손이 성내듯 툭툭 나무 바닥을 튕겼다.

고운 눈망울에 담기는 것은 오직 자신만.

향기롭고 달콤한 입술로 읊조리는 것 또한 저 하나이기만.

그 끝없고 아득한 집착과 이기심을 들키지 않을 자신이 점점 없어지니 절로 미간이 찌푸려졌다.

막 가운데 노란 심지를 가진 광염이 솟아올라 꽃을 피웠지만 이령은 살짝 고개를 돌려 가호를 보았다. 달에 은은히 젖어든 사내의 옆선은 놀랄 만큼 아름다워 꿈인 듯도 하였다. 해서 이령은 저도 모르게 그의 손을 가만히 더듬어 잡았다. 서늘하게 느껴지는 가호의 체온에 비로소 안심한 듯 이령의 입술이 예쁘게 호선을 그렸다.

"전하께서는 저 꽃불보다 신비로운 능력이 있으신 게 분명해요."

수호령 이야기는 아닌 듯하였다. 가호는 작은 손이 달아나지 못하게 꼭 붙들고 다음 말을 기다렸다.

"은륜화도 연못도, 달도 별도…… 함께 한 순간을 모두 잊을 수 없게 하십니다. 아마 이 불꽃도 전하께서 곁에 있어 이다지도 곱고 환한 것이겠지요."

아려하게 미소하며 뺨을 물들이는 이령은 세상 무엇보다 귀해서 가호의 입술도 부드럽게 말려 올라갔다. 여전히 등을 맞대고 앉아 한 손을 꼭 맞잡은 두 사람은 가만히 시선을 맞추었다.

"그대가 왕후가 되었음을 좀 더 성대하게 알리고 싶었거늘."

"그런 것이 없어도 이미 전하의 여인인 것을요. 모두가 기뻐하며 즐기니 이만한 축하가 없습니다."

이령은 그리 말하며 티 하나 없이 맑게 웃었다. 은륜화처럼 붉게 피어올라 흩어지는 꽃불의 고혹적인 풍경이 눈동자에 담뿍 담겨져 있었다. 가호는 동그란 이마에 입 맞추고 연이어 코와 뺨에도 입술을 내렸다.

"곱구나."

말도 감정도 잃은 그 시절, 붉게 나비치는 꽃비를 보며 그리도 가슴 설레었던 것은 그대 눈동자에 깃든 세상이었기 때문이리라.

메마르고 갈라진 암흑 속의 소년에게로 떨어져 내리는 온기가 균열을 만들고, 그 고운 온기를 갖고픈 욕심이 저를 움직이게 한 것이리라.

"나는 네가 참으로 곱다. 하여 그저 고마워."

깊이 박혀 지울 수 없을 마음이 싹을 틔우고. 멈춰 있던 시간이 흘러 마음이 파도처럼 들썩이니, 그대 없는 세상은 숨도 쉴 수 없을 만큼 두렵고 슬펐던 것이겠지. 그리고 이제 너와 함께라면 그저 모든 순간이 은륜화 꽃비 아래처럼 아름다울 것이다.

"저야말로 고맙습니다."

소리 내어 말하지 않은 진심마저 들렸다. 이령은 다시 한 번 생긋 웃었다.

"금일 밤이 지나면 또 원망하는 것은 아니고?"

"그야 전하께서……."

"후훗. 어차피 놓아줄 마음 따위 없으니 크게 상관이야 없다만. 자, 지금 이대로 결계에 순순히 묶인다면 조금쯤은 사정을 보아주마."

단단히 깍지를 채운 것으로도 모자라 가호는 아예 제 쪽으로 당겨 손가락 마디마다 입을 맞추었다. 보드랍고 말캉한 입술에 절로 오소소 소름이 돋았다. 이령은 자유로운 손으로 가호의 넓은 가슴팍을 살짝 짚었다. 옷고름을 부러 풀어놓고 다시 묶어 달라 하시기에 모르는 사이 거기에도 나비매듭을 지어놓았었다. 그것을 매만지며 수줍게 고하였다.

"저 또한 영원히 풀어드리지 않을 것입니다."

"그리 말하면 사내는 참지 못한다."

가호는 뜨겁게 치솟는 열기를 감추려 가느다란 이령의 손목에 입을 맞추었다. 가만히 온기를 전하는 입술은 볼 수 없는 마음까지 어루만지듯 부드럽고도 뜨거웠다.

"이곳에서는……."

"참아야겠지."

아쉬워하며 멀어지는 음성에 진한 갈망이 녹아 있었다. 이령은 저항할 수 없는 연심에 마음을 모다 내어주며 눈동자만 올려 가호를 바라보았다. 옅게 파고든 망설임조차 활활 불타오를 것이 분명하거늘, 무엇을 주저할까.

"정말로 참으실 것입니까?"

그 대범한 말에 가호의 눈동자가 살짝 커졌다가 이내 유혹하듯 흐트러졌다.

"더는 저 불꽃놀이를 보지 못할 터인데?"

"이쪽이 훨씬 더…… 곱습니다."

가호의 속삭임은 놀리듯 심술 맞았지만 다정했다. 이령은 천천히 몸을 돌려 가호의 눈동자에 어리는 불꽃을 정면으로 마주 보았다. 끝이 길게 뻗어 매서운 눈꼬리가 살짝 휘어지며 낯설 만큼 강렬하게 빛나는 은월을 나른하게 감싸고 있었다.

입술이 살포시 겹쳐졌다. 가호는 은륜화보다 붉고 탐스러운 이령의 입술을 가득 머금었다. 부드럽게 속을 열어 배회하는 혀를 잡아챘을 때만 해도 이성의 한 가닥쯤은 남아 있었더랬다.

허나 말캉하게 휘감기는 혀를 맛보고 숨결까지 깊숙이 빨아 당기는 순간 이령을 향한 짙은 갈망과 멈추지 않을 허기만이 남겨졌다. 정신없이 입술을 겹치며 그대로 이령을 안아 뉘었다. 길고 짙은 입맞춤 사이에 보이는 가쁜 숨과 달아오른 뺨이 그렇게 요야할 수가 없었다. 주체할 수 없는 탐욕을 고스란히 드러낸 은월이 살며시 벌어진 앞섶으로 향했다.

가호는 멈칫멈칫 거리는 이령의 손을 붙들고 거추장스러운 옷을 벗겨내기 시작했다. 다급한 마음과 달리 비단옷은 전부 미끄러지지 못하고 동그란 어깨만 겨우 드러냈다. 서두를수록 옷은 더디 벗겨졌다. 결국 다급한 손길을 이기지 못한 비단옷이 조각조각 찢어져 꽃잎처럼 흩날렸다. 그것을 본 두 사람은 이마를 맞댄 채 누가 먼저랄 것 없이 작은 웃음을 터트렸다. 꽃처럼 여리게 망울진 미소가 옅은 긴장감을 날려버렸다.

마침내 이령에게서 옷가지 전부를 걷어낸 가호는 그 어깨에 이를 박듯 입술을 깊이깊이 내렸다. 부드러운 몸 전부를 갖고 싶어 미칠 것만 같았다. 그 좁고 따스한 내부를 저로 온통 물들이고 싶었다.

가호는 쏟아져 내리는 달빛을 등에 지고 이령에게 천천히 몸을 숙였다.

"염려 마라. 금일 아무도 동채에 오지 않을 것이니."

하나 남은 망설임마저 그 말에 씻겨나갔다. 이령은 두 팔을 뻗어 탄탄한 가호의 가슴을 어루만졌다.

가호는 그대로 동그란 이마에 입 맞추고 도톰한 입술에, 복숭아색의 뺨에 희고 가냘픈 목덜미에 차례로 입술을 내렸다. 살며시 드러난 봉긋한 젖가슴을 손바닥으로 감싸자 흠칫거리는 이령이 느껴졌다. 도망치지 못하게 허리를 감고 매끈하고 보드라운 살결을 음미하듯 입술로 더듬었다. 팔딱이는 심장소리를 지나치지 않고 입술로 동그란 언덕을 휘돌다 서서히 머금어 보았다.

미칠 것 같은 흥분감과 소유욕으로 은월이 짐승의 것처럼 날카롭게 빛났다. 유두를 입속에 굴려 맛보고 타액으로 축축하게 적셨다. 금일도 모든 곳에 저를 새겨 넣자 마음먹은 듯 가호의 입술은 이령의 살결마다 빈틈없이 붉은 흔적을 남겼다.

나부껴 흩어지는 은발이 유혹하듯 가슴을 간질였을 때야 이령은 다시금 부딪쳐오는 가호의 입술을 선명하게 느낄 수 있었다. 그가 제 몸을 만질 때마다, 입술이 닿고 혀가 선을 따라 움직이는 순간마다 이성이 침전하고 야릇한 열기만 떠돌았다. 탐스러운 젖가슴이 달 아래 드러나고 가호가 함빡 머금어 빨아 당길 때는 참지 못하고 신음을 내고 말았다.

사내의 욕심을 한껏 드러낸 은월이 이따금씩 괜찮으냐고 물어오는 순간이 기실 더 힘들었다. 어찌 거부할 수 있을까. 맹렬하게 그러면서 누구보다 다정하게 안아오는 가호를.

홀린 것처럼 나신이 된 이령을 쳐다보던 가호가 실오라기 하나 남기지 않고 훌훌 옷을 벗어던졌다. 탄탄한 몸 전체에 푸른 기가 맴돌며 달 아래 으스스할 만큼 아름다운 자태를 뽐내었다.

"령아."

나직한 부름이 무엇인지 알 것 같았다.

이령은 제 입술 위에, 온전히 드러난 가슴 위에 떨어지는 그의 입술과 손길에 천천히 몸을 열었다. 가느다란 허리를 휘감은 손이 꽉 다물린 허벅지 사이를 부드럽게 어루만졌다. 이미 팽팽하게 준비된 그가 느껴지자 묘한 흥분과 기대, 두려움이 한꺼번에 몰려왔다.

입술이 부풀어 오를 정도로 뜨겁고 질긴 입맞춤이 이어지고 가호는 느릿하게 제 것을 이령 안으로 밀어 넣었다.

"아윽."

크고 낯선 그를 받아들일 때면 아직 옅은 통증이 느껴졌다. 그러나 깊고 은밀한 내부에서 천천히 환희가 끓어올랐다. 가호가 허리를 움직일 때마다 몸이 파르르 떨리고 있었다. 이령은 저도 모르게 흘린 신음에 놀라 눈을 떴다. 참기 어려운 것은 가호도 마찬가지인 것 같았다. 애써 움직임을 멈춘 그의 입술에서도 낮게 신음이 새어 나왔다.

아프고 두렵다가 충만하고 뜨거워졌다, 제 안에 꽉 들어찬 그를 위해 숨을 고르고 천천히 몸을 움직였다. 이마와 뺨, 입술에 닿은 가호의 숨결에 의지하면 할수록 몸이 더워지고 거대한 파도 속으로 잠겨드는 것 같았다.

좁고 뜨거운 이령의 내부에 온몸이 빨려 들어갈 것 같았다. 고통에 일그러진 눈동자조차 꿈처럼 어여뻐서 가슴이 요동치고 피가 들끓어 올랐다. 수십, 수백 그녀 안으로 들어가 거세게 휘젓고 싶은 욕망을 억누르며 이령의 몸이 완전히 열리기를 기다렸다. 가호는 이를 꽉 깨물고 금방이라도 폭발할 것 같은 제 것을 멈추었다.

조금씩 이령이 입맞춤을 되돌리기 시작하였을 때도 극한의 인내심을 발휘하였다. 이령이 그를 위해 여리게 몸을 움직일 때마다 지독한 자극이 찾아들었지만, 열흘은 굶주린 것처럼 맹렬한 갈증과 허기를 눌러가며 천천히 안을 파고들었다.

"하."

조금만 움직여도 온몸이 저릿할 정도로 흥분감이 들었다. 솟구치는 열기에 몸을 맡기고 솔직하게 감정을 드러내는 이령을 보자 열기는 극으로 치달았다.

절정이 깊숙하게 몸을 끌어당겨 미칠 것만 같았다. 저를 감싼 이령의 것이 파르르 떨리며 조여오자 더는 참을 수가 없었다. 가호는 이령의 목덜미를 한껏 빨아 당기며 제 모든 것을 좁고 따스한 내부에 쏟아냈다.

길고 긴 여운이 땀방울과 함께 몸을 타고 흘렀다. 가호는 눈꼬리가 빨개진 이령에게 자잘하게 입을 맞추었다. 온통 꽃자국이 난 희고 보드라운 가슴이 달뜬 숨에 들썩이다 스르르 그에게 기대었다. 가호는 이령을 힘껏 끌어안고 머리카락을 쓸어 넘겨주었다. 품에 안은 빛은 애타게 고와서 가만히 끌어안고 체온을 느끼는 것만으로도 심장이 저릿해졌다.

"연모한다."

나직하게 속삭거리는 그의 진심에 이령이 난연히 답하였다.

"연모합니다."

죽음을 건너고 그보다 짙은 고통을 견뎌내어야 한다 해도 언제나 그럴 것입니다.

덧붙이지 않은 말조차 들은 듯 가호는 으스러질 듯 더욱 이령을 가까이 당겨 안았다.

멀리서 연신 불꽃이 날아올라 피고 못가의 풀벌레가 잔잔히 울었지만, 가호와 이령은 오로지 서로에게만 다시금 함빡 빠져들었다.

　　　　　　　　　　※

매일 밤 뜨겁게 안아도, 하루 종일 보고 또 보아도 문득 그리워졌다. 가호는 이령의 모습이 아른거리는 창 앞에서 그녀를 불렀다.

"령아."

이령이 그를 알아보고 몸을 돌려세울 때까지의 짧은 순간조차 초조하고 다급하였다. 어여쁜 눈망울이 저를 향해 부드럽게 휘어졌을 때야 비로소 숨을 쉴 수 있었다.

"전하, 거기서 무엇을 하십니까?"

"보여줄 것이 있어서."

복도를 지나 문을 열 만큼의 인내심도 없더란 말은 하지 않았다. 대신 가호는 태연히 손을 내밀었다.

"문을 통해 나갈 시간은 아니 주실 것이지요?"

장난스럽게 미간을 모으던 이령이 그가 내민 손을 잡았다. 가호가 매혹적으로 웃으며 손을 당겨 이령을 창밖으로 끌어냈다. 가볍게 안아 올려 입을 맞추고 몇 번이나 뺨을 보듬은 가호는 이령의 손을 꼭 붙든 채로 걸음을 옮겼다.

푸른 잎이 돋아난 꽃나무들, 여전히 맑고 깊은 연못을 지나쳐 동채의 북쪽 뜰 끝까지 갔다. 가는 길에 마주친 궁인들이 한시도 떨어지지 않는 왕과 왕후를 보며 저들끼리 소리 없이 웃었다.

어느새 새로이 지은 서고에 당도했다. 아담한 서고 뒤로 꽃가지가 보였다.

"은륜화가 아닙니까."

"때를 한참이나 지나 이제야 꽃을 피웠다기에 보여주고 싶었다."

이령은 새빨갛게 꽃잎을 터뜨린 은륜화를 바라보며 생긋 웃었다. 나부끼는 잎마다 걸린 햇살이 투명하게 고왔다.

가호가 부러 영기로 푸른 바람을 만들어 꽃나무를 흔들었다. 꽃잎이 이내 우수수 흩날려 떨어지며 이령의 주변으로 동그랗게 꽃무리를 만들었다.

두 사람은 자연스럽게 손을 꼭 잡고 꽃비 속을 걸었다. 눈을 맞추고 작게 속닥이다가 또 한 걸음, 희미하게 미소하며 또 한 걸음, 숨까지 맞추어 걸어갔다.

"곱습니다."

"그대만 할까."

"전하만 하려고요."

부끄러운 말을 아무렇지 않게 하는 가호를 보며 이령이 어여쁘게 대꾸했다. 동시에 두 사람의 입에서 맑은 웃음이 터져 나왔다.
 빛마저 꽃처럼 흩날리는 하늘 아래, 이제는 영원토록 함께일 두 사람의 모습이 그림처럼 아름다웠다.

-完-

에필로그

  일이 마무리되고 모수는 정영으로 돌아가는 대신에 도성에 머물기로 결정하였다. 임시로 맡았던 태관 자리에도 정식으로 이름을 올렸다. 이전까지와 마찬가지로 수호령의 힘과 운용에 관한 것을 연구하는 일이 그가 맡은 주된 일이었다. 수호령이 아주 둘로 나누어졌으니 정식 계승자도 두 사람이 되었다. 그것이 후대에 미치게 될 영향을 가늠하여 대비책을 논하는 것 역시, 가호가 부탁한 임무였다.

  금일은 오랜만에 이령을 만나는 자리였다. 도통 동채 밖을 빠져나오시지 못하는 왕후를 뵈러 오면서 모수는 정영에서 즐겨 드시던 차를 선물로 가져다 드렸다. 기뻐하며 손수 찻물을 올리고 잔을 준비하는 이령의 모습, 그것을 조용히 바라보는 모수의 눈동자가 아련했다.

  "몸은 이제 괜찮으셔요?"

이령이 향 좋은 차가 담긴 잔을 모수 앞으로 내밀며 물었다. 모진 고신을 겪은 몸을 충분히 쉬지도 못한 채 륜산의 괴수들을 상대하였으니, 모수의 상태가 항시 염려스러웠다.

"마마께서 보내주신 귀한 약재와 출중한 실력을 갖춘 의원 덕분으로 오히려 이전보다 한결 건강해진 듯하니 염려 마십시오."

"다행이어요."

이령은 안심한 듯 환히 웃었다. 정영에서처럼 그리 티 없이 맑고 고운 웃음이라, 모수는 어쩐지 가슴 한구석이 따끔해짐을 느꼈다. 그때, 이령이 온화한 목소리로 모수를 불렀다.

"오라버니."

왕후의 자리에 오른 이령은 여전히 그를 오라버니로 불렀다. 자신 외의 사내가 곁에 얼쩡거리는 게 영 못마땅하다는 표정을 짓기는 하였으나 가호도 그리하라 허락해주었다.

"말씀하십시오, 마마."

의지할 핏줄 하나 없는 이령인지라 피붙이처럼 믿고 따르는 마음은 마냥 순수했다. 스스로 친 가시덤불이니 누구를 원망할까. 모수는 끝내 한 번도 전하지 못한 마음을 언제나처럼 깊숙이 밀어 넣고 옅게 웃었다.

"전하의 곁에 남기로 결정하셨다 들었어요. 참으로 고마운 일이 아닐 수 없습니다. 기실, 저 또한 바랐던 일이라 더 그런 마음이 드는 것일 테지요."

"송구합니다. 그저 소인의 지난 과오와 부족함을 조금이나마 갚을 수 있기를 바랄 뿐입니다. 그리해야 훗날 정영으로 돌아가는 발걸음도 가벼울 테지요."

"전하께서는 쉽게 그 걸음을 가볍게 해주시지는 않을 분이라, 걱정이 된 달까요, 자못 기쁘다 할까요."

장난스럽게 말하는 이령의 눈이 반달처럼 휘었다.

모수는 시선을 떨어뜨려 옥빛 잔에 담긴 찻물을 물끄러미 보았다. 잔에 든 찻물이 가벼이 흔들려 동그랗게 춤추고 있었다. 눈동자도 그처럼 흔들려 말갛게 속을 드러냈다.

언제쯤이면 남몰래 은애하였던 마음이 제 안에서 소멸할까.

이은泥銀, 은이 녹은 물을 뜻하는 말이었다. 그리 처음 불렀을 적에만 해도 가호에게만 아픈 이름이라 여겼었다. 허나 지나고 보니 어느새 제 가슴에 눈물로 고이는 이름이 되었다.

기실 허울 좋게 포장하였을 뿐, 결국 이은이었던 이령에게 마음을 드러내지 못한 것은 제 이기심 때문이었다. 언제까지고 그녀에게 좋은 사람, 의지가 되는 사내로라도 남고 싶었으니.

돌아가신 어머니께서 바랐던 대로 이령을 곱고 선한 누이로만 여길 날이 와줄까. 언젠가 상처자리조차 희미해져 잊을 날이…….

"참, 마마께서 수호령의 힘을 다루는 문제로 전하께서 걱정이 많으셨습니다."

모수는 다시금 단정해진 눈으로 입을 열었다.

"위험한 힘이니 더욱더 배우고 익혀 제대로 다루고자 하는 제 마음을 어찌 몰라주시는지……."

"불충한 말씀이오나 마마에 관한 것은 워낙에 극성스러운 분이 아니십니까. 게다가 그 독점욕……."

말꼬리를 흐린 모수도 곱단하게 찻잔을 기울이던 이령도 피식 웃고 말았다. 마치 정영에서의 평화로운 한때 같았다.

 그 후 대화는 물 흐르듯 이어졌다. 차가 절반 정도 남았을 때 모수는 자리에서 일어섰다. 문고리를 잡은 그가 문득 멈추어 이령을 응시했다. 정무를 마치고 한달음에 달려온 왕께서 뜰로 향한 창 앞에서 무어라 말씀하고 계시고 그것을 보며 이령이 선연히 웃고 있었다.

 "행복해 보이셔서 다행입니다. 다시금 환히 웃어주셔서 그저…… 고맙고 또 고맙습니다."

 끝내 한 번을 전하지 못한, 아직은 털어낼 수 없는 마음처럼 이 또한 진심이었다. 모수는 조금은 쓸쓸한 미소로 문을 나섰다.

※

 가호의 각인은 어깨에 위치해 있었으나 이령은 심장 부근에 있었다. 이령은 손을 올려 가만히 각인을 발동시키는 주문을 외웠다.

 "가호."

 이제는 익숙해진 파란 영의 너울이 발밑을 맴돌았다. 이령은 신중한 손길로 그 힘을 모아 동그란 방패를 만들었다.

 "고집은."

 불쑥 문을 연 가호가 그 모습을 보고 미간을 찌푸렸다. 그러고는 손을 저어 영기를 흩트렸다.

 "가르쳐주시지 않을 양이면 방해는 마시라 하였습니다."

"흠. 동솔을 보러 가지."

가호는 딴청을 피우며 슬쩍 이령의 손을 잡았다.

가호와 달리 이령의 수호령은 방어에 능한 힘이었다. 또한 폭주하여 날뛰는 일 없는 안정화된 힘이었다. 힘의 주인이 가진 상황과 성향 때문이 아닐까 하는 추측이 있었지만 정확히는 밝혀지지 않고 있었다.

그런데 위험하지도 않은 그 힘을 가호는 몹시 싫어했다. 체력도 길렀고 무리하여 운용하지 않는 요령도 익혔건만, 그는 여전히 이령이 수호령의 힘을 쓰면 불편한 기색이 되곤 했다.

은실박이 일을 하다 혹여 손끝이라도 베면 아연실색하여 어의까지 불러들이는 가호, 자연스럽게 사라질 미열에도 밤잠을 설쳐가며 보살펴주는 그 마음을 모르지 않기에 이령은 결국 내밀어진 손을 잡았다.

한데 동솔을 보러 가자던 가호가 빠른 동작으로 문을 걸어 잠그고 유자를 길게 드리웠다. 이령이 곱게 그를 흘겨보자, 가호는 짐짓 점잖은 체를 했다.

"수호령의 힘을 발현한 탓에 네 피곤하질 않느냐. 하여 쉬라는 것이지 다른 뜻은 없음이니 오해는 마라."

그러면서 성큼 다가와 옷고름을 푸는 가호는 얄밉도록 고혹적이었다. 언제 꺾어온 것인지 붉고 탐스러운 은륜화가 침상 기둥에 장식되어 있었다. 그 색처럼 짙고 뜨거운 열기가 이내 방 안을 가득 채웠다.

"어찌할 셈이야?"

"무슨……."

폭풍 같은 환희를 나눈 후, 아직까지 달뜬 숨을 고르지 못한 이령이 영문을 몰라 그를 바라보았다. 가호가 혀로 입술을 야릇하게 축이며 말을 이었다.

"금일 밤도 재우지 않을 참인데."

"아무리 부르셔도 깨지 않게 깊이 잠들어버릴 것입니다."

가호의 경고가 허언이 아님은 몸으로 수없이 확인한 바였다. 이령은 녹초가 된 몸을 엎드려 애써 시선을 외면했다.

"그래."

어쩐 일로 가호가 순순히 동조한다고 여긴 것은 착각이었다. 다음 순간 등 언저리를 훑어 내리던 손길이 미끄러지며 허벅지 사이를 파고들었다.

"그만……."

열이 올라 떨리는 목소리로 이령이 그를 밀어냈지만, 가호는 그대로 소담스러운 가슴을 입 안 가득 머금었다. 어차피 애원을 들어줄 마음 따위 없었던 것이다.

어느새 침상을 장식한 은륜화 떨기가 바닥에 흩어져 날렸다. 겹쳐져 푸르게 빛나는 각인 위로 어여쁜 꽃비가 나리는 밤이었다.

며칠 후 이령은 기어이 몸살이 나 자리에 눕고 말았다. 제가 매일 밤 이령을 괴롭힌 일은 까맣게 잊고, 가호는 험악한 얼굴로 연신 수호령을 저주했다. 어의와 의녀가 진맥을 마치고 나와 고하는 말을 들을 적에도 삐딱하게 치켜뜬 은월은 사납기만 하였다.

"다행히 다른 이상은 없는 줄로 아뢰옵니다."

그 말에 가호의 눈매가 한결 부드러워졌다. 어의는 때를 놓치지 않고 말을 덧붙였다.

"저…… 아뢰옵기 황공하오나 마마께서는 그저 편히 쉬셔야 합니다. 전하께옵서는 부디……."

"과인이 있으면 령이 쉬지 못한다?"

"그, 그럴 리가 있겠습니까."

다시금 가호의 눈빛이 매서워지자 어의는 서둘러 부인하며 한 걸음 물러섰다. 그러면서 재빨리 의녀와 한탄 어린 눈빛을 주고받았다.

원래 강건하신 왕후께서는 수호령이 깃들면서부터 이따금 까닭 없이 열이 오르는 일이 있었다. 허나 다섯 해 동안 부지런히 노력하신 덕분으로 힘으로 인한 부침은 현저히 줄어든 상태였다. 다만 왕께서 한시도 곁을 떠나려 하지 않으심이 문제라면 문제였다.

듣자니 목욕시중도 손수 하신다 하였다. 청얼음처럼 차갑고 한없이 냉랭한 은월을 보면 도시 상상이 가지 않는 일이나, 가호의 강샘은 도저히 감당할 수 없다고 이미 정평이 나 있었다.

그런 왕을 왕후에게서 떨어트려 놓는 것이 죽을죄인 양 느껴지고 참으로 불가능한 일이라 여겨지는 것은 당연했다. 난감한 기색이 되어 눈물마저 그렁그렁해진 어의를 대신해 이번에는 의녀가 나섰다.

"금번에는 특별히 더 지켜보고 조심해야 할 듯하여……."

그 말에 가호가 조용히 그들을 밖으로 불러 하문했다.

"태기가 있는 것이냐?"

기대보다는 걱정이 앞선 물음이었다.

벌써 세 번, 이령은 뱃속의 아기를 잃었다. 완전히 독립된 존재가 된 두 수호령의 힘이 맞부딪혀 격렬히 요동치니 태아가 버티지 못한 것이다.

언제나 우는 대신 웃던 이령도 그 소식 앞에서만은 하염없이 눈물을 흘렸더랬다. 얼마나 상심이 컸던지 며칠씩 말을 잃기도 했다. 텅 빈 배를 끌어안고 소리 죽여 슬피 우는 모습을 볼 때마다 가호의 가슴도 바짝 타들어갔다.

이령을 꼭 빼닮은 아이를 바라지 않는 것은 아니나, 힘겨워하는 이령이 애달파 볼 수 없었다. 하여 다시 그런 아픔을 겪게 하고 싶지 않았다. 쉽게 기쁜 낯을 드러내지 못한 가호가 조심히 되물었다.

"회임이 맞느냐?"

"확실치는 않습니다. 지난번처럼 맥이 워낙에 약하니······."

후사보다 왕후가 중한 것은 궁인들도 마찬가지인지라 어의와 의녀의 목소리도 신중하였다.

"이령에게는 아직 그에 관해 말하지 말라."

가호는 그들에게 엄히 당부하여 보내고 잠든 이령의 곁으로 돌아갔다. 꽃처럼 마냥 어여쁜 제 여인의 이마를 쓸어 주는 손길이 몹시도 다정하였다. 그 익숙하고 따스한 손길에 이령이 살며시 눈을 떴다.

"난 이만 가보마. 편히 쉬어라."

"곁에……."

이령은 몰려오는 졸음에도 고집스럽게 가호의 손을 당겼다. 더는 거절치 못한 가호가 이령을 품에 당겨 안고 누웠다. 너른 품에 폭 고개를 묻은 이령이 그제야 고른 숨을 내며 다시 깊은 잠에 빠져들었다.

몇 번이나 동그란 이마와 뺨에 입을 맞추며 곁을 지키던 가호도 깜박 잠이 들고 말았다. 그 짧고 달콤한 오수에서 가호는 전에 없이 꿈을 꾸었다. 생생하고 선명하여 도저히 잊혀지지 않을 그런…….

투명하게 붉은 꽃비 사이로 아름답고 용맹한 한 마리의 푸른 용이 높게 치솟아 오르는 꿈이었다. 하늘과 땅을 휘몰아치며 심벽의 영기를 흩뿌리는 용의 눈동자는 시리도록 맑은 은색이었다.

꿈에서 깨어난 가호는 납작한 이령의 배를 조심히 어루만졌다. 이번에는 정말 만나게 되리라는 예감으로 가호의 입가에 연한 미소가 번졌다.

"기대하마."

이령을 다정히 다독이는 손길은 그들의 아이를 격려하는 것이기도 했다.

몸이 가벼워지자 이령은 그길로 은실박이 일을 꺼내들었다. 미리 생각해 놓은 문양이 있었던 모양인지 언월도에 은실을 박아 넣은 손길이 익숙하고 분주했다.

마무리 단계에 접어들 때쯤 가호가 정무각에서 돌아왔다.

"내게 주려고?"

당연한 듯 그리 묻는 왕에게 이령은 짐짓 모른 척 화제를 돌렸다.

"올해 은륜제에는 꽃등을 만들어 강에 띄운다지요? 동채 연못에도 직접 만든 등을 띄워 소원을 빈다고 들었습니다."

"청룡 언월도라."

"몇 개를 만들어야……."

"령이 너도 그 꿈을 꾼 것이냐?"

호락호락한 가호가 아니었다. 그는 슬그머니 시선을 피하는 이령의 얼굴을 두 손으로 보듬고 저를 보게 했다.

"어찌! 허면 전하께서도 푸른 용이 나오는 꿈을 꾸신 것입니까?"

동그래진 눈이 마냥 고와서 피식 웃음이 났다. 가호는 소리 나게 입을 맞추고 천천히 고개를 끄덕여주었다. 이령의 맑은 눈동자에 미소가 번졌다.

"약속해. 그대부터 살피겠다고."

며칠 동안 억지로 오수를 재워 그 사이 몰래 진맥을 하게 한 것도 이령을 염려한 때문이었다. 가호의 마음을 어루만지듯 이령이 예쁘게 고개를 끄덕였다. 분명 웃고 있는데 눈물이 방울방울 흘러내렸다. 가호는 말없이 흐른 눈물마다 입을 맞추어 주었다.

그로부터 아홉 달 후, 붉은 꽃비가 자욱하게 흩날리는 어느 날 건강하고 잘생긴 사내아이가 태어났다. 칠흑처럼 까만 머리카락에 달처럼 시린 은색 눈동자를 가진 아기는 용처럼 생긴 각인을 가지고 있었다.

작명을 부탁받은 모수가 고심 끝에 청우라는 이름을 지어 올렸다.

"용이라 하였거늘."

그리 말해도 기실 퍽 마음에 차는 이름이었다. 어차피 이령이 좋다 하면 종국에는 그러마 했을 테지만.

"용의 비늘이 빗방울처럼 보여 그리 지으셨다 하셨어요. 흡족하여 어주까지 내리신 분이 어찌 그러십니까."

"흠. 심술이라도 난 모양이지."

가호는 통통하게 살이 오른 청우의 뺨을 쓰다듬는 척하며 기습적으로 이령에게 입을 맞추었다. 제 자식을 상대로도 투기가 나는 이 지독한 연심을 어쩔꼬.

"청우가 전하를 닮아 의젓한 것이 아니었나 봅니다."

살며시 미소를 그린 이령은 젖을 물다 잠이 든 청우를 유모상궁에게 내어주고 가호 곁으로 갔다. 옷고름을 이로 자근거리며 가호가 고혹적으로 입술을 말아 올렸다.

"왕후, 그것을 이제 아셨소?"

그러고는 이령의 입술에 제 것을 겹쳐 숨을 들이마셨다.

가호가 말캉거리는 혀로 속살을 탐하기 시작하자 이령도 탄탄한 그의 가슴을 손바닥으로 부드럽게 쓸어내렸다. 입맞춤이 점차로 농밀해지며 가호와 이령은 두 사람만의 세계로 빠져들었다.

한껏 자란 두 그루의 소나무, 그리고 새로이 심은 자그마한 동솔을 적신 붉은 꽃비가 가만히 창을 두드리고, 빛으로 가득한 오후는 아득히 깊어갔다.

여섯 살의 청우는 스승 앞에서 어두운 얼굴로 앉아있었다.

"함께 가시고 싶으셨던 것입니까?"

모수가 애정 어린 음성으로 물었다. 영민하여 홀로 글을 깨우쳐 서책을 읽고 늠름하여 또래 아이들보다 크고 점잖은 왕세자였으나, 이럴 때는 영락없는 아이였다.

"괜찮습니……. 스승님, 아바마마께서는 정말 너무하십니다. 어마마마를 그리 추운 곳에 데려가셔서는……. 눈 속에 피는 진귀한 설국만 보고 반나절이면 돌아오신다 하였지만 그래도……. 그러다 어마마마가 고뿔이라도 들면 어쩌려고."

조곤조곤 불만을 토로하는 청우는 기실 이령을 걱정하는 것이었다. 물론 그에 이령을 독점하는 가호에 대한 진심 어린 불평도 섞여있었지만.

청우를 귀엽다는 듯 바라보던 모수가 두꺼운 서책을 덮으며 말했다.

"정각으로 가시지요."

"아직 금일 글공부가 끝나지 않았는걸요."

"불효나 불충은 아니 될 말이나 설욕의 기회를 놓칠 수는 없지 않습니까."

모수가 장난스럽게 목소리를 낮추자, 청우도 배시시 웃으며 자리에서 일어섰다.

두 사람은 볕 잘 드는 정각에 올라 올망졸망 예쁘게 생긴 다식을 나누어 먹었다. 시원한 차로 입을 헹군 청우와 모수가 어느새 비어버린 사각완을 쳐다보며 말을 맞추었다.

"허기진 스승을 위해 세자저하께서 이 다식을 대접해주신 것이옵니다."

"예. 아바마마께서도 스승을 모심에 최선을 다해야 한다 하셨지요. 허니 어마마마께서 손수 만들어주신 다식이라도 스승님께는 남김없이 드려야 하는 것이 분명한 이치고요."

청우가 개구쟁이처럼 웃으며 대꾸했다.

청우가 태어난 후, 철마다 진귀한 꽃나무가 있는 곳에 이령을 데려가주마 약속한 가호는 잠행을 겸해 이따금씩 함께 은륜 곳곳을 누비곤 했다.

이번에 찾은 꽃은 설국이었다. 눈처럼 희고 깨끗한 빛깔의 꽃은 여름에도 얼음이 가시지 않는 신기한 계곡에 피어 있었다.

가호는 한 걸음 먼저 내디디며 주변을 살피고 이령의 손을 붙들어 걸음 디디기 좋은 곳을 골라주었다. 그러다 주변 경관을 보느라 발이 미끄러진 이령을 덥석 안아 올렸다.

"조심할 테니 이만 내려주셔요."

계곡 앞까지 동행한 무사들에게는 보이지 않을 거리지만 이령은 부끄러워 작게 발버둥을 쳤다. 그러나 가호는 짓궂은 미소로 고개를 가로저었다.

"이 좋은 경치를 좀 더 다정히 보자는 것인데 거절하는 것이오, 부인?"

"전하께 이리 안겨가다 무사했던 적이 없지 않습니까."

"무사? 령아, 내 너를 잡아먹기라도 하였더냐?"

방금 전의 점잖은 물음이 거짓임을 드러내듯 가호가 이내 이령의 뺨에 소리 나게 입을 맞추었다. 그러고는 짐짓 딴청을 피우며 물었다. 차갑고 날카로운 표정이었지만 이령을 향한 눈빛만은 한없이 부드럽고 따스했다.

"그야……."

구체적인 대답을 하려고 보니 낯이 절로 뜨거워지는지라 이령은 말꼬리를 흐리고 숨을 골랐다. 그러다 살며시 가호의 귀를 당겨 그에 속닥속닥 귀엣말을 했다.

"흙더미 꽃을 보러 갔을 때도, 무지개 꽃 때에도, 수륜화를 봤을 때도 전하께서 놓아주지 않으셔서……."

말이 이어질수록 이령의 목소리도 작아졌다. 그러나 가호의 입가에 걸린 미소는 갈수록 진해졌다. 금일도 어김없이 이령에게서 흘러들어온 빛으로 가슴에서 환한 꽃불이 피어났다.

"령아."

부르는 목소리가 낮고 탁했다. 이령은 답 대신 다가오는 입술을 살며시 머금었다. 부드럽게 얽혔던 입술이 떨어지며 남은 말이 귓가를 울렸다.

"연모한다."

이리 고운 빛이라 담고 담아도 부족한 것이다. 이렇게나 어여쁜 빛이라 욕심이 멈추지 않는 것이다. 가호는 그 말을 끝으로 품에 안은 이령의 전부를 언제나처럼 뜨겁게 탐하기 시작했다.

해가 뉘엿뉘엿 기울 무렵, 서책의 마지막 장을 덮은 청우가 모수를 가만히 불렀다.

"한데 스승님. 궁금한 것이 있는데 여쭈어도 됩니까?"

모수가 고개를 끄덕이자 청우가 낭랑한 목소리로 말을 이었다.

"지난 번, 폭주에 관한 주의사항을 배울 적에 아바마마께서 힘든 일을 겪고 말과 마음을 닫은 시절이 있다 하셨지요. 수호령의 힘을 가두기 위해 모든 것을 암흑 속에 침전시킨…… 허면 그 무거운 어둠을 어찌 떨쳐낸 것입니까?"

"혼요婚耀, 그 자체인 분을 만나셨지요."

"흐음. 잘 모르겠습니다. 어둠을 떨쳐내는 방법이 누군가를 만나는 것이라니……."

스승의 답이 어려웠는지 청우가 고개만 갸웃거렸다.

"저절로 아시게 될 날이 올 것입니다."

모수는 어린 계승자를 부드럽게 타이르며 옅게 미소했다.

캄캄하고 적막한 어둠 속에 스스로를 가두었던 소년과 그의 마음과 영혼을 비추어 새로운 세상을 열게 한 고운 빛. 죽음을 거슬러 운명까지 막아낸 그 지독한 연심을 어찌 말로 설명할 수 있을까.

예정보다 늦게 당도한 가호와 이령이 두 손 꼭 잡고 은륜화 가득한 뜰을 걸어오는 모습을 보며, 청우가 반갑게 뛰어가 반기는 것을 보며, 모수는 다시 한 번 고개를 끄덕거렸다.

작가후기

하늘이 예쁘게 맑은 날, 비가 와 흐린 날, 그 어떤 날이라도 마음을 전한다는 건 참으로 설레는 일인 것 같아요.
고운님들, 진심으로 반가움과 감사의 인사드립니다.

혼요는 오랫동안 함께였다는 생각부터 드는 글이에요.
2011년 겨울부터 구상해서 2012년 봄 쓰기 시작, 여름에 힘차게 연재를 시작했지요.
그러다 대폭 수정을 거쳐 2013년 봄에 다시 연재하여 매듭짓고 가을이 오는 무렵에 책으로 인사를 드리게 되었습니다.
새로운 시도를 하고자 주인공들이 겪는 시련의 강도를 여느 때보다 높였더랬지요. 때문에 전에 없는 혹독한 중간 수정을 거쳐야 했고요.
그래서인지, 더 긴 시간을 고민한 소재들이나 푹 묵혀 놓은 다른 글들보다도 오래, 그리고 집요하게 저와 함께 있는 느낌의 글이 혼요예요.^^
그 혼요를 무사히 마무리 지어 이렇게 찾아뵐 수 있게 되니 고맙고 감격스럽기까지 합니다.

주인공들 이름 마지막 글자를 합치면 '수호령'이란 단어가 완성되는 것, 눈치 채셨을 겁니다.

이령과 가호의 이야기는 수호령이라는 세 글자의 조합과 꽃이 날리는 한적하고 예쁜 풍경에서 시작되었지요.

말도 감정도 잃고 우인(偶人)처럼 살던 가호와 그의 마른 심장 속에서 빛처럼 번져가는 이령.

모쪼록 이 두 사람의 사랑이 고운님들의 가슴을 붉은 꽃비로 적실 수 있으면 좋겠습니다.

좋아하는 글을 쓸 수 있고, 함께 해주시는 분들이 있어 오늘도 행복합니다.

세상에서 가장 멋지고 든든한 너굴군, 사랑하는 가족들과 친구들, 아디님들, 줄리엣의 발코니님들, 조은세상에도 진심으로 감사드립니다.

즐겨듣는 라디오의 마지막 멘트처럼, 내일은 좀 더 나을 겁니다.^^

그럼요, 꼭 더 좋은 일이 있을 거예요.

고운님들 항상 건강하시고 행복하세요.

다시 한 번 감사합니다.